Als die Chemieingenieurin Abby Peterson nach Grand Haven an den Michigansee zieht, hofft sie, hier ihr Glück zu finden. Sie tritt eine Stelle in einer Firma für Bootsbedarf an, wo sie neue Farblacke entwickeln soll, stößt jedoch schnell auf Widerstände bei den männlichen Kollegen. Ihr Mann kümmert sich zu Hause um ihre Tochter Lily. Die Kleine ist sehr neugierig und büchst mehrfach in den Garten der geheimnisvollen alten Dame nebenan aus. Iris Maynard ist ihre Vermieterin, die sie persönlich noch nicht kennengelernt haben. Nachdem sie ihren Mann im Krieg verlor, hat sie sich von der Welt zurückgezogen. Vereint durch ihre Liebe zu Gärten, vertrauen sich Iris und Abby allmählich ihre Probleme an und lernen, dass Hoffnungen und Träume ebenso blühen können wie Blumen.

Viola Shipman arbeitet regelmäßig für People.com, Entertainment Weekly und öffentliche Rundfunkprogramme. Die Romane »Für immer in deinem Herzen«, »So groß wie deine Träume«, »Weil es dir Glück bringt« und »Ein Cottage für deinen Sommer« waren sofort Bestseller. Viola Shipman schreibt im Sommer in einem Ferienort, inspiriert von der grandiosen Kulisse des Michigansees.

Anita Nirschl studierte Englische, Amerikanische und Spanische Literaturwissenschaft an der Ludwig-Maximilians-Universität in München. Seit 2007 arbeitet sie als freie Übersetzerin und hat zahlreiche Romane ins Deutsche übertragen.

Weitere Informationen finden Sie auf www.fischerverlage.de

Viola Shipman

Im Garten deiner Sehnsucht

ROMAN

Aus dem amerikanischen Englisch
von Anita Nirschl

FISCHER Taschenbuch

Aus Verantwortung für die Umwelt hat sich der S. Fischer Verlag
zu einer nachhaltigen Buchproduktion verpflichtet.
Der bewusste Umgang mit unseren Ressourcen,
der Schutz unseres Klimas und der Natur gehören
zu unseren obersten Unternehmenszielen.

Gemeinsam mit unseren Partnern und Lieferanten
setzen wir uns für eine klimaneutrale Buchproduktion ein,
die den Erwerb von Klimazertifikaten zur Kompensation
des CO_2-Ausstoßes einschließt.

Weitere Informationen finden Sie unter:
www.klimaneutralerverlag.de

FSC
www.fsc.org
MIX
Papier aus verantwor-
tungsvollen Quellen
FSC® C014496

Erschienen bei FISCHER Taschenbuch
Frankfurt am Main, Juli 2021

Die amerikanische Originalausgabe erschien 2020
unter dem Titel »The Heirloom Garden« bei
Graydon House Books, Toronto.
Copyright © 2020 by Viola Shipman

Für die deutschsprachige Ausgabe:
© 2020 S. Fischer Verlag GmbH, Hedderichstr. 114,
D-60596 Frankfurt am Main

Redaktion: Susanne Kiesow
Satz: Pinkuin Satz und Datentechnik, Berlin
Druck und Bindung: GGP Media GmbH, Pößneck
Printed in Germany
ISBN 978-3-596-70036-3

»Hätt' ich eine Blume für jeden Gedanken an dich,
Dann könnt' ich ewig durch meinen Garten wandeln. «

ALFRED LORD TENNYSON

PROLOG

Die Rose

»Und mag die Vase auch zerschellen in tausend Stück,
Der Duft der Rosen bleibt dennoch zurück.«

THOMAS MOORE

Iris

✦

Wir sind auch eine Armee.

Auf meine Gartenhacke gestützt halte ich inne und betrachte die anderen Frauen, die mit mir den Boden bearbeiten. Wir tragen alle die gleiche Kleidung – Latzhosen und Sonnenhüte –, alle in Uniform, genau wie unsere Männer und Söhne auf der anderen Seite des Atlantiks.

Wir kämpfen für dieselbe Sache, nur auf andere Weise.

Ein leichter Sommerwind weht die Lake Avenue in Grand Haven, Michigan, entlang und streicht leise raschelnd durch Reihen von Tomaten, Karotten, Salat, Rüben und Erbsen. Ich begutachte das winzige Gemüsebeet zu meinen Füßen in dem kleinen Victory-Garten unserer Nachbarschaft und bewundere die schlichte Schönheit der roten Adern in den leuchtend grünen Mangoldblättern und das sprießende Kraut der Kohlrabis. Zufrieden lächle ich über ihre Fülle und meinen eigenen Einfallsreichtum. Ich hatte diese Gemüsesorten für unseren Victory-Garten vorgeschlagen, da sie leicht anzubauende Grundnahrungsmittel sind.

»Das Unkraut jätet sich nicht von allein.«

Als ich hochschaue, steht Betty Wiggins vor mir.

Wenn man Winston Churchill eine graue Perücke aufsetzen würde, denke ich, *dann bekäme man Betty Wiggins, die selbsternannte Kommandantin unseres Victory-Gartens.*

»Ich habe nur nachgedacht«, sage ich.

»Nachdenken können Sie zu Hause«, versetzt sie mir mit missbilligender Miene.

Ich nehme meine Hacke und entferne ein Büschel Unkraut.

»Ja, Betty.«

Sie starrt mich an, dann mustert sie den Latz meiner Hose. »Hübsche Rose«, sagt sie, und ihre Miene wird noch missbilligender. »Halten wir uns heute vielleicht für Vivien Leigh?«

»Nein, Ma'am«, antworte ich. »Wollte mich damit nur aufheitern.«

»Heitern Sie sich zu Hause auf«, brummt sie finster. Ihr Blick bleibt an der Brosche in Form von Hyazinthen hängen, die ich mir an den Träger meiner Latzhose gesteckt habe, und wandert dann langsam zu den Margeritenohrringen aus Bakelit an meinen Ohrläppchen.

In der Hoffnung, Betty würde vielleicht verstehen, dass ich mich mit Dingen umgeben muss, die mir ein Gefühl von Sicherheit, Wärme und Freude geben, sehe ich sie an, aber sie geht mit einem »Hmpf!« davon.

Ich höre ein unterdrücktes Lachen, und als ich zu meiner Freundin Shirley hinübersehe, imitiert sie Bettys gewaltigen Hintern und ihren schwerfälligen Gang. Die Frauen um sie herum kichern.

»Halten wir uns heute vielleicht für Vivien Leigh?«, äfft Shirley Bettys Bariton nach. »Das wäre sie wohl gern.«

»Hör auf«, sage ich.

»Ist doch wahr, Iris«, fährt Shirley mit shakespearehaftem Theaterflüstern fort. »Da sind ja die Pferdehintern in *Vom Winde verweht* noch hübscher als der von Betty.«

»Sie hat ja recht«, erwidere ich. »Ich bin heute nicht richtig bei der Sache.«

Unvermittelt nehme ich die Rose, die ich heute Morgen in meinem Garten gepflückt und in die Latztasche meiner Hose gesteckt habe, und werfe sie in hohem Bogen fort. Shirley macht einen Satz, dabei zertrampelt sie ein Tomatenpflänzchen und fängt die Rose im Flug auf.

»Lass das«, sagt sie. »Hör nicht auf sie.«

Sie schnuppert kurz an der pfirsichfarbenen Blüte, bevor sie sie mir wieder in meine Tasche steckt.

»Gut gefangen«, bemerke ich.

»Weißt du noch?«, fragt Shirley mit einem Augenzwinkern.

Sonnenlicht funkelt zwischen den Blättern und Zweigen der dicken Eichen und zarten Zuckerahornbäume hindurch, die die kleine Parzelle säumen. Dieses Grundstück hat uns einst als Baseballfeld gedient. Ich stehe ungefähr dort, wo früher die dritte Base war, der Ort, an dem ich meinen Mann Jonathan zum ersten Mal gesehen habe. Er hatte einen himmelhohen Flugball direkt vor der behelfsmäßigen Tribüne gefangen und ihn dann zu mir geworfen.

»Es war nicht die Sonne, die mich geblendet hat«, hatte er mit einem Augenzwinkern gesagt, »sondern deine Schönheit.«

Ich hielt ihn für einen Aufschneider, aber Shirley gab ihm meine Nummer. Ich war über die Sommerferien vom College an der Michigan State nach Hause gekommen, und er war noch auf der Highschool. Das Letzte, was ich brauchte, war ein fester Freund, geschweige denn einer, der jünger war als ich. Aber ich kann mich immer noch an sein Gesicht im Sonnenlicht erinnern, an seine gebräunte Haut und den leichten Flaum auf seinen Wangen, die die Farbe von Sommerpfirsichen hatten.

Zarte weiße Pusteblumensamen tanzen in der Luft wie winzige Wolken, und als meine Augen ihre Flugbahn zurückverfolgen, entdecke ich meine Tochter Mary, die eine Handvoll Stiele hält und die Schirmchen in die Luft pustet.

Einen kurzen Moment lang ist mein Verstand so klar wie der

Himmel. Es gibt keinen Krieg, nur Sommer und ein kleines spielendes Mädchen.

»Du weißt mehr über Pflanzen als irgendjemand hier«, reißt Shirley mich aus meinen Gedanken. »Du solltest hier das Sagen haben, nicht Betty. Du bist diejenige, die uns dazu gebracht hat, all dieses Grünzeug anzubauen.«

»Blumen«, erwidere ich. »Nicht Pflanzen. Meine Spezialität sind eigentlich Blumen.«

»Ach, sei nicht so pedantisch, Iris. Du bist die einzige Frau, die ich kenne, die auf dem College war. Du solltest was aus diesem Blumen-Diplom machen.«

»Botanik. Genau genommen Pflanzenbiologie mit Spezialisierung auf botanische Gärten und Pflanzschulen«, sage ich. Dann verstumme ich schuldbewusst. »Ich werde zu Hause gebraucht«, wechsle ich den Kurs. »Ich muss hier sein.«

Shirley hört auf zu harken und sieht mich mit flammenden Augen an. Kurz blickt sie sich um, vergewissert sich, dass die Luft rein ist, dann flüstert sie: »Lass den Quatsch, Iris. Ich weiß, du denkst, dass du das sagen und tun *solltest*, aber wir alle wissen es besser.« Sie schaut mich lange an. »Der Krieg wird bald vorbei sein. Diese Kriegsgärten werden auch verschwinden. Was wirst du mit dem Rest deines Lebens anstellen? Benutz deinen Verstand. Dafür hat Gott ihn dir gegeben.« Sie grinst. »Ich meine, dein eigener Garten sieht aus wie ein Labor.« Dann stutzt sie kurz und lacht. »Du trägst nicht nur eine deiner eigenen Blumen in deiner Latzhose, du bist sogar nach einer Blume benannt! Es liegt dir einfach im Blut.«

Ich lächle. Shirley hat recht. Ich bin von Blumen besessen, so lange ich zurückdenken kann. Meine Großmutter Myrtle war eine begnadete Gärtnerin, ebenso wie meine Mom Violet. Ich hatte auch meine eigene Tochter nach einer Blume benennen wollen, um dieses Erbe aufrechtzuerhalten, aber das wäre den meisten Leuten regelrecht verrückt vorgekommen. Wir hatten jahrelang neben Grandma gewohnt, in zwei benachbarten Cottages mit aneinandergrenzenden Gärten, Häuser, für deren Abzahlung sich mein Großvater und mein Vater früh ins Grab geschuftet haben. Jetzt sind sie alle fort, und ich vermiete das Haus meiner Grandma an eine Familie, deren Sohn bei der Küstenwache war.

Aber mein Garten ist voll von ihrem Vermächtnis. Beinahe jede mehrjährige Pflanze, die ich besitze, stammt aus der Züchtung meiner Mom und meiner Grandma. Meine Grandma hat mir in ihrem kleinen Stück Himmel in Highland Park mit Blick auf den Michigansee das Gärtnern beigebracht. Einen Großteil meiner Kindheit verbrachte ich mit Mom und Grandma in ihren Cottagegärten, überragt von Taglilien und Goldmelisse. Wenn es zu heiß wurde, legte ich mich mitten zwischen Grandmas Waldhortensien auf die kühle Erde, den Rücken an ihren alten schwarzen Mischlingshund Midnight gelehnt, und wir lauschten den Bienen und Kolibris, die über uns summten. Wenn ich tief und fest schlief, packte mich meine Grandma am Bein und tat so, als wäre ich Unkraut, das sie ausrupfte. »Deswegen muss man Unkraut jäten«, sagte sie dann immer lachend und zog an meinem Knöchel, bis ich kicherte. »Das sprießt überall.«

Jedes Mal, wenn meine Mom und ich durch ihren Garten gingen, sagte sie dasselbe zu mir, während sie goss und jätete, welke Blüten abzupfte und Blumen für Sträuße schnitt. »Die Welt ist voll von zu viel Hässlichkeit – Tod, Krieg, Armut, Menschen, die einfach nur gemein zueinander sind. Aber diese Blumen erinnern uns daran, dass überall um uns herum Schönheit ist, wenn wir uns nur die Zeit nehmen, sie zu pflegen und zu schätzen.«

Grandma Myrtle zeigte oft mit ihrer Gartenschere in ihrem Garten herum und meinte: »Schau dich nur um, Iris. Die Margeriten erinnern dich daran, fröhlich zu sein. Die Hortensien inspirieren uns, farbenfroh zu sein. Der Flieder drängt uns, tief einzuatmen. Die Narzissen halten uns den Spiegel vor. Die Stockmalven zeigen uns, wie man in dieser Welt aufrecht für sich einsteht. Und die Rosen – oh, die Rosen! Sie beweisen, dass Schönheit allgegenwärtig ist, sogar zwischen Dornen.«

Der Duft der Rose in meiner Tasche steigt mir in die Nase, und ich nehme sie heraus und betrachte sie.

Meine wunderschöne Jonathan-Rose.

In den letzten Jahren konnte ich häufig nicht schlafen, darum hatte ich – um meine Gedanken zu beschäftigen – mit Rosen und Taglilien experimentiert, verschiedene Sorten gekreuzt und fremdbestäubt, um neue Farben oder üppigeres Blattwerk zu bekommen. Ich hatte etwas über eine Friedensrose gelesen, die in Amerika eingeführt werden sollte – um zu feiern, dass die Nazis gerade aus Frankreich abzogen –, und ich wollte meine eigene Version kreieren, um die Heimkehr meines Mannes zu feiern. Sie war eine wunderschöne Mischung aus weißen, rosafarbenen, gelben und roten Rosen, was zu einem perfekten Pfirsichton geführt hatte.

Ich erinnere mich an Jon als jungen Mann, vor dem Krieg, und versuche, mich wieder auf den kleinen Fleck Victory-Garten vor mir zu konzentrieren, während ich mich zwinge, nicht zu weinen. Dennoch gehen meine Gedanken erneut wie von selbst auf Wanderschaft.

Mein Garten zu Hause ist gekennzeichnet von meinen Experimenten, Stäbe mit Fähnchen, die beschreiben, welche Blumen ich mit anderen gekreuzt habe. Und Shirley sagt, mein Esszimmer sieht aus wie die Strumpfwarenabteilung von Woolworth. Seit dem Krieg wirft niemand mehr irgendetwas weg, also benutze ich meine alten Nylonstrümpfe, um die Samen meiner Blumen zu sammeln. Ich stülpe sie über jeden Stängel meiner Taglilien, und nachdem sie verblüht sind, breche ich sie ab, sammle und zähle die Samen und pflanze sie in meinem kleinen Gewächshaus ein. Ich führe Buch darüber, wie viele davon aufgehen. Wenn ich mit einem Ergebnis zufrieden bin, mache ich weiter. Wenn nicht, verschenke ich sie an meine Nachbarn.

Ich fülle meine Notizblöcke wie ein Banker seine Bücher.

1943 – Gelbe Kreuzungen
Little Bo Beep = June Bug x Beautiful Morning
(12 Samen / 5 gepflanzt)
Purple Plum = Magnifique x Moon over Zanadu
(8 Samen / 4 gepflanzt)

Ich schließe die Augen und kann meine Taglilien und Rosen in voller Blüte vor mir sehen. Shirley hat mich einmal gefragt, woher ich die Geduld nehme, drei Jahre zu warten, bis ich sehe, wie viele meiner Lilien tatsächlich aufblühen. Ich habe sie angesehen und geantwortet: »Hoffnung.«

Und es ist wahr: Wir haben keine Ahnung, wie sich die Dinge entwickeln. Alles, was wir tun können, ist hoffen, dass jeden Moment etwas Schönes zum Leben erwacht.

Ich öffne die Augen und sehe Shirley an. Sie hat recht in Bezug auf den Krieg. Sie hat recht in Bezug auf mein Leben. Aber dieses Leben scheint eine ganze Welt weit fort zu sein, genau wie mein Mann.

»Mommy! Mommy!«

Mary rennt herbei mit ihrer Handvoll Pusteblumen.

»Was hast du da?«, frage ich.

»Nur einen Haufen Unkraut.«

Ich halte inne, stütze mich auf meine Gartenhacke und betrachte meine Tochter. In der Sommersonne haben ihre Augen dieselbe violette Farbe wie die von Elizabeth Taylor in *Kleines Mädchen, großes Herz.*

»Das ist kein Unkraut«, sage ich.

14

»Doch, ist es!«, erwidert Mary. Sie stemmt die Hände in die Hüften. Seit ihr Vater fort ist, ist sie zu einem anderen Menschen geworden. Sie ist unverhohlen trotzig und viel zu selbstsicher für ein Mädchen von sechs Jahren. »Das hat meine Lehrerin gesagt.«

Ich beuge mich zu ihr hinunter, bis ich auf ihrer Höhe bin. »Technisch gesehen ja, aber wir dürfen Dinge nicht so einfach in eine Schublade stecken.« Ich nehme ihr eine Pusteblume aus der Hand. »Welche Farbe haben die, wenn sie blühen?«

»Gelb«, antwortet sie.

»Und was machst du dann damit?«, frage ich.

»Ich mache Ketten draus, ich steck sie mir in die Haare, hinter die Ohren …« Vor Aufregung ist sie ganz außer Atem.

»Genau«, sage ich. »Und was machen wir jetzt mit ihnen, wenn sie verblüht sind?«

»Wir wünschen uns was«, antwortet sie. Mary hält ihren Strauß Pusteblumen hoch und pustet, so fest sie kann, dass die weißen Schirmchen in die Luft stieben.

»Was hast du dir gewünscht?«, frage ich.

»Dass Daddy heute heimkommt«, antwortet sie.

»Guter Wunsch«, sage ich. »Möchtest du mir beim Gärtnern helfen?«

»Ich will mir nicht die Hände schmutzig machen!«

»Aber gerade hast du doch noch mit deinen Freundinnen auf der Erde gespielt«, erwidere ich. »Ringelreihen.«

Mary stemmt nur die Hände in die Hüften.

»Mrs. Roosevelt hat auch einen Victory-Garten«, versuche ich sie zu überreden.

Sie sieht mich an und richtet sich noch kerzengerader auf, die Daumen unter die Träger ihrer Latzhose gehakt, die meiner genau gleicht.

»Ich will mich nicht schmutzig machen«, wiederholt sie.

»Willst du es nicht für deinen Vater tun?«, frage ich. »Er ist im Krieg, um uns zu beschützen. Dieser Victory-Garten hier hilft dabei, unsere Nachbarn zu ernähren.«

Mary wirft mir einen flammenden Blick zu. »Krieg ist dumm.« Sie verstummt kurz. »Gärten sind dumm.« Wieder verstummt sie. Ich weiß, dass sie etwas sagen möchte, was sie bereuen wird, aber sie wägt ihre Möglichkeiten ab. Dann funkelt sie mich an und schreit: »Holzkopf!«

Bevor ich reagieren kann, sprintet Mary los, quer durch den Garten, über Pflanzen hinwegspringend wie eine Hürdenläuferin. »Mary!«, schreie ich. »Komm zurück!«

»Sie ist ganz schön anstrengend«, lacht Shirley. »Erinnert mich an jemanden.«

»Na, schönen Dank auch«, erwidere ich.

Mary schließt sich wieder dem Kreis ihrer Freundinnen an, um Ringelreihen zu spielen, dabei dreht sie sich gelegentlich zu mir um, die violetten Augen bereits voller Reue.

Ringel, Ringel, Rosen!
Schöne Aprikosen!
Veilchen blau, Vergissmeinnicht!
Alle Kinder setzen sich!

Ich widme mich wieder dem Unkrautjäten, bewege mich im Einklang mit meiner Armee von Gärtnerinnen, die Gedanken verloren in der Erde, da höre ich plötzlich: »Es tut mir leid, Mommy.«

Ich blicke hoch, und Mary steht vor mir, mit zitterndem Kinn, nassen Wimpern und dicken Tränen in den Augenwinkeln. »Ich wollte dich nicht Holzkopf nennen. Ich wollte nicht mit dir streiten.«

Hinter ihrem Rücken zieht sie einen weiteren Strauß Pusteblumen hervor.

»Ich nehme deine Entschuldigung an«, sage ich. »Danke.«

»Wünsch dir was«, sagt sie.

Ich schließe die Augen und puste. Als ich wieder einatme, erfüllt der Duft meiner Jonathan-Rose meine Sinne. Das Brummen eines Automotors zerreißt die Stille. Eine Tür schlägt zu, gefolgt von einer weiteren, und ich öffne die Augen. Die Silhouetten zweier Männer erscheinen am Rand des Feldes, so unheilvoll wie die der alten Eichen. Ich bemerke, dass der Wind sich plötzlich legt und die Pflanzen genau im selben Moment aufhören zu rascheln, in dem die Frauen aufhören zu arbeiten. Ein neugieriges Raunen entsteht, während die Männer entschlossen zwischen den Reihen von Pflanzen hindurchgehen. Die Frauen weichen leicht vor den Männern zurück, als sie näher kommen, beinahe als habe der Wind wieder zugenommen. Reihe um Reihe lässt jede Frau ihre Hacke fallen und schließt die Augen, während sie ein stummes Gebet murmelt.

Bitte nicht ich. Bitte nicht ich.

Die Schritte kommen näher. Ich schließe die Augen.

Bitte nicht ich. Bitte nicht ich.

Als ich sie wieder aufmache, steht unser Pfarrer vor mir, neben ihm ein Mann, beide mit ernsten Gesichtern.

»Iris«, sagt Reverend Doolan sanft.

»Ma'am«, sagt der andere Mann und reicht mir ein Telegramm der Western Union.

Die Welt beginnt sich zu drehen. Shirley erscheint an meiner Seite, und sie legt die Arme um mich.

MRS. MAYNARD,

IM NAMEN DES KRIEGSMINISTERS MUSS ICH
IHNEN MIT TIEFSTEM BEDAUERN MITTEILEN,
DASS IHR MANN, FIRST LIEUTENANT JONATHAN
MAYNARD, IM GEFECHT GEFALLEN ...

17

»Nein!«, schreit Shirley. »Iris! Jemand muss helfen!«

Das Letzte, was ich sehe, bevor ich zu Boden falle, sind eine Million weißer, duftiger Pusteblumensamen, die der Wind in den Himmel trägt.

Abby

MAI 2003

»Das ist das Haus, von dem ich Ihnen erzählt habe.«

Ich verrenke mir den Hals, um aus dem offenen Autofenster zu schauen, und ein Lächeln legt sich auf mein Gesicht, als ich ein weitläufiges Cottage mit breiter Veranda erblicke. Ein warmer Sommerwind bewegt die Hollywoodschaukel und lässt die amerikanische Flagge an einer Ecksäule flattern.

Unsere Maklerin Pam parkt ihren Audi in der engen Straße, die kaum breit genug für ein Auto ist und ganz oben auf einem sehr steilen Hügel liegt. Die Straße – und die ganze Nachbarschaft – erinnert mich an das eine Mal, als ich San Francisco besucht habe, nur in Miniaturgröße. Pam eilt herum, um uns die Türen zu öffnen.

»Hat Daddy die Flagge dort aufgehängt?«

»Ja«, schwindelt Pam meine Tochter Lily an. »Er ist ein Kriegsheld!«

Ein heftiger Stich schneidet mir das Herz entzwei.

Pam und ich sind ungefähr im selben Alter, Anfang dreißig, aber Pam ist irgendwie immer noch voller ungezügelter Begeisterung. Ich bin nur voll von dumpfem Schmerz und stiller Wut wegen eines verwirrenden Krieges, der mir den Mann genommen hat, den ich einmal kannte.

Pam salutiert Lily, die diese patriotische Geste imitiert. Dann dreht sich Pam zu mir um und salutiert mir.

19

»Nicht«, sage ich.

»Tut mir sehr leid, Mrs. Peterson.« Rasch nimmt sie den Arm wieder runter. Ihr blonder Bob bebt in der Brise, genau wie ihre mit pinkfarbenem Lipgloss überzogenen Lippen.

»Abby«, sage ich.

»Ich verstehe, Mrs. … Abby. Schon okay. Sie müssen sicher unglaublich angespannt sein wegen Ihres Mannes.«

Ich zwinge mich zu einem Lächeln. »Ja«, antworte ich. »Ich wollte nicht schroff sein.«

Sie dreht sich zum Haus um, und ihr Überschwang kehrt zurück, als sie wieder in den Maklermodus verfällt. »Das hier ist ein Sears-Haus«, verkündet sie, während meine Tochter zur Veranda sprintet und auf die Hollywoodschaukel hüpft.

»Ein was?«

»Ein Sears-Haus«, erklärt sie. »Die sind inzwischen historisch. Sears-Häuser waren Kataloghäuser, die meist per Eisenbahn in Güterwaggons ausgeliefert wurden, und jeder Bausatz enthielt eine fünfundsiebzig Seiten dicke Bauanleitung und tausend markierte Einzelteile. Man kann im ganzen Haus immer noch nummerierte Balken finden. Es gab sie in vielen verschiedenen Varianten, vom Cottage bis zur Kolonialstilvilla. Dieses Haus und das nebenan sind beides Sears-Häuser«, sagt sie, bevor sie nervös zu stammeln beginnt. »Aber … ähm … die beiden Häuser sind sich überhaupt nicht ähnlich.«

Auf Pams Gesicht zeigt sich absolute Panik, was mich dazu veranlasst, mich umzudrehen und zum ersten Mal das Nachbarhaus anzusehen.

»Das ist noch untertrieben«, erwidere ich. »Es sieht aus wie ein Gefängnis.«

Ein beeindruckender Holzzaun, der – ohne Übertreibung – mindestens drei Meter hoch ist, umgibt das Grundstück. Am ersten Stock des Hauses, das ungeachtet dessen, was Pam gerade gesagt hat, mit diesem hier baugleich zu sein scheint, blättert die Farbe ab. Moos wächst auf den Dachschindeln in einem schattigen Bereich unter einem hohen Baum, dessen junge Blätter rot gefärbt sind.

»Was hat es damit auf sich?«, frage ich.

Pams Gesicht wird so rot wie der Baum. Sie holt tief Luft.

»Dort nebenan wohnt eine sehr alte Dame«, antwortet sie. »In der Stadt sagt man, dass sie im Zweiten Weltkrieg ihren Mann verloren hat, und dann ist auch noch ihre kleine Tochter gestorben.« Pam wirft einen Blick auf das Haus und flüstert dann: »Sie ist verrückt geworden und lebt seit Jahren allein.« Sie verstummt kurz, dann spricht sie mit normalem Tonfall weiter und nickt dabei in Richtung des zu vermietenden Hauses. »Dieses Haus gehört ihr auch. War wohl früher das ihrer Mutter … oder ihrer Großmutter … Das weiß keiner mehr so genau. Ich habe gehört, dass sie es aus finanziellen Gründen vermieten muss.«

»Warum sollte sie in ihrem Alter noch mehr Geld brauchen?«, frage ich. »Die beiden Häuser dürften doch inzwischen abbezahlt sein. Ist sie krank?«

Wieder flüstert Pam: »Ich denke nicht. Wer weiß? Es gibt viele Gerüchte über sie und dieses Haus. Es heißt, sie hat einen regelrechten Garten Eden hinter diesem Zaun erschaffen. Sie züchtet Blumen oder so was in der Art. Sie ist eine Pflanzenwissenschaftlerin. Früher hat man sie in der Stadt die First Lady of Flowers genannt. Jedenfalls, ich habe gehört, dass sie ihr ganzes Geld ausgibt, um verschiedenste Blumensorten zu kaufen. Musterexemplare. Tatsächlich hatte dieses Haus hier rückwärtig auch einen schönen Garten. Die beiden Gärten waren einmal miteinander verbunden. Der hier ist ein bisschen verwildert, doch ich denke, mit ein wenig Liebe könnte man ihn wieder zum Leben erwecken. Aber richten Sie Ihre Aufmerksamkeit nicht darauf«, sagt Pam. »Richten Sie sie auf das hier.«

21

Pam macht eine ausladende Geste mit ihren perfekt manikürten Händen wie eine Glücksfee bei *Der Preis ist heiß*, und ein Aufblitzen von Blau sticht mir ins Auge. Zum ersten Mal wird mir bewusst, dass wir uns nicht auf einem Hügel befinden, sondern auf einer Düne mit Blick auf den Michigansee.

»Vom Vorgarten aus sieht man nur ein kleines Stück, aber das Haus überblickt den ganzen See«, sagt sie. »Von Ihrer Terrasse aus können Sie sogar den Pier sehen, wenn Sie sich auf die Zehenspitzen stellen. Dieses Cottage gehört zu Highland Park, einer Gemeinschaft von auf diesen Dünen erbauten Cottages, die bis ins späte 19. Jahrhundert zurückdatiert. Ist es nicht malerisch?«

»Da haben Sie sich das Beste aber bis zum Schluss aufgehoben, Pam«, sage ich. »Doch ich bin sicher, wir können uns nichts am Wasser leisten. Wie hoch ist die Monatsmiete?«

Sie wendet sich mir zu und versucht, nicht nach nebenan zu sehen, aber ihre Augen verraten sie. »Ich bin sicher, wir können einen Deal aushandeln, wenn Sie interessiert sind.«

Ich drehe mich um und starre den beeindruckenden Zaun an. *Warum möchte sie, dass jemand nebenan wohnt, wenn sie sich so anstrengt, alle fernzuhalten?*

Pam lehnt sich zu mir. »Ich kann Ihre Gedanken lesen. Wollen Sie wissen, was ich denke? Ich denke, sie ist einfach nur einsam. Möchte in ihren letzten Jahren jemanden nebenan haben. Dieses Viertel ist voller Familien. Die Häuser werden einfach von einer Generation an die nächste weitergegeben. Nach ihr ist jedoch niemand mehr da.« Pam winkt mich näher zu sich, und ich lehne mich ihr noch weiter entgegen. »Sie trifft die endgültige Entscheidung, wer dieses Haus mietet«, flüstert Pam noch leiser.

»Dann sind Sie ihr schon begegnet?«, frage ich. »Wie ist sie so?«

»Nicht direkt«, erwidert Pam. »Wir kommunizieren nur per

E-Mail.« Sie verstummt kurz. »Manchmal hinterlässt sie lediglich eine Nachricht am Tor ihres Zauns. In Schreibschrift auf hellblauem Papier, wie früher in der guten alten Zeit.« Wieder macht Pam eine kurze Pause. »Sie hat schon ein halbes Dutzend anderer Interessenten abgelehnt. Dann schreibt sie einfach nur ›Nein!‹ auf ein Stück Papier, nachdem ich den Leuten die Immobilie gezeigt habe. Ich weiß nicht, wie sie das beurteilt, da sie ihr Grundstück nie verlässt. Ich persönlich glaube, sie wartet auf eine junge Familie. Ich glaube, die Sache ist für sie ziemlich schwarz-weiß. Top oder Flop.«

Ihre Worte klingen mir in den Ohren nach.

Ich fand schon immer, dass es ein Segen sein muss, das Leben in Schwarz-weiß zu sehen. Es muss leichter sein, wenn die Dinge eindeutig sind. Wenn man Emotionen außer Acht lässt, sind Entscheidungen klar. Ich dagegen? Ich sehe schon immer tausend Schattierungen von Grau. Und das ergibt eine schwierigere Existenz.

»Was führt Sie übrigens nach Grand Haven?«, erkundigt sich Pam. »Sind Sie hier aufgewachsen? Haben Sie Verwandte in der Gegend? Wollen Sie mit Ihrer Familie einen Sommer am Wasser verbringen?« Sie hält kurz inne und sieht mich mit Besorgnis an, bevor sie ihre Stimme senkt. »Ich könnte es natürlich verstehen, falls das der Fall wäre.«

»Nein, nein, nein«, stammle ich. »Ich bin in Detroit aufgewachsen.«

Wie soll ich es erklären, denke ich. *Warum muss ich es erklären? Ich bin zu müde, um es noch zu erklären.*

Ein Summen wächst in meinen Ohren, als hätten sich Zikaden in meinem Kopf eingenistet. Die Welt kippt wie eine alte Batman-Folge, und all ihre Farben – die amerikanische Flagge, das braune Cottage, der blaue Himmel, der rote Baum, Pams pinkfarbener Lipgloss – werden schwarzweiß.

»Ich habe ein Jobangebot bekommen«, fahre ich fort.

»Aber«, setzt Pam an, »Ihr Mann …«

»Oh«, stammle ich erneut. »Er … äh … er ist aus dem Krieg zurück.«

»Was für ein Segen!«, ruft Pam. »Das war mir nicht bewusst. Ich dachte, er wäre …«

Sie bricht ab.

Tot?, will ich fragen. *Das ist er. Nur nicht im wörtlichen Sinn.*

»Meine Güte«, sagt Pam in zu fröhlichem Tonfall. »Warum haben Sie das nicht gleich gesagt?«

Was gesagt?, will ich fragen. Dass mein Mann mir als leere Hülle seines früheren Selbst zurückgebracht wurde? Dass unser Leben auf den Kopf gestellt wurde wegen eines Krieges, an den ich nie geglaubt habe? Dass ich mir ständig Sorgen um meinen Mann mache, weil ich die Hälfte der Zeit über keine Ahnung habe, wo er ist oder was er macht, wenn er nicht trinkt oder depressiv ist? Dass ich ein schrecklicher Mensch bin, weil ich all das denke?

Tausend Schattierungen von Grau.

»Ja, es ist ein Segen«, antworte ich. »Es fällt nur schwer, darüber zu reden.«

»Das verstehe ich«, erwidert Pam. Mitfühlend legt sie eine Hand auf meinen Arm. »Sie tun, was Sie können für Ihre Familie.«

»Ja«, antworte ich und ringe mir ein Lächeln ab.

»Sind Sie Lehrerin?«, fragt sie. »Oder Sekretärin?«

Ich beiße mir auf die Innenseite meiner Wange. »Ich bin Chemieingenieurin«, antworte ich.

»Oh!«

»Ich arbeite für einen Hersteller von Boots- und Yachtanstrichen hier«, fahre ich fort. »Ich entwickle einen neuen Schiffslack – in vielen Farben –, um Rost und Muschelbewuchs an Schiffen und Stegen zu verhindern.«

»Das ist ja erstaunlich«, sagt Pam. Ich weiß nicht, ob sie sich

24

auf den Job bezieht oder auf die Tatsache, dass ich Chemie-ingenieurin bin. Sie mustert mich aufmerksam, als würde sie mich zum ersten Mal richtig sehen, und ich kann mein Spiegelbild in der glänzenden Glossschicht auf ihren Lippen erkennen: mein braunes, strähniges Haar, spärliches Make-up, dicke schwarze Brillenfassung. Ich muss an den Zaun der Nachbarin denken: *Vielleicht versuche ich ja auch, die Welt auf Abstand zu halten.* »Ich habe mir Ingenieure nie, na ja, kreativ vorgestellt.«

Ich nicke. »Die Leute sagen immer, Ingenieure wären nicht kreativ, aber das sind wir. Genau genommen ist meine Arbeit eine Art Kunst, wissenschaftliche Malerei, wenn man so will.« Ich hebe die Hände und zeige um mich herum. »Unsere Welt setzt sich aus einer wissenschaftlichen Farbmischung zusammen. Ich meine, schauen Sie sich nur die Luft an, die wir atmen. Sie besteht noch aus vielen anderen Dingen außer Sauerstoff, der nur ungefähr einundzwanzig Prozent der Luft ausmacht. Ungefähr achtundsiebzig Prozent der Luft, die wir atmen, bestehen aus Stickstoff. Da sind auch noch winzige Mengen anderer Gase wie Argon, Kohlendioxid und Methan.« Ich mache eine kurze Pause und zeige auf den See. »Und woraus besteht Wasser?«

Pam starrt mich an.

»Faszinierend«, sagt sie, während sie ihren Lipgloss nachlegt. »Nun, dann ist das hier ein perfekter Ort für Ihre Familie. Grand Haven ist ein Wasser- und Bootsparadies. Sie wissen, dass das hier die einzige Stadt in den Vereinigten Staaten ist, die offiziell die Bezeichnung Coast Guard City trägt, nicht wahr? Und wir veranstalten das jährliche Coast Guard Festival, um die Männer und Frauen der US-Küstenwache zu ehren und zu würdigen. Ihr Mann sollte sich hier wie zu Hause fühlen. Und Sie auch.« Sie lächelt. »Jetzt lassen Sie mich Ihnen das Haus zeigen, okay? Und natürlich die Aussicht!«

Bevor wir uns in Bewegung setzen können, rennt Lily die Stufen herab und hinüber zum Zaun, der den Vorgarten von dem nebenan trennt. Sie klettert auf einen großen Stein und springt hoch zu einem langen Haken, der aus dem Holzzaun hervorragt und aussieht, als habe er einst eine Hängepflanze getragen. Während sie versucht, am Zaun hochzuklettern wie ein Eichhörnchen, scharren ihre Turnschuhe über das Holz.

»Lily!«, schreie ich. »Du tust dir noch weh.«

Sie springt wieder runter. »Mom«, jammert sie.

»Sie ist ein kleiner Wildfang«, entschuldige ich mich bei Pam, die ihre Enttäuschung nicht verbergen kann.

Lily drückt ihre Nase an die schmalen Schlitze im Zaun. »Wow«, sagt sie. »Das musst du dir ansehen!«

Ich gehe zu Lily, lege mein rechtes Auge an eine winzige Öffnung und blinzle hindurch. Auf der anderen Seite des Zauns ist ein Garten, der einem meiner eigenen chemischen Experimente gleicht: Überall sind Dutzende von Stäben mit kleinen Fähnchen, die im Wind flattern. Es wimmelt von Taglilien, und an ihren Stängeln ist etwas Eigenartiges befestigt, das ich nicht ganz erkennen kann.

So früh in der Saison blüht zwar noch wenig, aber ich kann mir vorstellen, was noch kommen wird.

Ich verändere meine Haltung und versuche, weiter in den Garten hineinzusehen, aber die Öffnung ist zu klein und strengt mein Auge an. Das Einzige allerdings, was ich direkt vor mir erkennen kann, ist eine schöne Laube mit einem Rankgitter, das nicht nur so aussieht, als könnten dort Rosen wachsen, sondern auch, als könnte dort ein Weg zwischen diesen beiden Häusern gewesen sein.

Ich spüre den Zaun erzittern, und als ich hochblicke, sehe ich, dass Lily erneut versucht hinaufzuklettern.

»Lily!«, rufe ich noch mal.

Sie springt wieder zu Boden und rennt zur Veranda.

»Warum zeige ich Ihnen jetzt nicht das Haus?«, schlägt Pam erneut vor. »Sie müssen diese Aussicht sehen!«

»Natürlich«, antworte ich.

Ich drehe mich um und gehe den kurzen Weg aus Steinplatten zum Eingang. Bevor ich die Stufen hinaufsteige, sehe ich mich noch einmal zum Nachbarhaus um.

Im ersten Stock bewegt sich ein Vorhang, kaum wahrnehmbar. Ich mache einen Schritt, bleibe stehen und schaue noch mal hin. Das Fenster ist nicht offen, aber der Vorhang schwingt immer noch leicht.

Ich mache einen weiteren Schritt die Stufen hoch, drehe mich blitzschnell noch einmal um und kneife die Augen hinter meiner Brille zusammen.

Ein Schatten huscht vorbei und verschwindet.

TEIL EINS

Flieder

*»Der Duft von feuchter Erde und Flieder hing in der Luft
wie ein Hauch der Vergangenheit und
eine Ahnung der Zukunft.«*

MARGARET MILLAR

Abby

MAI 2003

Schnipp, schnipp, schnipp …

Ich lege die Küchenkästen, Vorratsschränke und Schubladen mit Schrankpapier aus. Ich bin nicht gerade das, was man von Natur aus häuslich nennen würde, aber meine Mutter – eine Meisterin der Konzentration auf das Ungefährliche – hat mir eine Sauberkeits- und Ordnungsliebe eingebläut, die ans Zwanghafte grenzt.

Vielleicht bin ich deshalb Ingenieurin geworden.

Ich putze nicht gern – ich lasse lieber jemanden kommen, der die Fenster putzt, Sockelleisten abwischt und auf Tritthocker steigt, um Deckenventilatoren abzustauben –, aber ich mache, was ich als »Ordnung halten« bezeichne. Das Bett muss gemacht sein, Geschirr darf nicht in der Spüle herumstehen, Lilys Spielsachen müssen wieder in ihr Zimmer zurückgebracht werden.

Alles muss an seinem Platz sein.

Ich lege die Schere weg und sehe mich in der überraschend geräumigen Küche unseres neuen Heims um. Es wurde eindeutig irgendwann seit seiner Erbauung in den – *was sagte Pam?* – zwanziger Jahren des letzten Jahrhunderts renoviert, aber auch das scheint schon wieder eine ganze Weile her zu sein. Die Schränke sind knallgelb, und ich meine *knall*gelb. Pam hat es als ›sonnige Küche‹ angepriesen, aber es grenzt eher an geschmacklos. Die Schränke haben flache Fronten und antike Griffe, und die Arbeitsplatten sind aus glänzendem rosa Resopal. Dazu passend gibt es noch eine rosa Retro-Essecke neben einem großen Fenster und ein rosa Wählscheibentelefon in einer kleinen Nische mit einer Klappschublade. Die habe ich mir bereits als mein Homeoffice ausgesucht, wobei mein Mac in dieser Zeitkapsel von einer Küche ebenso fehl am Platz wirkt wie die neueren Küchengeräte.

Ich bin mir nicht ganz sicher, ob die Küche nun retro oder kitschig ist, aber ich liebe sie. Sie erinnert mich an meine Großeltern, und der Raum fühlt sich wie eine warme Umarmung an.

Im Keller habe ich Rollen mit Schrankpapier gefunden. Das Muster besteht aus Sternchen in Türkis und Limettengrün. Als ich das Papier zum ersten Mal abgerollt hatte, waren die Kanten von der Feuchtigkeit wellig gewesen, aber ich habe es flachgebügelt, ein weiterer Trick, den ich von meiner Mom gelernt habe.

Ich lege ein weiteres Regal aus, dann gehe ich zu einem offenen Karton auf der Arbeitsfläche und fange an, Gläser und Kaffeetassen auszuwickeln und das Zeitungspapier auf den Fußboden zu werfen.

Wir alle fangen neu an, denke ich, *auf so viele Weisen*.

Ich denke an unser Haus in Detroit mit seinem offenen Konzept und dem winzigen Garten. Es sollte unser Zuhause für immer sein, stattdessen war es zu einem Haus des Schreckens geworden. Wir haben das moderne Zuhause in der Stadt, auf dem wir noch eine Hypothek hatten, verkauft, um ein altes Haus in einem Erholungsort zu mieten, über den keiner von uns irgendetwas weiß.

Ich sehe mich in der farbenfrohen Küche um. *Nicht gerade schwarz-weiß, Pam*, denke ich.

»Nein! Nein! Nein!«

31

Mit einem Glas in der Hand renne ich ins Wohnzimmer, wo mein Mann Cory im Schlaf schreit.

»Liebling«, sage ich, während ich mich auf den Rand der Couch setze und die Stimme senke. »Alles ist gut. Alles ist gut. Du bist okay. Du bist okay.«

Jäh wacht Cory auf und schreckt hoch. Dabei stößt er mir das Glas aus der Hand, das durch die Luft fliegt und auf dem Holzboden zerspringt. Bei der plötzlichen Explosion hält Cory sich die Ohren zu und sinkt wieder auf die Couch.

»Schhh«, flüstere ich meinem einst unbesiegbaren neunzig Kilo schweren Mann zu, der unkontrolliert zittert.

»Wo bin ich?«

»Zu Hause«, antworte ich und streiche ihm das goldblonde Haar aus der Stirn. »In unserem neuen Zuhause. Grand Haven. Erinnerst du dich? Alles ist gut. Ich bin ja da.«

Er nickt mit glasigen Augen und greift nach dem Bier, das er auf dem Beistelltisch hat stehen lassen.

»Bist du sicher, dass du das brauchst?«, frage ich.

Mit schmalen Augen, die so eisblau wie das Logo auf der Bierflasche sind, starrt Cory mich finster an.

»Ja«, sagt er. »Ich bin sicher.«

Er leert die Flasche und reicht sie mir. »Bring mir noch eins«, sagt er.

Ich nehme die Fernbedienung und will den Fernseher ausschalten, auf dem immer ein Nachrichtensender läuft, CNN, Fox, MSNBC, ganz egal. Cory ist besessen davon, sich Berichte über den Krieg anzusehen. Es macht ihn fassungslos, nach seiner Heimkehr feststellen zu müssen, dass so viele Leute in dem Land, das er verteidigt hat, den Krieg nicht unterstützen, aber auch, zunehmend Berichte zu sehen, dass es den Auslöser dazu – die Existenz von Massenvernichtungswaffen – niemals gegeben hatte.

»Nicht«, sagt er.

»Liebling, das macht dich nur noch nervöser. Warum siehst du dir nicht was Leichteres an?«

Cory schüttelt den Kopf. *Du bist auch eine Verräterin,* scheinen seine Augen zu sagen.

»Ich hol dir noch ein Bier«, sage ich, um ihn zu besänftigen.

Ich mache mich auf den Weg in die Küche, doch dann bleibe ich wie angewurzelt im Esszimmer stehen. Obwohl wir gerade erst eingezogen sind, bedeckt Corys militärischer Papierkram – für Versicherungen, Leistungen, Beratung – unseren kompletten Esstisch. Da ist Papierkram in Kartons, Papierkram in Ordnern, Papierkram in Mappen und Heftern, Papierkram in schwankenden Stapeln.

Unordnung, die niemals weggeht.

Ich gehe in die Küche und bleibe in der Tür stehen. Mit angehaltenem Atem sehe ich zu, wie Corys Kopf langsam wieder absinkt – einmal, zweimal –, bis ich weiß, dass er schläft. Dann presse ich meine Stirn an den Türrahmen, als könne ich so all die gärenden Gefühle wieder in meinen Kopf zurückdrängen. Auf Zehenspitzen schleiche ich zurück ins Wohnzimmer – wobei der alte Holzfußboden, bei dem ich erst noch herausfinden muss, welche Dielen knarren, sich größte Mühe gibt, mich zu verraten –, nehme die Fernbedienung und schalte den Fernseher aus.

Selige Stille.

Ich betrachte meinen schlafenden Mann. Ein paar Sekunden lang sieht er friedlich aus. Sein Gesicht ist entspannt, sein Atem gleichmäßig.

»Nein!«, schreit er plötzlich mit zuckenden Beinen und gequältem Gesicht. Ich halte den Atem an.

Und dann ist er wieder ruhig.

Cory hat mir nur wenig darüber erzählt, was während seiner Stationierung im Irak passiert ist, aber ich weiß, dass eine selbstgebastelte, im Wüstensand versteckte Landmine ausgelöst wurde und zwei aus seinem Zug getötet hat, darunter seinen besten Freund. Corys Körper ist von Narben übersät, und obwohl er sagt, dass er mir und Lily den Schrecken in seinem Kopf ersparen möchte, sprechen seine Albträume, sein Trinken und seine zunehmende Abschottung Bände.

Die Ironie, dass unser Land die neuesten Waffen und Technologien zur Verfügung hat, aber eine behelfsmäßig zusammengebastelte Sprengfalle seinen Freund getötet hat, quält ihn.

Krieg ist Krieg. Da gibt es keine Grauschattierungen.

Ich atme tief durch, um mich zu beruhigen. Ich bin erschöpft, aber ich muss weiterkämpfen: Das Haus muss fertig eingerichtet sein, bevor ich in einer Woche mit meinem neuen Job anfange. Und Lily muss diesen Sommer neue Freunde in einer neuen Stadt finden. Ich sehe Cory an. Ich muss ihm noch erzählen, dass ich Lily für praktisch jeden Ferienkurs angemeldet habe, den ich finden konnte, von Schwimmen bis Segeln. Ich will nicht, dass er denkt, ich würde ihm nicht vertrauen, aber um die Wahrheit zu sagen, vertraue ich ihm tatsächlich nicht. Er liebt Lily mehr als sein eigenes Leben, aber das würde ihn nicht davon abhalten, zu viel zu trinken, einzuschlafen oder einfach nur zu vergessen, dass sie im Garten oder am Wasser spielt.

Mein Mann ist nur noch ein Schatten dessen, der er mal war.

Wieder atme ich tief ein.

Das Wohnzimmer riecht nach Bohnerwachs und Bier, genau wie das Twilight Inn, die heruntergekommene Collegebar, in der ich früher gearbeitet habe. Montags habe ich den Fußboden gewischt und die ganzen Flaschen und Plastikbecher weggeworfen, um zu versuchen, die Geschichte des Wochenendes auszulöschen. Aber es roch trotzdem immer noch nach Putzmittel und Bier.

Cory stöhnt.

Die Geister kehren immer zurück, denke ich.

Nachdenklich mustere ich ein Fenster an der Vorderseite des Hauses.

Ich sollte dieses Zimmer auslüften, denke ich. *Den Geistern Gelegenheit geben zu entkommen.*

Auf Zehenspitzen schleiche ich zu dem schönen antiken Schiebefenster. Es gibt zwei solche Fenster im Wohnzimmer und zwei im Esszimmer, noch mit der Originalverglasung, umrahmt von schönen, dick mit weißer Farbe überzogenen Leisten. Ehrfürchtig streiche ich mit der Hand über das wellige Glas und die hübschen Scheiben.

Welche Geschichten du wohl erzählen könntest?

Als ich den Rahmen hochschieben will, weigert er sich nachzugeben. Ich gehe in die Hocke und stemme mich dagegen, worauf sich das Fenster bewegt – um zwei Zentimeter vielleicht – und meine Rückenwirbel so laut knacken, dass ich ihnen tatsächlich ›pssst‹ zuzische. Frustriert halte ich inne und mustere das Fenster.

Du magst ja hübsch sein, denke ich, *aber du bist alt und störrisch.*

Die Fenster haben noch die alten Seilzüge, und die Rahmen sind vom Wasser und der Feuchtigkeit des Sees aufgequollen. Ich schiebe mir die Brille runter auf die Nasenspitze und spähe in die Öffnung, in der der Seilzug im Fensterrahmen verschwindet. Diese Fenster funktionieren mit altmodischen Gegengewichten, die in den Hohlräumen der Fensterlaibungen verlaufen. Wenn man das Fenster öffnet oder schließt, bewegen sich die Gewichte an den Seilzügen rauf oder runter, um das Fenster offen zu halten, ohne dass eine Verankerung nötig wäre.

Faszinierend, diese alten Erfindungen, denke ich.

Die Schnüre sind ausgefranst und werden ein wenig Arbeit benötigen. Ich hole tief Luft, lege meine Hände noch mal unter den Rahmen und drücke mit aller Kraft nach oben wie ein Muskelprotz auf dem Jahrmarkt. Unvermittelt fliegt das Fenster auf, als gäbe es keine Schwerkraft.

Ich kann hören, wie Cory sich regt. Erneut halte ich den Atem an und drehe mich um. Er rollt sich mit dem Gesicht zur Rückenlehne und schnarcht weiter.

Erleichtert atme ich auf und will gerade in die Küche zurückgehen, da höre ich ein leises Maunzen. Ich halte mitten in der Bewegung inne und drehe mich wieder zum Fenster um. Ich versuche, in dem dunklen Garten zu erkennen, woher das Maunzen kam, sehe jedoch nichts, nur das Wasser des Sees, das in der Ferne ruhig und glänzend daliegt. Innerhalb weniger Tage ist der See bereits zu einem vertrauten Geruch geworden. Das waldige, feuchte Aroma hat eine mächtige Wirkung auf mich, als wäre ich schon immer dazu bestimmt gewesen, am Wasser zu sein, und endlich nach Hause gekommen. Der Geruch von Süßwasser vermischt mit Kiefernduft, den der Wind mit sich trägt, beruhigt mich.

Aber heute Abend liegt noch etwas anderes in der Luft, ein parfümartiger Duft, der so süß und vertraut ist, so überwältigend, dass ich nicht anders kann, als die Augen zu schließen und erneut tief einzuatmen.

Flieder!

Sofort fühle ich mich ins Haus meiner Großmutter in einem Vorort von Detroit zurückversetzt. Jede Wand im Haus von Grandma Midge war in einer Schattierung von Rosa oder Lila gestrichen. Ihr Badezimmer war altrosa gestrichen und ihre Küche knallpink. Aber ihr Schlafzimmer zu betreten war, als käme man in ein Zimmer voller Flieder: zartlila Wände mit einem leichten Stich ins Rosé, ein weißes, mit Fliederblüten bemaltes Kopfteil, Blumengardinen und violetter Zottelteppich.

Wenn wir sie zum Muttertag besuchten, stand ihr Flieder für gewöhnlich in voller Blüte. Sie wartete immer, bis ich kam, bevor sie die duftenden Dolden abschnitt.

Meine Grandma lebte in einer alten Siedlung voller Familien, deren Männer ihr Leben lang in der Automobilindustrie gearbeitet hatten. Mit der Zeit allerdings wurden die Reihen winziger Häuser, die sich mit einer Armeslänge Abstand aneinanderdrängten, zunehmend von Witwen bewohnt, die alle eine Schwäche für Flieder im Garten und für Bridgepartien zu haben schienen.

»Flieder braucht eine hübsche Vase«, wies meine Grandma mich immer an. »Das *Leben* braucht eine hübsche Vase.«

Dann führte sie mich zu einer ihrer vielen Eckvitrinen und versetzte ihr mit dem Pantoffel einen leichten Tritt, um die klemmende Tür zu öffnen. Wir suchten ihre schönsten McCoy-Vasen in der Form von Hyazinthen aus oder hohe türkisfarbene Vasen mit Vögeln und Zweigen.

Wir schnupperten an fast jeder Fliederdolde, bevor wir ganze Armvoll Blüten abschnitten und ins Haus trugen. Wir füllten zahllose Vasen damit und stellten sie in jedes Zimmer, bis ihr Haus duftete, als wäre es in himmlisches Parfüm getränkt.

Und wenn ich ins Bett ging, dann hob sie die Vase auf meinem Nachttisch hoch und hielt sie mir unter die Nase.

»Träum von Blumen, mein Engelchen«, flüsterte sie. »Träum von Flieder.«

Cory raschelt auf dem Sofa, und ich schleiche vom Fenster fort. Auf Zehenspitzen gehe ich durch die Küche, nehme eine Taschenlampe und mache leise die Tür auf, die hinaus auf die große Veranda mit Blick auf den See führt. Ein heller Mond steht am Himmel und schimmert auf der Wasseroberfläche, was mir das Gefühl gibt, in einem alten Film zu sein und darauf zu warten, dass mein Mann vom Meer zurückkehrt. Der Mond ist noch nicht ganz voll, wird jedoch jede Nacht runder und leuchtender.

Erneut höre ich das Mauzen. Ich folge dem Geräusch hinaus auf die Terrasse und dann die Stufen hinunter in den heruntergekommenen Garten. Es ist eine relativ warme Mainacht für Michigan-Verhältnisse, was bedeutet, dass ich ohne Jacke nicht fröstle. Ich hätte gedacht, dass ich am See stärker frieren würde als in Detroit, aber das Wasser des Sees hat sich schneller erwärmt als gewöhnlich, und das bewirkt, dass es in der Umgebung des Sees eine Spur milder ist.

Unser neuer Garten ist ziemlich groß, besteht jedoch hauptsächlich aus Gestrüpp und Unkraut. Begrenzungen aus Fundsteinen vom See deuten an, wo sich einmal Beete befunden haben, und hier und da steht ein bröckelndes Vogelbad und dekorative Gartenkugeln auf rostenden Metallstäben.

Das wird ein Projekt für mich werden, falls ich je die Zeit dazu finde. Cory hat früher gern im Garten gearbeitet. Bevor …

Ich drehe mich um und betrachte den vom Mond erhellten hohen Zaun. Es ist wirklich wie die Mauer eines Gefängnisses.

Oder einer Burg, denke ich. *Entweder versucht die alte Dame, alle anderen draußen oder sich selbst drinnen zu halten.*

Ich gehe zum Zaun und schalte die Taschenlampe ein. Ich suche links und rechts, oben und unten, und da – in einer der dicken Zaunlatten, ungefähr auf Kniehöhe – ist ein kleines Loch, gerade groß genug für eine Katze, um hindurchzuschlüpfen.

Dann gehe ich in die Hocke, schaue durch das Loch und inhaliere tief.

Fliederduft.

Ich richte meine Taschenlampe durch die schmale Öffnung und sehe eine dichte Reihe von Fliederbüschen in voller Blüte. Ihre violetten, vom Mondlicht beschienenen Zweige wippen in der leichten Brise und winken mir zu, als wollten sie sagen: »Hi, Abby, schön, dich kennenzulernen.«

Ich versuche, den Garten meiner Nachbarin abzusuchen, aber das Loch ist zu schmal. Ich kann nur sehen, was direkt vor mir ist.

In dem Moment springt die Katze ins Licht der Taschenlampe und verschwindet unter den Fliederbüschen.

Iris

MAI 2003

Ich arbeite gern bei Mondlicht im Mai.

Die Abende sind frisch und still, und die Luftfeuchtigkeit durch den See kommt erst noch, genau wie die Touristen, die auf die umliegenden Cottages und den Strand einfallen werden wie Heuschrecken.

Ich sehe mich in meinem Garten um, der von vereinzelten Solarlampen erleuchtet wird.

Keine Heuschrecken hier, denke ich. *Die kann ich kontrollieren.*

Dann betrachte ich meinen Zaun.

Ich kann jeden Außenstehenden kontrollieren, der es wagt, in mein Heim einzudringen.

Aber das Beste am Mai ist für mich der Duft von Flieder. Er erfüllt die Luft wie ein antikes Parfüm, etwas, das Aphrodite getragen haben könnte. Der Geruch gibt mir ein Gefühl von Sicherheit, wie ein kleines Mädchen. Ich denke an meine Großmutter und schließe die Augen.

»Im Himmel duftet es nach Flieder, Iris«, flüstere ich lautlos, als ich mich daran erinnere, was meine Grandma immer zu mir gesagt hat, wenn sie mich im Bett zudeckte. Energisch würge ich den Gedanken ab.

Es gibt keinen Himmel, Iris.

Sogar nach sechs Jahrzehnten sind die Nächte immer noch der härteste Teil des Tages für mich. Sie sind eine beständige

Erinnerung dran, dass ich nicht in Sicherheit bin, dass ich nie in Sicherheit war, dass niemand von uns je in Sicherheit ist. Schlaf will sich nicht einstellen, und wenn er es doch tut, ist er voller Albträume von meinem Mann und meiner Tochter, die beide um Hilfe schreien, und ich bin nicht in der Lage, sie zu retten.

Der süße Duft weht erneut an mir vorbei, und schließlich öffne ich meine Augen. Der Flieder schaukelt im leichten Wind.

Nur die kann ich retten. Meine Blumen.

Ich schaue hinaus zu meinem Zaun. *Nur mich selbst kann ich beschützen.*

Ich lege die Samen weg, die ich gerade gezählt habe, und nehme die Teetasse mit dem Wildrosendekor, um einen Schluck Kamillentee zu trinken, während ich mich auf meiner Fliegengitterveranda umsehe.

Alles um mich herum ist alt.

Ich stelle die zerbrechliche Tasse zurück auf ihre zierliche Untertasse, die unter meiner unsicheren Hand klappert.

Ich bin alt.

Meine Fliegengitterveranda ist zu meinem Büro und Rückzugsort geworden, besonders in Michigans mildesten Monaten von Mai bis Oktober. Die optimistischsten Michiganer mögen zwar den November noch Herbst und den April schon Frühling nennen, aber im Handschuhstaat, wie wir ihn auch nennen, zählen beide offiziell immer noch zum Winter. Hier in Michigan ist es sogar erst nach Muttertag sicher, seine einjährigen Gewächse ins Freie zu pflanzen. Meine Fensterkästen bleiben also noch auf Standby.

Ich habe meine Fliegengitterveranda vor Jahrzehnten bauen lassen, als ich meinen ersten Zaun aufstellen ließ, zusammen mit einem erweiterten Gewächshaus.

»Sind Sie sicher, Ma'am?«, hatten mich die Bauarbeiter gefragt, als ich ihnen gesagt hatte, wie hoch ich meinen Zaun haben wollte. »Was ist mit Ihren Nachbarn?«

»Das Haus im Süden gehört mir, und das im Norden wurde von Fremden gekauft. In Highland Park sind jetzt nur noch Fremde. Bringt man denn Kindern nicht bei, nicht mit Fremden zu reden?«

Und schon wurde der Zaun aufgestellt, ruck, zuck, ohne weitere Fragen.

Aber der wahre Grund, warum ich diesen Zaun aufstellen ließ, war, dass ich die Blicke nicht ertragen konnte, die die Leute der Frau zuwarfen, die ihre Familie verloren hatte, als wäre ich eine Art kuriose Zirkusattraktion. Ich konnte es nicht ertragen, wie Ehemänner ihre Frauen bei der Hand packten und Mütter die Arme um ihre Kinder legten – Nachbarn und Freunde noch dazu –, Gesten, die sagten: *Geh nicht zu nah an sie ran. Ihr Unglück könnte auf dich abfärben.*

Ja, der erste Zaun sollte die Leute am Hereinsehen hindern, aber der zweite Zaun sollte die Leute draußen halten.

Für immer.

Ironischerweise betrachte ich ihn gar nicht mehr als Zaun. Er ist eine Leinwand. Clematis, Rosen, Trompetenblumen und Duftwicken kriechen und klettern über das Holz, während Hibiskus und Scharonrose es mit breiten Farbtupfern in Pink und Weiß überziehen.

Die Fliegengitterveranda liegt erhöht und hat ein Giebeldach, was einen Panoramablick auf den Michigansee in seiner ganzen Pracht sowie meinen Garten bietet. Es ist ein hoher Raum, an zwei Seiten von Fliegengittern begrenzt. Die Nordseite ist eine Wand mit einem alten Sprossenfenster, das eine antike Bugholzlampe ziert, die mein Großvater bei einer Anglerwette im Norden Michigans gewonnen hatte. Mein Grampa nahm uns immer mit zu einer alten Hütte am Lake Superior, wo das Wasser sogar im Hochsommer kalt wie ein Eisbad ist. Er fuhr nur aus einem einzigen Grund dorthin: um Hechte zu angeln. Dort wettete er mit dem Barbesitzer nach ein paar

Bierchen und Whiskeys, dass er einen größeren Hecht an Land ziehen konnte als alle, die der Barbesitzer an seiner Wand hängen hatte. Ich war dabei, als das Monster anbiss, nachdem es dem Köder stundenlang gefolgt war. Die Größe und die Zähne des Hechts machten mir eine Todesangst, aber am Ende holte mein Grampa den Fisch ein.

»Was willst du haben, Grampa?«, fragte ich. »Er hat gesagt, er gibt dir, was du willst.«

Mein Grampa ging mit dieser Lampe nach Hause, unter der er jahrelang seine Sonntagszeitung las, trotz der Tatsache, dass die Lampe nach Zigarettenrauch und billigem Bier roch, bis sie nach ein paar Jahrzehnten auf dieser Veranda genug Gelegenheit gehabt hatte auszulüften.

Nun erhellen zwei meiner liebsten Lichtquellen, diese Lampe und das Mondlicht, den gelben Block, auf dem ich die Samen und Ergebnisse der Taglilien aufzeichne, die ich vermehre. In meinem Alter brauche ich inzwischen mehrere Lichtquellen und zwei – ja, zwei! – Brillen dafür. Ich setze eine Lesebrille auf meine Nasenspitze, und direkt vor meinen Augen sitzt eine mit Strass verzierte Katzenaugenbrille, deren Gläser so dick wie Glasbausteine sind.

Dann trinke ich einen Schluck Tee und atme den Duft des Flieders ein.

Plötzlich versteife ich mich bei einem knarrenden Geräusch und drehe den Kopf zum offenen Teil der Veranda, der nur mit Fliegengitter umschlossen, aber geschützt durch eine Reihe kleiner Kiefern und wilder Hortensien ist, die ich in den Wäldern in der Nähe der Dünen ausgegraben habe, wo ich früher gern gewandert bin. Sie sind inzwischen fast zweieinhalb Meter hoch und werden riesige, spitzenartige weiße Blüten bekommen, die so groß sind wie Basebälle. Ich lausche.

Muss ein Ast gewesen sein, denke ich. *Oder mein Körper hat geknackst.*

42

Leise vor mich hin glucksend trinke ich einen weiteren Schluck Tee.

Die Veranda kommt mir inzwischen so vor, als gäbe es sie schon genauso lange wie mich, hauptsächlich weil sie mit all den Lieblingsdingen meiner Mom und meiner Grandma dekoriert ist.

In der Ecke ragt ein zimmerhoher Kamin aus runden bunten Steinen empor, die ich vom Michigansee hochgeschleppt habe, nachdem sie durch heftige Gewitter an Land gespült worden waren. Über dem Kaminsims prangt immer noch ein Waagscheit, das aus einer Scheune aus dem neunzehnten Jahrhundert gerettet wurde, die gleich hier die Straße hinunter abgerissen worden war, um Platz für ein Mini-Herrenhaus zu machen.

Ich habe die alte gläserne Köderfischfalle meines Großvaters in eine Lampe verwandelt und vors Fenster Vorhänge mit altmodischen Motiven von Rehen im Wald an einem kalten Herbsttag gehängt, die meine Grandma genäht hat, als meine Mom noch ein kleines Mädchen war. Das Kanu, mit dem mein Dad und ich jedes Wochenende auf dem Michigansee gerudert sind, hängt ganz oben unter dem Dachgiebel. Die rote und grüne Farbe blättert ab, und von den Bänken hängen zwei Stalllaternen. Jede Oberfläche und jeder Winkel ist voller Kunstwerke und Erinnerungsstücke, die meine Familie gesammelt hat, und winzige Aquarelle meiner Lieblingsblumen hängen an Pfosten und bedecken jeden Quadratzentimeter Wandfläche.

Mein Herz – *nein, das Herz meiner Familie!* – schlägt auf dieser Veranda.

Sogar der massive Tisch, an dem ich arbeite, wurde von meinem Großvater, einem Holzarbeiter, aus einem vom Blitz getroffenen Walnussbaum in unserem Garten gemacht. Seine Beine bestehen aus massiven Baumstämmen. Er ist robust und abgenutzt wie ich. Sein Holz hat zahllose Tränen aufgesaugt und ist dadurch nur noch stärker geworden, wie es scheint. Er ist so schwer, dass ich ihn im Winter nicht mehr hineintragen oder bei einem Wolkenbruch verrücken kann, wenn der Wind den Regen seitlich durch die ungeschützten Fliegengitter hereindrückt. Er bleibt fest in der Mitte dieser Veranda verwurzelt.

Ich trinke meinen Tee aus und sehe mich um. Das Mondlicht und die Lampe hüllen die Veranda in ätherisches Licht.

Schon als kleines Mädchen habe ich Erinnerungsstücke geliebt. Ich habe mich in die Quilts meiner Grandma gekuschelt, ihre Schürzen getragen, obwohl sie dabei über den Boden schleiften, und ich habe ihr Nudelholz benutzt, um den Teig für ihre Blaubeerpasteten auszurollen. Ich habe jede alte Christbaumkugel geküsst, wenn ich mit ihnen die kräftigen, blaugrünen Zweige der Fraser-Tannen geschmückt habe, und ich habe der Musikbox meiner Mom gelauscht, wenn ich mir die Haare gebürstet habe.

Aber die Blumen meiner Familie waren es, die mein Herz eroberten. Die Geschichten zu hören, wie jede Blume weitergegeben wurde – von Mutter zu Tochter, Freundin zu Freundin, Garten zu Garten – und was sie jeder Gärtnerin bedeutet haben, war ein Tribut an Geduld, Sorgfalt, Zeit und Liebe.

Aber vor allem war es ein Tribut an die Hoffnung. Hoffnung, dass etwas Schönes wachsen würde trotz des harten Winters, der gefrorenen Erde und einer Welt, die sich ständig im Krieg befand.

Alles muss überwintern, um neu zu wachsen, hatte meine Grandma immer gesagt.

Ich nehme meinen linierten Schreibblock, um durchzugehen, was in meinem winzigen Glashaus in der hinteren Ecke meines Gartens wächst und was noch gepflanzt werden muss, und fange mit Bleistift an zu schreiben. Ich schaue hinunter auf die aufgeschnittenen Strümpfe, die mein Saatgut enthalten.

Die Welt würde mich auslachen, wenn sie sehen würde, wie ich immer noch lebe.

Gerade als ich zu schreiben beginne, weht erneut der Duft von Flieder auf die Veranda. Er ist so stark, so berauschend, so zauberhaft, dass ich nicht anders kann. Ich lege meine Lesebrille weg, stemme mich mit Hilfe des Tisches hoch und gehe langsam rüber zu den Stufen, die zum Garten führen. Als ich die Tür öffne, halte ich kurz inne. Eine kleine Glocke klingelt leise. Es ist die Glocke, mit der meine Grandma uns immer zum Abendessen gerufen hat, wenn wir am Strand gespielt haben. Ich setze mich wieder in Bewegung, gehe unter dem Klingeln der Glocke hinaus. Langsam, einen Schritt nach dem anderen, folge ich dem Duft des Flieders.

Als ich ihn erreiche, strecke ich die Hand aus und halte mir die Blüten unter die Nase. Sofort fühle ich mich in der Zeit zurückversetzt, zurück ins Haus meiner Großmutter, das im Mai nach Flieder duftete. Ich betrachte die hübsche lila Dolde und die zarten Blüten, aus denen sie sich zusammensetzt. Ich habe den Flieder in Michigan schon immer geliebt: Er ist ein verlässlicher Blüher, wenn er gut gepflegt wird.

Früher kamen Nachbarn jeden Mai zu mir und sagten: »Mein Flieder blüht nicht, Iris. Was soll ich tun?«

Dann ging ich in ihren Garten und sah mir die Sache an. Meistens hatten sie ihren Flieder nicht richtig und zur falschen Zeit zurückgeschnitten. Flieder blüht an altem Holz. Die Knospen für die nächste Blühsaison bilden sich bereits im Vorjahr aus. Viele unerfahrene Gärtner schneiden die schlafenden Knospen ab oder führen einen zu starken Rückschnitt im Frühjahr durch.

Wieder schnuppere ich an den Blüten und muss über die Ironie lächeln, wenn ich an meinen Flieder, meine Veranda und meinen Körper denke.

Schönheit kann auch auf altem Holz blühen, denke ich.

Ich versuche, mich jeden Tag daran zu erinnern, während mein Körper mich auf neue und unschmeichelhafte Weisen überrascht. Ich bin nicht hübsch wie Flieder, aber ich bin winterhart. Das alte Holz ist stark, die Äste intakt. Ich schaue hinunter auf meinen Pullover.

Und ich liebe Lila wirklich, wird mir bewusst.

Ich breche eine Blüte ab und halte sie mir unter die Nase.

Knarz!

Diesmal ist das Geräusch nahe, sehr nahe. Ich erstarre und neige lauschend den Kopf.

Ein weiteres Knarzen. Es ist weder mein Körper noch ein Ast.

Auf Zehenspitzen schleiche ich zum Zaun, wo die neuen Mieter gerade in das Haus meiner Großmutter eingezogen sind. Ich bin ihnen noch nicht begegnet. Das Einzige, was meine übereifrige Maklerin mir gemailt hat, war, dass es sich um eine junge Familie handelt. Eine Ingenieurin. Eine Tochter namens Lily. Ein Ehemann, der aus dem Krieg zurück ist.

All das hat die Sache für mich besiegelt, obwohl ich so tat, als wäre es mir egal.

Ein Ehemann, der es tatsächlich aus dem Krieg zurück nach Hause geschafft hat. Eine Tochter, die beide Elternteile hatte und ein stabiles Zuhause brauchte. Eine gebildete, arbeitende Mutter mit einer Karriere.

So leise ich kann, lehne ich mich an meinen hoch aufragenden Zaun. Ich könnte schwören, dass ich auf der anderen Seite jemanden atmen höre. Nicht einfach nur atmen, sondern schnuppern. In dem Moment zucke ich zusammen, weil mir die Katze, die immer in meinen Garten zu Besuch kommt, um die Beine streicht. Ich versuche, sie wegzuscheuchen, damit sie mich nicht verrät.

Mit einem großen Sprung verschwindet sie unter meinen Fliederbüschen. Ich verharre noch eine gefühlte Ewigkeit, bis ich mich wieder ins Haus traue.

TEIL ZWEI

Tränendes Herz

»Was das Herz einmal besessen,
wird es nie verlieren.«

HENRY WARD BEECHER

Abby

MAI 2003

Lily sieht mich so selbstzufrieden an wie eine Katze, die gerade einen Kanarienvogel gefressen hat. Ihr dichtes blondes Haar – das sie zum Glück von ihrem Vater hat und nicht mein dünnes mausbraunes Haar – ist gleichzeitig zerzaust und statisch aufgeladen. Es ähnelt verknoteten, ausgefransten und im Wind fliegenden Schiffstauen.

Lilys Lippen sind mit Blaubeeren verschmiert, und sie kaut auf ihrem Biomüsli. Ich habe fast ein Jahr gebraucht, um sie von gezuckerten Frühstücksflocken und leeren Kalorien zu einem gesünderen Frühstück zu bringen. Während Cory im Krieg war, hatte ich eine ängstliche Lily auf alle möglichen Weisen bestochen, etwas zu essen: mit Donuts, Waffeln, Frühstücksflocken in Einhornfarben. Ich bin als Mädchen damit aufgewachsen, mich mit Count Chocula und Pop-Tarts vollzustopfen, und ich schwöre, die fünf Kilo, die ich damals zugenommen habe, sind mir für immer geblieben, ein riesiger Froot Loop um Bauch und Hüften.

Lily hüpft auf ihrem Stuhl herum. Sie ist eindeutig wegen irgendetwas aufgeregt.

»Was ist los?«, frage ich schließlich. »Sei vorsichtig.«

Wie ein schlechter Magier schiebt sie eine Hand in ihr Schlafanzugoberteil und zieht ein zusammengefaltetes Stück Papier hervor.

48

»Alles Gute zum ersten Arbeitstag, Mommy!«

Sie springt auf und rennt mit dem Blatt Papier zu mir. Bei ihrem lebhaften Gesicht und den trappelnden Schritten wird mir ganz warm ums Herz.

»Ich hab was für dich gebastelt!«

Ich falte es auf, und als ich es betrachte, steigen mir Tränen in die Augen.

Lily hat ein riesiges Herz gezeichnet und mit rotem Glitzer gefüllt, der sofort zu Boden rieselt wie magischer Regen. Unter das Herz hat sie geschrieben: Ich hab dich lieb! Darunter hat sie ihre Familie gezeichnet. Für ein kleines Mädchen ist Lilys Darstellung bemerkenswert treffend: Ich halte ihre Hand vor unserem neuen Zuhause, während ihr Vater drinnen am Fenster steht und uns zusieht, mit einer Flasche in der Hand und dem Fernseher im Hintergrund.

»Oh, Liebes. Das ist so schön. Danke.«

Ich beuge mich zu ihr runter und drücke sie mit aller Kraft.

»Das ist wie dein erster Schultag«, sagt Lily mit ernster Stimme. »Du bist sicher nervös. Und dein neues Büro ist wahrscheinlich noch ganz leer. Ich fand, du brauchst was, das dich zum Lächeln bringt.«

Eine einsame Träne zittert in meinem Auge. Ich halte mir die Hände vors Gesicht, wobei ich mir die Träne fortwische, ohne dass Lily es merkt. Als ich die Hände wieder wegnehme, liegt ein breites Lächeln auf meinem Gesicht.

»Es hat funktioniert!«, sage ich. »Danke.«

»Gern geschehen!«

»Heute ist für dich auch ein großer Tag«, fahre ich fort. »Bist du bereit?«

»Ich bin bereit!«, antwortet Lily.

»Aber du bist noch nicht fertig.« Ich zupfe leicht an ihrem Schlafanzug. »Na los, geh dich umziehen. Der Countdown läuft! T minus dreißig!«

Lily kichert und rennt die Treppe hoch. Rasch mache ich die sonnige Küche sauber und gehe dann nach oben, um nach Cory zu sehen. Er schläft immer noch tief und fest.

Er schläft nicht, vermute ich. *Er ist völlig weggetreten.*

Unvermittelt werde ich wütend über seinen Mangel an Anteilnahme an meinem ersten Arbeitstag und Lilys erstem Tag im Sommercamp, und ich mache so viel Lärm wie möglich, um ihn aufzuwecken.

Cory schnarcht, dreht sich auf die Seite und zieht sich ein Kissen über den Kopf.

Genervt stampfe ich die Treppe hinunter und suche meine und Lilys Sachen zusammen: PowerBook, Aktentasche, Portemonnaie, Rucksack, Safttüte, Kaffeebecher. Wenige Minuten später kommt Lily die Treppe herunter und sieht aus wie der Wildfang, der sie ist: das Haar immer noch unordentlich, aber zu einer Art Pferdeschwanz gebunden, in Latzhose, Tennisschuhen und einem schwarzen T-Shirt mit goldenem Aufdruck, der von ihrem Latz verdeckt wird, aber wie ich weiß lautet: »Ich bin ein Mädchen. Was ist deine Superkraft?« Eine Baseballcap der Detroit Tigers steckt in der Vordertasche ihrer Latzhose.

»Fertig?«, frage ich.

»Bist du fertig?«, kontert sie.

Sie klingt wie meine *Mutter*, denke ich.

»Ja.«

Wir gehen zur Tür hinaus und die Stufen hinunter, durch den Vorgarten und die lange Kiesauffahrt entlang. Es gibt keine Garage, aber ich parke mein Auto trotzdem an der Rückseite. Es ist leichter, die Einkäufe über die Veranda in die Küche zu tragen, als Cory auf dem Sofa aufzuwecken.

»Was ist das für ein Geruch?«, fragt Lily mit schnuppernder Nase.

Ich atme tief ein. »Flieder«, antworte ich vor mich hinlächelnd, als ich mich an den Abend vor ein paar Tagen erinnere.

»Warum pflanzen wir keinen Flieder?«, will Lily wissen.

Ich sehe mich in dem sterbenden Garten um. »Vielleicht eines Tages«, sage ich. »Im Moment haben wir viel um die Ohren.«

Ich schließe den Wagen auf und fange an, meine Sachen in den Kofferraum zu legen. »Rucksack, bitte«, verlange ich. »Lily? Lily?«

Als ich hochschaue, steht Lily schnuppernd am Zaun. »Wir brauchen diesen Duft in unserem Garten«, sagt sie.

»Eines Tages.« Ich deute auf den Wagen. »Na komm. Wir liegen schon im Zeitplan zurück.«

»Was ist das?«

Als ich hochschaue, kauert Lily am Fuß des Zauns.

»Fass nichts an«, sage ich, und laufe zu ihr rüber. Lily ist eines der neugierigsten Geschöpfe auf dem Planeten, und eines der furchtlosesten, obwohl ich es vorziehe, es vertrauensvoll zu nennen. Sie hat schon Spinnen gefangen, Schildkröten, Bienen, Kaulquappen, so ziemlich alles, was andere kleine Mädchen zum Weinen bringen würde. »Oh«, sage ich, als ich sie erreiche. »Das ist eine Blume.«

»Wirklich?«, fragt sie. »Sie ist sooo hübsch. So eine brauchen wir auch in unserem Garten!«

Durch eine kleine Lücke am Fuß des Zauns hat sich ein zarter, gebogener Stängel geschlängelt, von dem dramatisch eine Reihe rosafarbener, herzförmiger Blüten herabbaumeln, wie Ohrringe an einem Ohrläppchen. Die kleinen Herzen sind voll, wie winzige Luftballons, und strahlen in der Morgensonne.

Ich knie nieder und nehme die zarten Herzen auf meine Handfläche. Ihre Schönheit fasziniert mich. Genau genommen sind sie so ziemlich die wundersamsten, zauberhaftesten Blumen, die ich je gesehen habe.

»Was ist das?«, fragt Lily.

»Ich weiß es nicht«, antworte ich verlegen. »Das sollte ich eigentlich wissen.«

»Schau!« Lily zeigt auf die Blüten. »Sie sehen aus, als würde unten ein kleiner Blutstropfen dranhängen. Sind sie verletzt?«

Ich schiebe mir mit der freien Hand die Brille auf die Nasenspitze und analysiere eine der Blüten. Von der Spitze des Herzens baumelt ein winziger Fortsatz, der, wie Lily gesagt hat, wie ein Blutstropfen aussieht. An diesem länglichen Tropfen zieht sich etwas Weißes entlang.

Einen kurzen Moment lang fühle ich mich wie ein Eindringling bei meiner zurückgezogenen Nachbarin und ihrem geheimen Garten. Erneut betrachte ich die Blume, die allein zu dem Zweck unter dem Zaun hindurchgewachsen zu sein scheint, um zu mir zu gelangen.

Die Blüten sind zugleich schön und traurig, lebensbejahend und herzzerreißend.

»Sie sind nicht verletzt«, sage ich. »Sie zeigen der Welt nur die Tiefe ihrer Seele.« Ich lächle Lily an. »Sie werden auch noch da sein, wenn wir wieder nach Hause kommen. Wir müssen uns auf den Weg machen.«

Es ist ein Weg, mit dem ich nicht allzu vertraut bin. Ich habe tatsächlich eine Karte – eine altmodische Straßenkarte – neben mir auf dem Beifahrersitz ausgebreitet. Von Highland Park aus fahre ich den steilen Hügel hinunter und den Harbor Drive entlang, die kleine Straße, die sich am Ufer des Michigansees entlangwindet. Grand Haven ist ein Urlaubsort, und alle Zeichen des Sommers erwachen wieder zum Leben.

»Schau!« Lily zeigt mit dem Finger.

Pronto Pup, der berühmte Corndog-Stand, von dem jeder in der Stadt spricht, egal ob in der Schlange im Supermarkt oder an der Tankstelle, hat auf der Promenade eröffnet. Außerdem stehen Sonnenschirme vor den Cafés und Restaurants. Es ist ein schöner Tag, ein regelrechtes Geschenk, da es den

Ortsansässigen zufolge hier Anfang Mai sogar noch schneien kann.

Winzige Cottages säumen die Nachbarschaft. Fasziniert von der Schönheit und Größe des Sees fahre ich am Grand Haven State Park und am Pier vorbei.

Dann werfe ich einen Blick auf die Karte, und mir wird bewusst, dass ich nicht aufgepasst habe. Ohne Vorwarnung mache ich eine Kehrtwende, was Lily vor Freude quietschen lässt. Die nächsten paar Minuten folge ich den Straßen auf der Karte und komme bei der Loutit District Library an. Lilys erstes Tagescamp des Sommers findet in der örtlichen Bibliothek statt, einem hübschen Backsteinbau, der das Alte mit dem Neuen vereint. Es ist ein Abenteuercamp, das Lesen und Schreiben fördert. Vormittags lesen die Kinder – über Schiffbrüche auf dem Michigansee oder verschiedene Felsen und Steine, die man im See findet –, dann machen sie sich auf, um in der Natur mehr darüber zu lernen, und am Ende schreiben sie darüber etwas.

Als ich anhalte, wartet bereits eine Gruppe freiwilliger Helfer vor dem Gebäude. Sie tragen alle die gleichen T-Shirts mit der Aufschrift »Komm, wir lesen und forschen!«.

»Hi«, sage ich und steige aus dem Wagen. »Ich bin Mrs. Peterson.« Dann öffne ich die Hintertür und löse Lilys Sicherheitsgurt. »Und das hier ist Lily!«

Während die Freiwilligen Lily an der Hand nehmen, mache ich den Kofferraum auf und nehme ihren Rucksack heraus.

»Ruf mich an, wenn du irgendetwas brauchst«, sage ich mehr zu Lily als zu den freiwilligen Helfern. Ich beuge mich zu ihr hinunter und küsse sie immer wieder. Als ich sie ansehe, zittern meine Lippen.

»Mom«, protestiert Lily verlegen.

»Ich mache mir nicht um dich Sorgen, sondern um mich«, sage ich. Sie nickt, weil sie weiß, dass es die Wahrheit ist. Wir zwei sind unzertrennlich, unsere Bindung ist durch die Abwesenheit und schwierige Rückkehr ihres Vaters nur noch enger geworden. Ich mache mir wirklich keine Sorgen um Lily. Sie ist geselliger als ich. Sie hat noch nie jemanden getroffen, mit dem sie nicht zurechtgekommen wäre, und Kinder mögen ihre starke Persönlichkeit. In ihrer alten Schule in Detroit war sie beliebt, und ich weiß, dass sie auch hier rasch neue Freunde finden wird. »Ihr Vater wird sie um drei abholen«, sage ich zu den Helferinnen.

Sie nicken, und ich gehe zum Auto. »Viel Spaß!«, rufe ich noch, bevor ich einsteige. Aber es ist schon zu spät. Die Eingangstüren haben sich bereits geschlossen, und ich kann sehen, wie Lily an der Hand einer der freiwilligen Helferinnen davonhüpft.

Meine Firma Whitmore Paints liegt in Spring Lake, einer Nachbargemeinde gleich auf der anderen Seite der Zugbrücke von Grand Haven. Die Fabrik befindet sich an einem kleinen See, der vom Michigansee gespeist wird. Es ist die perfekte Lage, um Bootsfarben sowohl im Wasser als auch bei allen möglichen Wetterbedingungen zu testen.

Ich biege auf die schmale Straße ein, die tatsächlich als Highway dient. Sie schlängelt sich auf der westlichen Seite Michigans durch die Urlaubsorte, und ich habe gehört, dass der Verkehr dort genauso schrecklich wie in einer Großstadt sein kann. Heute Morgen geht es kaum vorwärts. Ich verrenke mir den Hals und sehe, dass die Zugbrücke offen ist.

»Na klar«, sage ich zu mir, während ich auf die Uhr sehe. »Macht einen guten Eindruck, am ersten Arbeitstag zu spät zu kommen.«

Je länger ich sitze, desto mehr koche ich vor mich hin.

Wenn Cory aufgestanden wäre und mir mit dem Frühstück und Lily geholfen hätte, dann wäre ich pünktlich, denke ich. *Lily sollte jetzt eigentlich sowieso zu Hause bei ihrem Dad sein. Welche Mutter vertraut ihrem Mann nicht genug, um ihre Tochter tagsüber mit ihm allein zu lassen?*

Die Brücke senkt sich langsam ab, und der Verkehr fängt an, sich wieder in Bewegung zu setzen. Schwitzend und nervös schaffe ich es gerade noch rechtzeitig zur Arbeit.

»Guten Morgen!«, sage ich mit viel zu viel Begeisterung zu der Empfangsdame in der Eingangshalle.

Schwer beladen mit Laptop, Handtasche und Aktentasche gehe ich schnurstracks zu meinem Büro. Ich habe gerade meine Sachen abgestellt und das Licht eingeschaltet, da höre ich: »Guten Morgen.«

Als ich mich umdrehe, steht meine Assistentin Traci in der Tür. Sie sieht frisch aus wie der junge Morgen.

»Guten Morgen«, antworte ich. Seufzend schiebe ich meine Brille höher auf die Nase. »Ein bisschen hektisch, mein erster Tag.«

»Ist es das nicht immer?«, erwidert sie mit einem Lächeln. »Und ich mache ihn nur ungern noch hektischer, aber Ihr erstes Meeting fängt gleich an.«

»Okay, ich hole nur noch schnell meine Sachen.«

Traci macht einen Schritt in mein Büro, lehnt sich zu mir und legt verschwörerisch flüsternd eine Hand an den Mund. »Wie ich höre, findet Mr. Whitmore Ihre neuen Metal-Flake-Lacke toll.«

Mein Herz macht einen Satz. »Wirklich?«, frage ich.

»Wirklich«, bestätigt sie. »Ich sage Bescheid, dass Sie gleich kommen, okay?«

»Danke, Traci.«

Ich nehme meinen Laptop, schalte ihn ein und rufe all die neuen Lacke auf, die ich entwickelt habe, Retro-Farbtöne mit einem leuchtenden Schimmereffekt darunter. Zu den Farben haben mich meine Lieblingsblumen Michigans inspiriert. Die Namen sind nostalgisch, um Frauen anzusprechen, die immer mehr zu den Hauptkäufern und Entscheidungsträgerinnen bei Booten und Yachten werden: Blaue Hortensie, Sommeriris, Pfingstrose, Goldmelisse, Purpurphlox.

Ich bin halb Ingenieurin, halb Marketing-Guru, sinniere ich. *Jetzt müssen wir sie nur noch testen, um sicherzugehen, dass die Farben sowohl dem kalten Binnenwasser als auch dem salzigen Meerwasser standhalten.*

Meine Gedanken wandern zu Lily und der Zeichnung, die sie für mich gemacht hat. Ich krame sie aus meiner Tasche, falte sie auseinander, und ein Lächeln überzieht mein Gesicht. Es ist, als habe sie nicht nur meine Arbeit, sondern auch meine Liebe für sie eingefangen: ein leuchtend rotes Herz voller Glitzer.

Ich reiße ein Stück Klebeband ab und klebe die Zeichnung an meine Wand. Dann nehme ich meinen Laptop und will gerade aus dem Büro gehen, als mir wieder einfällt, dass ich meine Aufzeichnungen brauche. Ich drehe mich um, um sie zu holen, dabei fällt mir erneut Lilys Kunstwerk ins Auge. Unter dem Herz sickern kleine Tropfen roter Glitzer herab.

Ironischerweise wird mir nun bewusst, dass Lilys Herz aussieht, als würde es bluten, genau wie die Blumen, die wir heute Morgen gesehen haben.

56

Iris

Ich mache den Fernseher aus. Die vielen Nachrichten über den neuen Krieg, in den sich mein Land wieder verstrickt hat, sind für mich unerträglich. Als ich die Fernbedienung in den Bücherschrank lege, fällt mir ein altes Foto ins Auge, das auf einem der Regale weit nach hinten geschoben wurde. Es steht wackelig auf einem Stapel Bücher. Als ich es vom Regal nehme, fällt beinahe die Rückseite aus dem altersschwachen Rahmen.

»Wir waren noch Kinder«, flüstere ich einem alten Schwarzweißfoto von Jonathan und mir zu.

Ich bin darauf hochschwanger mit Mary, und wir stehen im Garten meiner Mutter, umrahmt von Hortensien. Jonathans Hände liegen auf meinem Bauch, und er tut so, als würde er an meinem Babybauch horchen. Ich lache mit geschlossenen Augen und halte mir eine Pfingstrose unter die Nase.

SEPTEMBER 1945

Alle Cottages von Highland Park leuchten wie Glühwürmchen im Dunkeln. Ich schleiche am Kamm der Düne entlang durch den Strandhafer, auf einem Pfad, der mir vertraut ist und durch meine Fußabdrücke allmählich ausgetreten wird.

Es ist ein perfekter Labor-Day-Sonntag, und alle sind zu ihren Cottages gekommen, um nicht nur das Ende des Sommers, sondern auch das offizielle Ende des Kriegs zu feiern. Gerade heute hat General MacArthur an Deck des Kriegsschiffs Missouri die Dokumente unterzeichnet, die den schlimmsten Krieg in der Geschichte beendeten.

»Heute schweigen die Waffen«, sagte General MacArthur. »Eine große Tragödie ist beendet.«

Meine fängt gerade erst an, Sir.

Ich bin eine junge Witwe mit einer kleinen Tochter. Eine Ehefrau ohne Mann. Wie viele Millionen gestorben sind, wissen wir immer noch nicht, aber ich für meinen Teil konzentriere mich auf den einen, den ich verloren habe und nie wieder zurückbekommen kann. Jonathans Leichnam muss erst noch gefunden oder identifiziert werden – er wurde für ›nicht mehr zu bergen‹ erklärt –, aber ich dränge weiter darauf, nicht mit der Suche aufzuhören.

Der Fall darf nicht abgeschlossen werden, sonst werde ich nie damit abschließen können.

Ich träume davon, dass er irgendwo da draußen immer noch lebt, frierend und zitternd, und angestrengt versucht, zu uns zurückzukommen.

Musik dringt durch offene Fenster, und ich sehe Familien tanzen und feiern. Ich habe Mary mit ihrer Sommerfreundin Nellie Flanagan losgeschickt, um am Strand zu spielen und mit den Nachbarn zu feiern.

Es geht mir gut, habe ich Mrs. Flanagan gesagt, deren Wangen immer genauso rot und fröhlich sind wie ihre Haare. *Aber Mary verdient es, Kind sein zu dürfen, wenn auch nur für einen Abend. Sie ist keines mehr, wissen Sie.* Mrs. Flanagan nickte. Sie legte ihren Arm um Mary, zog sie an ihren fülligen Körper, und dann gingen sie davon, um glücklich zu sein.

Glücklich, denke ich. *Was ist das?*

Plötzlich höre ich den begeisterten Schrei einer Frau. Als ich hochschaue, kniet ein Mann in Uniform auf einer Veranda, eine Ringschatulle auf seiner Handfläche.

»Ja!«, schreit sie. »Ja!« Sie küsst den Mann, der sie hochhebt und im Kreis herumwirbelt. »Mutter, komm schnell! Schau!«, ruft die Frau, als er sie wieder absetzt.

»Ich bin auch gerade auf dem Weg, meinen Mann zu sehen«, flüstere ich in den Wind.

Als ich ankomme, wird mein Herz schwer.

Der Victory-Garten ist völlig verwahrlost.

Hasen sitzen entlang der Gemüsereihen, als fräßen sie direkt von einem gedeckten Büfett. Ein paar Rehe schauen mitten in der Bewegung erstarrt zu mir hoch. Als sie sehen, dass es nur ich bin, zucken sie mit ihren Schwänzen und äsen weiter.

Ich habe meine Gerätschaften hiergelassen: Schaufel, Rechen, Hacke, Schubkarre, Spaten. Meine Strümpfe baumeln an Nägeln vom Zaun, als wären sie zum Trocknen aufgehängt. Sie sind mit meinem Saatgut gefüllt, mit meinen Experimenten, meiner Hoffnung, meinen Erinnerungen an Jonathan.

Die Leute haben diesen Victory-Garten bereits vergessen. Es ist jetzt ein Jahr her, seit wir alle hier waren. Er hat seinen Zweck erfüllt. Jetzt sehen ihn die Frauen, die hier gearbeitet haben, als eine schlimme Erinnerung, ein Festhalten an der Vergangenheit. Ich sehe ihn als Gedenkstätte für Jonathan, als Tribut für all jene, die Opfer gebracht haben, damit die Familien heute Abend feiern können.

Ich möchte, dass dieser Garten so schön wird, wie mein Jonathan war.

Ich nehme eine Hacke und fange an, die Erde aufzulockern. Hasen hüpfen davon, doch dann kommen sie an den Rand des Gartens zurück, um weiterzuknabbern. Ich grabe Tomaten und Bohnen aus, dann nehme ich meine Strumpfhose.

1943 – Gelbe Kreuzungen
Komm heim, Jonathan = Yellow Fellow x Peach Perfection

Ich kremple die Strumpfhose auf links und lasse die Samen auf die Erde fallen. Entlang des Zauns habe ich alte Blechdosen aufgestellt, die früher Bohnen und Suppe enthielten, um Regenwasser zu sammeln. Obwohl der Krieg vorbei ist, kann ich es immer noch nicht ertragen, etwas wegzuwerfen.

Ich sammle ein paar der Dosen ein und gieße meine Samen an. Plötzlich scheinen mir die Beine nachzugeben, und ich muss mich auf den Boden setzen. Ich starre die feuchten Samen an, und ohne Vorwarnung fange ich an zu weinen, gieße sie mit meinen Tränen.

Als diese Taglilien im Sommer in meinem Gewächshaus geblüht haben, nach drei Jahren Wartezeit, habe ich mich gefühlt, als wäre Jonathan wieder bei mir. Die Farbe ihrer Blütenblätter entsprach perfekt der Farbe seiner Wangen, und einen flüchtigen Moment lang konnte ich ihn wieder bei mir spüren. Wenn ich neben Jonathan lag, scherzte ich immer, er wäre wie ein Heizofen, weil er so viel Hitze abgab. An jenem Tag im Gewächshaus schloss ich die Augen, und die Wärme gab mir das Gefühl, als würde er mich wieder an einem Sonntagmorgen im Arm halten.

»Dachte ich mir, dass ich dich hier finde.«

Erschrocken zucke ich zusammen. Am Zaun steht Shirley.

»Und, wie geht es dir?«, fragt sie.

Ich decke die Samen mit bloßen Händen mit Erde zu und drücke sie fest. Dann gieße ich eine weitere Dose Wasser darüber.

»Hab Mary bei den Flanagans gesehen«, fährt Shirley fort. »Da wusste ich, dass du hier sein würdest.«

Ich drücke weiter die Erde fest.

»Hast du gesehen, dass die Kirche rote Geranien in Form eines Vs für Victory gepflanzt hat?«, sagt Shirley. Ich höre, dass sich das Gartentor quietschend öffnet. Plötzlich sehe ich Shirleys glänzende Schuhe vor mir. »Schau mich an, Iris.«

Ich schaue hoch.

»Rede mit mir, Iris.«

Ich nehme meine Hacke und stemme mich dran hoch, bis ich Shirley in die Augen sehen kann. Ihr Gesicht ist traurig und ernst, völlig untypisch für Shirley.

»Ich kann nicht aufhören, über die Ironie der Zeit nachzudenken, über das Was-wäre-wenn«, sage ich.

»Wie meinst du das?«

»Was wäre, wenn Jonathans Truppe einen Tag lang aufgehalten worden wäre? Was, wenn der Krieg früher zu Ende gewesen wäre? Was, wenn er sechs Monate früher eingerückt wäre, oder sechs Monate später? Was, wenn …«

»Wenn das Wörtchen wenn nicht wär, dann wär'n wir alle Millionär«, erwidert Shirley. »Das hat meine Grandma immer gesagt. Man kann sein ganzes Leben lang alles anzweifeln, aber das bedeutet nicht, dass sich dadurch irgendetwas ändern

61

wird.« Shirley zuckt mit den Schultern, ihr üblicherweise ungestümer Tonfall ist sanft und leise. »Du musst im Hier und Jetzt leben, Iris. Du hast eine Tochter.«

»Du hast leicht reden. Du hast einen Mann, der noch lebt!«, schreie ich plötzlich. »Er ist heimgekommen. Meiner nicht. Ich finde es toll, dass jeder, dessen Leben sich nicht verändert hat, so eifrig gute Ratschläge verteilt.«

»Mein Leben *hat* sich verändert!«, brüllt Shirley.

Bei ihrem Tonfall reiße ich erschrocken die Augen auf.

»Manchmal denke ich, du bist besser dran, weil dein Mann gestorben ist«, sagt sie.

Meine Augen füllen sich mit Tränen. »Shirley!«, flüstere ich. »Nimm das zurück!« Ich fange an zu weinen.

»Es tut mir so leid«, sagt sie, »aber ich werde dir jetzt etwas sagen, was ich noch niemandem erzählt habe, nicht einmal dem Priester. Versprich mir, dass du es keiner Menschenseele verraten wirst, Iris. Versprich es!«

»Ich verspreche es.«

»Jack ist nicht mehr derselbe Mann, der in den Krieg gezogen ist.« Shirleys Augen sind weit aufgerissen, ihr Kinn bebt und ihre Stimme bricht. »Er ist mit den Kindern überfordert, er ist mit der Arbeit überfordert und will nicht, dass ich arbeite, er trinkt zu viel … Er sagt immer wieder, dass es eine andere Welt ist als damals, als er weggegangen ist«, fährt sie fort. »Ich sage ihm: ›Du hast dabei geholfen, diese Welt zu retten und zu verändern.‹ Aber er kann einfach die Tatsache nicht begreifen, dass das Leben wieder normal ist.« Shirley verstummt. »Iris, es ist, als wäre ich mit einem Geist verheiratet. Es ist, als wäre Jack schon tot.«

Sie fängt an zu weinen, und ich nehme sie in die Arme.

»Die Leute würden mich dafür, dass ich das sage, für ein Ungeheuer halten«, schluchzt sie.

»Schhh«, flüstere ich. »Schhh.«

Ich flüstere dieselben Laute, die Shirley mir nach Jonathans Tod wochenlang zugeflüstert hat. Sie ist bei mir geblieben, nie von meiner Seite, meiner Bettkante gewichen, bis ich wieder aufstehen konnte. Sie hat uns Essen gemacht, Mary zur Schule gebracht, ihr bei den Hausaufgaben geholfen – *sie hat mich gerettet* –, und dennoch empfand ich nur Wut und Neid, als ihr Mann zurückkehrte, ohne mir je die Mühe zu machen nachzufragen, wie es meiner Freundin geht.

»Wir sind beide vom Schicksal verfolgt«, sage ich, während Shirley an meiner Schulter weint. »Aber dein Mann lebt. Vergiss das nie. Kämpf dafür.«

Shirley macht einen Schritt zurück, wischt sich die Augen und nickt. »Und deine Tochter auch. Kämpf dafür.«

Shirley nimmt mir die Hacke ab, die ich immer noch mit der rechten Hand umklammert halte, und wirft sie auf den Boden.

»Du musst vorwärtsblicken, Iris«, sagt sie. »Das hier ist ein Monument der Vergangenheit. Lass es los. Geh wieder arbeiten. Finde deine Leidenschaft wieder.«

Ich sehe mich im Garten um. »Wenn das hier stirbt, dann stirbt er auch«, entgegne ich mit zitternder Stimme.

»Jonathan wird niemals sterben, Iris«, widerspricht Shirley. »Er lebt in deinem Herzen weiter. Er lebt in deiner Tochter weiter. Er lebt in deinen Blumen und in jedem Sonnenauf- und -untergang. Kämpfe, wie er gekämpft hat … für Mary, für die Frauen, für dich selbst.«

Shirley senkt den Blick. Wir stehen auf den Tagliliensamen, die ich gerade gepflanzt habe.

»Diese Erde verbindet uns alle«, sagt sie. »Und aus dieser Erde wird große Schönheit ewig wiedergeboren.« Sie verstummt kurz. »Mach dein Haus und deinen Garten zu einem Zeugnis deines Talents und der Liebe einer Familie. So kannst du sie jeden Tag würdigen.«

Shirley nimmt meine Hand und führt mich aus dem Park.

Manchmal ist eine Freundin dein Rettungsring, dein Ratgeber, deine Stütze. Und manchmal ist deine Freundin eine Brücke zur anderen Seite, eine Brücke zurück in die Welt der Lebenden. Als das Gartentor hinter uns ins Schloss fällt, umarme ich sie.

»Danke«, sage ich. »Für alles. Aber vor allem dafür, dass du meine Freundin bist.«

Sie gibt mir einen Klaps auf den Hintern. »Ich glaube, jetzt brauchen wir dringend ein bisschen was Hochprozentiges.«

2003

Ich starre das Foto an, das ich immer noch in der Hand halte. Es ist quälend schön und auch einfach nur quälend. Ich erinnere mich nicht mehr daran, wie es aufgenommen wurde, und die Tatsache, dass ich mich nicht mehr so lebhaft an Dinge erinnere wie früher, erschüttert mich zutiefst. Manche meiner Erinnerungen verblassen, genau wie dieses Foto. Es erscheint mir mehr und mehr, als könne ich mich an manchen Tagen an gar nichts erinnern.

»Wir waren noch Kinder«, flüstere ich erneut, aber diesmal sind meine Worte erstickt von Traurigkeit. »Wir wussten es nicht. Wir wussten es nicht.«

Ich gebe dem Foto einen kleinen Kuss und stelle es wieder zurück aufs Regal, dabei bleibt mein Blick an meinem Spiegelbild im Fernseher hängen. Sechs Jahrzehnte sind vergangen, und nichts hat sich geändert bis auf mein Aussehen. Wir sind eine Welt trunken von Krieg, eingehüllt in Gier und erstickt von Angst.

Ich gehe hinüber zum großen Fenster, das zum ehemaligen Haus meiner Grandma hinausblickt. Ich halte die Vorhänge geschlossen, Tag und Nacht, so dass ich manchmal gar nicht sagen kann, ob es Mittag oder Mitternacht ist. Meine Vorhänge sind aus dickem Leinen, braun, gefüttert noch dazu, um alles Licht abzuhalten. Ich kann endlos Zeit an meinen Fenstern verbringen, nicht um hinauszusehen, sondern um sicherzugehen, dass meine Vorhänge zugezogen sind und sich überlappen, damit sie eine undurchdringbare Barriere bleiben. Als ich nun einen der Vorhänge zurückziehe, lässt mich das grelle Licht zusammenzucken. Langsam kommt meine Welt – ein gewaltiger Zaun – in Sicht.

»Du alte Närrin«, sage ich zu mir selbst. »Du weißt es doch besser. Warum bist du immer noch im Krieg?«

Was ich weiß, ist das: Die Welt auszusperren beschützt mich nicht. Es isoliert mich einfach nur. Jeder könnte jederzeit über diesen Zaun springen. Jeder könnte über mein Haus fliegen und mir Schaden zufügen. Jeder könnte ein Fenster einschlagen und meine Vorhänge aufreißen. Das hier ist alles nur Show, vorgegaukelter Mut und Tapferkeit. Aber ich bin nicht mutig. Ich bin voller Angst. Und nur die Ängstlichen isolieren sich selbst. Ich war mutig – ich war voller Leben –, als ich *dort draußen* war und die Welt mit all ihrer Schönheit und ihren Schrecken erfahren habe. Nein, man ist nur mutig, wenn man bereit ist, zu lieben, zu verlieren, verletzt zu werden.

Jetzt bin ich nur noch eine Illusion von Leben, genau wie diese Vorhänge eine Illusion von Schutz und dieser Zaun eine Illusion von Sicherheit sind.

Ein Strahl Sonnenlicht fällt auf meinen Körper und wärmt mich, beruhigt mich, taut mich innerlich auf. Es wird wärmer. Es ist fast Sommer. Ich denke an das Foto und den Garten meiner Großmutter.

»Du hast Arbeit zu erledigen, Iris«, sage ich zu mir.

Ich gehe in meine Küche, um Tee zu machen. Nachdem ich den Kessel aufgesetzt habe, schaue ich mich um.

»Hallo, Pinkie!«, begrüße ich die Küche, die meine düstere Stimmung augenblicklich aufhellt. Sie ist pink, pink und noch mal pink, von der Resopal-Arbeitsplatte bis zum Kühlschrank. Als meine Maklerin Pam mich das eine Mal besucht hat, an dem ich sie ins Haus gelassen habe, um die Vermietung des Cottages nebenan zu besprechen, hat sie das hier ›Vintage‹ genannt.

»Ich schätze, dann bin ich auch Vintage«, habe ich zu ihr gesagt.

Sie lachte auf eine höfliche Weise, die einfach nur sagte: »Nein, Sie sind *alt*.«

Pam sagte, dass ich die Küche nebenan modernisieren müsste, wenn ich sie für ›gutes Geld‹ vermieten wollte. Sie schlug beiläufig vor, hier dasselbe zu tun, falls ich das Haus je verkaufen wolle, ›wenn die Zeit kommt‹.

»Ich habe die Absicht, hier zu sterben, Pam«, habe ich geantwortet.

Sie entschuldigte sich.

Ich bin auch alt genug, um zu begreifen, dass alles zu einem zurückkommt. Die Mode, Frisuren, musikalische Einflüsse und Einrichtungsdesign, alles kommt wieder. Wir sind nicht so schlau, wie wir glauben. Wir erfinden selten etwas neu; stattdessen entdecken wir ständig Dinge wieder, weil wir uns nicht an das Geringste erinnern.

Aber sobald wir uns einer Sache entledigt haben, können wir sie nicht mehr zurückbekommen.

Mein Wasserkessel pfeift.

Ich kann zum Beispiel nicht in einen Haushaltswarenladen gehen und diesen Kessel kaufen. Er wäre vielleicht auf alt getrimmt, aber er hätte keine Geschichte. Er wäre nicht schon von meiner Mom und meiner Grandma benutzt worden. Wir denken, wir können alles wiedererschaffen, aber das können wir nicht.

Wie meine Blumen, denke ich.

Ich mache meinen Tee, gehe auf die Veranda und dann hinaus in meinen Garten.

Ich könnte mühelos jedes Frühjahr in einer Gärtnerei neue

einjährige Pflanzen kaufen, aber sie hätten nicht die Geschichte meiner geliebten Mehrjährigen: meine Rosen, Margeriten, Pfingstrosen, Stockmalven, Gladiolen, Hortensien, Waldlilien, Überraschungslilien, Tulpen, Taglilien, Frauenmantel, Phyllanthus, Clematis, Löwenmäulchen, Ballonblumen, Hibiskus, Farne, Salbei, Dahlien, Lavendel, Blauraute, Mädchenaugen und Flockenblumen.

Sie alle haben eine Geschichte. Sie alle haben eine Vergangenheit. Sie sind meine Familie.

Und eine von ihnen zu verlieren, wäre ein Stück meiner eigenen Geschichte, ein Stück meiner eigenen Seele zu verlieren.

Ich darf nicht noch etwas auf dieser Welt verlieren. Ich habe schon zu viel verloren.

Besonders diese hier nicht: mein Tränendes Herz.

Tränende Herzen gehörten zu den Lieblingsblumen meiner Grandma, sie hatte sie an zahlreiche sonnige Stellen in ihrem Garten gepflanzt, aber hauptsächlich standen sie am Eingang ihres alten Gartenschuppens mit seinen grünen, moosbewachsenen Schindeln. Tränende Herzen rahmten die Trittsteine ein, die zu der alten Fliegengittertür des Schuppens führten.

»Sie sind so zerbrechlich und so schön«, hatte sie gesagt. »Ich kann sie jedes Mal bewundern, wenn ich etwas aus meinem Schuppen hole.«

Ihr Gartenschuppen gehört jetzt mir, wird mir bewusst, als ich hinüber zu dem kleinen Gebäude gehe.

Im Lauf der Jahre hatte ich den Gartenschuppen renovieren müssen, manchmal aus Notwendigkeit, manchmal einfach so. Ich habe ihn schon oft mit neuen Schindeln versehen, da die Winter Michigans ständig verheerende Schäden an dem Holz anrichten. Es wird brüchig und grau, genau wie mein Körper.

Aber, denke ich, *dieses alte Gebäude kann ich erneuern. Mich nicht.*

Außerdem habe ich den Schuppen vor ein paar Jahrzehnten verbreitert, nicht nur, um all meine Gartengeräte, Töpfe, Erde,

Statuen, Flaggen und Gartenkugeln zu beherbergen, sondern auch, um einen bequemen Sessel und einen kleinen Tisch hineinstellen zu können. An bewölkten Tagen trinke ich dort gern meinen Tee oder lese ein Buch. Männer haben jetzt ihre – wie nennt man sie? – Man Caves und Frauen ihre She Sheds. Meine Grandma nannte es einfach ihren Ort des Friedens.

Die Fliegengittertür ist geblieben – nun geschmückt von einem altmodischen Vorhang, auf dem Rehe und Hasen zwischen Farnwedeln und Waldlilien herumtollen –, flankiert von zwei kleinen Fenstern. Ich habe den Schuppen an den Zaun neben Grandmas Haus versetzt, weil ich fand, dass er so nah wie möglich an seinem ursprünglichen Zuhause sein sollte.

Ich setze mich auf die Steinplattenstufe vor dem Schuppen, stelle meinen Tee ab und ziehe meinen Pullover aus, um ihn unter mein Hinterteil zu legen, das ebenso hart und ungepolstert ist wie die Steinplatte. Dann strecke ich die Hand nach den wunderschön geformten Blüten des Tränenden Herzens aus, um sie auf meiner Handfläche zu bewundern wie die Anhänger eines alten Armbands.

Der lateinische Name des Tränenden Herzens ist *dicentra spectabilis*, was so viel wie *zweispornig* bedeutet, ein Merkmal, das an den Blüten leicht zu erkennen ist. Die Blume wuchs in Asien Tausende Jahre lang wild, etablierte sich in westlichen Gärten allerdings erst Mitte des 19. Jahrhunderts.

Begeisterung erfüllt mich.

Mein Erinnerungsvermögen ist noch nicht völlig verblasst, denke ich, als ich mich an die Dinge erinnere, die ich vor einem ganzen Leben auf dem College und bei der Arbeit gelernt habe.

Langsam nehme ich meinen Tee und stehe auf. Ich gehe in den Schuppen und sehe mich um.

Was soll ich als Erstes tun?, frage ich mich. Zum Gewächshaus gehen oder hier anfangen?

In einer Ecke liegt eine weiße Gartenfahne mit Osterglocken

und der Aufschrift *Fröhliches Frühjahr!*, während mir von einem langen Tisch aus ein Gartenzwerg zuwinkt. Ich mag zwar eine Meistergärtnerin sein, aber im Herzen bin ich immer noch ein Kind, und das bedeutet, meine Blumen und ich, wir brauchen Gesellschaft: freundliche Fähnchen und fröhliche Zwerge, bunte Gartenkugeln, Skulpturen aus Fundsteinen und wasserspuckende Fische aus Kupfer. Aus den alten Tellern und Teetassen meiner Familie habe ich Dutzende Gartenstäbe gemacht.

Ich mag vielleicht allein sein, aber jeder Tag ist wie ein Fest, wenn ich von den Dingen, die ich liebe, umgeben bin.

»Also gut, du Faulpelz, komm in die Puschen«, sage ich zu mir. »Es ist schon mitten am Nachmittag, und du hast so viel zu tun.«

Ich nehme meinen kleinen Gartenzwerg mit seinem winzigen Häuschen und trage ihn zu dem knorrigen Judasbaum auf der anderen Seite meines großen Gartens. Dort stelle ich ihn in ein Loch am Fuß des Stammes, wo er seit Jahren wohnt.

»Dein Zuhause für den Sommer, kleiner Mann«, sage ich.

Dann gehe ich zurück zum Schuppen, um das ›Gesicht‹ für meine alte Eiche zu suchen: zwei große Augen, eine Knollennase und einen ausdrucksvollen Mund in Form eines O's. Ich hänge alles an die Nägel, die schon ewig in dem mächtigen Baum stecken, und unvermittelt wird der dicke Stamm lebendig.

»Oh, du meine Güte!«, sage ich mit einem Lachen.

Wieder gehe ich zurück zum Schuppen und mache eine kleine Pause, um wieder zu Atem zu kommen und an meinem Tee zu nippen. Als ich gerade wieder zur Tür des Schuppens hinausgehe, sehe ich, dass sich ein Stängel meines Tränenden Herzens bewegt.

Was um alles in der Welt … ?

Auf Zehenspitzen schleiche ich aus dem Schuppen, sorgfältig darauf achtend, die Fliegengittertür nicht zuschlagen zu lassen. Wieder bewegt sich die Blume. Ich betrachte die Bäume, aber ihre Äste bewegen sich kaum, es herrscht nur leichter Wind. Vorsichtig gehe ich die Stufen hinunter und zum Zaun.

Durch seine Giftigkeit ist das Tränende Herz vor Rehen und Hasen sicher, deshalb kann ich mir nicht vorstellen, dass irgendetwas daran knabbert. Ich sehe mich um. Hinter dem Schuppen oder in der Nähe des Zauns haben sich keine Tiere versteckt.

Plötzlich sehe ich zwei winzige Finger durch einen schmalen Spalt im Zaun schnellen. Ein langer Stängel meines Tränenden Herzens bricht ab und verschwindet durch den Spalt.

Ich bücke mich und spähe durch den Zaun. Ein kleines Mädchen sitzt auf dem Boden und bindet sich meine Blumen ums Handgelenk wie ein kleines Armband.

Mein Herz klopft so laut, dass es beinahe ohrenbetäubend ist. Mir wird flau und schwindlig. *Soll ich sie ansprechen? Oder leise bleiben?* Ich versuche, Begegnungen mit anderen Menschen um jeden Preis zu vermeiden. Trotz meiner äußerlich zur Schau gestellten Kampfbereitschaft ziehe ich die Flucht vor. Sogar meine Unterhaltungen mit Fremden, seien es die Maklerin, der Klempner oder ein sonstiger Angestellter, finden nur statt, wenn es unbedingt nötig ist.

»Hi!«

Ich erschrecke fast zu Tode und stolpere.

»Au!«, sage ich.

»Geht es Ihnen gut?«

Ich sehe ein kleines blaues Auge.

»Du hast meine Blumen gestohlen«, sage ich, dabei kommen meine Worte rau und hastig heraus.

»Tut mir leid«, antwortet die kleine Stimme. »Ich dachte, das wären unsere. Sie haben durch den Zaun geragt.«

Schweigen.

»Wollen Sie sie wieder zurückhaben?«, fragt sie. »Es tut mir wirklich leid.«

Schweigen.

»Ich bin Lily«, fügt die kleine Stimme hinzu.

Lily. Lily. Lily. Mir wird noch schwindliger, als sie ihren Namen sagt. *Lilien. Meine geliebten Blumen.*

Und jetzt erinnere ich mich: Ich habe ihre Mutter ihren Namen sagen gehört, als sie sich das Haus zum ersten Mal angesehen hatten. Ich liebe diesen Namen. *Lily.* Die Ironie ist buchstäblich zu viel für mich.

»Hallo?«, sagt die kleine Stimme erneut.

Unvermittelt überkommt mich Wut, wie vorhin, als ich die Nachrichten angeschaut habe: *Kennen diese Leute denn keine Grenzen?* Erst vorigen Abend hat sich ihre Mutter am Zaun herumgedrückt, um an meinem Flieder zu riechen. *Haben die den Zusatz zum Mietvertrag nicht gelesen?* Jeder Kontakt mit mir, ein Betreten meines Hofs oder Gartens bedeutet, dass ihr Vertrag null und nichtig wird. Mit sofortiger Wirkung.

»Wie heißen Sie?«, fragt die winzige Stimme durch den Zaun.

Sie klingt so unschuldig, so rein, genau wie die von Mary. *Bevor …*

»Ich bin Iris«, antworte ich ohne nachzudenken.

Lily kichert. »Wir heißen beide wie Blumen.« Lily hält ihr kleines blumengeschmücktes Handgelenk an den Zaun. Mit einem Mal sind mein erster Schreck und Ärger verflogen. Ich spüre die Unschuld dieses kleinen Mädchens strahlen wie die Sonne an diesem Frühlingstag. »Das ist so hübsch«, fährt Lily fort. »Wie heißt diese Blume? Meine Mom hat es nicht gewusst. Und sie weiß sonst alles.«

»Sie heißt Tränendes Herz«, antworte ich.

»Ooooh«, sagt Lily. »Das klingt aber traurig.«

»Nein, nein«, erwidere ich. »Das ist ein schöner Name für eine zauberhafte Blume.« Ich sehe das Tränende Herz an, und Erinnerungen drängen sich mir auf. Mein eigenes Herz scheint gleichzeitig vor Liebe zu platzen und zu brechen. Ich will fort, so weit weg von diesem kleinen Mädchen wie möglich, aber etwas hindert mich daran, zwingt mich, reglos zu bleiben. Nach einer langen Pause frage ich: »Möchtest du eine Geschichte darüber hören?«

»Klar«, antwortet Lily. Ich höre sie näher zum Zaun rutschen. Ich hole tief Luft, um mich zu beruhigen, weil ich nun von Geistern umgeben bin.

Mommy, kann ich meine Mary sagen hören. *Erzähl mir noch mal diese Geschichte über die Herzblumen. Biiiiitte.*

»Es war einmal ein japanischer Junge, der verliebte sich unsterblich in ein schönes und wohlhabendes Mädchen. Um ihre Liebe zu gewinnen, überschüttete er sie mit Geschenken. Das erste Geschenk, das er ihr machte, waren zwei schöne Häschen als Kuscheltiere für sie.« Ich mache eine kleine Pause. »Gib mir mal eines der kleinen Herzen.«

Zwei Finger erscheinen durch den Zaun. Ich ziehe die herzförmige Blüte in zwei Hälften und lege sie auf meine Handfläche. »Schau«, sage ich. »Zwei Häschen.«

»Was?«, fragt Lily, bevor sie ausruft: »Jetzt sehe ich es! Ich kann sie sehen!«

»Das Mädchen nahm das Geschenk an, aber nicht seine Liebe, also versuchte er es erneut, indem er ihr Pantoffeln aus der allerfeinsten Seide machte.« Ich nehme den unteren Teil der Blüte, den verlängerten Blutstropfen, und halbiere ihn. Zwei Pantoffeln in Weiß und Gold kommen zum Vorschein.

»Wow!«, staunt Lily. »Was passierte dann?«

»Auch diese Gabe nahm sie an, aber wieder nicht seine Liebe. Verzweifelt nahm der junge Mann nun all seine bescheidenen Ersparnisse zusammen und kaufte ihr das schönste und teuerste Paar Ohrringe.« Ich nehme den äußeren Teil des Häschens und mache daraus Ohrringe mit zarten goldenen Spitzen. »Das Mädchen nahm den Schmuck an, weigerte sich jedoch immer noch, den jungen Mann zu heiraten.«

»Diese gemeine blöde Kuh«, sagt Lily. »Die ist einfach nur furchtbar!«

»Der junge Mann wurde todtraurig, und da er wusste, dass er kein Geld und keine Geschenke mehr hatte, nahm er ein Schwert und durchbohrte sich das Herz.« Ich lege die Ohrringe zur Form eines Herzens zusammen, dann nehme ich den Stängel, an dem das Tränende Herz gebaumelt hatte, um daraus ein Schwert zu machen, und stecke es durch das Herz.

Lilys Auge späht wie gebannt durch den Spalt im Zaun.

»An der Stelle, an der er starb, entsprang diese Blume, die all die Gaben des jungen Mannes sowie all seine Liebe für das junge Mädchen repräsentiert.«

Eine Sekunde lang herrscht Stille. Schließlich höre ich Lily schniefen.

»Tut mir leid«, sage ich. »Ich wollte dich nicht traurig machen.«

»Das haben Sie nicht«, erwidert Lily schließlich. »Es erinnert mich nur an meine Mom und meinen Dad. Er weiß die Geschenke meiner Mom auch nicht zu schätzen.«

Bei ihrem Geständnis setze ich mich auf.

»Wo sind deine Eltern?«, frage ich.

»Meine Mom ist bei der Arbeit, und mein Dad hat vergessen, mich vom Tagescamp abzuholen.«

Wieder fühle ich mich schwindlig. »Vergessen?«, frage ich. »Wie bist du denn nach Hause gekommen?«

»Ich bin gelaufen«, antwortet Lily. »Ich habe meinen Betreuerinnen gesagt, dass mein Dad im Parkhaus auf mich wartet.«

»Aber du hättest …« Ich breche ab, weil ich ihr keine Angst machen will.

»Ist das Ihr Haus?«, fragt Lily aus heiterem Himmel.

»Was meinst du?«

»Das Haus, in dem wir wohnen. Gehört das Ihnen?«

»Es hat meiner Grandma gehört«, erwidere ich. »Ich lebe im Haus meiner Mom.«

»Das ist schön«, sagt sie. »Das muss Ihnen gefallen.«

Ich halte den Atem an. »Ja.«

»Mir auch«, sagt Lily. »Ich wohne gern hier. Es fühlt sich an wie …« Sie verstummt kurz. »Zu Hause.«

Meine Augen füllen sich mit Tränen. Ich blinzle sie fort.

»Mit wem redest du?«

»Daddy!«, schreit Lily. Ich kann Rascheln hören, als sie aufsteht und durch den Garten rennt. »Wo bist du gewesen?«

»Unterwegs«, antwortet er mit einem schroffen Tonfall. »Mit wem hast du da geredet?«

Ich presse mein Auge an den Zaun und sehe, dass Lily zu mir zurückschaut. Die Stimme ihres Vaters ist träge und verwaschen, als habe er getrunken.

»Mit mir selbst«, antwortet sie. »Ich hab ein Spiel gespielt, bis du heimgekommen bist.« Sie verstummt, und als sie wieder weiterspricht, ist ihre Stimme traurig. »Du hast vergessen, mich heute Nachmittag vom Tagescamp abzuholen.«

»Erzähl es nicht deiner Mutter«, sagt er.

Was?, will ich schreien. *Deine kleine Tochter ist allein nach Hause gelaufen. Ihr hätte alles Mögliche passieren können.* Ich muss innehalten und die Augen schließen, um zu verhindern, dass die Erinnerungen wieder auf mich einströmen. Zu spät. *Wie meiner Mary.* Wenn wir unsere Kinder nicht beschützen können, wozu taugen wir dann?

»Okay«, antwortet Lily. »Schau dir mein schönes Armband an.«

Der Vater reagiert nicht. Ich höre die Hintertür zufallen.

»Erzählen Sie meinen Eltern nichts von heute«, bittet Lily, das Gesicht wieder an den Zaun gedrückt. Als ich nicht sofort antworte, sagt sie: »Versprechen Sie mir das?«

Ein verbogener Stängel Tränender Herzen erscheint durch den Zaun.

»Hand aufs Herz«, drängt Lily.

Ich nehme die Blumen. »Hand aufs Herz«, antworte ich.

»Ich geh besser und mach meinem Dad was zu essen«, sagt sie. »Vielleicht können wir uns morgen wieder unterhalten. Selber Ort«, kichert sie. Schritte erklingen durch den Garten, und dann höre ich eine Hintertür ins Schloss fallen.

Ich lehne den Kopf an den Zaun, während meine Gedanken umherwirbeln. Und dann nehme ich den Stängel und binde ihn als Armband um mein Handgelenk, genau wie Lily.

Und auch genau wie meine Mary.

Ich habe in meinem Leben schon viele Blumen miteinander gekreuzt, und es gibt eine bewährte Methode und Wissenschaft dafür. Aber für Angelegenheiten des Herzens und der Seele gibt es nichts Erwiesenes oder Wissenschaftliches.

»Hand aufs Herz«, flüstere ich erneut vor mich hin, und dabei ist meine Stimme gefärbt von Tränen.

TEIL DREI

Waldlilien

»*Eine Musik der reinen, unbefleckten Liebe
Seufzt in des Frühlings jungfräulichem Grün:
Und Waldlilien blühn,
wie Sterne, die an Feenzauberstäben funkeln.*«

MADISON JULIUS CAWEIN

Abby

MAI 2003

Es kommt mir vor, als würde die Welt bei lebendigem Leib verschluckt.

Ein dichter Nebel, der sich über dem See gebildet hat, kriecht landeinwärts und verschlingt alles in seinem Weg. Was als ruhiger, sonniger Morgen begann, ist düster und unheilvoll geworden.

Es ist wie in einem Film von Stephen King, denke ich, bevor ich meinen Gedanken korrigiere. *Nein, im Moment kommt es meiner Realität ziemlich nahe.*

Der Wind hat nach Norden gedreht, und er ist merklich kühler geworden. Fröstelnd ziehe ich mir den Kapuzenpulli wieder über, den ich vorhin ausgezogen hatte, und schlinge die Arme um mich. Ich habe auf der Veranda in der Stille des frühen Samstagmorgens eine Tasse Kaffee getrunken, weil ich nicht schlafen konnte, immer noch aufgedreht vom Adrenalin der ersten Arbeitswoche im neuen Job, den Aufgaben, die ich vor Montag noch erledigen muss und der überwältigenden Menge Arbeit zu Hause. Da wären eine Präsentation, die Wäsche, der Abwasch, Rechnungen, eine Fahrt zum Supermarkt und der ständig wachsende Stapel Papierkram für Cory.

Ich denke darüber nach, was ich mit meinem abgestorbenen Garten machen soll. Ich vermisse meinen früheren Garten in Detroit, der jetzt gerade zu blühen anfangen wird.

Nachdenklich betrachte ich den traurigen Garten, der vor mir liegt.

Vor allem vermisse ich meinen Mann.

Vor seinem Einsatz war er mein Gegengewicht gewesen: spontan, witzig, sexy, impulsiv. Er war mit den einfachsten Dingen glücklich und zufrieden gewesen: einem Eis, einem sonnigen Tag, Zeit mit mir. Ich hatte immer geglaubt, dass ich einmal eine Beziehung haben würde, die das genaue Gegenteil von der meiner Eltern wäre, eine, in der mein Partner mich nicht nur unterstützt und an mich und meine Träume glaubt, sondern mich auch zu einem besseren Menschen macht. Jeden Tag.

Ich denke an früher, als Cory und ich noch gegärtnert haben. Wir waren ein Team gewesen. Dann wandern meine Gedanken zu Lilys plötzlicher Faszination für Blumen.

Als ich klein war, gehörten die Samstage dem Garten. Aber meine Eltern gingen ihre Aufgaben – wie ihre Leben – unabhängig voneinander an. Mein Vater kümmerte sich um seinen Gemüsegarten, und meine Mom um ihre Topfpflanzen und Balkonkästen. Ich war die Helferin, die geknickte Gartenschläuche entwirrte und Gartenabfälle in die Tonne stopfte. Ich war das Bindeglied.

Während ich hier gesessen und meinen Kaffee genossen habe, habe ich die Segelboote am Horizont beobachtet, fasziniert von ihrer stillen Schönheit. Aus der Ferne und mit ihren weißen Masten glichen die Boote Möwen, die über das funkelnde Wasser segeln.

Aber langsam, scheinbar wie aus dem Nichts, tauchte der Nebel auf und begann, dichter zu werden. Die Segelboote sahen aus, als würden sie vom Horizont verschluckt. Und dann schien der Nebel mich ins Visier genommen zu haben; der feine Dunst kroch übers Wasser, den Strand, die Düne, meinen Garten und nun schließlich auf die Veranda. Ich bin wie gelähmt, als er sich über mich legt und in seine feuchte Nässe hüllt. Ich kann kaum die Hand vor Augen erkennen.

Fröstelnd ziehe ich eine alte Decke, die ich für diese Veranda und genau diese Gelegenheit gekauft habe, von der Rückenlehne des Sofas und drapiere sie über meinem Schoß. Dann nippe ich an meinem Kaffee und atme seinen vertrauten Duft ein. Der Nebel dringt mir in die Knochen und dann in die Seele, erinnert mich daran, wie müde ich tatsächlich bin. Ich bin erschöpft vom Umzug, dem neuen Job, der neuen Stadt, dem neuen Cory, unserer nebligen Vergangenheit und unserer noch nebligeren Zukunft.

»Tut mir leid. Ich glaube, ich bin im falschen Haus.«

Ich höre eine Tür zuschlagen und laufe von der Küche in den Hausflur.

»Wer war das?«, frage ich Lily.

»Ein Mann«, antwortet sie. »Er hat ausgesehen wie ein Soldat.«

Ich reiße die Tür auf, und da steht ein großer, breiter Mann in Tarnkleidung mit dem Rücken zum Haus, einen Seesack über der Schulter, die Hände in den Hüften.

»Cory?«

Er dreht sich um, nimmt die Sonnenbrille ab, und sofort klopft mir das Herz bis zum Hals. »Abby?«

Cory lässt seine Tasche fallen und rennt den Weg zu unserem Haus hoch. Er packt mich und küsst mich innig.

»Daddy?«

»Lily!« Cory hebt sie hoch, küsst ihr ganzes Gesicht und wirbelt sie in seinen Armen herum.

»Daddy!«, schreit Lily mit fröhlich kreischender Stimme. »Du bist daheim!«

»Ich bin daheim«, sagt er.

»Für immer?«, fragt sie.

»Für immer«, antwortet er.

Ohne Vorwarnung beginnt er zu schluchzen. Cory zieht

81

mich zusammen mit Lily in seine Arme und drückt uns so fest, dass wir nach Luft ringen.

»Oh, Liebling«, sage ich. »Alles ist gut. Alles ist gut. Wir sind ja da. Wir lieben dich. Jetzt wird alles wieder gut.«

»Ich habe Lily nicht erkannt«, flüstert er mir ins Ohr. »Ich habe meine eigene Tochter nicht auf Anhieb erkannt. Sie ist so gewachsen. Ich dachte, ich wäre im falschen Haus. Ich kann mich nicht erinnern. Ich kann mich an dieses Leben nicht erinnern. Was ist los mit mir?«

Cory setzt Lily ab und sieht sie an.

»Ich habe dich auch nicht erkannt«, sagt Lily. »Du siehst nicht mehr so aus wie früher.«

Mir bricht das Herz.

Cory sieht mich an, sehr lange, und zum ersten Mal sehe ich meinen Mann so, wie er jetzt ist.

Ich erkenne dich auch nicht wieder, denke ich mit schwerem Herzen und habe Mühe, die Tränen zu unterdrücken.

Der junge Mann, der in den Krieg zog, ist als Schatten seines früheren Selbst zurückgekehrt: Seine Wangen sind eingefallen, sein Gesicht aschgrau, er ist viel dünner als der Hüne, der loszog, um den 11. September zu rächen. Nur seine Augen sind noch dieselben: blau wie der Himmel an dem Tag, an dem die Türme einstürzten. Blau wie an dem Tag, an dem er fortging.

So blau wie der Himmel an dem Tag, an dem er zurückkehrte.

»Daddy ist daheim! Daddy ist daheim!«, singt Lily und tanzt um ihren Vater herum.

»Das bin ich, Baby«, antwortet er. »Ich bin daheim.«

Erschrocken wache ich auf.

Ich hatte ja keine Ahnung, dass mein eigener Krieg gerade erst anfing.

Wie war es, bevor er fortging? Ich versuche, mich daran zu erinnern. Wie war das Leben vorher?

Bevor …

Mein Dad hat einmal gesagt, in seinen Zwanzigern habe ihn die Jugend für das Leben blind gemacht. Seine Dreißiger und Vierziger waren ein verschwommenes Durcheinander aus Arbeit und Familie, seine Fünfziger drehten sich darum, Geld für die Rente zu sparen, und seine Sechziger flogen bereits so schnell vorbei, dass er ständig in Panik geriet, wie wenig Zeit ihm noch blieb. Meine Mutter ignoriert das alles natürlich. Wenn wir nicht über Unzufriedenheit sprechen, so glaubt meine Mutter, ist auch niemand unzufrieden.

Wir alle scheinen getrennte Wege zu gehen. Cory bleibt isoliert, damit zufrieden, Bier zu trinken, fernzusehen und auf dem Sofa zu schlafen. Lily ist im Tagescamp. Ich bin bei meiner Arbeit. Eine getrennte Familie.

Ich denke an meine Kindheit, an die üppigen Frühstücke, die mein Vater am Wochenende veranstaltet hatte.

Nein, wir müssen nicht getrennt sein.

Ich muss wieder das Bindeglied werden.

Ich stehe auf, falte die Decke zusammen, schüttle den Kopf, um wach zu werden, und strecke mich dann, um wieder Leben in meinen Körper zu bringen. Dann gehe ich in die Küche und fange an, Pfannkuchen und Speck zu braten. Die Gerüche eines Wochenendfrühstücks locken Cory und Lily aus den Federn, bevor ich sie überhaupt aufwecken muss.

»Was wird das alles?«, fragt Cory sich die Augen reibend und nimmt sich eine Tasse für den Kaffee.

»Familienfrühstück«, antworte ich. »Zeit für neue Routinen.«

»Was ist los, Mommy?« Lily schlurft in ihrem Schlafoverall herein. Sie reibt sich die Augen, und ihre Haare stehen in alle Richtungen ab.

»Kraftstoff für einen anstrengenden Tag«, sage ich, während

ich zwei Pfannkuchen und eine Scheibe Speck auf ihren Teller fallen lasse. »Wir gehen heute wandern. Und dann fahren wir in ein Gartencenter.«

»Was?«, fragen beide gleichzeitig.

»Familienzeit«, sage ich, ohne ihnen Zeit zum Jammern oder sich Beklagen zu geben. »Sirup und Butter stehen auf dem Tisch.«

»Heute Nachmittag spielen die Tigers«, protestiert Cory.

Mit dem Pfannenwender in der Luft drehe ich mich zu ihm um und funkle ihn an. »Familienzeit«, wiederhole ich, dabei dehne ich das Wort zur Betonung in die Länge. »Wir brauchen alle ein bisschen frische Luft und Zeit miteinander.«

Cory nickt und stopft sich eine Gabelvoll Pfannkuchen in den Mund.

Nach dem Frühstück spüle ich hastig die Reste vom Geschirr, lasse es dann aber gegen meine Natur in der Spüle stehen. Wenn ich zu viel Zeit verstreichen lasse, werden Cory und Lily sich eine andere Beschäftigung suchen.

Ich schlüpfe in eine Jeans, Sneakers und ein Sweatshirt mit der Aufschrift ›Lake Michigan: kein Salz, keine Haie!‹. Dann nehme ich einen Wanderrucksack, fülle die Trinkblase mit kaltem Wasser und werfe ein paar Päckchen Studentenfutter und Energieriegel hinein, zusammen mit Insektenspray und Sonnencreme.

Immer sowohl Realistin als auch Optimistin, Abby, denke ich.

»Wo fahren wir hin, Mommy?«, fragt Lily, sobald wir im Auto sitzen.

Gute Frage, denke ich für mich. *So weit habe ich nicht vorausgedacht.*

Während ich fahre, überkommt mich plötzlich eine lebhafte Erinnerung aus meiner Kindheit. An schönen Sommerwochenenden packte mein Vater die Familie manchmal aus heiterem Himmel ohne Erklärung in den Kombi und rief nur: »Nehmt eure Badesachen mit!« Und dann fuhr er los, für gewöhnlich nach Norden oder Westen, zu den unzähligen einzigartigen Urlaubsstädtchen, von denen Michigans Küstenlinie übersät ist.

»Das Schöne daran, in Michigan zu leben«, sagte er dann, die Fenster heruntergekurbelt, das zurückgekämmte Haar vom Wind zerzaust, »ist, dass man nie in Urlaub fahren muss. Man ist vom Urlaub umgeben.«

An einem Wochenende fuhren wir zu einer Stadt namens Saugatuck, einer malerischen, in die Dünen des Michigansees geschmiegten Künstlerkolonie. Wir spielten am Strand, wanderten und machten den Dunes Ride, eine haarsträubende Buggyfahrt durch die hochaufragenden Sanddünen.

»Das werden wir wissen, wenn wir dort sind«, beantworte ich schließlich Lilys Frage. »Wisst ihr, das Schöne daran, in Michigan zu leben, ist, dass man nie in Urlaub fahren muss. Man ist vom Urlaub umgeben.«

Lily klatscht in die Hände, doch Cory dreht bei einem Bericht über die anhaltenden Bodenkämpfe das Radio lauter.

»Erlaub dir einen einzigen Tag«, sage ich leise zu ihm. »Einen einzigen Tag, an dem nichts anderes auf der Welt wichtig ist als wir.«

Cory nickt und dreht das Radio wieder leiser, schaltet es jedoch nicht aus.

Ich fahre Richtung Süden, durch den Nebel, und folge den Straßenschildern, bis ich auf eine dichtbewaldete Straße biege. Auf einem größtenteils leeren Kiesparkplatz halte ich an.

»Wo sind wir?«, fragt Lily.

»Beim Saugatuck Dune State Park«, antworte ich. »Dünen zum Wandern. Alle Wege führen zum See.«

»Juhu!«, schreit Lily.

Wir springen aus dem Wagen, schnappen unsere Sachen und gehen einen ungepflasterten Weg entlang, der sich rasch in Sand verwandelt. Keine zwei Minuten später sind wir bereits tief in den Wäldern, und der Weg ist nun weich und von Kiefernnadeln bedeckt. Der Nebel verdichtet sich.

»Schaut!«, sagt Lily. Sie atmet aus, und ihr Atem bleibt in der Luft stehen, eine Wolke, die langsam eins mit dem Nebel wird.

Auf dem Pfad ist niemand unterwegs, und es fühlt sich an wie in einem Abenteuerfilm, als hätten wir uns verirrt und versuchten, unseren Weg zurück in die Zivilisation zu finden. Wir drei wandern schweigend dahin, während sich der Pfad tiefer in den Park hineinschlängelt. Gelegentlich läuft Lily voraus, und ich rufe sie zurück, sobald ihre kleine Silhouette im Nebel verschwindet. Cory ist unheimlich still. In der Vergangenheit hätte er ununterbrochen geredet. Nach ungefähr zwanzig Minuten fangen wir an, eine bewaldete Düne hochzusteigen. Endlich sehen Cory und ich einander an, mit roten Gesichtern, die Augen ungläubig darüber aufgerissen, dass unsere Körper uns in so jungen Jahren schon im Stich lassen.

»Beim Militär war ich so gut in Form«, sagt Cory. »Bevor …«

Bilder seines trainierten Körpers – hart und muskulös wie eine griechische Statue – drängen sich mir auf.

Dann höre ich Lily schreien. »Mommy! Schau!«

Ich laufe hoch und finde meine Tochter mitten auf einer riesigen Düne. Auf einem kleinen Schild steht: THE BOWL, und da erinnere ich mich, dass ich als Kind mit meinen Eltern schon einmal hier war.

»Ich hatte ganz vergessen, dass das hier ist«, sage ich.

The Bowl ist – buchstäblich – eine riesige Schüssel aus Sand, die höchstwahrscheinlich von Gletschern geformt wurde und früher einmal ein kleiner See war. Es ist beeindruckend schön, mitten in diesem riesigen Becken aus Sand zu stehen. Es ist außerdem überwältigend, auf dieses winzige Fragment der Welt reduziert und daran erinnert zu werden, wie klein jeder von uns doch wirklich ist. Ich schließe die Augen.

»Psssst«, sage ich zu Cory und Lily. »Hört nur.«

Der Wind pfeift über die Düne und lässt den Sand singen. Ich fühle mich, als würde ich mitten in einem Klangbad stehen, während jemand eine Klangschale schlägt. Der Laut ist beruhigend und magisch zugleich. Als ich die Augen wieder öffne, klettert Lily gerade die hohe Düne hinauf. Ihre Füße wühlen den tiefen Sand auf, doch sie kommt kaum vorwärts. Cory und ich stapfen zu ihr hoch, nehmen sie an den Händen und beginnen unseren Aufstieg, halten dabei aber immer wieder inne, um zu Atem zu kommen. Obwohl es kühl ist, sind wir schweißgebadet und voller Sand, als wir den Gipfel der Düne erreichen.

»Mommy! Daddy! Schaut doch!«, ruft Lily.

Vor uns erstreckt sich der Michigansee. Ein Fünkchen Sonne glitzert am Horizont, und während wir auf dem Gipfel der Welt stehen, sehen wir, wie sich der Nebel auflöst und von der Wärme der Sonne verschlungen wird, als wäre sie am Verdursten. Lächelnd nehme ich dieses Schauspiel von Mutter Natur als Hinweis, ziehe den Schlauch der Trinkblase aus dem Rucksack und reiche ihn Lily, die einen großen Schluck trinkt. Sie gibt ihn an Cory weiter, der ebenfalls trinkt, bevor er ihn mir reicht.

Plötzlich schreit er ohne Vorwarnung: »Los!« Er packt Lilys Hand und rennt mit ihr die Düne hinunter zum See, beide kreischend vor Freude. Völlig verblüfft über Corys plötzlichen Anfall von Spontaneität sehe ich ihnen zu, dann folge ich ihnen etwas langsamer, und wir spazieren am Ufer entlang und sammeln dabei Glückssteine und hübsche Kiesel. Lily scheucht Möwen auf, die Arme wie im Flug ausgestreckt.

Langsam erwärmt die Sonne die Küstenlinie, und wir machen halt, um Mittag zu essen. Auf unserem Rückweg nehmen wir eine andere Route durch einen dichter bewaldeten Teil des Naturparks. In der Mitte stehen die Bäume so eng, dass sie das Sonnenlicht abhalten. Riesige, sechzig Zentimeter hohe Farne – dick und grün – säumen die Wälder entlang des Weges.

»Das ist, als wären wir in Jurassic Park!«, sagt Lily.

Farne werden zu Feldern blühender Maiäpfel.

»Leben hier Dinosaurier?«, fragt Lily nun völlig ernst. »Oder Zwerge?«

Es sieht tatsächlich aus, als wäre es ein perfekter Ort für beides: Fünfzig Zentimeter hohe wachsartig glänzende grüne Pflanzen, die wie Miniaturausgaben tropischer Bäume aussehen, halten Wache. Jeder Stängel teilt sich in zwei große breite Blätter, und in der Gabelung blüht eine einzelne hübsche kleine weiße Blüte.

»Davon muss ich ein Foto machen«, sage ich und schnappe mir meine kleine Kamera aus dem Rucksack. »Das ist so zauberhaft.«

Während ich Fotos schieße, gehen Lily und Cory weiter.

»Mommy, schau!«, ruft Lily plötzlich.

Rasch gehe ich den Weg entlang und bleibe wie angewurzelt stehen. Ein Teppich aus weißen Blüten und grünen Blättern bedeckt weite Teile des Waldbodens.

»Was sind das für Blumen?«, fragt Lily.

»Fällt dir auf, dass sie nicht mich fragt?«, meint Cory mit einem breiten Lächeln. Ich lache über seinen Witz: Sein Sinn für Humor ist mit den meisten anderen Eigenschaften, in die ich mich verliebt hatte, verschwunden. Es ist schön, auch nur einen flüchtigen Funken davon wiederzusehen.

Die hier kenne ich, denke ich, als mir die schönen Herzblumen wieder einfallen, deren Namen ich letztens nicht wusste. *Die hier sollte jeder Michiganer kennen.*

»Das sind Waldlilien«, sage ich. »Manche nennen sie auch Dreizipfellilien.«

»Lustiger Name«, antwortet Lily.

Ich gehe in die Hocke, um die Blumen zu betrachten: Elegante dreiblättrige weiße Blüten scheinen über drei dichten grünen Blättern zu schweben, die winzigen Funkien gleichen.

Lily streckt die Hand aus, um eine der Blumen zu berühren.

»Nicht pflücken!« Mein Tonfall lässt sie erschrocken zusammenzucken. »Tut mir leid, Schätzchen. Aber ich glaube, die stehen in Michigan unter Naturschutz. Sie sind sehr empfindlich.«

Waldlilien blühen je nach Wetter von Ende April bis Anfang Juni in Michigans Wäldern oder dichtbewaldeten Gebieten. Die Michiganer betrachten sie als Frühlingsboten, aber ich habe sie immer als Boten der Hoffnung gesehen, als das erste Zeichen, dass der Winter vorbei ist und überall wieder Schönheit das Licht der Welt erblickt.

»Zeit für ein Familienfoto«, sage ich und winke Cory und Lily zu mir herüber. Wir posieren vor den Waldlilien, und ich gebe Cory die Kamera. »Du hast die längsten Arme«, sage ich. Er streckt seinen Arm aus, um den Teppich aus Waldlilien hinter uns mit aufs Bild zu bekommen.

Lily macht Fotos von Blumen und Bäumen als Erinnerung an den Ausflug, um sie ihren Freunden im Sommercamp zu zeigen, und denkt sich Lieder über sie aus – »Waldlilien haben drei Zi-Za-Zipfel« und »Süßer, süßer Zuckerahorn« –, was bei Cory und mir jede Menge Gelächter hervorruft. Als wir Lily wieder auf dem Rücksitz angegurtet haben, sagt Cory: »Ich fahre.«

Einen Sekundenbruchteil lang bleibt mir das Herz stehen. Seit seiner Rückkehr aus dem Irak bin immer ich diejenige, die fährt. Ich nicke und reiche ihm den Schlüssel, dabei beobachte ich ihn aufmerksam. Er bemerkt es sofort und nickt zuversichtlich mit dem Kopf. Ich tue so, als hätte ich ihn gerade nicht angestarrt und als wäre gar nichts passiert, und schalte meinen Blackberry ein.

Der Wagen holpert über die steinige Straße aus dem Park.

Da ist eine SMS von meiner Mutter, der *Königin des Probleme-Totschweigens* und *Prinzessin von So-tun-als-wär-alles-okay-wenn-deine-Welt-auseinanderbricht*.

Genießt Cory das Spiel? Die Tigers liegen weit vorn!

Meine Mutter dachte mal, Smartphones wären der Untergang der Zivilisation. Jetzt schreibt sie mehr SMS als ein Teenager.

Haben einen Familien-Wandertag gemacht. Wunderschöner Tag miteinander.

Ich warte, weil ich weiß, dass meine Mom mit beiden Daumen fieberhaft etwas tippt. Das könnte Stunden dauern, denke ich, weil ich auch weiß, wie langsam meine Mom tippt. Das Herz hämmert mir in der Brust, und ich atme tief durch, um mich zu beruhigen.

Warum nimmst du dem Mann seinen Samstag weg? Er liebt die Tigers. Er braucht einfach ein normales Wochenende.

Ein normales Wochenende? Ich schüttle den Kopf. *Wir auch!*, tippe ich. Dann atme ich noch einmal durch und lösche es wieder. *Wir reden später, Mom. Fahren gerade.*

Ich starre aus dem Fenster. Ein Werbeplakat für ein örtliches Möbelgeschäft zeigt eine glückliche Familie, die zusammengekuschelt auf einem neuen Sofa fernsieht, die Mutter hält dabei ein Tablett mit Keksen.

So sieht meine Mom die Welt, stelle ich mir vor. *Wie falsche Reklame.*

Ironischerweise ist der Name meiner Mutter June. Genau wie June Cleaver, die klischeehafte Mutter aus der Serie *Erwachsen müsste man sein*, deren Wiederholungen ich jahrelang nach der Schule geschaut habe, zusammen mit *Happy Days* und *Drei Mädchen und drei Jungen.*

Meine Mom war die perfekte Mom.

Als ich ein Kind war, füge ich hinzu.

June backte mir dreistöckige Geburtstagstorten mit sich drehenden Karussellen obendrauf. Sie war Klassenmutter, jedes einzelne Jahr. Sie hat mir beigebracht, wie man backt und näht und all die Dinge tut, die kleine Mädchen tun, wenn sie genauso werden wollen wie ihre Mütter. Das einzige Problem war, ich wollte nicht genauso werden wie meine Mom. Ich liebte sie, aber ich wollte mehr. Von allem. Ich denke an meinen Dad, der meine Mutter jahrelang betrogen hat. Sie wusste es und blieb trotzdem bei ihm.

»Was für ein Licht würde das auf die Familie werfen?«, fragte sie mich immer.

Nein, Mom, was für ein Licht würde das auf dich werfen? Obwohl du nichts falsch gemacht hast. Die ultimative Geheimnishüterin.

Als ich den Naturwissenschaftskurs belegte, schlug sie vor, ich sollte stattdessen Hauswirtschaftslehre nehmen. Als ich Analysis nahm, fragte sie mich, wie ich je jemand Nettes kennenlernen wollte, wenn ich so *tat*, als wäre ich klüger als die Jungs. Und als ich am College angenommen wurde, sagte sie: »Wenigstens investieren wir darin, einen Mann für dich zu finden.«

Als ich Cory kennenlernte, war sie begeistert. Er war das perfekte Exemplar eines Michiganers: stark, groß und blond. Er studierte Wirtschaft. Ich wusste nicht, dass er beim Ausbildungskorps der Reserveoffiziere war, bis ich schon ein paar Monate mit ihm zusammen war.

Geheimnisse, denke ich. *Cory war genauso gut mit Geheimnissen wie meine Mom.*

Und meine Mom war tatsächlich begeistert, als Cory in den Irak ging. Nach ihrer Ansicht war er ein richtiger Mann. Und ich war jetzt eine Soldatenfrau. Ich würde meine Albernheiten meinem Mann zuliebe beiseiteschieben.

Unvermittelt kommt der Wagen zum Stillstand. Cory hat am Straßenrand angehalten, unmittelbar vor der Auffahrt auf den Highway.

»Ich kann das nicht«, sagt er.

Ich nehme seine Hand und hole tief Luft für das, was ich gleich tun werde. Ich bin nicht meine Mutter. Ich kann nicht meine Mutter sein. Ich kann keine Geheimnisse hüten, und mein Mann auch nicht.

»Es tut mir so, so leid«, sage ich. Ich hole tief Luft. »Aber ich kann auch nicht.« Ich verstumme kurz. »Was ist passiert?«

»Ich will nicht darüber reden«, antwortet er.

»Das musst du aber, Cory«, erwidere ich. »Dir geht es nicht gut. Wenn du nicht mit mir darüber reden willst, dann musst du mit einem Psychologen darüber reden.«

Cory sieht mich an und schüttelt den Kopf.

»Bitte«, flehe ich.

»Ich bin gefahren«, sagt er schließlich, dabei umklammern seine Hände das Lenkrad so fest, dass seine Knöchel weiß werden. »Wir waren mitten in einem Sandsturm. Ich konnte nicht weiter als ein paar Meter sehen. Der Panzer vor uns fuhr auf eine Landmine. Ich wich aus, bekam aber noch einen Teil der Mine ab.«

Cory lässt die Hände vom Lenkrad fallen. Ich kann sehen, dass sie zittern. Mit vor Kummer verzerrter Miene sieht er mich an. Ich lege ihm die Hand auf den Arm. »Das tut mir so leid«, sage ich. »Warum hast du mir das nie erzählt?«

»Das braucht niemand sonst zu erleben«, erwidert er.

»Ich bin deine Frau«, sage ich. »Dein Herz und deine Seele.« Ich verstumme kurz. »Ich erlebe es. Ich erlebe es trotzdem.«

»Ich weiß«, antwortet er. Dann, ohne Vorwarnung, beginnt er hemmungslos zu weinen, große Tränen fallen aufs Lenkrad. »Ich schaffe das nicht allein. Ich habe versucht, es ganz allein zu schaffen.«

»Ich weiß«, erwidere ich und wische ihm die Tränen fort. »Ich auch.«

»Hilf mir«, bittet er.

»Das werde ich. Aber du hast recht, wir schaffen das nicht allein. Du musst mit jemandem reden, Cory. Einem Profi. Ich werde mitkommen.«

Cory schüttelt den Kopf. »Nein«, sagt er. »Das kann ich nicht. Egal, wie oft das Militär es verlangt.« Er hält inne und sieht mich an. »Egal, wie oft du mich bittest. Dafür bin ich einfach nicht geschaffen.«

Ich sehe ihn an und bin kurz davor zu nicken, meinen Mann zu beruhigen, doch ich bin keine Geheimnishüterin, denke ich erneut. Dafür bin *ich* nicht geschaffen.

»Ich bitte dich nicht mehr, Cory«, sage ich. »Ich befehle es dir. Du musst mit jemandem reden. Ich liebe dich, aber das reicht nicht, um dir da durchzuhelfen. Es reicht nicht, um irgendeinem von uns da durchzuhelfen.« Ich verstumme kurz und deute auf den Rücksitz, wo Lily zum Glück tief und fest schläft, dann senke ich die Stimme. »Wir alle leiden unter deiner posttraumatischen Belastungsstörung. Ich bin ständig ängstlich. Lily ist in deiner Gegenwart nervös. Wir alle warten ständig darauf, dass etwas Schlimmes passiert. Etwas muss sich ändern. Sonst werden wir es nicht schaffen.«

Cory atmet mit ganzer Kraft aus, und seine Schultern sinken herab, als wäre die ganze Last der Welt von ihm genommen worden. »Okay«, sagt er. »Okay.«

Diesmal weine ich ohne Vorwarnung, und er nimmt mich in den Arm.

Schweigend tauschen wir die Plätze, und ich fahre uns nach Hause. Auf dem Highway nimmt Cory meine Hand und hält sie, bis wir in unsere Einfahrt biegen, dabei denke ich die ganze Zeit über an Waldlilien, daran, dass wir alle genauso sind wie sie, so zerbrechlich, so schutzbedürftig, aber auch immer ein Bote der Hoffnung.

Iris

MAI 2003

Ich fahre mit einem Finger an der Innenseite der Rührschüssel entlang und stecke ihn in den Mund, um zu kosten.

Perfekt! Zufrieden hebe ich den Deckel meiner alten rosa Küchenmaschine ab, die ich immer noch habe – und die so viel Lärm macht wie ein Rasenmäher –, dann nehme ich die Rührhaken heraus und lecke über der Spüle die Buttercreme von ihnen ab, bis sie sauber sind.

Genau wie du früher, mein wunderschönes Mädchen.

Die Buttercreme ist schwer, cremig und äußerst süß, und ihr Geschmack katapultiert mich in der Zeit zurück. Ich erinnere mich an alle Geburtstagstorten, die ich für dich gebacken habe, und wie sehr du diesen speziellen Kuchen geliebt hast: hausgemachter Konfettikuchen mit Vanillebuttercreme. Damals hieß er natürlich nicht Konfettikuchen. Ich nannte ihn Marys Magischen Mai-Geburtstagskuchen, und ich benutzte spezielle Streusel, um den weißen Teig bunt zu machen.

Aber das war nicht alles, was ihn so magisch machte, nicht wahr, meine Süße?

Ich nehme einen Teil der Buttercreme, fülle sie in zwei Schüsseln, gebe in die eine etwas grüne Speisefarbe und gelbe in die andere. Dann überziehe ich den Kuchen mit der cremigen weißen Glasur und fülle anschließend die übrige grüne, gelbe und weiße Buttercreme in drei Spritztüten.

Die Sonne ist noch nicht aufgegangen, doch als ich aus meinem Küchenfenster hinaus über den See schaue, säumt bereits eine kleine helle Linie den Horizont.

»Du beeilst dich besser, Iris«, ermahne ich mich.

Ich schalte jedes Licht und jede Lampe in der Küche ein, um meine Augen zu unterstützen, rücke meine zwei Brillen zurecht, als würde ich gleich eine Operation vornehmen, und dann halte ich inne und hole tief Luft, um meine zunehmend unsichere Hand zu beruhigen. Meine Hände haben inzwischen ihren eigenen Kopf und Willen, sie zittern sogar, wenn ich mich voll darauf konzentriere, sie ruhig zu halten. Mit einem leise geflüsterten Stoßgebet senke ich die Tüte mit grüner Buttercreme auf den Kuchen.

Ich mache keine Pause. Ich weiß, wenn ich die Spritztüte absetze oder meine Arbeit zu genau analysiere, bin ich verloren. Ich arbeite ohne Vorlage, nur mit der jahrelangen Erfahrung meiner Malerei, und zum Glück scheinen meine Muskeln durch reine Routine der Erinnerung zu folgen.

Ich tausche die Spritztüte mit grüner Buttercreme gegen die Tüte mit weißer aus, bevor ich mit der gelben abschließe.

Als ich schließlich die Hand hebe und einen Schritt zurücktrete, lächle ich.

Du hast es immer noch drauf, altes Mädchen.

Ein Teppich aus Waldlilien breitet sich auf dem Kuchen aus.

Ich lege die Spritztüte mit Buttercreme weg und halte mir die zitternde Hand vor den Mund, aber es ist zu spät: Ein klagender Laut, trauriger als der jedes einsamen Seetauchers, entkommt mir aus tiefster Seele, und ich beuge mich über die Spüle und schluchze. Als ich schließlich den Kopf hebe, kann ich sehen, dass sich der zarte Lichtstreif am Horizont ausdehnt. Er ist jetzt ein gelbes Band. Ich hole tief Luft, um mich zu beruhigen, dann schneide ich zwei Stück Kuchen heraus und wickle sie fest in Frischhaltefolie, zusammen mit zwei Plastikgabeln.

Ich spüle das Messer ab und öffne den alten Brotkasten meiner Großmutter, der jetzt mein endloses Arsenal an Vitaminen, ätherischen Ölen und Medikamenten beherbergt – *Nein! Eher versteckt.* Ich nehme nicht gern Medikamente. Ich traue Ärzten nicht, die Pillen verschreiben, um ein Problem zu übertünchen, anstatt es an der Wurzel zu packen.

Mit einer Hand fische ich in dem alten Brotkasten herum, der früher immer frische, saftige Scheiben Brot und eine Auswahl kleiner Plunderteilchen enthielt.

Nur heute nicht mehr, denke ich. *Ich brauche meine Medikamente.*

Ich nehme eine Flasche mit angstlösenden Tabletten heraus und brauche fast zwei Minuten für den Versuch, die kindersichere Verschlusskappe zu öffnen. Wenn du älter wirst, lässt dich alles im Stich: deine Finger, deine Augen, dein Verstand, deine Haut, deine Erinnerung, deine Beine, dein Rücken.

Aber der grausamste Verräter ist die Zeit, die unerschrocken vorwärtsmarschiert, ganz egal, wie sehr du dir wünschst, du könntest sie zurückdrehen. Im Hintergrund höre ich das Ticken der Kit-Cat-Wanduhr, während ihre Augen nach links gehen, der Schwanz nach rechts, Augen rechts, Schwanz links.

Ich nehme einen großen alten Gummiring, den ich für genau solche Gelegenheiten in der Schublade habe, wickle ihn um den Deckel und – *Voilà!* –, er geht sofort auf.

Mit dem Kuchenmesser zerteile ich die Tablette in zwei Hälften.

Gerade genug, dass es reicht, denke ich.

Ich schlucke sie ohne Wasser hinunter, dann flitze ich ins Schlafzimmer und ziehe eine dicke Cordhose und ein grünweißes Sweatshirt der Michigan State an.

Frühlingsgrün. Go Green!

Ich schlüpfe in meine Sneakers, nehme den Kuchen und gehe zur Fliegengitterveranda, doch gerade als ich hinaustreten will, bleibe ich stehen und kehre noch mal um, um das zu holen, was ich vergessen habe.

Im immer noch dunklen Morgen gehe ich hinaus in meinen Garten und zum Tor, das zum Strand führt. Als ich es erreiche, bleibe ich stehen. Das Herz klopft mir bis zum Hals.

Du kannst das, denke ich entschieden. *Du musst das tun. Einmal im Jahr zumindest.*

Ich öffne das Tor, und die Welt vor mir – der Strand, der See, der Himmel – verwandelt sich in ein Kaleidoskop. Beinahe lasse ich den Kuchen fallen, als ich mich am Zaun festhalte, um das Gleichgewicht wiederzufinden.

Das hier ist meine jährliche Pilgerreise. Der einzige Ausflug, den ich außerhalb meines Gartens unternehme.

Ich mache einen Schritt, bleibe stehen, schließe das Tor und mache einen weiteren. Wieder bleibe ich stehen, um darauf zu warten, dass die Welt aufhört, sich zu drehen, und die Tablette zu wirken anfängt. Ich schließe die Augen, atme tief durch und fahre mit der Hand am Zaun entlang, um die sich vertraut anfühlenden Latten zu zählen, bis ich am Ende angelangt bin. Dort öffne ich die Augen und nehme die Hand vom Zaun. Für ein paar Sekunden lang bin ich frei, schwerelos, meine Füße scheinen die Erde nicht zu berühren.

Ein kleiner Pfad führt oben auf der Düne hinter den historischen Cottages von Highland Park entlang. Ich habe vor Jahrzehnten dabei mitgeholfen, diesen Weg für meine Freunde und Nachbarn zu schaffen, mich durch Baumwurzeln und Dünengras geharkt, bis meine Hände wund und meine Arme blutig waren. Ich habe kaum Allergien, aber meine Haut reagiert empfindlich, wenn ich in Kontakt mit Gräsern komme. Ein lautes Knirschen lässt mich wie angewurzelt stehen bleiben und nach unten sehen: Ich stehe auf einem abgebrochenen Zweig. Kopfschüttelnd lache ich leise, um meinen Herzschlag zu beruhigen.

Das Einzige, wogegen ich jetzt allergisch bin, sind Menschen, überlege ich.

Im ersten Tageslicht schlängelt der Pfad sich vor mir auf der Düne dahin. Er ist immer noch feucht und schlammig vom Winterschnee und Frühlingsregen, als ich ihn entlanggehe. Es gefällt mir, wie die Spitzahorn-Setzlinge, die ich vor so langer Zeit gepflanzt habe, ein Blätterdach über dem Weg gebildet haben, etwas, das ich damals im Geiste vor mir gesehen hatte, aber nicht im Traum geglaubt hätte, dass ich es noch erleben würde. Noch dazu sprießen ihre ersten Frühlingsblätter leuchtend rot, was den Weg in ätherisches Licht taucht und jeden Frühlingsspaziergang so wirken lässt, als gehe man bei Sonnenauf- oder -untergang spazieren.

Heutzutage bekommen diese roten Blätter nur wenige Bewohner von Highland Park zu sehen. Die meisten sind echte Sommerfrischler, die am Memorial Day im Mai auftauchen, um ihre Cottages zu öffnen – wenn die Bäume bereits sattgrün und die Temperaturen wärmer sind. Dann kommen sie am 4. Juli mit Familie und Freunden wieder, um zu grillen und Wein zu trinken, und dann wieder im August für eine Woche Urlaub. Am Labor Day im September schließen sich die Vorhänge dieser Cottages oft schon wieder dauerhaft, noch bevor sich das Laub dieser Ahornbäume überhaupt golden färbt.

Das hier ist jetzt eine Welt der Durchreisenden, die nach Belieben kommen und gehen. Ich bleibe stehen und streiche mit der Hand über den Stamm eines Ahornbaums.

Anders als du, denke ich. *Anders als ich. Es hat etwas für sich, irgendwo seine Wurzeln zu schlagen. Für immer. Egal, wie schwierig die Jahreszeiten sind.*

Beim letzten Cottage macht der Weg eine scharfe Biegung nach rechts, und ich folge ihr zu einem eingezäunten Stück Land. Ich öffne das Tor, sage zischend »pssst« zu dem quietschenden Türgriff und schließe es wieder hinter mir.

Jetzt sind es nur du und ich, mein Liebling.

Die Reihen von Tomaten, Karotten, Salat, Rüben und Erbsen des Victory-Gartens sind längst verschwunden. Kümmerliches Gras wächst im spärlichen Licht, das die hohen Eichen und Zuckerahornbäume durchlassen. Das hier ist jetzt offiziell ein Gemeinschaftspark, aber einer, den niemand nutzt. Es gibt kein Schild, das auf seine Geschichte hinweist, weder als Baseballfeld, noch als Victory-Garten, kein Schild, das ihn als Park ausweist.

Kein Anzeichen von Leben mehr hier.

Bis ich die Augen schließe.

Der Wind flüstert durch die sprießenden Blätter, und ich kann Shirley lachen hören, höre Mary spielen, das Krachen von Jonathans Baseballschläger, das Pfeifen des Baseballs und die begeisterten Rufe der Menge, als Jonathan die Bases umrundet.

Ich öffne meine Augen, und da ist nichts.

Geister, Iris. Nur Geister.

Ich gehe zu einer alten hölzernen Bank mit schmiedeeiserner Rückenlehne, die verrostete Kolibris zieren. Ich habe sie vor Jahren hierhergeschleppt. Ich stelle den Kuchen auf die Bank und gehe zu der Ecke des Parks, wo die Ahornbäume und Eichen am dichtesten stehen. Der Wind hat das ganze Laub in diese Ecke geweht, und dort liegt es – gefangen – als nasser Klumpen. Ich fange an, die obersten Blätter mit beiden Füßen fortzukicken, dann bücke ich mich und wühle mit den Händen darin, wie ein Hund, der versucht, einen Knochen zu vergraben. Als ich sie sehe, schnappe ich laut nach Luft, und mein Aufkeuchen zerreißt die Stille des ruhigen Morgens.

Ihr seid noch da, denke ich. *Noch am Leben.*

Ich bücke mich und nehme alle Blätter, abgebrochenen Zweige und Erdklumpen fort, bis ich sie befreit habe.

Meine Waldlilien! Unsere Waldlilien!

Mit zitternder Hand streichle ich über die schönen Blüten und lächle.

Waldlilien waren Marys Lieblingsblumen, ein Symbol ihres Geburtstags. Für mich sind sie ein Symbol ihrer Reinheit, und einst – vor langer Zeit – waren sie ein Symbol der Hoffnung.

»Du bist nach einem langen Winterschlaf zu mir gekommen«, habe ich immer zu Mary gesagt, wenn wir im April wanderten und die Waldlilien bewunderten, die zu den ersten Anzeichen des Frühlings in Michigan gehören. »Du bist genau wie die Waldlilien. Du repräsentierst ewige Hoffnung.«

Nach Jonathans Tod fanden Mary und ich ein paar ›Freiwillige‹ im State Park. So nannte meine Mutter Pflanzen und Blumen, die sie ohne fremde Erlaubnis ausgrub und umpflanzte: Freiwillige. Waldlilien sind in Michigan geschützte Wildblumen, da sie sehr empfindlich sind. Alle Waldlilienarten waren früher durch ein altes Gesetz geschützt, das erlassen wurde, um zu verhindern, dass die Leute sie übermäßig sammelten. Die meisten Leute kennen nur die weißen Waldlilien, aber es gibt viele verschiedene Arten, von denen ein paar immer noch als gefährdete Arten geschützt sind.

Diese Waldlilien sind das einzige lebendige Symbol, das ich an diesem heiligen Ort jetzt noch von Mary und Jonathan, von meiner Familie habe.

Ohne nachzudenken setze ich mich auf den feuchten Boden. Die Nässe dringt durch den Stoff meiner Hose, aber das ist mir egal. Waldlilien werden manchmal Dreizipfellilien genannt, wegen ihrer perfekten Symmetrie: drei Laubblätter, drei Hochblätter, drei Blütenblätter. Die Perfektion der Natur.

Erneut denke ich an Mary. Ihr Gesicht war auch vollkommen symmetrisch, fast wie das einer Puppe: energische Nase und Kinn, weiche runde Wangen und zwei weit auseinanderstehende violette Augen.

Mit rasendem Herzen halte ich inne und schließe die Augen.

100

War es so? Hat sie so ausgesehen?

Hörbar schnappe ich nach Luft, was ein Eichhörnchen über den Zaun flüchten und die Bäume hinaufhuschen lässt.

Manchmal kann ich Mary vor mir sehen, als habe sie mich nie verlassen, und manchmal fällt es mir schwer, mich an ihre Gesichtszüge zu erinnern.

Ich kneife die Augen noch fester zu und versuche, meine Tochter vor mir zu sehen, mir vorzustellen, sie wäre jetzt hier bei mir.

MAI 1947

»Du stehst für mich Wache, okay? Gib mir einfach Bescheid, wenn jemand kommt.«

»Wie? Was soll ich tun?«

»Ich weiß nicht«, antworte ich. »Mach einen Vogelruf nach. Wie den von einer Nachtschwalbe.«

Mary sieht mich an. »Ich kann doch nicht mal richtig pfeifen.«

Ich spitze die Lippen und ahme den Ruf nach. *Whip-u-wiiiill! Whip-u-wiiiill!*

Die violetten Augen weit aufgerissen schaut Mary sich nervös um und kichert. »Ich komme mir vor wie Nancy Drew, die Detektivin!«

Es ist ein wunderschöner Morgen, erfüllt von sommerlichen Geräuschen am See: Wellen rauschen, Vögel singen und ein sanfter Wind trägt das Juchzen von Kindern herüber, die in den immer noch kühlen Michigansee springen. Es ist kurz vor Marys Geburtstag, der dritte, seit ihr Vater von uns gegangen ist.

Ich betrachte die Waldlilien zwischen den Bäumen.

Die Zeit bleibt nicht stehen.

Lächelnd sehe ich Mary an, deren Augen noch größer werden. Es gibt eine schöne Wildblume, die Strand-Platterbse, die entlang der Küstenstriche Michigans vorkommt. Sie wächst direkt aus dem Sand und trägt zarte violette Blüten, die Veilchen ähneln, über dichten grünen, rankenden Trieben. Die Blüten haben die Farbe von Marys Augen. Sie ist wirklich ein echtes Michigan-Gewächs.

Ich lege einen Finger vor den Mund, dann gehe ich zu den Waldlilien und ziehe eine kleine Schaufel und feuchtes Küchenkrepp aus den Gesäßtaschen meiner Hose. So langsam und vorsichtig, wie ich nur kann, um den Pflanzen nicht zu schaden, fange ich an, die Waldlilien auszugraben. Dann wickle ich sie in das Küchenkrepp und stecke sie zurück in meine Tasche. Das kühle, feuchte Gefühl verursacht mir Gänsehaut.

Whip-u-wiiiill!

Mir bleibt das Herz stehen, und vor Schreck lasse ich meine Schaufel fallen. Als ich aufschaue, krümmt Mary sich vor Lachen.

»Drangekriegt!«, lacht sie.

»Du kleiner Frechdachs.« Ich hebe die Schaufel auf und laufe zu ihr, um ihr damit einen leichten Klaps aufs Hinterteil zu geben. »Warum hast du das gemacht?«

»Um dich lächeln zu sehen«, antwortet sie. »Du musst öfter mal lächeln.«

Mein Herz schmilzt dahin. Ich nehme sie in die Arme und küsse sie auf die Haare. Sie riecht nach Sonnenschein und kleinem Mädchen, Zimt und Zucker. Unvermittelt gehen meine Gedanken zu dem Geburtstagskuchen, den wir noch backen müssen.

»Bereit zurückzuwandern? Wir müssen noch deinen Geburtstagskuchen backen.«

Mary nickt und rennt voraus, wobei sie munter über herabgefallene Äste springt, mit denen der Wanderweg übersät ist. Nachdem wir ein paar Minuten gegangen sind, kommt Mary zu mir zurückgerannt, um mir einen Kiefernzapfen zu zeigen, den sie gefunden hat.

»Hübsch«, sage ich. »Willst du ihn behalten?«

Sie dreht sich um und geht ein paar Schritte rückwärts vor mir her, bevor sie stehen bleibt. Ich halte ebenfalls an. »Alles okay?«, frage ich.

Mit Tränen in den Augen schaut sie zu mir hoch.

»Oh, Schätzchen«, sage ich. »Was ist denn? Was ist los?«

»Früher habe ich mit Daddy Kiefernzapfen gesammelt, weißt du noch?«

Das hatte ich völlig vergessen.

»Du hast sie mit Schneespray besprüht und in den Weihnachtsbaum gehängt«, antworte ich, als die Erinnerung wieder auf mich einströmt.

»Es fällt mir schwer, mich noch an ihn zu erinnern«, sagt Mary mit leiser Stimme. »Wie er ausgesehen hat, wie er geklungen hat …« Ihre Stimme bricht ab, und ihre Augen füllen sich mit Tränen, die wie Regentropfen zu Boden plumpsen.

»Ich weiß«, antworte ich. Ich gehe in die Knie, bis ich auf Augenhöhe mit ihr bin. »Das Einzige, was zählt, ist, dass du dich daran erinnerst, wie sehr er dich geliebt hat. Und diese Erinnerung wird nie verblassen. Sie wird genau hier drin für immer weiterleben.« Ich lege meine Hand auf Marys Herz.

Sie sieht mir in die Augen. »Ich glaube, ich werde diesen Kiefernzapfen behalten. Für den Baum in diesem Jahr.«

Ich nicke. »Ich finde, das ist eine tolle Idee.«

Als wir nach Hause kommen, gehe ich zum Park und pflanze die Waldlilien ein, bevor ich Marys Geburtstagskuchen backe. Obwohl die Kriegsrationierungen beendet sind, fällt es mir immer noch schwer, etwas zu verschwenden, also mache ich den Kuchen, den ich immer für Marys oder Jonathans Geburtstage gebacken habe: einen Ein-Ei-Victory-Kuchen. Ich habe ihn aus einem Kochbuch, das die Kirche verteilt hatte, als Lebensmittelrationierungen und Knappheit das Land regierten und die amerikanische Hausfrau klug haushalten musste, um ihre Familie zu ernähren, ohne zu viele Vorräte aufzubrauchen.

Der Kuchen benötigt nur die kleinsten Mengen an Backfett, Zucker, Vanillezucker, Maissirup, Milch, Mehl, Backpulver, Salz und – natürlich – nur ein einziges Ei. Ich gebe bunte Streusel hinzu, damit er hübsch und ›lustig‹ wird. Mary hilft mir beim Backen, und nachdem wir den Kuchen in den Ofen geschoben haben, nehme ich ihre Hand und gehe mit ihr zu meinem Schlafzimmer. Dort klopfe ich auf die Matratze, und Mary hüpft aufs Bett. Ich setze mich zu ihr, worauf ihr kleiner Körper an mich rutscht.

»In diesem Bett kann ich deinen Vater immer noch neben mir spüren«, sage ich mit kaum hörbarer Stimme. »Aber ich kann ihn nicht mehr in den Kissen riechen und …« Ich verstumme kurz und atme tief durch. »Manchmal vergeht fast ein ganzer Tag, ohne dass ich an ihn denke.« Ich nehme zwei Fotos vom Nachttisch. »Ich habe schon zu viele Menschen zu früh in meinem Leben verloren«, fahre ich fort. »Meine Eltern und meine Großmutter. Meinen Mann. Ich hätte nie gedacht, dass sich die Welt in so kurzer Zeit so sehr verändern könnte.« Ich gebe Mary das Foto von mir und Jonathan vor den Hortensien meiner Mutter. »Auf diesem Foto war ich hochschwanger mit dir. Siehst du, wie sehr er dich schon damals geliebt hat?«

Mit einem Finger streichelt Mary über ihren Vater. »Ja«, antwortet sie.

»Ich lebe jetzt für dich«, sage ich. »Die Tatsache, dass du eigene Kinder haben und unsere Familie fortführen wirst, gibt mir Hoffnung und Kraft. In dir kann ich meine Zukunft sehen.«

Mary schaut erst mich an und dann das Foto. Sie legt ihren Finger auf die Hortensien, dann zeigt sie auf die Pfingstrose auf dem Bild. »Was ist mit deinen Blumen?«, fragt sie.

»Sie geben mir auch Hoffnung. In ihnen kann ich meine Zukunft ebenfalls sehen.«

»Hast du sie deshalb alle aus Grandmas Garten nebenan ausgegraben? Damit du sie immer sehen kannst?«

Ich nicke.

»Vermietest du deshalb das Haus nebenan?«, fährt sie fort. »Damit du dich nicht so allein fühlst?«

Wieder nicke ich.

»Alle sind fort. Jetzt gibt es nur noch uns.«

Mary betrachtet ein letztes Mal das Foto, bevor sie es mir wieder zurückgibt. »Nein, das stimmt nicht«, sagt sie und deutet mit einem entschiedenen Nicken auf die Bilder in meinen Händen und dann auf die an den Schlafzimmerwänden. »Sie sind immer noch hier.« Sie legt ihre kleine Hand auf mein Herz. »Und hier.«

»Du hast recht«, sage ich. »Und jetzt lass uns deinen Kuchen verzieren.«

Mary springt mit einem Satz vom Bett und legt eine Hand an den Kopf, als würde sie angestrengt nachdenken. »Ich hab's!«, ruft sie dann.

»Was?«, frage ich, während ich die Bilderrahmen wieder auf den Nachttisch stelle.

»Du verzierst doch meinen Kuchen immer mit Waldlilien. Nun, nächstes Mal, wenn wir Daddys Geburtstagskuchen backen, sollte er mit pfirsichfarbenen Rosen verziert werden. Ich meine, die hast du schließlich für ihn erfunden. Und sie werden ewig leben, stimmt's?«

Sie streckt eine Hand aus und hilft mir vom Bett. »Stimmt!«, antworte ich.

❦

Das Licht auf den Waldlilien nimmt zu und verwandelt ihre schneeweißen Blüten ins Hochzeitskleid des Frühlings, und ich weiß, dass ich mich beeilen muss. Ich stehe auf, nehme den Kuchen von der Bank und wickle ihn aus.

Dann hole ich mein beinahe vergessenes Geschenk aus der Tasche.

Ich stecke eine Geburtstagskerze in die Mitte des Kuchens und zünde sie mit einem Streichholz an. Als ich die Augen schließe, kann ich Marys fröhliches Kichern hören. In Gedanken spreche ich einen Wunsch – einen, von dem ich weiß, dass er nie wahr werden wird – und puste die Kerze aus. Dann stelle ich den Kuchen mitten zwischen die Waldlilien, wo er kaum von ihnen zu unterscheiden ist.

»Alles Gute zum Geburtstag, mein Engel«, sage ich. »Gib deinem Daddy einen Kuss von mir. Ich hab dich lieb.«

TEIL VIER

Iris

»Du bist die Iris, schön unter den Schönsten.«

HENRY WADSWORTH LONGFELLOW

Abby

Gesprenkeltes Licht durchflutet den Konferenzraum.

Whitmore Paints befindet sich in einem Bürogebäude aus den Siebzigern zwischen einer Nebenstraße am Highway und einem kleinen Binnensee, der von einem Abfluss des Michigansees gespeist wird. Allerdings ist nichts retro oder cool an diesem Siebzigerjahre-Design. Es ist eher wie meine alte Grundschule: Linoleumfliesen, senfgelber Teppich, klaustrophobische Deckenpaneelen, Neonbeleuchtung und Fenster mit dicken braunen Vorhängen und staubigen, verbeulten Jalousien.

»Guten Morgen!«, sage ich. »Morgen, Phil. Guten Morgen, Mr. Whitmore.«

Als ich eintrete, stehen die Männer mit ihren Firmenkaffeetassen in einer Ecke beisammen und unterhalten sich lachend über ihre Golfpartien. Zwei Frauen, eine ältere und eine jüngere, sitzen an gegenüberliegenden Enden des Tisches, vor ihnen aufgeklappte Laptops.

»Guten Morgen, Abby«, antwortet Mr. Whitmore.

Ich warte darauf, dass mir eine Frage gestellt wird: *Wie war Ihr Wochenende, Abby? Haben Sie sich schon eingewöhnt? Wie geht es Ihrer Tochter? Soll ich Ihnen ein paar Tipps geben, was man in Grand Haven unternehmen kann?*

Es kommt keine.

In vielerlei Hinsicht fühlt sich das hier wieder an wie in

meiner Schulzeit. Die lauten Jungs plustern als Gruppe in der Ecke ihre Federn auf, während die Mädchen demütig an ihren Tischen sitzen, bereit, sich an die Arbeit zu machen. Ich nehme Platz und nicke den beiden Assistentinnen zu.

»Möchten Sie eine Tasse Kaffee?«, fragt Tammy.

»Nein, danke«, antworte ich. »Noch eine Tasse, und mein Herz springt im Galopp.«

Tammy lächelt.

»Das hat meine Grandma immer gesagt. Irgendwie ist das bei mir hängengeblieben.« Ich verstumme kurz. »Und übrigens kann ich mir meinen Kaffee selber holen. Das brauchen Sie nicht zu tun.«

Tammys Gesicht errötet. »Danke«, flüstert sie.

Ich sehe wieder zu meinen Kollegen.

Nein, das hier erinnert mich ans College und die Uni.

Ich war oft die einzige Frau in den Ingenieurskursen. »Sind Sie im richtigen Raum?«, wurde ich von den Männern oft gefragt. »Pädagogik ist gleich nebenan.«

Als ich meinen Laptop aufklappe, wirft mir mein Spiegelbild einen verdutzten Blick zurück.

Ich bin nicht der Traum der meisten Männer, die typische amerikanische blonde Schönheit. Ich bin das, was viele ›attraktiv‹ oder sogar ›aristokratisch‹ nennen würden, mit ausgeprägten, eleganten Zügen wie die meiner Großeltern. Aber ich habe mein Aussehen im Lauf der Jahre bewusst härter gemacht, um im Job ernst genommen zu werden. Die Brille, der Haarschnitt, die Hosenanzüge.

Ich sehe in die Runde, als die Männer sich am Konferenztisch versammeln.

Und doch bin ich immer noch ein Einhorn. Ich bin immer noch die einzige weibliche Ingenieurin am Tisch.

»Lassen Sie uns anfangen«, beginnt Mr. Whitmore mit einer tiefen Stimme wie die von Donald Sutherland.

Das Meeting beginnt immer mit dem kaufmännischen Leiter, einem rotgesichtigen Mann mit Bürstenschnitt und null Persönlichkeit. In den wenigen Wochen, seit ich hier bin, hat er mich immer noch nicht angesehen, geschweige denn angesprochen.

Während seines eintönigen Monologs beobachte ich die Lichtsprenkel im Raum.

Lily hatte früher eines dieser Nachtlichter in ihrem Zimmer, das sich drehte und Sterne überall an die Decke und Wände warf. Ich lag oft zusammen mit ihr im Bett, und wir betrachteten staunend das Schauspiel, als wären wir in der ersten Reihe bei den Nordlichtern. Als Cory in Übersee war, kramte ich es wieder hervor. Keine von uns beiden konnte schlafen, und Lily fragte ständig: »Wo ist Daddy?« Dann zeigte ich hinauf zu den Sternen und sagte ihr: »Er betrachtet gerade dieselben Sterne wie wir«, und dann schlief sie endlich ein.

Der Konferenzraum ist an drei Seiten aus Glas, und das vom Wasser und den Windschutzscheiben vorbeifahrender Autos reflektierte Sonnenlicht verleiht dem Raum etwas Magisches, trotz der schrecklichen Einrichtung.

»Abby?«

Mein Herz macht einen Satz. *Erwischt.*

»Hier!«, sage ich und hebe die Hand, als wäre ich in der Schule, um es mit einem Witz zu überspielen. Niemand lacht.

»Ihre Farben schlagen sich bisher gut in unseren Tests.« Mr. Whitmore blättert durch einen Stapel Unterlagen. »Und die Marketingabteilung berichtet, dass die Kunden sehr positiv auf Ihre neue Farblinie reagieren. Aber dazu haben wir ein paar Fragen. Pete?«

Ich atme tief durch, um mich zu wappnen.

Pete ist Leiter der Herstellung. Er ist ein ehemaliges Caltech-Wunderkind, die Elite-Universität in Pasadena, dessen Familie ein paar hundert Morgen erstklassiger Strandgrundstücke besitzt, die sie bebauen lassen wollen, obwohl ihnen das bisher schon zahlreiche Male durch Naturschutzgruppen untersagt worden ist. Pete ist nichts als zurückgegeltes Haar und zu viel Urlaubsbräune, dröhnende Stimme und überkronte Zähne. Er trieft vor Selbstbewusstsein. Mit seiner prahlerischen Haltung flätzt er sich auf seinem Stuhl. Bei meinem Vorstellungsgespräch hat er mich gefragt, ob ich vorhätte, noch mehr Kinder zu bekommen. Der Raum drehte sich um mich, als er mich das fragte, aber ich hielt den Mund und schüttelte den Kopf.

Warum habe ich mich nicht über ihn beschwert?, denke ich. *Ach ja. Ich brauchte diesen Job. Ich brauchte ein stabiles Zuhause. Das sind die Entscheidungen, denen sich Frauen täglich stellen müssen. Ethik contra Karriere. Und wenn wir uns wehren, werden wir als Lügnerinnen bezichtigt.*

»Ich bin einfach nicht ganz einverstanden mit ein paar Ihrer Farb- und Namensvorschläge«, sagt Pete. »Was soll dieses … dieses –« Pete hält inne und blättert in seinen Unterlagen. Dann schaut er hoch, ein regelrechtes Hohnlächeln auf seinem Gesicht. »– dieses *Iris* für eine Farbe sein? Ich meine, weiß irgendwer, welche Farbe eine Sommeriris hat? Boote gehören Männern. Die streichen sie nicht in Iris, Abby.« Wieder sieht er seine Unterlagen durch und lacht. »Oder Pfingstrose?« Er schaut in die Runde. »Ich meine, kommt schon. Bob, würdest du eine Farbe namens Pfingstrose kaufen? Frank, ich kann mir nicht wirklich vorstellen, wie du mit deinem Boot in Purpurphlox mit den Jungs und ein paar Bier auf den See rausfährst, du etwa?«

Die Männer lachen nickend.

Ich nicke Pete ebenfalls zu, als habe er gerade das stichhaltigste Argument der Welt gebracht. »Ich verstehe Ihre Bedenken«, fange ich an. »Aber die National Women Boaters Association berichtet, dass inzwischen fast ein Viertel aller Boote im Besitz von Frauen sind. Darüber hinaus treffen fünfundachtzig Prozent der Frauen die Kaufentscheidungen für ihre Familie.«

»Meine nicht«, erwidert Pete mit einem Lachen.

Ich warte darauf, dass die Gruppe Pete korrigiert, aber keiner der Männer tut es. Sie nicken und lachen und blättern in ihren Unterlagen. Mit schmalen Augen lächle ich. Wenn ich nicht lächle, werden die Männer mich für eine Zicke halten, und das bringt mich nirgendwohin.

»Das erklärt dann wohl, wie Sie sich kleiden, Pete«, sage ich.

Alle Köpfe der Männer schnellen hoch, und dann bricht Mr. Whitmore in Gelächter aus.

»Ich hab mich auch schon über diese Krawatte gewundert«, sagt er.

Petes Gesicht läuft ebenso rot an wie die Cabrios auf seiner Krawatte, und ich kann praktisch sehen, wie ihm Dampf aus den Ohren kommt wie bei einer Zeichentrickfigur.

»Schauen wir uns einmal an, wie Benjamin Moore oder Sherwin-Williams ihre Farben heutzutage vermarkten«, fahre ich fort. »Sogar Autohersteller. Oder welchen Einfluss dieser Sender HGTV auf die Art und Weise hat, wie Konsumenten Farbe betrachten. Nichts ist mehr rot oder weiß oder gelb. Weiß ist jetzt Chantilly Lace oder Swiss Coffee. Rot ist Caliente. Es erzeugt eine Stimmung, ein Gefühl, und das ist es, was ich mit diesen Farben erreichen möchte. Das ist es, was wir mit diesen Farben tun müssen. Ich garantiere Ihnen, bei der Mehrheit der Freizeitboote mögen zwar Männernamen in der Besitzurkunde stehen, aber die Frauen sind es, die ihre Unterschrift unter alles setzen, was die Einrichtung und das Äußere des Bootes betrifft. Und wir vermarkten nicht einfach nur eine neue Farblinie. Wir erfinden einen neuen Markt.«

Ein paar der Männer nicken. »Aber Sie haben immer noch nicht meine Frage beantwortet. Welche Farbe hat eine Iris?«

»Welche Farbe hat ein Regenbogen, Pete?«

114

»Was soll das bedeuten?«

Ich sehe das Licht an und dann Pete. »Nun, lassen Sie es mich Ihnen so erklären, wie ich es meiner Tochter erkläre, Pete.«

Ein paar der Männer lachen spöttisch und ziehen Pete damit auf, aber ich stoppe sie. »Genau genommen meine ich das als Kompliment, weil meine Tochter einer der klügsten Menschen auf diesem Planeten ist.« Ich mache eine kurze Pause. »Ich bin wahrscheinlich eine von nur wenigen Ingenieuren, die auf dem College griechische Mythologie studiert haben, aber das tat ich, weil mich dieses Thema fasziniert hat. Schwertlilien haben ihren Namen von der griechischen Göttin Iris, der Liebesbotin. Die Griechen glaubten, dass sie den Regenbogen als Brücke zwischen Himmel und Erde benutzte, und dass der Regenbogen eigentlich ihr fließendes Gewand und die Schwertlilie ihr violetter Schleier wären. Die Blume wurde nach ihr benannt, um sie zu ehren und Wohlgefallen auf die Erde zu bringen.« Ich verstumme. Petes Augen sind weit aufgerissen.

»Und?«, fragt er aufbrausend.

»Ich denke, wenn wir zu den Farben eine schöne Geschichte erzählen, wird das die Käufer ansprechen«, sage ich. »Zum Beispiel stehen violette Iris für Königlichkeit. Blau symbolisiert Glaube und Hoffnung. Gelb symbolisiert Leidenschaft. Weiß drückt Reinheit aus. Das könnte Teil einer Sommerlinie von durch Blumen inspirierten Farben sein. Frauen wären begeistert davon.« Ich mache eine kurze Pause. »Und ich denke, Männer genauso.«

Pete öffnet den Mund, um etwas zu sagen, seinem Gesichtsausdruck nach etwas Abfälliges oder Erniedrigendes, aber Mr. Whitmore schneidet ihm das Wort ab. »Hervorragende Arbeit, Abby. Sie sind wirklich eine Ingenieurin im Geist, aber eine Künstlerin im Herzen.« Er lächelt. »Und wahrscheinlich auch noch eine verdammt gute Gärtnerin, schätze ich.«

»Danke«, sage ich.

Nachdem das Meeting beendet ist und der Raum sich geleert hat, tritt Tammy neben mich. »Sie waren phantastisch. Sie sind mit Pete wirklich gut fertiggeworden.«

»Danke«, sage ich, dann senke ich die Stimme. »Ich wollte ihm schon sagen, dass er sein Boot sonnenblumengelb streichen soll, weil ich sicher bin, dass seine Frau jede Hilfe braucht, die sie kriegen kann.«

Tammy stößt ein schallendes Lachen aus, das in dem nun leeren Konferenzraum widerhallt, bevor sie sich eine Hand vor den Mund schlägt. »Es ist schön, Sie an Bord zu haben«, sagt sie.

»Das weiß ich zu schätzen«, erwidere ich.

Tammy lächelt, dann lässt sie mich allein. Ich packe meinen Laptop, Kalender und Unterlagen zusammen. Das Licht spielt im Raum, und ich halte inne, um ihm einen Moment lang zuzusehen.

Behaupte stets deinen Platz im Licht, Abby, sage ich zu mir selbst.

»Abby, Iris auf Leitung zwei«, tönt Tammys Stimme durch die Gegensprechanlage.

Ha, ha, denke ich. *Guter Witz, Tammy.*

»Abby, Iris auf Leitung zwei.«

Ich gehe rüber und hebe das Konferenzraumtelefon ab.

»Der war gut, Tammy«, sage ich. »Ziemlich clever.«

»Was? Nein. Nein. Da ist wirklich eine Frau namens Iris für Sie in Leitung zwei.«

»Iris?«, frage ich. »Ich kenne keine Iris. Sind Sie sicher, dass es für mich ist?«

»Ich bin ganz sicher«, antwortet Tammy.

Ich drücke auf den Knopf und nehme das Gespräch an.

»Abby Peterson am Apparat«, sage ich.

»Hier ist Iris … Iris Maynard.« Es ist eine zittrige Stimme, die klingt, als gehöre sie einer älteren Frau.

»Ja?«, sage ich auffordernd.

»Ihre Nachbarin«, antwortet sie. »Sie haben Ihr Haus von mir gemietet.«

»Oh«, stottere ich. »Tut mir schrecklich leid. Ist etwas nicht in Ordnung? Haben Sie unsere Monatsmiete nicht bekommen?« .

Ich kann sie atmen hören.

»Nein«, erwidert sie. »Ihr Mann und Ihre Tochter waren gerade bei mir.«

»Ist etwas passiert?« Vor Panik steigt meine Stimme an.

»Nein«, antwortet sie. »Es geht ihnen gut.« Sie verstummt kurz. »Körperlich, meine ich.« Wieder verstummt sie kurz. Sie atmet schwer am anderen Ende der Leitung. »Nun, es geht ihnen nicht gut. Ich denke, wir sollten uns unterhalten. Haben Sie einen Augenblick Zeit?«

»Ich muss gleich in ein weiteres Meeting«, antworte ich. »Warum komme ich nicht nach der Arbeit bei Ihnen vorbei? Ich kann Sie anrufen, sobald ich unterwegs bin.«

»Ich habe eigentlich … Ich habe eigentlich keine Leute bei mir im Haus«, sagt Iris. »Bis heute.« Es folgt ein langes, unangenehmes Schweigen. »Na gut«, meint sie schließlich. »Rufen Sie mich auf Ihrem Heimweg an. Hier ist meine Nummer.« Wieder Schweigen. »Allerdings würde ich es vorziehen, wenn Sie nicht lange bleiben.«

»In Ordnung«, erwidere ich, bevor ich mir ihre Nummer aufschreibe. Ohne Vorwarnung legt Iris auf, und ich rufe sofort Cory an.

»Ist alles okay?«, frage ich.

»Ich muss dir was sagen«, antwortet er. »Versprich mir, dass du nicht sauer wirst.«

Mir wird schwindlig, als ich Cory zuhöre.

»Du hast mich angelogen, Cory! Du hast gelogen!«, hallt meine Stimme durch den Konferenzraum. Zwei Kollegen bleiben wie erstarrt an der Tür stehen, die Kaffeetassen auf halbem

Weg erhoben, und starren mich mit offenem Mund an. Hastig laufe ich zur Tür und mache sie zu.

»Du hast mir versprochen, dass du zur Therapie gehen würdest! Du hast es mir versprochen! Du bringst Lily in Gefahr. Ich kann das nicht mehr, Cory. Du brauchst Hilfe. Ich kann nicht mal zur Arbeit gehen, ohne mir Sorgen zu machen, dass etwas passieren könnte.« Ich verstumme. »Wenn du bis heute Abend, wenn ich heimkomme, nicht irgendwo angerufen hast, um einen Termin zu vereinbaren, dann –«, wieder verstumme ich kurz, »– dann werden wir ein paar harte Entscheidungen treffen müssen.«

Am anderen Ende der Leitung atmet Cory schwer ein. »Ich weiß, ich weiß«, sagt er. »Das werde ich. Das werde ich.«

Als ich aufgelegt habe, setze ich mich hin und sehe dem Licht zu, wie es durch den Raum tanzt.

Draußen wird gerade ein Boot von unserem Steg zu Wasser gelassen. Als es auf den See hinausfährt, bilden sich winzige Regenbögen in der Gischt des Bootsmotors.

»Pass gut auf mein kleines Mädchen auf, Iris«, sage ich zu dem Regenbogen, nicht sicher, ob ich damit die alte Frau oder die griechische Göttin meine.

Iris

MAI 2003

»Hallo, Ladies. Meine Namensschwestern sehen heute Morgen aber wirklich bezaubernd aus.«

Ich knie auf meinem weichen Gartenkniekissen und mache Smalltalk mit meinen Blumen. Ein Teil des Gartens, der sich über die gesamte Länge meines Vorgartens erstreckt, ist mit Iris aller Farben und Sorten gefüllt. Ich nehme eine schöne Bart-Iris in die Hand.

Diese spezielle Sorte heißt ›Stairway to Heaven‹, und ihr Name scheint perfekt zu passen. Ihre Blüte ist weiß und der Bart auffallend blauviolett. Im Sonnenlicht gleichen die Blütenblätter einer himmlischen Treppe, die durch die Wolken ins Himmelreich führt. Ich betrachte die Blume und sehe dann hoch in den Frühlingshimmel.

»Gibt es eine solche Treppe?«, frage ich die Blume. »Gibt es einen Himmel? Wartet meine Familie dort auf mich?«

Die Blütenblätter schimmern im Wind, der sie sanft hin und her wehen lässt.

»Das war eine ziemlich unverbindliche Antwort«, tadele ich die Iris. »Kein Wunder, dass ich nach dir benannt bin«, sage ich mit einem Lachen und schüttle den Stamm leicht.

Um diese Zeit herrscht in Michigan immer ein Gärtnerwettstreit zwischen ihren Lieblingsblumen: Tulpen gegen Iris. Besonders im westlichen Michigan überwiegen Tulpen durch den überwältigenden Anteil niederländischer Vorfahren in dieser Gegend. Holland, ein Urlaubsörtchen gleich südlich von Grand Haven, ist berühmt für seine niederländische Geschichte, seine Windmühlen und sein Tulpenfest im Frühling, wo Tausende von Tulpen blühen. Es ist ziemlich spektakulär und eine farbenprächtige Erinnerung daran, dass der Winter vorbei und der Frühling endlich angekommen ist. Ich liebe Tulpen und habe sie rings um die Stämme vieler meiner Bäume gepflanzt, genau wie meine Mom und meine Grandma früher.

Aber für mich haben Schwertlilien einfach etwas Majestätisches an sich. Sie sind nicht nur bunt und schön, sondern auch stark und kräftig. Die meisten meiner Iris sind hoch, viele ragen über einen halben Meter in die Luft, und ihre Größe und bunten Persönlichkeiten zwingen einen buchstäblich, sie zu bemerken.

Wie Kinder, denke ich.

Meine Mary hatte ausgefallene Namen für die Blumen, genau wie für ihre Puppen. Die weißen waren Cinderella, die violetten hießen Violet, die gelben Tweety nach dem Zeichentrickvögelchen, das sie so gern mochte.

Ich ziehe meinen Handschuh aus und grabe mit der Hand direkt in der feuchten Erde. Sie ist immer noch kalt unter der Oberfläche. Meine Hand trifft auf eine Wurzel, und auch ihre einzigartige Schönheit bewundere ich. Iris vermehrt man über ihre Wurzeln, wobei die Bart-Iris ein Rhizom ausbilden, das wie eine lange Kartoffel aussieht.

Ich betrachte meinen Schwertlilien-Garten als einen Mikrokosmos der Welt. Er ist erfüllt mit jeder Farbe, eine noch schöner und vollkommener als die andere. Ich war schon immer am meisten angetan von schokoladenfarbenen und schwarzen Iris, düsterere Farben, die den Geist und die Seele der Blume einzufangen scheinen. Meine Double Chocolate hat die Farbe von feinstem glänzendem Leder, mit dunkleren schokoladenbraunen Hängeblättern und kupferfarbenen Glanzlichtern. Sie ist wirklich ein Blickfang. Und meine tiefschwarze Bart-Iris ist einfach atemberaubend.

»Du weißt, dass du umwerfend aussiehst, nicht wahr, Kleine?«, frage ich sie.

Mit einiger Mühe stehe ich auf, dabei knacken meine Knie und mein Kreuz versucht, den Rest meines Körpers im Stich zu lassen, so dass ich mitten in gebeugter Haltung innehalte. Musternd betrachte ich meine Iris. Mein Herz rast vor Aufregung und wird dann traurig.

»Welche von euch Ladies will mit reinkommen und mein Zuhause schöner machen?«, frage ich.

Der Garten meiner Grandma war durch und durch als Schnittblumengarten gedacht. Ihre Blumen sollten nicht nur ihren Garten, sondern auch ihr Heim verschönern. Sie füllte ihre Räume jede Woche, jeden Monat, jede Jahreszeit mit Blumen, von den ersten Osterglocken bis zu den letzten Astern. Sogar im Winter war das Zuhause meiner Grandma von Grün erfüllt: Kiefern- und Stechpalmenzweige schmückten den Kaminsims und die Fensterkästen. Ihr Weihnachtskaktus, den ich seit Jahrzehnten hege und pflege, blüht immer noch jedes Jahr zur Weihnachtszeit. Ich würde schätzen, dass dieser Kaktus inzwischen fast fünfzig Jahre alt ist.

Ich erinnere mich noch genau an den Tag, an dem er in mein Leben kam.

»Dein Zuhause sollte in jeder Jahreszeit blühen, genau wie dein Garten«, hatte meine Grandma immer gesagt.

Ich lange in die Tasche meiner Gärtnerschürze, um eine Gartenschere herauszuholen, und schneide ein paar violette und gelbe Iris ab, was, wie ich finde, hübsch und fröhlich zusammen aussieht und perfekt in die Küche passen wird. Dann schneide ich zwei schokoladenfarbene, zwei schwarze und zwei weiße ab, was an meinem Arbeitsplatz auf der Fliegengitterveranda ein dramatisches Arrangement ergeben wird. Ich trage sie hinein, lege sie auf die Abtropffläche meiner alten Landhausspüle und gehe zum Eckschrank im Esszimmer.

»Verflixte Feuchtigkeit!«, schimpfe ich und schlage mit der flachen Hand genau an der richtigen Stelle an die Kante des Schranks, damit er aufspringt. »Voilà!«

Vor mir steht eine Auswahl alter McCoy-Keramik. Ich nehme zwei hohe Vasen – eine weiße, eine türkisfarbene – für die langen Blumenstiele, trage sie in die Küche und fülle sie mit Wasser. Dann schneide ich die Enden der Stiele in einem schrägen Winkel ab und arrangiere sie in den Vasen.

»Danke, dass ihr mein Zuhause segnet«, sage ich zu jedem Arrangement, während ich es in der Küche und auf der Veranda aufstelle, dann gehe ich wieder nach draußen.

Ich knie mich wieder auf den Boden und grabe mit bloßen Händen in der Erde. Ich liebe das Gefühl von Erde zwischen meinen Fingern, wie sie riecht und sich anfühlt. Wenn ich einem Gärtner begegne, der mir erzählt, dass er es nicht liebt, oder sagt, dass er es hasst, Unkraut zu jäten, zu mulchen oder welke Blüten abzuzupfen, dann weiß ich, dass er kein echter Gärtner ist. Diese Tätigkeiten haben etwas an sich, das mich nicht nur erdet, sondern den Garten auch darauf vorbereitet, was noch kommt. Es ist, wie sein Haus für eine Party herauszuputzen: Es erlaubt ihm, sich von seiner besten Seite zu zeigen. Darüber hinaus hält es den Garten in Bestform.

Wir alle müssen diesen Rest des Winters von uns abschütteln, denke ich.

Ich pflücke altes Laub heraus, das sich durch den Wind dort verfangen hat, und werfe es auf den Rasen. Dann schnappe ich meine Schubkarre, schiebe sie in den Garten hinter dem Haus und fülle sie mit meterweise Rindenmulch, den ich mir vor wenigen Wochen habe liefern lassen. Wieder knie ich mich hin und verteile den Mulch sorgfältig auf meinen Beeten und um meine Blumen herum. Dann trete ich einen Schritt zurück und lächle: Mulchen erinnert mich an mich, wenn ich Make-up auftrage. Es hilft, die vorhandene Schönheit zu unterstreichen.

Es ist einer dieser Frühlingstage an der Küste Michigans, an dem das Wetter ein bisschen verrücktspielt. Die Sonne schreit Frühling, während der Wind Winter brüllt. In der Sonne, geschützt vom Zaun, ist mir so warm, dass ich beinahe schwitze. Wenn ich aufstehe und mich der Wind erfasst, bekomme ich überall Gänsehaut. Nur ein paar Kilometer landeinwärts ist es wahrscheinlich fünf Grad wärmer. Hier am See pfeift der Wind über das immer noch kalte Wasser.

Ich halte inne und nehme meine Wasserflasche, die am Zaun lehnt, um einen langen Zug zu trinken und der Welt jenseits des Zauns zu lauschen: vorbeifahrende Autos, Leute, die vorbeigehen und reden, Radios und Fernseher.

Die Welt geht weiter, denke ich. *Mit oder ohne uns. Sie vermisst mich nicht. Und ich vermisse sie nicht.*

Bald schon werden die Hummeln und Schmetterlinge kommen, und sie sind die einzigen lebenden Begleiter, die ich an meiner Seite brauche.

Bevor ich diesen Zaun hatte, bevor meine Seele sich vor der Welt abgeschottet hat, blieben die Leute stehen und bewunderten meinen Garten, besonders meine stolzen, hochaufgerichteten Iris.

»Wie machen Sie das nur?«, fragten die Leute. »Sie haben so einen grünen Daumen.«

Ich begrüßte ihre Gesellschaft, ihre Komplimente, ihre Fragen.

Lange Zeit öffnete ich mein Gewächshaus der Allgemeinheit. Die Leute strömten herbei, um meine Taglilien zu kaufen, ›meine kleinen Experimente‹, wie ich sie nannte. Ich musste drei Jahre warten, um zu sehen, wie viele von ihnen blühten, und das war eine Lektion in Geduld.

Eine Lektion, die sich als meine Rettung herausstellte, denke ich. *Diese Fähigkeit, an der Hoffnung festzuhalten, egal, wie hoffnungslos es ist.*

Viele der Taglilien wurden nicht so, wie ich erwartet hatte: Die Farben waren gedeckt, manche waren anderen zu ähnlich. Viele blühten gar nicht, oder mir ging der Platz aus, weil ich ihn für andere brauchte, die mich mehr begeisterten. Am Anfang verkaufte ich diese Pflanzen oder Samen für einen Vierteldollar, dann für einen Dollar, schließlich für ein paar Dollar.

»Es kommt mir vor, als würde ich Ihre Seele stehlen«, hatte eine Frau mit einer Kiste voller kleiner Töpfe einmal zu mir gesagt.

»Die Pflanzen brauchen ein gutes Zuhause«, hatte ich erwidert. »Machen Sie sie zu einem Teil Ihrer Familie.«

Jedes einzelne Mal, wenn jemand eine Pflanze von mir kaufte, ging ich mit ihnen hinaus, um ihnen meine Rosen zu zeigen. »Die hier stammen von meinem Urgroßvater«, erzählte ich ihnen. Dann zeigte ich ihnen meine Jonathan-Rose, die an meinem Spalier wuchs. »Diese hier wäre nicht möglich gewesen ohne seine Rose«, sagte ich dann, während ich auf ihre pfirsichfarbenen Blütenblätter zeigte. »Und dieses Kind«, ich zog meine Tochter an mich, »wäre nicht möglich gewesen ohne meinen Jonathan. Blumen sind Familie.«

Die Leute schicken mir immer noch Briefe, Fotos und E-Mails von den Lilien, die sie bei mir gekauft haben, Blumen, die nicht nur zu einem Teil ihrer Gärten, sondern auch Teil ihrer Familien geworden sind.

Weil sie eine Geschichte erzählen. Sie haben eine Vergangenheit. Alles, was sich jeder von uns wünscht, ist, sich Teil von etwas Größerem zu fühlen, zu wissen, dass unsere Geschichten nicht sterben werden.

Ich knie mich wieder auf die Erde. Bis zu den Ellbogen im

Mulch steckend bin ich tief in meine Arbeit versunken, da höre ich plötzlich: »Hallo? Hallo? Blumenlady?« Ich halte mitten in der Bewegung inne und werde völlig reglos. »Wie heißen Sie noch gleich?« Die Stimme eines kleinen Mädchens. »Wir heißen beide wie Blumen, erinnern Sie sich? Ich bin Lily.«

Lily. Das kleine Mädchen von nebenan.

Ich bleibe still.

»Ich kann Sie sehen«, sagt die Stimme. »Iris! So heißen Sie. Das weiß ich wegen der Blumen neben Ihnen. Meine Mommy hatte welche davon in unserem alten Zuhause.«

Ich drehe mich um, und da späht ein Auge durch den Zaun.

»Was um alles in der Welt?«

»Was bedeutet das?«, fragt Lily.

»Was willst du? Ich arbeite.«

»Oh.« Lilys Stimme klingt wie ein verlorenes Vögelchen.

Eine Minute lang spricht keine von uns beiden, aber ich kann ihr Auge immer noch am Zaun sehen. »Oh, um Himmels willen«, brumme ich schließlich. »Ist alles in Ordnung?«

»Ja … nein …«

»Was denn nun?«

»Nein«, antwortet sie, und ihre Stimme ist wieder traurig.

Ächzend stehe ich auf und gehe zum Zaun. »Was ist denn los?«

»Ich hab mich ausgesperrt«, sagt Lily.

»Sind deine Eltern nicht daheim?«

»Mein Dad schon. Meine Mom ist bei der Arbeit.«

»Hast du geklopft? Hat er dich nicht gehört?«

Lily ist einen Moment lang stumm. »Nein«, setzt sie mit zögernder Stimme an. »Er schläft wahrscheinlich.«

Ich sehe auf meine Uhr. »Es ist elf Uhr vormittags.«

»Er ist ganz weggetreten«, flüstert sie.

Mein Herz macht einen Satz. »Es ist elf Uhr vormittags«, wiederhole ich.

»Ich hab am Strand gespielt«, sagt sie. »Heute habe ich kein Sommercamp. Ich glaube, ich hab mich ausgesperrt.« Lily zögert. »Kann ich eine Weile zu Ihnen reinkommen?«

Diesmal springt mir das Herz in die Kehle, und ich muss mich am Zaun festhalten. Mein Mund wird trocken und ich greife nach meinem Wasser.

»Hallo?«, fragt Lily. »Sind Sie noch da?«

»Ich bin hier«, bringe ich heraus. »Ich mag keine unangekündigten Besucher.«

»Ich will meinen Dad nicht aufwecken«, sagt sie. »Ich will ihn nicht wütend machen.«

Was ist da drüben los?, frage ich mich. *Was soll ich nur tun?*

Ich höre Autos auf der Straße vorbeirauschen und denke an dieses kleine Mädchen, ängstlich und allein hier draußen, ohne dass jemand auf sie aufpasst. Mein lange Winterschlaf haltender Mutterinstinkt übernimmt die Führung, und ich ertappe mich dabei, dass ich mein Tor aufschließe. Vor mir steht ein kleines Mädchen, bildhübsch mit blonden Zöpfen und sandigen Beinen.

»Ja?«

Sie starrt mich an. »Darf ich reinkommen?«, fragt sie schließlich mit einem Schulterzucken.

Ich hole tief Luft. *Ja, nein?* Plötzlich fühlt sich das wie die größte Entscheidung meines Lebens an.

»Na komm schon rein«, sage ich und winke sie herein, bevor ich rasch das Tor wieder schließe.

»Danke«, sagt sie wohlerzogen.

Lily steht auf der zweiten Steinplatte des gewundenen Wegs, die Hände vor sich verschränkt. Sie summt etwas vor sich her, als habe sie ein Lied im Kopf. Irgendein lange abgestorbener Teil meiner Seele wacht wieder auf, und ich kann meine Mary Lieder singen hören, wie sie es immer getan hat, wenn ich gegärtnert habe. Mit strahlendem Gesicht schaut sich das kleine

Mädchen in meinem Vorgarten um. Mein ursprünglicher Ärger über die Unterbrechung fängt an zu verfliegen.

»Mir gefallen Ihre Haare«, sagt Lily.

»Hab ich selbst gemacht«, erwidere ich. Sie versteht meinen
Sarkasmus nicht.

»Es ist richtig silbern«, sagt sie. »Wie ein neues Auto.«

Ich bemühe mich, nicht zu lächeln. »Wahrere Worte wurden
nie gesprochen«, erwidere ich. Ich sehe sie an. »Eigentlich ist
es eher wie eine neue Lackierung an einem alten Auto.«

Sie mustert mich einen Moment lang, dann lacht sie. »Der
war gut.«

»Mir gefallen deine Haare auch«, sage ich.

»Danke«, antwortet sie. »Hab ich auch selbst gemacht.«

Aus heiterem Himmel bricht ein Lachen aus mir heraus.

Ich beuge mich vor und strecke ihr die Hand hin. »Schön,
dich offiziell kennenzulernen, Lily. Ich bin Iris.«

Sie schüttelt meine Hand. »Ich bin offiziell Lily«, erwidert
sie. »Auch schön, Sie kennenzulernen.«

Lily hat die blauesten Augen, die ich je gesehen habe. Sie
sind nicht wirklich blau, sondern eher von der Farbe einer
Hyazinthe. Sie trägt eine graue, zu den Knien hochgeschobene
Jogginghose und darüber einen rosa Tüllrock. Und ihr T-Shirt!
Es ist rosa mit einem Einhorn mit regenbogenfarbener Mähne
und der Aufschrift: *Ich bin ein Einhorn gefangen im Körper eines*
Menschen!

Sie und ich sind uns womöglich sehr ähnlich, wird mir bewusst, und ich kann mir ein Lächeln nicht verkneifen.

Jetzt bemerke ich, dass Lily der Mund offen steht und sie
sich erneut in meinem Garten umsieht. »Wooowww!«, staunt
sie schließlich. »Das ist ja wie dieser botanische Garten, in den
mich meine Mom in Chicago mal mitgenommen hat.«

»Damit könntest du fast recht haben«, erwidere ich. »Ich bin
Botanikerin. Ich habe mich auf botanische Gärten und Pflanz-

schulen spezialisiert, genau wie die, in die dich deine Mom mitgenommen hat.«

»Wooowww!«, wiederholt Lily. »Sie sind superklug, wie meine Mom.«

»Was macht sie denn?«

»Sie ist Ingenieurin«, antwortet Lily. »Aber was sie macht, ist ziemlich kompliziert.«

»Oh«, sage ich. Ich habe keine Ahnung, was das bedeutet, aber ich bin beeindruckt, dass ihre Mutter Ingenieurin ist.

Unsicher, ob es in Ordnung ist, den Garten zu betreten, bleibt Lily schwankend auf der Steinplatte stehen. »Möchtest du meine Blumen sehen?«, frage ich.

Sie nickt eifrig wie ein Wackeldackel. Also nehme ich ihre Hand und führe sie zu meinen Schwertlilien.

»Das hier sind Iris«, sage ich.

»Genau wie Sie!«, erwidert Lily.

Ich lächle.

Dann knie ich mich auf mein Kniekissen und ziehe eine schokoladenfarbene Iris zu dem kleinen Mädchen heran. »Die hier nennt man Bart-Iris«, erkläre ich. »Sie haben einen Bart, siehst du? Auch genau wie ich!«

Lily betastet die Blüte der Bart-Iris, und dann, ohne Vorwarnung, hebt sie die Hand, um mein Kinn zu berühren. »Sie sind aber nicht so haarig wie die Blume«, sagt sie, bevor sie in Gekicher ausbricht.

Die Iris ist größer als Lily. Die Sonne scheint auf sie beide herab und beleuchtet ihre schlichte Schönheit in dieser Welt.

»Möchtest du etwas über die Iris erfahren?«, frage ich.

Lily nickt.

»Sie haben ihren Namen von dem griechischen Wort für Regenbogen, genau wie der auf deinem T-Shirt«, sage ich. »Iris war die griechische Göttin des Regenbogens.«

»Warum heißen sie so?«

128

»Weil es sie in so vielen Farben und Arten gibt, genau wie die Menschen«, antworte ich. »Schau dir nur meinen Garten an. Ich habe Iris in Weiß, Schwarz, Schokoladenbraun, Lila und Gelb.«

»Und mit Bart!«, fügt Lily hinzu.

»Ja, und mit Bart auch«, bestätige ich mit einem Lächeln.

Lily zieht eine schokoladenfarbene Iris dicht vor ihre Nase und mustert sie eingehend. Dann beugt sie sich zu der Blume vor und flüstert: »Meine Mommy sagt, die Menschen verlieren ihren Regenbogen ständig. Sie sagt, ich soll meinen Regenbogen nie verlieren. Verlier du deinen Regenbogen auch nie, okay?«

Ihre Worte gehen mir ans Herz, und nachdenklich betrachte ich das kleine Mädchen.

Solche Unschuld und Reinheit, denke ich. *Ein Wunder, genau wie meine Blumen.* Ich stocke. *Wie meine Mary.*

»Möchtest du mein Gewächshaus sehen?«, frage ich.

»Au ja!«, schreit Lily.

Als ich aufstehen will, hält Lily mir die Hand hin, um mir hochzuhelfen.

»Danke«, sage ich.

»Gern geschehen!«

Da bemerke ich, wie kalt ihre kleine Hand ist. Für mich mag es sich in der Sonne warm anfühlen, aber dieser kleine Kobold hat barfuß am Strand gespielt, und es hat keine fünfzehn Grad.

»Ist dir nicht kalt?«

»Nein«, erwidert sie, obwohl ich Gänsehaut auf ihren Armen sehen kann. Sie zögert. »Doch«, gibt sie zu.

Ich hole tief Luft, um den Mut für das Angebot zusammenzunehmen, das ich gleich machen werde.

Wie lange ist es her, dass ich einen Gast in meinem Haus hatte?

»Komm rein«, sage ich schließlich. »Ich mache dir einen Tee.«

»Ich weiß nicht recht«, erwidert Lily. »Meine Eltern haben mir gesagt, dass ich nicht zu Fremden ins Auto steigen oder ins Haus gehen soll.«

Ich lächle innerlich. *Sie ist genauso beklommen wie ich. Vielleicht sind wir verwandte Seelen.*

»Das ist ein sehr guter Rat«, sage ich ein bisschen erleichtert. »Möchtest du, dass ich stattdessen deinen Vater anrufe, während du hier wartest? Ich kann dir eine Jacke bringen.«

Lily zögert kurz und mustert mich sorgfältig. »Nein, ich vertraue Ihnen.«

»Danke«, sage ich. »Ich vertraue dir auch. Hier entlang.« Ich führe sie zur Rückseite des Hauses und auf die Fliegengitterveranda. Als sie sie betritt, stößt sie ein weiteres »Wow!« hervor und bleibt stehen, um nach draußen zu sehen.

»Sie haben eine bessere Aussicht als wir«, sagt sie.

»Ich habe diese Veranda etwas erhöht bauen lassen«, antworte ich.

»Das ist unser Haus, stimmt's?« Lily zeigt mit dem Finger darauf.

»Ehrlich gesagt ist es mein Haus«, erwidere ich. »Das Haus meiner Großmutter, um genau zu sein. Ihr habt es von mir gemietet.«

»Aber wir wohnen dort«, erwidert sie. »Also ist es unser Haus.«

»Du hast recht.«

Lange schaut sie durch die Fliegengitter nach draußen.

»Darf ich Sie was fragen?«

Ich nicke.

»Warum ist Ihr Zaun so hoch? Das ist irgendwie beängstigend. Niemand kann bei Ihnen reinsehen.«

Wieder nicke ich, antworte jedoch nicht. »Komm mit«, sage ich stattdessen.

Ich drehe mich um, um mich zu vergewissern, dass sie hinter

mir ist, und sehe, dass sie mit offenem Mund versucht, alles an
meinem alten Cottage in sich aufzunehmen: die Gemälde, die
Möbel, die Erinnerungsstücke. An meinem Schreibtisch bleibt
sie stehen und nimmt eine meiner abgeschnittenen, mit Saatgut gefüllten Strumpfhosen in die Hand.

»Igitt«, sagt sie. »Was ist das?«

»Das geht dich nichts an«, erwidere ich. »Haben dir deine
Eltern nicht beigebracht, dass man die Sachen anderer Leute
nicht anfasst?«

Innerlich zucke ich über meine Reaktion zusammen. Ich bin
es gewohnt, allein zu sein. Es fällt mir schwer, gastfreundlich zu
sein, wenn ich mich gekränkt fühle, besonders nachdem ich
immer nur mich selbst als Gesellschaft hatte.

»Meine Grandma hat mich in ihrem Haus anfassen lassen,
was ich wollte«, erzählt Lily stolz.

»Ich bin aber nicht deine Grandma«, erwidere ich.

Ich drehe mich um und kann sehen, wie Lilys Strahlen in
sich zusammenfällt. *Ich und mein vorlautes Mundwerk.*

Ich führe die Kleine in die Küche und ziehe einen Stuhl für
sie heraus. Dann fülle ich den Kessel mit Wasser und stelle ihn
auf den Herd. Ich nehme zwei Beutel Rooibostee, der eine
natürliche Süße und eine leichte Unternote von Honig und
Vanille besitzt. Außerdem ist etwas Heißes das Beste, das Lily
nach einem Vormittag an der frischen Luft des Michigansees
gebrauchen kann, denke ich. Ich öffne den Vorhang meines
Küchenschranks – in meiner Küche habe ich offene Regale,
vor die ich als Vorhänge alte Geschirrtücher meiner Mom und
Grandma gehängt habe, mit Motiven von Kirschen und Blaubeeren darauf. Musternd suche ich unter meinen Tassen nach
einer ganz bestimmten, von der ich weiß, dass sie Lily – und
besonders mich – aufheitern wird, nachdem ich mich selbst
wie ein unfreundliches Kind aufgeführt habe. Der Wasserkessel pfeift, und ich fülle unsere zwei Tassen mit dampfendem

Wasser. Dann tauche ich die Teebeutel hinein und wickle die Schnüre um die Henkel.

»Diese Tasse habe ich für dich ausgesucht«, sage ich, als ich ihr den Tee reiche.

Lily liest, was an der Seite der Tasse steht. »In einem Feld von Rosen ist sie eine Wildblume.« Sie lächelt und sieht mich an. »Bin ich eine Wildblume?«

»Ich denke, das könntest du sein«, antworte ich. »Und das ist etwas sehr Gutes. Wildblumen sind zäh, widerstandsfähig und schön.«

Lily strahlt. »Danke, Iris«, sagt sie. »Die Leute finden, ich bin ein Wildfang. Dabei bin ich einfach nur ich selbst.«

»Das ist das Beste, was du in dieser Welt sein kannst«, antworte ich. »Du selbst.« Ich verstumme. »Sei vorsichtig, der Tee ist noch heiß.«

Lily hebt die Tasse an die Lippen und nimmt vorsichtig einen Schluck. »Brrr«, sagt sie. »Der schmeckt nach Erde.«

»An den Geschmack muss man sich erst gewöhnen«, sage ich. »Mit der Zeit wirst du ihn mögen. Trink.« Lily starrt mich an. »Trink ihn. Er ist gut für dich.«

Lily trinkt noch einen Schluck, verzieht das Gesicht, trinkt dann aber noch einen. »Er wird ein bisschen besser«, meint sie.

»Hab ich dir doch gesagt.«

Neugierig schaut Lily sich um und mustert mich dann aufmerksam.

»Darf ich Sie noch was fragen?«, will sie wissen.

»Kommt drauf an.«

»Wie alt sind Sie?«

»Für wie alt hältst du mich denn?«

Nachdenklich kneift sie das Gesicht zusammen. »Das ist eine Fangfrage.«

»Ich bin so alt wie die Hügel und doppelt so verstaubt«, sage ich.

»Was bedeutet das?«, fragt Lily mit einem Kichern.

»Ist ein altes Sprichwort. Sogar noch älter als ich. Sagen wir einfach, ich lebe schon lange.«

»Haben Sie eine Familie?«, fragt sie.

Mir bleibt das Herz stehen. Ich sehe, wie ihre Augen sich suchend in der Küche und im Haus umsehen, meine Fotos von Jonathan und Mary mustern.

»Früher mal«, erwidere ich.

»Wo ist sie jetzt?«

Ich antworte nicht.

»Im Himmel«, stellt Lily für mich fest. Aufmerksam sieht sie mich an. »Das tut mir wirklich leid«, fährt sie fort, während sie mich weiter ansieht. »Aber meine Mom und mein Dad sagen, dass es dort schön ist.«

Entschlossen dränge ich die Tränen zurück, die mir in die Augen steigen wollen. »Das will ich hoffen.«

»Ich wette, dort ist alles voller Blumen«, sagt Lily mit hoher und hoffnungsvoller Stimme. Sie sieht ihre Tasse an. »Rosen und Wildblumen!«

Ich kann es nicht verhindern. Eine einzelne Träne rollt mir über die Wange, und ich drehe den Kopf weg. »Ich glaube, da hast du wahrscheinlich recht.«

Lily rutscht unruhig auf ihrem Stuhl herum. Nach einigen weiteren Schlucken Tee wippt sie nervös.

»Musst du auf die Toilette?«, frage ich.

Mit großen Augen nickt Lily.

»Da ist eine den Flur hinunter auf der linken Seite.«

Lily hüpft vom Stuhl. »Danke«, sagt sie, während sie zur Toilette rennt.

Einen Moment lang sitze ich in meiner Küche. Es ist auf seltsame Weise tröstlich und gleichzeitig unangenehm, einen Gast in meinem Haus zu haben. Bei jeder Frage, die Lily mir stellt, fühle ich mich wie ein gekochtes Ei, auf das mit einem Messer geklopft wird. Ich will nicht zerbrechen. Ich darf nicht zerbrechen. Nicht, nachdem ich meine harte Schale so lange gehegt habe.

Ich trinke gerade einen Schluck Tee, als ich draußen eine Stimme rufen höre.

»Lily? Wo bist du? Lily?«

Es ist eine Männerstimme, tief, dröhnend und dennoch von Panik gefärbt.

»Lily?«

Ich stelle meinen Tee ab und renne zur Vordertür hinaus. Dann wappne ich mich und öffne das Tor. »Sie ist hier drin!«

Ein großer Mann mit breiten Schultern dreht sich um. Erleichterung steht ihm ins gerötete Gesicht geschrieben. Seine blauen Augen sind müde und blutunterlaufen. Er rennt an mir vorbei und in meinen Vorgarten.

»Wo ist sie? Geht es ihr gut?«

»Ja, ja, es geht ihr gut«, antworte ich. »Sie hat vor einer Weile an mein Tor geklopft. Sie sagte, sie habe sich ausgesperrt. Ich habe ihr etwas Tee gemacht. Jetzt ist sie gerade auf der Toilette. Sie kommt gleich raus.«

Der ganze Körper des Mannes sackt in sich zusammen. Er beugt sich vor und stützt sich auf seine Knie. Eine Sekunde lang glaube ich, dass er schluchzt, aber dann richtet er sich wieder auf und sieht mich an.

»Danke«, sagt er. »Ich bin Cory. Lilys Vater.«

»Ich bin Iris«, erwidere ich. »Gern geschehen!«

Er sieht mich sehr lange an, dann sagt er: »Erzählen Sie es nicht meiner Frau.«

Ich starre ihn an. Ich lebe schon lange genug, um zu wissen, dass es Schaden anrichtet, wenn Menschen Geheimnisse voreinander haben. Also sage ich kein Wort.

»Haben Sie mich verstanden?«

»Das habe ich«, erwidere ich. »Ich kenne Sie oder Ihre Frau

ja gar nicht. Alles, was ich weiß, ist, dass Sie mein Haus gemietet haben und dass Ihre Tochter ausgesperrt war und ganz allein in der Kälte am Strand und auf der Straße herumgewandert ist. Da hätte alles Mögliche passieren können.«

»Ist es aber nicht«, entgegnet er. Corys Worte klingen ein wenig verwaschen.

»Sind Sie betrunken?«, frage ich.

Seine Augen werden schmal. »Ich hatte ein Bier.«

Ich sehe auf meine Uhr. »Es ist noch nicht mal Mittag.«

»Und Sie sind nicht meine Mutter.« Corys Stimme bebt jetzt vor Wut.

Ich werde ebenfalls wütend. »Warum versuchen Sie nicht, sich wie ein Vater zu verhalten?«, frage ich. »Sie haben Glück gehabt, dass ich noch nicht das Jugendamt angerufen habe. Oder Ihre Frau.«

»Mischen Sie sich da nicht ein. Das geht Sie überhaupt nichts an.«

»Es geht mich sehr wohl etwas an, wenn mich ein kleines Mädchen um Hilfe bittet«, versetze ich. »Es geht mich etwas an, weil ich Sie auf der Stelle aus Ihrem Haus werfen könnte.«

Cory macht einen Schritt auf mich zu und ballt die Fäuste. »Ich habe für dieses Land gekämpft«, sagt er. »Ich kann mir ein Bier genehmigen, wann immer ich verdammt nochmal will.«

Ich mache einen Schritt auf Cory zu. »Mein Mann hat auch für dieses Land gekämpft«, sage ich. »Er ist nie zurückgekehrt. Und nein, Sie können sich kein Bier genehmigen, wann Sie wollen, während Sie auf ihr kleines Mädchen aufpassen.«

»Lily!«, schreit Cory plötzlich. »Lass uns gehen. Lily!«

Als sie nicht antwortet, rennt Cory in mein Haus. »Halt!«, rufe ich.

»Lily!«, schreit er aus meinem Wohnzimmer.

»Hi, Daddy!«, ruft Lily. »Ich bin hier oben.«

Mir bleibt das Herz stehen. Cory rennt die Treppe hoch.

»Halt!«, schreie ich erneut.

Als ich außer Atem und mit schmerzenden Knien oben ankomme, ringe ich keuchend nach Luft.

»Was machst du da?«, bringe ich hervor. »Komm da raus.«

»Ich habe mich verlaufen«, sagt Lily. Mit einem ehrfürchtigen Ausdruck auf dem Gesicht dreht sie sich um und sieht die Schlafzimmertür an, die sie geöffnet hat. »Es ist so hübsch. Als würde ich auf einer Blumenwiese stehen. Alles voller Wildblumen!«

Beinahe geben mir die Knie nach. Ich muss mich an der Wand festhalten.

Lily steht in Marys Zimmer. Ich halte die Tür zu ihrem Zimmer stets geschlossen. Es bleibt vollkommen unberührt. Es ist jahrzehntelang unberührt geblieben. Selbstgebastelte, inzwischen vergilbte Papierblumen – Rosen, Pfingstrosen aus Krepppapier, bunte Wildblumen – hängen immer noch von der Decke und sprießen in Blumenvasen.

Lily dreht sich um. »Ich wette, so sieht es im Himmel aus«, sagt sie.

»Raus hier!«, kreische ich. »Raus aus ihrem Zimmer!«

Mit aufgerissenen Augen dreht Cory sich zu mir um. Lilys Wangen zittern.

»Raus aus meinem Haus! *Sofort!*«

Cory nimmt Lilys Hand und zieht sie aus dem Zimmer. »Komm, Lily«, sagt er. »Lass uns gehen.«

Während sie die Treppe hintersteigen, schlage ich die Tür zu Marys Zimmer zu.

»Es tut mir leid, Iris«, schreit Lily kaum verständlich, weil sie zu weinen anfängt. »Ich wollte nicht rumschnüffeln.«

Als ich die Treppe hintersehe, zieht Cory Lily gerade aus dem Haus. Sie schaut zu mir hoch, das Gesicht tränenüberströmt.

»Seien Sie nicht böse. Es tut mir so leid. Wir sind Regenbögen! Wir sind Wildblumen!« Sie beginnt zu schluchzen. »Sagen Sie doch was. Bitte!«

Ihre Stimme verklingt, als sie gehen.

»Sie ist nur eine verrückte alte Frau«, höre ich Cory sagen.

»Nein, ist sie nicht!«, schreit Lily.

Sobald sie fort sind, verriegle ich mein Tor, knie mich auf mein Gartenkissen, senke den Kopf und gieße meine Iris mit meinen eigenen Tränen.

TEIL FÜNF

Pfingstrose

»Wenn ich nur einen halben Quadratmeter Boden
zur Verfügung hätte, ich würde eine Pfingstrose
in die Ecke pflanzen und sie anbeten.«

ALICE HARDING

Iris

MAI 2003

Es klingelt an der Tür.

Seit Jahrzehnten hatte ich nicht mehr so viele Leute in meinem Haus wie heute.

Ich betrachte die Tablette, die vor mir auf der Küchenarbeitsplatte liegt, zögere, mache einen Schritt weg und komme dann zurück, um sie ohne einen Schluck Wasser hinunterzuschlucken.

Stärkung.

»Ich bin Abby Peterson. Schön, Sie endlich kennenzulernen. Danke, dass Sie einverstanden waren, sich mit mir zu treffen. Ich fand einfach, eine Unterhaltung am Telefon wäre nicht ausreichend.«

Abby sieht anders aus, als ich mir vorgestellt hatte, besonders aus der Nähe. Sie ist unglaublich jung, wirkt jedoch gleichzeitig sehr klug und reif, was ihr momentanes Geplapper Lügen straft. Sie trägt einen hellbraunen Hosenanzug, eine lavendelfarbene Bluse und sehr wenig Make-up. Sie streckt mir die Hand entgegen. Als ich einfach nur nicke und sie mit einer ausladenden Geste meiner eigenen Hand hereinbitte, schiebt sie nervös ihre übergroße Brille höher auf die Nase.

»Ich hoffe, Sie hatten einen schönen Mai«, sagt sie. »War ja leider ein bisschen verregnet.«

Ihre Haut wirkt frisch. Im Gegensatz zu meiner, die wie

Krepppapier aussieht. Wie soll ich auf ihre Frage antworten? *Oh, ja, er war reizend. Ich habe einen Geburtstagskuchen für meine verstorbene Tochter gebacken und zu Ehren meines verstorbenen Mannes eine Rose in den See geworfen?* Nicht gerade ein Eisbrecher für eine Unterhaltung.

Als ich nicht antworte, sagt sie: »Sie haben ein schönes Haus.« Sie ist nervös. Um ehrlich zu sein gefällt es mir ziemlich gut, andere nervös zu machen. Das gibt einem die Oberhand. Aber Abby hat etwas Aufrichtiges an sich, etwas von Natur aus Liebenswürdiges, das man in der heutigen Welt nur noch selten zu sehen bekommt.

»Es ist alt«, antworte ich. »Genau wie ich.« Ich gehe in Richtung Küche. »Ich wollte gerade etwas Tee machen.« Ich drehe mich um. »Mögen Sie Tee?«

»Ja! Oh ja!«, antwortet sie mit zu viel Begeisterung.

Ich fülle den Kessel mit Wasser und stelle ihn auf den Herd.

»Earl Grey?«, frage ich.

Das ist ein Test.

Abby zögert. »Den trinke ich lieber morgens«, erwidert sie. »Wenn überhaupt. Nicht unbedingt mein Lieblingstee. Tut mir leid.«

Sie hat bestanden.

»Meiner auch nicht«, sage ich. »Normalerweise kennen die Leute den Unterschied nicht. Waren Sie schon mal in England?«

»Ja«, antwortet sie. »Zweimal. Beruflich. Faszinierend viel Geschichte. Lässt unser Land dagegen wie ein Neugeborenes aussehen.«

»Das sind wir«, erwidere ich. »Und wir lernen gerade erst laufen.«

Den Kopf schräg geneigt, sieht sie mich an. »Besonders jetzt, wie es scheint.«

Diese Abby steckt voller Überraschungen. Ich lasse meine Schutzmauer ein wenig sinken.

141

»Ich habe Ihrer Tochter Rooibostee gekocht, und er schien ihr recht gut zu schmecken.«

»Lily?« Überraschung überzieht Abbys Gesicht. »Das ist ja mal ganz was anderes als heiße Schokolade.«

Der Kessel pfeift, und ich schalte den Herd aus. Ich nehme zwei Tassen aus dem Schrank, fülle sie mit Wasser und hänge die Teebeutel hinein. »Lassen Sie uns auf meine Veranda gehen«, schlage ich vor. »Es ist ein herrlicher Tag.«

»Das ist atemberaubend!«, staunt Abby, und ich merke, dass sie es ernst meint. Sie geht direkt zum Fliegengitter und sieht hinaus. »Diese Aussicht! Dieser Garten!« Sie dreht sich um. »Und dann diese Veranda!«

»Danke«, sage ich. »Ich habe sie vor langer Zeit bauen lassen. Alle Dinge hier draußen bedeuten mir sehr viel.« Ich verstumme kurz. »Genau wie meine Privatsphäre.«

Abby zuckt zusammen, als wären meine Worte ein Auto, von dem sie gerade angefahren wurde. Etwas Tee schwappt über den Rand ihrer Tasse. Sie macht ein paar schwache Schritte und streckt die freie Hand haltsuchend nach dem Holztisch aus.

»Setzen Sie sich«, sage ich. »Bitte.«

Ich schiebe ihr einen Untersetzer zu, und Abby nickt. Nachdem sie sich gesetzt hat, nehme ich auf einem Stuhl ihr gegenüber Platz.

»Es tut mir leid, dass ich so schroff war, aber ich bin immer so direkt«, sage ich.

Abby setzt sich aufrechter hin, als wappne sie sich. »Bitte, nur zu.«

»Das war nun schon das zweite Mal, dass ich Ihre Tochter unbeaufsichtigt angetroffen habe.«

»Das zweite Mal?« Abby lehnt sich so jäh vorwärts, dass sie gegen den Tisch stößt. Die Farbe weicht ihr aus den Wangen.

»Das erste Mal war vor ein paar Wochen. Lily war am Zaun.

142

Wie es schien, hatte Ihr Mann vergessen, sie abzuholen, und sie ist allein vom Tagescamp nach Hause gelaufen.« Ich sehe Abby an. »Sie war aus dem Haus ausgesperrt, genau wie heute.«

Abby schlägt sich eine Hand vor den Mund. »Davon hat er mir heute überhaupt nichts gesagt.«

»Sie haben schon mit ihm gesprochen?«

»Ja.« Sie hält inne. »Genau genommen bin ich ziemlich wütend auf ihn. Wir sollten keine Geheimnisse voreinander haben, doch wie es scheint, ist er voll davon.«

Ich ziehe eine Augenbraue hoch, worauf Abbys Miene traurig wird. Ihre Augen füllen sich mit Tränen.

»Außerdem glaube ich, dass er heute berauscht war«, fahre ich fort.

»Berauscht?«

»Betrunken.«

»Ja«, sagt Abby. »Ich weiß, was *berauscht* bedeutet.« Sie verstummt und betrachtet eingehend ein Astloch im Holztisch. »Ich weiß, dass er gelegentlich zu viel trinkt. Ich dachte nur nicht, dass er es tut, wenn Lily da ist.« Ihr Tonfall straft ihre Worte Lügen.

»Er war sehr schroff zu mir«, sage ich. »Außerdem habe ich Ihre Tochter beim Herumschnüffeln in meinem Haus ertappt.«

»Das tut mir so leid, Mrs. Maynard«, beteuert Abby.

»Ich schätze meine Privatsphäre. Ich dachte, das wäre klar gewesen, als Sie den Mietvertrag für mein Haus unterschrieben haben.«

»Natürlich war das … Natürlich ist das …«, stammelt sie. »Es wird nicht wieder vorkommen. Das verspreche ich.«

Nervös nippt Abby an ihrem Tee. Es folgt eine lange Pause, nur erfüllt vom Gesang der Vögel und dem Keckern und Schnattern emsiger Eichhörnchen. In der Ferne – vielleicht in den Wäldern – lässt das Echo eines Schusses die Natur verstummen.

»Waffen«, murmelt Abby. »Krieg. Das macht alles kaputt.«

Sie sieht mich aufmerksam an, zu aufmerksam, und ausnahmsweise fühle ich mich bei diesem Machtkampf unbehaglich. »Mein Mann ist vor kurzem erst aus dem Irak zurückgekommen«, fährt sie fort. »Er ist nicht mehr derselbe, der er früher war. Er ist wie ein Geist.«

Mein Herz macht einen Satz. Mir ist, als würde ich wieder mit Shirley sprechen.

»Ich kann das niemandem erzählen«, Abby schiebt ihre Brille hoch, »aber ich muss mir das von der Seele reden, vielleicht, damit Sie mich und meine Familie besser verstehen.«

»Reden Sie weiter.«

»Cory ist ein wunderbarer Mann … war ein wunderbarer Mann«, sagt Abby. »Ein großartiger Ehemann und Vater, voller Leben, mit Freude an seiner Arbeit … all das ist verschwunden. Er ist wie ein Hologramm seines früheren Selbst. Ich weiß, Sie werden das nicht verstehen, aber der Krieg mag mir meinen Mann zwar nicht genommen haben, aber er hat seine Seele getötet.«

»Mein Mann ist im Zweiten Weltkrieg gefallen.«

Abbys Augen weiten sich, und sie hebt eine zitternde Hand an ihren Mund. »Oh, das tut mir so leid. Das wusste ich nicht.«

»Und meine beste Freundin Shirley hat genau dasselbe erlebt, was Sie gerade mit Ihrem Mann durchmachen«, sage ich. »Ich weiß alles über den Krieg, Mrs. Peterson. Wie sagte Herbert Hoover noch gleich? ›Ältere Herren erklären den Krieg. Aber es ist die Jugend, die kämpfen und sterben muss.‹«

Abby starrt mich mit offenem Mund an und nickt, während ihr Tränen die Wangen herunterlaufen. »Ich habe ihn angefleht, sich Hilfe zu suchen. Er hat mir gesagt, dass er es machen wird. Aber bisher ist nichts passiert. Ich weiß nicht mehr, was ich tun soll.« Sie starrt ins Leere, und ich kann sehen, dass ihre Gedanken weit weg von hier sind. Ihre Traurigkeit und

144

Offenheit bringen mich dazu, unruhig meine Teetasse in den Händen zu drehen. Schließlich schüttelt sie den Kopf, um die Trance zu durchbrechen, und betrachtet die McCoy-Vase mit den Iris, die ich in die Mitte des Tisches gestellt habe.

»So schöne Blumen«, sagt Abby. »So ein schöner Name.« Sie mustert mich aufmerksam, als sähe sie mich zum ersten Mal wirklich. »Ihre Mutter muss vom ersten Moment, als sie Sie sah, gewusst haben, was für ein stolzes Geschöpf Sie sind.«

Sofort läuft mein Gesicht rot an, beinahe als hätte ich ein Feuer geschürt. Jemanden in meinem Haus über meine Mutter sprechen zu hören, ist beinahe zu überwältigend. Mit zitternder Hand versuche ich, meinen Tee ruhig zu halten, und konzentriere mich darauf, ihn an die Lippen zu führen.

»Danke«, sage ich schließlich. »Meine Großmutter und sie liebten es zu gärtnern. Sie liebten Iris.« Ich verstumme kurz. »Die Blume. Und mich auch, nehme ich an.«

Abby gibt ein kleines Lachen von sich, und ich lächle über meinen Witz.

»Wussten Sie, dass sich Van Gogh am Ende seines Lebens freiwillig in eine Nervenheilanstalt in Südfrankreich hat einweisen lassen?«

Verwirrt von der Frage sieht Abby mich schief an, bevor sie den Kopf schüttelt.

»Er hat die Anstalt als Kloster und Kunstatelier in einem betrachtet«, fahre ich fort. »Was er suchte, war Isolation und Rückzug von der Realität des Alltags, damit er sich allein auf seine Kunst konzentrieren konnte. Zwischen seinen Anfällen war Van Gogh unglaublich produktiv. Er hatte die Hoffnung, dass ihn seine Malerei retten würde. Er nannte sein Werk ›den Blitzableiter für meine Krankheit‹ und glaubte, dass er nicht ›verrückt‹ war, wenn er malte.«

Ich strecke die Hand aus und berühre die majestätischen Iris, dann fahre ich fort. »Seine Gemälde von Schwertlilien hält man für die ersten Werke, die er in der Anstalt gemalt hat. Sie wuchsen in einem Garten in einem Außenbereich der Klinik, den Van Gogh besuchen durfte. Sein erstes Gemälde trug einfach nur den Titel ›Schwertlilien‹ und stellte einen Garten violetter Iris dar, die wild auf roter Erde wuchsen, mit orangefarbenen Ringelblumen im Hintergrund. Eine einsame Blüte in seinem Gemälde ist weiß, und ich war immer der Überzeugung, dass diese einzelne Iris Van Gogh selbst repräsentierte – isoliert vom Rest der Welt, die einfach ein zu rauer Ort ist, um in ihr zu überleben.«

Es folgt eine lange Pause. Der Wind vom See her nimmt zu und versetzt die Fliegengitter in wellenförmige Bewegungen, so dass es aussieht, als wäre das Haus ein lebendes, atmendes Wesen. Der Wind trägt den Duft meiner Pfingstrosen mit sich.

»Ist das der Grund, warum Sie gärtnern?«, will Abby wissen.

Ihre Direktheit erschreckt mich, und ich setze mich aufrechter hin.

Ich heuchle ein Lächeln. »Am College habe ich Kunstgeschichte als Nebenfach studiert«, sage ich. »Es war eine interessante Ergänzung zu meinem Hauptfach Botanik.«

Abby nickt. »Das ist wunderbar.« Sie zögert. »Aber Sie haben meine Frage nicht beantwortet.«

Mein Herz erschaudert in meiner Brust, und ich bin dankbar, dass ich meine Medikamente genommen habe, sonst würde ich womöglich ohnmächtig zu Boden sinken.

»Monet hat einmal über Van Gogh gesagt: ›Wie konnte ein Mann, der Blumen so sehr liebte, nur so unglücklich sein?‹« Fest sehe ich Abby in die Augen. »Ich stelle mir oft dieselbe Frage. Aber das Leben kann, wie Sie gerade erfahren, mit seiner erbarmungslosen Grausamkeit niederschmetternd sein. Ich habe gelernt, dass ich meinen Garten vor dem Schlechten in der Welt beschützen kann, und er belohnt mich dafür mit seiner Schönheit. Ich habe gelernt, dass man sich gegen den Schmerz abschotten kann.«

»Aber man kann sich nicht gegen Hoffnung oder Liebe abschotten«, entgegnet Abby. »Man kann sich nicht gegen Erinnerungen abschotten.« Sie hält inne. »Und Ihr Garten kann Ihnen nicht sagen, dass er Sie liebt. Er kann nicht mit Ihnen reden, wenn Sie traurig sind, und Sie trösten.«

»Oh, doch, das kann er, Mrs. Peterson«, erwidere ich. »Das kann er und das tut er.« Ich verstumme kurz. »Warum sind Sie Ingenieurin geworden?«

»Wegen meiner Mutter«, antwortet Abby mit einem kleinen Lächeln. »Sagen wir, ich hatte nicht die gleiche Kindheit, die Sie vielleicht hatten. Meine Mutter lebt in einer Phantasiewelt. Sie weigert sich, irgendetwas anzuerkennen, das im wahren Leben passiert. Ingenieurwesen war logisch und faktenbasiert. Ich hatte irgendwie das Bedürfnis, das Lebens zu verstehen.«

»Wir sind uns sehr ähnlich, Mrs. Peterson«, sage ich.

»Nennen Sie mich Abby«, bittet sie.

»Abby«, sage ich mit einem Nicken. »Ich bin Iris.«

»Hallo, Iris«, sagt Abby und reicht mir über den Tisch hinweg die Hand. »Schön, Sie kennenzulernen.«

»Möchten Sie meinen Garten sehen?«, frage ich.

Abby

MAI 2003

Iris' Garten ist schöner, als ich ihn mir je hätte vorstellen können. Ich habe schon viele botanische Gärten und Landschaftsparks besucht, aber durch ihren Garten zu spazieren ist wie damals, als ich während meines Auslandssemesters in Paris Monets Garten in Giverny besucht habe.

»Witzig, dass Sie gerade Monet erwähnt haben«, sage ich und erzähle Iris von meiner Zeit im Ausland. »Sein Garten war wirklich magisch. Sie wissen das wahrscheinlich, er hatte diesen atemberaubenden Garten um sein Haus herum und darüber hinaus noch einen Wassergarten nach japanischem Vorbild.« Ich bleibe stehen und sehe mich in Iris' Garten um. »Es war, als würde man eines seiner Gemälde betreten.«

Als ich mich umdrehe, sehe ich, dass Iris mich betrachtet. »Erzählen Sie weiter«, ermutigt sie mich. »Ich habe immer davon geträumt, Giverny zu besuchen.«

»Es war das erste Mal, dass ich nicht nur die Magie der Blumen, sondern auch die des Impressionismus verstanden habe«, sage ich. »Wenn man durch Monets Garten geht, kann man genau sehen, was er gesehen hat – wie das Licht die Farben beeinflusst, wenn der Morgen in den Abend übergeht, die Schönheit einer schlichten Spiegelung im Wasser …« Auf der Suche nach den richtigen Worten verstumme ich kurz. »Ich habe die Welt um mich herum nie als schwarz oder weiß, richtig oder

148

falsch gesehen. Ich habe schon immer die Schönheit und den Schmerz in der Welt spüren können, und das war es auch, was Monet sah. Er malte nicht, was er sah. Er malte, was er fühlte.«

Ich sehe Iris an, und ein Lächeln legt sich langsam über ihr Gesicht. »Sind Sie sicher, dass Sie Ingenieurin sind?«, fragt sie. »Und keine Poetin?«

Ich erzähle ihr von meiner Arbeit, und sie nickt. »Ich bin Botanikerin, ich kann Sie sehr gut verstehen. Was ich mache, ist zwar eine exakte Wissenschaft, aber es hat auch etwas Künstlerisches an sich.« Iris schließt die Augen. »Paris«, sagt sie. »Ich habe immer davon geträumt, einmal im Leben nach Paris zu fahren.« Sie öffnet die Augen wieder. »War es so, wie Sie es sich erträumt haben?« Ihre Stimme klingt sehnsuchtsvoll wie die eines jungen Mädchens.

»Ja«, antworte ich. »Und noch schöner.« Ich lächle. »Audrey Hepburn hat einmal gesagt: ›Paris ist immer eine gute Idee.‹«

»Kluge Frau, diese Audrey«, meint Iris.

Ich sehe sie an. »Sie sollten mal hinfahren.«

Iris wendet den Blick ab und nickt mechanisch. Ihre Augen wandern von mir zum Zaun und dann wieder zurück zu ihrem Garten.

»Ja«, antwortet Iris ohne Emotion. Sie beginnt, vorwärtszugehen, bleibt dann aber abrupt stehen. »Apropos kluge Frauen, haben Sie eigentlich Schwierigkeiten bei Ihrer Arbeit?« Sie zögert kurz. »Als Ingenieurin in einer Männerdomäne?«

Ich denke an mein kürzliches Meeting. »Ja«, antworte ich. »Das hatte ich schon immer. Auf dem College. Im Beruf. Als berufstätige Mutter.«

Iris nickt. »Ich kann mir nur ansatzweise vorstellen, was Sie durchmachen müssen.«

Sie dreht sich um, und ihre Augen nehmen mich ins Visier. »Ich wurde ebenfalls sehr schlecht behandelt«, sie nimmt kein Blatt vor den Mund. »Männer mögen keine klugen Frauen«, fährt sie fort. »Wir sind eine Bedrohung für sie. Für ihr Ego. Ihre Bequemlichkeit. Ihre reine Existenz. Von uns wird erwartet, uns kleinzumachen, klein zu verhalten, nur Dekoration zu sein.« Sie wendet den Blick ab und schüttelt den Kopf, wie um sich selbst zum Schweigen zu bringen. »Aber das ist ein Thema für einen anderen Tag.« Sie dreht sich wieder um. »Und mit einem stärkeren Getränk als Tee.«

Den alternden Körper entschlossen vorgebeugt, setzt sie sich in Bewegung, als wolle sie sagen, *Folgen Sie mir*, und ich tue es.

Im Vorgarten und an den Seiten des Hauses säumen Blumenbeete Zaun und Hauswände und umschließen satten grünen Rasen. Aber als wir den Garten hinter dem Haus betreten, werde ich erneut an Giverny erinnert. Hier gibt es keinen Rasen, nur einen gewaltigen Ziergarten mit verschiedenen gewundenen Wegen – Mulch, Kies, Steinplatten. Auf einer Seite befindet sich der bezauberndste Gartenschuppen, den ich je gesehen habe, und auf der anderen Seite ein Gewächshaus – das genau genommen eher wie ein Puppenhaus aussieht. Es besteht aus großen Glasfenstern in strahlend weißen Rahmen, aber entlang des Fundaments und an den Giebeln unter dem Glasdach ist das Gebäude mit Schindeln verkleidet. Iris dreht sich um und ertappt mich beim Staunen.

»Mein Garten ist noch nicht ganz in Bestform«, sagt sie. »Dafür muss ich mich entschuldigen.«

Ich kann mir mein Lachen nicht verkneifen. »Soll das ein Witz sein?«, frage ich. »Er ist atemberaubend.«

»Danke.«

»Darf ich Sie fragen, was Sie in Ihrem Gewächshaus halten? Es ist so reizend.«

»Ah«, sagt sie mit einem breiten Lächeln. »Im Gewächshaus sind meine Babys.«

Mit geneigtem Kopf sehe ich sie an. *Ihre Babys?*

Sie führt mich in ihr Gewächshaus, das von Farnen und Funkien umgeben – *nein, umarmt* ist. Als ich nach unten sehe, entdecke ich eine Familie von Gartenzwergen versteckt im dichten Grün. Die ganze Familie winkt fröhlich, mit roten Zipfelmützen auf dem Kopf, einem Lächeln auf den Gesichtern und spitzen Ohren. Der Vater hält eine Schaufel in der Hand, die Mutter einen Korb voller Blumen, der Junge trägt eine blaue Latzhose und das Mädchen ein rotes Trägerkleidchen. Ein Judasbaum, so alt und gebeugt wie Iris, aber prächtig auf seine Weise, steht am Rand des Gewächshauses. In einem Astloch am Fuß des Baumes befindet sich das Haus der Zwerge.

»Das hier sind meine Babys«, reißt Iris mich aus meinen Beobachtungen und führt mich hinein.

Das ganze Gewächshaus ist makellos sauber und ziemlich warm. Ein Pflanztisch beherbergt eine Vielzahl von Gartengeräten, und in einer Ecke befindet sich ein hoher Stapel Gartenerde. Aber praktisch jeder Quadratzentimeter des Bodens und der Tische ist von Töpfen und Notizblöcken, wie meine Mom sie in der Schule benutzte, bedeckt. Mit zusammengekniffenen Augen schiebe ich meine Brille hoch, um genauer hinzusehen.

Was ist das? Oh mein Gott!

Von den Tischen hängen Strumpfwaren an Nägeln herab.

»Ja, das sind meine Strumpfhosen«, sagt Iris, als sie meinen Gesichtsausdruck bemerkt. »Seit dem Krieg kann ich nichts mehr verschwenden.« Sie verstummt. Ich bringe immer noch kein Wort hervor. »Ich kreuze meine eigenen Taglilien«, fährt sie fort. »Das ist so etwas wie meine Visitenkarte. Ich binde Nylonstrumpfhosen um die Taglilienstängel, beschrifte sie, breche die Stängel ab, nachdem sie geblüht haben, und zähle die Samen. Hier drin pflanze ich sie ein und zähle dann, wie viele davon aufgehen.« Sie geht hinüber und berührt einen Topf. »Ich muss drei Jahre warten, um zu sehen, wie viele von ihnen blühen. Ich muss warten, um zu sehen, ob die Farben passen, ob sie dem entsprechen, was ich im Kopf habe.«

»Sie sind genau wie Monet«, sage ich schließlich. »Sie erwecken zum Leben, was Sie fühlen.«

Iris lächelt. »Das ist womöglich das netteste Kompliment, das ich seit Jahren bekommen habe.« Das Licht, das ins Gewächshaus dringt, erfüllt ihre Augen. »Es wird warm hier drin«, sagt sie. »Sie wollten meine Pfingstrosen sehen.«

Ich folge Iris nach draußen und hinüber zur anderen Seite des Gartens, die leicht erhöht auf einer Böschung liegt und voller Licht ist. »Hier bekommen sie die meiste Sonne und weniger Wasser«, sagt sie. »Das lieben meine Pfingstrosen.«

Ihre Pfingstrosen sind ein Kunstwerk, genauso schön wie die Gemälde einer Galerie. Manche tragen riesige, bauschige Blüten zur Schau, so dick und fluffig, jede Blüte aus unzähligen Reihen von Blütenblättern bestehend. Manche sind reinweiß, manche weiß mit einem Hauch Rosa oder roten Sprenkeln gefärbt, andere sind rosé und wieder andere fuchsiafarben. Eine weitere Sorte ist filigraner: weiß gekräuselt mit gelber Mitte, und eine gleicht schönen Schalen aus rosa Blütenblättern um eine cremefarbene Mitte.

Ich kann sie schon riechen, noch bevor ich sie überhaupt erreiche. Der ganze Garten – die ganze Welt, so scheint es plötzlich – ist mit ihrem süßen Duft parfümiert. Ich kann nicht anders, ich nehme eine Blüte, um sie an meine Nase zu ziehen. Tief atme ich ein.

Wieder denke ich an Paris, daran, wie ich die berühmte französische Parfümerie Guerlain betreten habe. Der Laden war erfüllt von berauschenden Düften in kunstvollen Glasflaschen. Ich konnte es mir als arme junge Collegestudentin nicht leisten, etwas zu kaufen, aber ich verbrachte eine Stunde damit, an jedem Parfüm im Laden zu riechen, wobei meine Lieblingsdüfte diejenigen waren, die den Duft frischer Blumen heraufbeschworen. Erneut schnuppere ich, und diesmal werde ich in den Garten meiner Großmutter zurückversetzt.

»Diese Pfingstrosen stammen aus dem Garten meiner Grandma, wo Sie jetzt wohnen«, sagt Iris. »Sie kamen wiederum aus dem Garten ihrer Mom. Es sind Erbstücke. Sie sind schon länger Teil unserer Familiengeschichte als ich.«

Ich drehe mich um und sehe Iris an, deren Gesicht aufgeblüht ist.

»Tut mir leid wegen Ihres Gartens«, sagt sie plötzlich. »Nebenan waren zu viele Erinnerungen. Ich habe jede Pflanze hier rüber verpflanzt.«

Ich stehe auf und nicke. »Ich wünschte, ich hätte Ableger von den Pfingstrosen meiner Grandma genommen«, sage ich. »Meine Grandma hatte Pfingstrosen mit Blüten so groß wie Bälle. Sie hatte eine Wäscheleine über ihnen gespannt, damit sie ihre Bettwäsche parfümierten, wenn sie sie zum Trocknen aufhängte.« Ich verstumme und schließe die Augen. »Wenn ich im Sommer bei ihr war, duftete meine Bettwäsche immer nach Pfingstrosen. Himmlisch.«

»Warum haben Sie keine Ableger mitgenommen?«, fragt Iris.

»Meine Mom«, antworte ich mit niedergeschlagener Stimme. »Sie ist keine gute Gärtnerin. Sie hat nichts dafür übrig, Erinnerungen zu schaffen.« Ich drehe mich zu Iris um. »Sie hat jeden Baum in ihrem Garten fällen lassen.«

»Um Himmels willen«, schnappt Iris nach Luft. »Warum denn das?«

»Aus Angst«, erwidere ich. »Angst beherrscht ihre Welt. Ein Baum könnte umstürzen und das Haus beschädigen. Ein Ast könnte jemanden erschlagen. Pfingstrosen locken Ameisen an. Blumen locken Bienen an. Alles ist für meine Mutter angsteinflößend.«

»Was ist mit Ihrem Vater?«

»Er ist genauso von ihr beherrscht«, sage ich. »Mittlerweile bleibt er einfach nur noch stumm.«

Einen langen Moment hängt dieses letzte Wort in der Luft.

Dann sieht Iris mich an und fragt: »Hätten Sie gern einen Strauß Pfingstrosen?« Sie verstummt kurz. »Nein, noch besser, hätten Sie gern einen Ableger meiner Pfingstrosen?«

Iris geht zum Gewächshaus und kehrt mit einer Schaufel und einem Eimer zurück. Sie stellt sich vor die Pfingstrosen und mustert sie, bevor sie mit mir dasselbe macht. »Ich glaube, ich weiß, welche am besten zu Ihnen passen«, sagt sie. Dann sticht sie ihre Schaufel unter einen großen Strauch Pfingstrosen mit weißen, ins Zartrosa spielenden Blüten. Iris stellt ein Büschel Pfingstrosen mit Wurzeln in den Eimer und füllt etwas Erde um sie herum.

»Pflanzen Sie die sofort ein und wässern Sie sie gut, haben Sie gehört?«, sagt sie mit strenger Stimme. »Wenn sie welken, gießen Sie sie noch mehr. Sie sind sehr robust, also sollten sie anwachsen.« Sie bückt sich und bricht ohne Vorwarnung noch ein paar weitere Stiele ab. »Für Ihren Esstisch«, fügt sie hinzu. »Zum Gedenken an Ihre Grandma.«

»Ich weiß nicht, was ich sagen soll. Danke.«

Iris bringt mich vor zum Tor und öffnet es. Als ich gerade gehen will, sagt sie: »Abby, wir können immer noch Schönheit aus all dem Schrecken erschaffen.« Sie verstummt kurz. »Geben Sie Ihren Mann nicht auf. Er lebt. Genau wie Ihre Tochter. Das ist alles, was auf dieser Welt zählt. Sie haben Ihre Familie.«

Gerührt, aber um Worte verlegen, sehe ich sie an. Sie ringt ihre behandschuhten Hände, beinahe, als halte sie sich gewaltsam zurück, noch mehr zu sagen.

Wie zum Beispiel: *Werden Sie nicht alt und einsam wie ich. Schotten Sie sich nicht von der Welt ab.*

Mein Herz klopft schneller, und ich bin kurz davor, sie nach ihrer Tochter zu fragen, danach, was passiert ist.

»Auf Wiedersehen, Abby«, kommt Iris mir zuvor. »Und viel Glück!«

»Auf Wiedersehen«, antworte ich mit einem Nicken.

Ich trete hinaus auf den Bürgersteig, und sie schließt das Tor hinter mir. Ich kann hören, wie es verriegelt wird. Einen Moment lang bleibe ich auf der anderen Seite stehen und kann die Kontur von Iris' Körper durch die Schlitze sehen, an den Zaun gepresst. Der Duft der Pfingstrosen erfüllt die Luft, und ich halte sie mir unter die Nase. Als ich mich wieder umdrehe, ist Iris fort.

Zögernd betrachte ich unser Haus, unfähig, schon hineinzugehen. Dann fallen mir Iris' letzte Worte wieder ein.

So ein schmaler Grat zwischen Abschied und Glück, denke ich.

Schließlich hole ich tief Luft und öffne die Tür – und bete dabei um Letzteres.

TEIL SECHS

Taglilien

*»Die schönsten Dinge der Welt sind die nutzlosesten;
Pfauen und Lilien zum Beispiel.«*

JOHN RUSKIN

Iris

JUNI 2003

»Lily? Lily!«

Was soll dieser ganze Lärm?

Ich stehe in meinem Garten und überlege gerade, welche meiner Taglilien ich an diesem schönen ruhigen Morgen miteinander kreuzen soll.

Das »ruhig« kann man streichen, denke ich.

»Lily?«

Verärgert werfe ich meine Handschuhe auf den Boden und halte völlig still, den Kopf wie ein alter Hund zur Seite geneigt, um die genaue Herkunft des Geräusches zu orten.

»Lily?«

Sehr leise schleiche ich zur Veranda, um besser sehen zu können, was da vor sich geht. Ich öffne die Tür und platziere mein Gesicht dicht hinterm Fliegengitter. Eine Gestalt stolpert nebenan in den Garten.

Der erbärmliche Vater.

Seufzend schüttle ich den Kopf. Seine Stimme klingt erneut leicht undeutlich, von Schlaf und wer weiß was noch gefärbt.

Mir reicht's!, denke ich. *Ich werde nicht zulassen, dass diese Lily noch länger in Gefahr ist.* Entschlossen nehme ich mein Telefon aus der Bauchtasche meines Sweatshirts und mache Anstalten, den Notruf zu wählen.

Da höre ich ihn erneut schreien.

»Wo bist du? Lily? *Lily!*«

Jetzt ist Panik in seiner Stimme, eine Panik, die nur Eltern verstehen können, wenn ein Kind verschwunden ist, und wenn auch nur für einen Sekundenbruchteil. Diese Panik, die schreit: *Nein, nicht mein Kind. Gott, mach, dass es meinem Kind gutgeht.*

Seine Stimme ist auch voller Schuldgefühl. Dem Schuldgefühl, das nur Eltern verstehen können, wenn sie nicht für ihr Kind da waren, und wenn auch nur für den Bruchteil einer Sekunde.

»Lily! Lily! Lily!«

Langsam schleiche ich zurück zur Tür.

»Ich bin am Strand, Daddy!«

Mein Herz wird weich, als ich die Stimme des kleinen Mädchens mit dem Wind herüberwehen höre.

»Komm und spiel mit mir im Sand!«

Schweigen. Ich drücke mein Gesicht ans Fliegengitter.

»Ich kann nicht zu dir kommen, Baby«, schreit er schließlich. »Kommt zurück, okay?«

»Warum denn nicht, Daddy? Das macht Spaß.«

Ich sehe zu, wie der Vater einen Schritt macht, das Tor öffnet und dann stehen bleibt. Er vergräbt das Gesicht in den Händen und schlägt dann den Kopf gegen das Tor. Ich kann durch die Öffnung ihres Gartens direkt hinunter zum Michigansee sehen. Lily ist allein, die Wellen brechen sich am Ufer. Sie watet ins Wasser, um einen Eimer zu füllen. Eine Welle wirft sie um und zieht sie in den See. Sie müht sich ab, schafft es aber, mit vollem Eimer ans Ufer zurückzukommen.

»Lily!«, schreit er mit rauer Stimme, bemüht, ruhig zu bleiben, aber von Angst erfüllt. »Bitte komm jetzt zurück. Ich kann nicht da runtergehen.«

Was passiert hier?, frage ich mich. *Geh und hol deine Tochter! Sofort!* Mein Finger schwebt über dem grünen Hörersymbol.

»Komm und bau eine Sandburg mit mir«, ruft Lily.

Cory hebt den Kopf zum Himmel und schreit mit weit aufgerissenem Mund, allerdings kommt kein Laut heraus. Er versucht, durchs Tor und hinaus zur Düne zu gehen, aber sobald seine Füße den Sand berühren, bleibt er stehen, als wäre das Grundstück von einem elektrischen Zaun umgeben.

»Sand«, sagt er leise. »Nein. Nein. Nein. Nicht Sand.«

Ich schaue zum Setzkasten an der Wand, zu Jonathans Ehrenmedaille, und mein Herz fängt an zu rasen.

Er ist genau wie ich, erkenne ich endlich. *Traumatisiert durch Krieg, Mauern, das Leben, echte und imaginäre Grenzen. Ein erwachsener Mann, der sich vor Sand fürchtet. Eine erwachsene Frau, die sich vor anderen Menschen fürchtet.*

»Komm zurück, Baby«, ruft er. »Bitte.«

Mir bricht das Herz, und meine Hand zittert. Entschlossen klappe ich mein Handy zu und stecke es wieder in die Tasche. Ich weiß, was ich tun muss. Ich mache einen Schritt, öffne die Fliegengittertür und gehe zu meinem Zaun. Haltsuchend lehne ich mich dagegen, Zaunlatte um Zaunlatte, bis ich an meinem hinteren Gartentor angelangt bin. Am ganzen Körper zitternd öffne ich es. »Bitte, Jonathan und Mary, gebt mir Kraft.«

Ich bin draußen vor dem Tor. Meine Knie geben nach. Angestrengt blinzle ich über das Dünengras hinweg. Ich kann das kleine Mädchen in den Wellen spielen sehen. Eine rote Flagge flattert im Wind. *Brandungsrückströmung.* Ich schaue nach links und rechts. Niemand sonst ist am Strand. Ich mache einen weiteren Schritt. Die Welt dreht sich jetzt, der Himmel ist die Erde, das Gras der Himmel, die Sonne auf mir.

Ich stelle fest, dass ich krieche, eine Hand vor die andere setzend, das Gesicht kaum über der Erde; Gras kratzt an meinen Wangen, Tränen treten mir in die Augen. Ich schaffe es zum Gipfel der Düne und fange an, langsam hinunterzukriechen.

»Lily! Sofort!«

Ich höre einen kindlichen Schrei – *Huiiiiiiii!* – und dann das

Wusch, wusch von Schritten im Sand, die an mir vorbeirennen. Ich falle ins hohe Gras, während mir das Herz in den Ohren pocht.

»Jag mir nie wieder solche Angst ein!«, sagt er.

»Tut mir leid, Daddy. Aber mir war langweilig, und du hast geschlafen.« Sie verstummt kurz. »Schon wieder.«

Die Schritte werden leiser, dann schlägt die Hintertür zu.

Ich liege auf dem Boden und starre in den Himmel, bis mein Herz sich beruhigt hat.

Schließlich stehe ich auf, der ganze Körper juckt vom Gras.

»Danke.«

Ich blicke erschrocken auf. Als ich mich umschaue, steht Cory an seinem Zaun.

»Sind Sie okay?«, fragt er.

»Sind *Sie* okay?«

Er schüttelt den Kopf und fängt an zu weinen.

»Sie brauchen Hilfe«, sage ich.

»Ich weiß.«

»Ihnen ist bewusst, dass Sie das Leben Ihrer Tochter und Ihre Beziehung zu Ihrer Frau riskieren, wenn Sie sich keine Hilfe holen, oder?«

Corys Brust hebt und senkt sich, genau wie die sich unablässig brechenden Wellen des Michigansees.

»Möchten Sie, dass ich jemanden für Sie anrufe?«, frage ich.

Er sieht mich wie ein kleiner Junge an, dieser große Mann, und nickt. »Könnten Sie das tun?«, fragt er. »Ich kann es nicht. Ich kann es einfach nicht.«

Ich nicke.

Cory rennt hinein und kommt mit einem Haufen Papier zurück. »Das Militär hat mir einige Namen gegeben. Ich weiß nicht, wen ich anrufen soll, wo ich anfangen soll.«

Ich blättere die Unterlagen durch. Nur ein einziger Name ist der einer Frau. Sofort rufe ich sie an.

Nachdem Cory wieder hineingegangen ist, kehre ich in meinen Garten zurück und nehme die Pflanzen, die ich vorhin weggelegt habe. Ich halte sie, als wären sie Menschen, keine Blumen oder Geister.

Wir sind genau wie diese Taglilien, Kreuzungen aus den Traumata und Trübsalen des Lebens, dem Guten und Schlechten der Welt.

Ich denke an die Familie nebenan. *Aber trotzdem sind wir der Fürsorge und der Zuwendung wert, genau wie diese Taglilien.*

Leise fange ich an zu weinen.

Ja, beginne ich zu erkennen, *der Vater, den ich nicht mag, die Familie, die meine Privatsphäre mit Füßen getreten hat – sie sind genau wie ich.*

Abby

JUNI 2003

»Hi, ich bin Dr. Trafman. Sie müssen Mr. und Mrs. Peterson sein.« Sie gibt uns die Hand.

»Nennen Sie mich Cory«, sagt mein Mann.

Ich weiß nicht, was ich erwartet hatte, aber ich hatte ganz gewiss nicht erwartet, heute oder jemals mit meinem Mann hier zu sein. Ich weiß nicht, was sich geändert hat, aber ich bin dankbar dafür, und ich bin verhalten optimistisch. Außerdem hatte ich nicht erwartet, dass unsere Beraterin eine attraktive Frau mit leiser, ruhiger Stimme sein würde. Dr. Trafman gleicht einer berufstätigen Mutter, wie ich sie vielleicht bei einem Elternsprechtag treffen würde: sanfter Bob mit zur Seite gestrichenem Pony, Pullover über den Schultern, moderne Brille. Ich stehe zu lange reglos da, bevor ich schließlich ihre Hand schüttle.

»Hi«, sage ich. »Hi.«

Mein Gesichtsausdruck verrät alles. »Tut mir leid«, entschuldige ich mich. »Es ist nur so, dass …«

»Nicht nötig, sich zu entschuldigen, Mrs. Peterson«, erwidert sie. »Das passiert mir ständig.«

Ich sehe sie an, diesmal direkt in die Augen, und nicke. »Mir auch«, sage ich. »Ich bin Ingenieurin.«

Dr. Trafman lächelt.

»Und bitte, nennen Sie mich Abby.«

»Und Sie mich Kim«, sagt sie. »Folgen Sie mir.«

163

Ich hatte auch nicht erwartet, dass das Treffen bei Kim zu Hause stattfinden würde, einem weißen zweistöckigen Portikohaus in einer nagelneuen Siedlung am See. Ihr Vorgarten ist voller Taglilien, eine Blume, die ich früher gern gepflanzt habe, weil sie in fast jeder Art von Erde gedeiht und immer so sorglos wirkt.

Ich betrachte meinen Mann im Nachmittagslicht, das durch die Fenster hereinfällt. Er sieht so groß aus, und dennoch so klein. Ein Treffen mit unserer Therapeutin ist jetzt unser ›Nachmittagsvergnügen‹, während Lily im Tagescamp ist. Meine Güte, wie wir uns verändert haben. Meine Güte, wie mein Mann sich verändert hat. Ich sehe ihn an. *Kann er je wieder lernen, sorglos zu sein?*

Kim führt uns in ihr Büro, das eher einer Bibliothek gleicht. Die Decke ist gewölbt und von dunklen Balken durchzogen, und die Wände sind voller Regale mit Büchern, Auszeichnungen, Zertifikaten, gerahmten Fotos, Kunstgegenständen und Krimskrams. Glastüren führen auf einen von einer Pergola überdachten Innenhof mit Blick auf den See in der Ferne.

»Es ist wunderschön«, sage ich.

»Danke.«

Kim führt uns nicht zu den zwei Stühlen vor ihrem Schreibtisch in der Ecke des Zimmers, sondern zu zwei Ledersesseln mit hoher Lehne bei einem steinernen Kamin.

»Bitte«, sagt sie und deutet auf die Sessel, während sie auf einem kleinen geblümten Sofa Platz nimmt.

Wir machen ein paar Minuten lang Smalltalk – über unsere Kinder, Grand Haven, meinen Job, den Sommer –, bevor Kim uns sehr eindringlich ansieht.

»Mein Vater hat in Vietnam gedient«, sagt sie leise. »Das war der Hauptgrund, weshalb ich Therapeutin geworden bin, und zwar eine, die sich auf unsere zurückgekehrten Soldaten spezialisiert hat. Zuerst möchte ich Ihnen danken, dass Sie diesen großen ersten Schritt getan haben, Cory. Mein Vater hat das nie getan, und das hat unsere Familie zerstört.« Sie hält kurz inne und beugt sich vor. »Und ich möchte, dass Sie wissen, dass Sie nicht allein sind. Es gibt bereits Schätzungen, dass knapp zwanzig Prozent der Rückkehrer aus den Kriegen im Irak und Afghanistan über Symptome posttraumatischer Belastungsstörung oder schwerer Depressionen berichten. Das sind an die dreihunderttausend Männer und Frauen, Cory. Und nur die Hälfte davon bemüht sich um Behandlung. Es ist schwer für unsere zurückkehrenden Soldaten. Sie fürchten nicht nur reduzierte Solde oder drastisch gekürzte Pensionen, oder dass es ein Stigma für die zukünftige Arbeitssuche sein wird, wenn sie sich behandeln lassen, sie wollen auch einfach nur wieder zurück in die Normalität.« Wieder macht Kim eine kurze Pause und lehnt sich noch weiter vor. »Aber es gibt keine Normalität mehr. Sie müssen jetzt eine neue Normalität anstreben.«

Ich sehe zu Cory hinüber. Er nickt, aber seine Augen sind weit aufgerissen, sein Kiefer angespannt, seine Hände wie Fäuste. Er schwitzt durch sein Poloshirt hindurch. Mein Herz beginnt zu rasen.

»Ich werde Sie nicht bitten, mir zu erzählen, was passiert ist, Cory«, sagt Kim. »Was Sie zu mir geführt hat. Stattdessen werde ich Sie bitten zu versuchen, Ihr Gehirn zurückzusetzen.« Kim sieht mich an. »Sie auch, Abby.«

Cory seufzt und seine Schultern sinken vor Erleichterung herab.

»Ich halte nichts davon, Sie Ihr Trauma erneut durchleben zu lassen, besonders nicht zu Beginn unserer Arbeit«, sagt sie. »Sie setzen sich bereits täglich damit auseinander. An irgendeinem Punkt werden wir darüber reden. Aber im Moment müssen Sie eine Möglichkeit finden, mit dem fertigzuwerden, was Sie seitdem erfahren, und zwar extreme Angstgefühle und Furcht.« Wieder sieht Kim mich an und wiederholt: »Sie auch, Abby.«

»Ich möchte keine Medikamente nehmen«, sagt Cory mit seltsam hoher Stimme, wie die von Lily, wenn sie Angst hat.

»Das möchte ich auch nicht«, erwidert Kim. »Ich möchte, dass Sie auf natürliche Weise damit fertigwerden. Und ich glaube, dass das möglich ist.«

Sie fährt fort: »Also werden wir mit einer Therapie namens TARGET anfangen, das steht für Trauma Affect Regulation: Guide for Education and Therapy.«

Ich sehe sie an. »Wie war das noch mal?«

»Ich weiß«, sagt sie mit einem Lachen. »Therapeuten und ihre Therapienamen, nicht wahr? Kurz gesagt, was ich Ihnen beiden begreiflich machen möchte, besonders Ihnen, Cory, ist, dass Sie sich in einer ständigen Kampf-oder-Flucht-Reaktion befinden. So konnten Sie eine lebensbedrohliche Situation überleben. Ihr Gehirn wurde in einen dauerhaften Alarmzustand versetzt. Ich möchte Ihnen helfen, dieses Alarmsystem im Gehirn mit Hilfe der Konzentrationsfähigkeit Ihres Verstands zurückzusetzen. Das ist notwendig, um zu verhindern, dass eine eigentlich gesunde Überlebensreaktion schädlich wird. Im Moment wird Ihr Gehirn von einem Dauerzustand posttraumatischer Belastungsstörung bestimmt.«

»Und wie kann ich das beenden?«, fragt Cory.

»Ich möchte Ihnen ein paar sehr einfache Werkzeuge an die Hand geben, die Ihnen helfen werden. TARGET nennt diese Konzentrationsschritte SOS«, erklärt Kim. »Bitte schließen Sie beide die Augen und hören einfach zu.«

Cory und ich schließen die Augen. Ich spüre, dass er nach meiner Hand greift, um sie zu halten.

»Zuerst befreien Sie Ihren Geist von allen störenden Einflüssen«, sagt Kim. »Dann konzentrieren Sie sich auf einen einzigen Gedanken, der im Moment das Wichtigste in Ihrem Leben ist.«

Cory drückt meine Hand.

»Als Nächstes bewerten Sie Ihr Stresslevel auf einer Skala von eins bis zehn, dabei steht eins für kein Stress und zehn für schlimmster Stress. Und dann beurteilen Sie das Level Ihrer Kontrolle über diesen Stress, eins für keine Kontrolle bis zehn für völlige Kontrolle. Denken Sie an ein kürzliches Beispiel einer belastenden Situation.«

Mein Verstand rast zu Iris und Cory. Cory drückt meine Hand noch fester.

Woran denkt er?, frage ich mich.

»Jetzt befreien Sie Ihren Geist von den belastenden Gedanken und konzentrieren sich auf das, was Ihnen am Wichtigsten ist.«

Kim gewährt uns einen Moment der Stille.

»Was ich über die posttraumatische Belastungsstörung bei Soldaten wie Ihnen, Cory, gelernt habe, ist, dass Familienmitglieder durch die Ungewissheit, ob Sie wohlbehalten nach Hause kommen, dieselben Stressreaktionen erleben«, sagt Kim. »Das hält an, weil Sie in einem ständigen Zustand der posttraumatischen Belastungsstörung verbleiben. Sich als Familie zu konzentrieren hilft Ihnen allen, die Stressreaktionen und Trigger des anderen zu verstehen und das Trauma gemeinsam zu heilen, anstatt es allein anzugehen.«

Cory und ich öffnen die Augen. Eine Weile unterhalten wir uns noch, dann sagt Kim schließlich: »Ich denke, das reicht für heute. Haben Sie noch irgendwelche Fragen, bevor wir einen weiteren Gesprächstermin vereinbaren?«

»Was ist mit Lily?«, frage ich.

»Es gibt eine Übung, die Sie vielleicht zu Hause mit ihr ausprobieren könnten«, antwortet Kim. »Sie hat etwas mit Kunst zu tun, also ist sie weniger furchteinflößend.«

»Was ist das für eine Übung?«, fragt Cory.

»Sie basteln Masken, um zu zeigen, wie Sie sich fühlen«, antwortet Kim. »Das ist eine Möglichkeit, Ihre Gefühle an die

Oberfläche zu bringen. Seien Sie nicht überrascht, wenn Lilys Maske traurig ist, selbst wenn sie nach außen hin fröhlich wirkt. Seien Sie einfach nur ehrlich. Und reden Sie. Sie werden wissen, wann der richtige Moment dafür ist.«

Ich denke an meine Eltern.

»Ja«, sage ich. »Natürlich.«

»Und, Cory?«, fährt Kim fort. »Ein weiterer wichtiger Aspekt ist, dass Sie gesund bleiben. Treiben Sie Sport. Joggen Sie. Machen Sie Yoga?«

Cory lacht. »Nein«, antwortet er.

»Sie müssen etwas tun, das Ihren Körper in Form hält, denn das hält Ihren Geist konzentriert und aufnahmefähig. Alles arbeitet zusammen. Gibt es eine Aktivität, die Ihnen gefällt?«

Cory und ich sehen einander an.

»Ich glaube, ich weiß etwas, das perfekt sein könnte«, antwortet er.

Iris

In Michigan reden die Leute von den Sonnenuntergängen, aber sie neigen dazu, die Sonnenaufgänge zu übersehen. Ich bin eine Frühaufsteherin. Meine Seele ist erfüllt von einer Million Sonnenaufgängen.

Ich liebe den Strand und den See am Morgen. Dann stehe ich auf meiner Veranda, während die Wellen in der Stille nur zu mir sprechen. Sie raunen leise, als würden sie auch gerade erst aufwachen. Und der Horizont! Bei Sonnenaufgang ist er gesäumt von Saphiren, als hätten Morgen- und Abenddämmerung sich in einem Mitternachtsblau vereinigt und ich wäre dazu auserwählt, das Neugeborene im ersten Licht zu sehen.

Er ist genauso schön wie du als Baby warst, Mary.

Es gibt wenige Dinge, die mich durch dieses Leben bringen, aber meine Sonnenaufgänge und meine Blumen tun das, weil sie Hoffnung schenken. Sie beweisen, dass Schönheit selbst aus dem härtesten Winter oder dem Fehlen von Licht erwachsen kann. Ich halte mich an diesen Anzeichen von Schönheit fest. Ich halte mich an dieser flüchtigen Hoffnung fest, hauptsächlich, weil ich Angst habe. Angst davor zu sterben. Angst vor dem Unbekannten. Angst, dass ich meine Tochter und meinen Mann vielleicht nie wiedersehe. Angst, dass ich im nächsten Leben genauso für immer allein sein werde wie in diesem.

Wir alle müssen uns an etwas festhalten, sonst gibt es keinen Grund aufzuwachen, keinen Grund zu hoffen, keinen Grund zu leben.

Der Juni in Michigan ist ein faszinierender Monat. Nach den wilden Temperaturumschwüngen im launischen Mai fühlt sich der Juni an wie im *Zauberer von Oz*: von Schwarz-weiß zu Technicolor. In diesen stillen Momenten, wenn noch niemand wach ist, wenn die Welt mir und nur mir allein gehört, betrachte ich den Sonnenaufgang und mache mich dann an die Arbeit.

Sonnige Junimorgen bedeuten in meiner Welt nur eines: meine Taglilien.

Meine Babys!

Ich kann sie schon von weitem riechen, ein süßer Duft, der schwer zu beschreiben ist, selbst nach so vielen Jahren, die er mir schon die Nase füllt.

Zitronig vielleicht, denke ich. Schnuppernd hebe ich den Kopf, während das Licht mein Gesicht wärmt.

Sie riechen nach Sonnenschein, schlussfolgere ich. *Nach Sommer.*

Fast die ganze Länge des Zauns an der hinteren Seite meines Gartens ist meinen selbstgezüchteten Taglilien gewidmet. Sie bilden nicht nur eine wunderschöne Gartenbegrenzung mit ihrem üppigen Grün, sie blühen auch in beeindruckenden Farben.

Ihr werdet wiedergeboren, um eure atemberaubende Schönheit zu zeigen, denke ich. *Und meine harte Arbeit.*

Ich habe meine Taglilien fast wie eine dieser Farbkarten für Wandfarben angeordnet: von Gelb zu Gelborange, über Orange zu Rotorange, Rot zu Rotviolett und Lila. Ihre Abstammung zeigt sich in den subtilen Unterschieden ihrer Blütenblätter und Kelche. Aber mein Tagliliengarten ist auch unvollendete Laborarbeit. Ich mustere die bunten Reihen. Der Wind lässt die Zettel an ihren Stängeln flattern, und die Strumpfhosen, mit denen viele von ihnen umwickelt sind, gleichen im ersten Tageslicht Spinnweben.

Es ist früh am Morgen, die beste Zeit zum Kreuzen, wie ich finde. Das Wetter ist kühl und nicht zu heiß. Wenn es zu warm wird oder zu windig, vertrocknen die Pollen oder werden weggeweht. Und es darf nicht regnen, sonst werden die Pollen fortgewaschen.

Taglilien gedeihen in voller Sonne und Halbschatten, und mein Garten liegt so, dass er volle Morgensonne und gefiltertes Nachmittagslicht bekommt. Sie vertragen ein wenig Trockenheit, produzieren aber mehr Blüten, wenn sie regelmäßig gegossen werden.

»Tun wir das nicht alle, meine Lieben?«, sage ich zu meinen Blumen. Ich überprüfe die sandige Erde. Sie ist feucht von den Rasensprengern, aber bis Tagesende wird sie auftrocknen, deshalb gehe ich rüber zum Wasserhahn und drehe ihn auf. Mit einem kräftigen Ruck ziehe ich an meinem Gartenschlauch – einer von der knickfreien Sorte, der es trotzdem schafft, Knicke zu bekommen –, bis das Wasser endlich herausschießt. Ich gieße nur die Wurzeln, da Wasser von oben unansehnliche Flecken auf den Blumen und Blättern hinterlassen würde.

Während ich gieße, rede ich mit jeder einzelnen Blüte, da ich weiß, dass es die einzige Gelegenheit dafür ist. Taglilien tragen ihren Namen zu Recht, denn jede Blüte überlebt nur einen einzigen Tag. Sie öffnet sich am Morgen, und am Abend ist ihr Leben vorbei. »Hi, Prinzessin«, sage ich zu meiner Purple Princess mit gelbem Schlund.

»Wie geht's meinem schönen Kleinen?«, frage ich als Nächstes Midnight, eine zauberhafte Taglilie, die ich nach dem geliebten Mischlingsrüden meiner Großmutter benannt habe, weil ihr Schlund so golden ist, wie Midnights Augen es waren. Technisch gesehen hat die Blume das dunkelste Violett, das ich erzeugen konnte, aber im Licht sieht sie wirklich so seidig schwarz aus wie Midnights Fell.

Langsam gehe ich meine Taglilien durch und spreche mit

jeder einzelnen. Jede ist so herrlich und farbenprächtig wie ein Sonnenaufgang in Michigan. Als ich fertig bin, spüre ich, dass es wärmer wird. Ich streife meine Jacke ab, trinke einen kräftigen Schluck Wasser direkt aus dem Schlauch, ziehe den kaputten Schirm meiner Baseballkappe der Detroit Tigers tiefer in die Stirn und mache mich an meine richtige Arbeit.

Nachdenklich betrachte ich meinen Garten und mein Gewächshaus. Dann drehe ich mich um und mustere den Horizont über dem See, und mein Herz macht einen Satz.

Oh, Iris, du alte Närrin! Warum hast du daran nie gedacht? Schäm dich!

Adrenalin lässt meine Hände vor Aufregung zittern, als ich mich zu meinen Taglilien umdrehe.

Welche? Welche nur?, denke ich, während ich meine Babys betrachte. *Was würde die perfekte Kreuzung ergeben?*

Und da, in der Sonne funkelnd, praktisch nach mir rufend – *Iris! Iris! Nimm mich! Nimm mich! Hier! Wir wären perfekte Eltern!* – sind die zwei idealen Taglilien für meine Vision: Hummingbird und Summer Sapphire.

Lächelnd denke ich an die berühmte Züchterin Elsie Spalding. Wenn jemand sie fragte, wie sie entschied, welche Taglilien sie kreuzen sollte, lächelte sie nur und sagte: »Ich füge einfach hübsch und hübsch zusammen.«

Das war der Weckruf für die kreative Seite meines Botanikergeistes. An einem bestimmten Punkt in meinem Leben war ich eine ernsthafte Züchterin, deren einzige Mission es war, gewisse Merkmale zu betonen. Ich wollte, dass jede Kreuzung technisch perfekt war: Rüschen sollten noch gerüschter sein, Augen ausgeprägter, Schlünde länger, Schäfte höher. Aber mit der Zeit erkannte ich, dass ich zwar eine Leistung vollbracht hatte, die wissenschaftlich interessant war, aber keine Geschichte erzählte.

Wie Familie, denke ich.

Während also viele meiner frühen Taglilien faszinierende Exemplare waren, so waren sie doch keine besonders hübschen Blumen. Und darum sollte es beim Gärtnern doch gehen, erkannte ich endlich: Schönheit in diese Welt zu bringen.

Also konzentrierte ich mich auf *hübsch zu hübsch*.

Und dennoch ist das Kreuzen von Taglilien eine genaue Wissenschaft, eine, die ich als Gärtnerin jahrzehntelang vermittelt habe, als ich Kurse abhielt und mein eigenes Geschäft eröffnete.

Der scheinbar einfachste – aber in Wirklichkeit schwierigste Teil – kommt zuerst: auszuwählen, welche Blumen man miteinander kreuzen möchte. Ich nehme diejenigen, von denen ich glaube, dass sie nicht nur hoffentlich die hübschesten Blumen, sondern auch einzigartige Kreuzungen ergeben werden, die sonst noch niemand auf der Welt hervorgebracht hat. Aber man muss eine diploide Taglilie mit einer diploiden kreuzen, oder eine tetraploide mit einer tetraploiden. Alle Pflanzen haben einen grundlegenden Chromosomensatz; diploide haben zwei identische dieser Chromosomensätze in jeder Zelle, während tetraploide vier dieser Chromosomensätze pro Zelle besitzen.

Es ist schwierig, zwischen diploid und tetraploid zu unterscheiden; sogar ich habe immer noch Schwierigkeiten, wenn ich eine Blume nur ansehe. Ein Gärtner muss jedoch die Ploidität der Elternpflanzen kennen, bevor er versucht, die beiden miteinander zu kreuzen. Zum Glück ist das für jede registrierte Taglilie festgehalten, und ich kenne die Geschichte jeder meiner Kreuzungen, also mache ich keine Fehler.

Ich mustere meine zwei Kreuzungen. *Oder doch?*

Ich habe im wahrsten Sinne des Wortes eine ganze Bibliothek von Notizbüchern, die ich nach Jahreszahl sowie nach Farbkreuzung organisiert habe. Mit einem Kopfschütteln, um die Spinnweben fortzufegen, trete ich verärgert die Erde, als mir nicht sofort einfällt, ob meine Hummingbird und Summer

Sapphire »Dips« – diploid – oder »Tets« – tetraploid – sind. Schließlich gehe ich zur Veranda und suche die Stapel durch, bis ich das richtige Notizbuch finde.

Dips. Es sind Dips. Ich wusste es.

Zwischen Taglilienliebhabern herrscht stets eine große Debatte, ob Dips oder Tets bessere Kreuzungen ergeben. Dips neigen dazu, sich allgemein leichter kreuzen zu lassen, und ich finde sie robuster, wohingegen Tets sattere Farben haben.

Der eigentliche Kreuzungsprozess ist äußerst systematisch und routiniert. Wenn man entschieden hat, welche Blumen man miteinander kreuzen möchte, legt man fest, welche die Mutter und welche der Vater sein soll. In der Mitte jeder Taglilienblüte befinden sich sechs Staubblätter und ein Stempel. Man kneift einfach einen der sechs Staubfäden ungefähr bei der Hälfte ab und trägt ihn hinüber zu der anderen Blume, um damit die Pollen auf den Stempel zu tupfen.

Diese dort deponierten Pollen bleiben haften und werden von einer klaren Flüssigkeit, dem ›Narbensekret‹, befeuchtet. Die durch den Pollenschlauch übertragene Spermienzelle enthält das genetische Material des ›Blumen-Daddys‹. Und wenn die Reise erfolgreich war, wird das Ei der ›Mommy-Blume‹ befruchtet und das genetische Material beider Elternpflanzen neu miteinander kombiniert, um ein lebensfähiges Samenkorn zu erzeugen. Diese Samenkörner wachsen und schwellen an, und der kleine grüne Fruchtknoten auf dem Blütenschaft vergrößert sich allmählich.

Diese Samen zu ernten dauert ungefähr zwei Monate, da sie erst noch reifen müssen. Es ist leicht zu erkennen, wann es Zeit ist, sie zu ernten, da die Samenkapseln anfangen aufzuplatzen. Zu früh geerntete Samen werden wahrscheinlich nicht auskeimen, und oft öffnen sich die Samenkapseln schon, bevor es Zeit ist zu ernten, weshalb ich mir meinen Strumpfhosentrick ausgedacht habe. Ich nehme meine alten Nylonstrümpfe und schneide sie in Quadrate, dann befestige ich sie mit einem Gummiband oder Bindedraht über der Samenkapsel. Das lässt Luft und Licht hindurch, hindert die Samen jedoch daran herauszufallen.

Lächelnd sehe ich meine Taglilien an. Shirley hat immer gesagt: »Schätzchen, das sieht aus, als hättest du deine Strümpfe zum Trocknen an die Wäscheleine gehängt, das braucht niemand zu sehen.«

»Shirley«, hatte ich stets erwidert, »das Ergebnis ist es wert.«

Wenn sie so weit sind, nehme ich die Samen heraus und lasse sie über Nacht trocknen. Dann stecke ich sie in kleine Plastiktüten und lege sie noch für etwa einen Monat in den Kühlschrank, da sie nach dem Kühlen besser auskeimen.

In Michigan zu leben bedeutet, dass ich meine Samen nicht im September aussäen kann, da wir hier im Norden keine drei Monate anständiges Keimwetter haben, schließlich kommt der erste harte Frost schon im Oktober. Also kommen sie in mein Gewächshaus, wo sie unter Lampen und in der Wärme bis zum Frühling wachsen, wenn ich sie endlich einpflanzen kann. Und dann beginnt das Warten: drei Jahre, bis ich weiß, ob meine ursprüngliche Idee erfolgreich war. Diese Tage, bevor sich die ersten Knospen öffnen, sind wie Weihnachten, immer und immer wieder, den ganzen Sommer lang. Ich wache für gewöhnlich bei Sonnenaufgang auf, damit ich jede einzelne Minute mit meinen Babys verbringen kann.

Als ich fertig bin, schreibe ich mit einem breiten Lächeln auf dem Gesicht in mein Notizbuch:

2003 – Blaue Kreuzungen
Summer Sunrise in Michigan =
Hummingbird x Summer Sapphire
(?? Samen / ?? gepflanzt)

Ich schließe die Augen und kann im Geiste die endgültige Version bereits vor mir sehen: eine Taglilie, so einzigartig wie ein Sommersonnenaufgang in Michigan, von Saphiren gesäumte Blüten, als hätten Sonnenauf- und -untergang ein Baby in Mitternachtsblau gezeugt.

Mit rasendem Herzen öffne ich die Augen und lächle noch breiter.

Ein paar Schritte weiter bewundere ich meine Kreuzung namens »Comerica Park«. Ich bewundere die Blüte, die ich nach dem neuen Stadion der Detroit Tigers benannt habe, das sie 2000 bezogen haben. Die Blätter sind sogar noch grüner als alle, die ich bisher gekreuzt habe. Ich wollte, dass sie so grün sind wie das neue Gras im Stadion, die Verkörperung von Baseball und Sommer. Die Farbe der Blüten repräsentiert die Tigers: orange Lilie mit dunkelblauer Mitte. »Go, Tigers!«, rufe ich. »Du bist eine echte Schönheit«, flüstere ich dann. »Und viel hübscher als die Tigers.«

Meine Tigers sind dieses Jahr grottenschlecht, denke ich. *Ich frage mich, ob sie bis zum All-Star Game überhaupt zwanzig Spiele gewinnen werden.*

Ein Flugzeug fliegt über den See, und das Dröhnen der Triebwerke erfüllt die Stille und hallt vom Wasser wider. Ich schaue hoch und bewundere den Kondensstreifen am blauen, blauen Himmel. Kondensstreifen an einem trockenen Sommerhimmel erinnern mich an einen vorbeizischenden Baseball, der aus dem Stadion fliegt, genau wie die, die Jonathan immer geschlagen hat. Ich sehe zu, wie das Flugzeug immer kleiner wird, der Kondensstreifen verblasst, und als mein Blick wieder zur Erde zurückkehrt, kommt ein anderes Flugzeug in Sicht.

Ein Papierflugzeug fliegt im Zickzack auf mich zu, wird vom Wind erfasst und landet schließlich auf meinen Hortensienbüschen, die noch nicht blühen.

Was um alles in der Welt …?

Ich gehe hinüber und pflücke das Flugzeug aus dem Busch. Als ich es öffne, fällt eine Blume – eine kleine Rose aus rosa Bastelpapier – heraus. Ich hebe sie auf, und auf jedem ausgeschnittenen und aufgerollten Papierblütenblatt stehen die Worte ›Es tut mir leid!‹ geschrieben. Mein Herz macht einen Satz, und ich drehe mich zum Zaun um. Ein blaues Auge drückt sich an einen Spalt und beobachtet jede meiner Bewegungen.

Ich rühre mich nicht.

»Iris? Mrs. Maynard? Können Sie mich hören?«

Der Vater!

Ich antworte nicht.

»Ich kann sie dort stehen sehen, Daddy«, sagt Lily.

»Mir tut es auch leid«, sagt Cory. »Alles.«

Schweigen. Ich versuche, nicht zu atmen. Ich bleibe ein lebendiges Stillleben.

»Sind Sie ein Tigers-Fan?«, fragt Cory. »Ich hab Sie rufen hören. Ich habe das Spiel laufen … Dieses Jahr sind sie richtig mies.«

Ich bleibe stumm. Und dann, mit dem Wind, weht der Klang des Spiels im Radio herüber. Ich denke an meinen Mann und meinen Vater, die immer das Spiel im Radio laufen hatten, an die Stimmen der Moderatoren, das Krachen des Schlägers, das Jubeln der Menge, vermischt mit dem Summen von Bienen und Flattern von Kolibris.

»Hallo?«, fragt Lily.

Die Stimme eines kleinen Mädchens.

Die Geräusche des Sommers.

»Hallo«, antworte ich schließlich. »Ja, ich liebe die Tigers. Obwohl ich nicht glaube, dass sie in diesem Jahr mehr als fünfzig Spiele gewinnen werden.«

Cory lacht. Es ist eher ein Seufzer der Erleichterung. »Ich würde ja mit Ihnen wetten, aber ich glaube, damit könnten Sie recht haben.«

Ich lache glucksend.

»Ich wollte neulich bei Ihnen zu Hause nicht die Beherrschung verlieren, Ma'am«, fährt Cory fort. »Ich schäme mich sehr deswegen, und kann mich gar nicht genug dafür entschuldigen. Seit einer Weile bin ich nicht mehr ich selbst.« Er verstummt. »Ich bemühe mich, es wieder zu werden. Und Lily wollte nicht herumschnüffeln. Ich weiß, wie wichtig Ihnen Ihr Zuhause und Ihre Privatsphäre sind. Mir geht es genauso. Ich verspreche, wir werden Sie nicht mehr stören.« Schweigen. »Und seien Sie Lily nicht böse wegen dem Papierflieger. Der war meine Idee.« Er hält kurz inne. »Aber die Rose war ihre Idee.«

Mein Herz rast. Ich bin immer noch unfähig, mich zu bewegen. Dann drehe ich mich um und kann meine Taglilien im Wind winken sehen, die hübschen Gesichter zur Sonne geneigt.

Ihr habt nur einen einzigen Tag zu leben, schießt es mir durch den Kopf. *Was, wenn das hier mein letzter Tag wäre?*

»Das Tor ist offen«, sage ich. »Aber nur, wenn Sie gern rüberkommen und mir mit meinen Taglilien helfen möchten.«

Ich höre Rascheln und Gemurmel.

»Wir sind gleich da«, antwortet Cory durch den Zaun.

Wenige Sekunden später taucht das Duo auf, Hand in Hand. Cory trägt ein Tigers-T-Shirt und eine Jogginghose mit einem Army-Logo, und Lily trägt eine Latzhose mit einem glitzernden rosa T-Shirt darunter. Lily zieht den Kopf ein, als sie mich sieht, auf diese Weise, wie Kinder es tun, wenn sie etwas falsch gemacht haben. Ihr blondes Haar verdeckt ihr Gesicht wie eine Maske der Scham.

Sie sieht eigentlich mehr ihrem Vater als ihrer Mutter ähnlich, denke ich, *obwohl sie das neugierige Naturell ihrer Mutter hat.*

Es folgen ein paar Sekunden unbehaglichen Schweigens, als keiner weiß, wo er anfangen soll. »Das hier sind meine Taglilien«, sage ich schließlich. »Sie sind meine Babys.«

Die beiden beäugen mich argwöhnisch.

»Das sind sie wirklich«, fahre ich fort. »Ich habe fast jede einzelne dieser Cultivare selbst kreiert.«

»Cul-ti-was?«, fragt Lily und schiebt sich das Haar aus dem Gesicht.

»Cultivare«, antworte ich. »Das bedeutet einfach kultivierte Varietät.« Ich beuge mich vor und sehe Lily an. »Sie sind genau wie du. Du bist auch eine kultivierte Varietät. Deine Mommy und dein Daddy haben dich geschaffen, und es gibt auf der ganzen Welt keine andere Blume wie dich.«

Lily blinzelt einmal, zweimal in Zeitlupe.

»Und ich bin nicht mehr böse auf dich«, sage ich.

Lily nickt mit großen Augen und wirkt erleichtert. »Also, wollt ihr lernen, wie man seine eigenen Taglilien züchtet?«

»Ja!«, schreit Lily.

»Cool«, sagt Cory.

»Was sollen wir machen?«, will Lily wissen.

»Das ist leicht«, antworte ich. »Ich möchte, dass du dir eine Blume aussuchst, die du hübsch findest, und dein Vater auch. Wenn es möglich ist, kreuzen wir sie dann. Aber der wichtigste Schritt ist, Blumen auszusuchen, von denen ihr glaubt, dass sie das einzigartigste Baby ergeben, eines, das ganz eures ist.«

Ein Lächeln hüllt Lilys Gesicht ein, das so strahlend ist wie die Sonne über ihrem Kopf. »Mein eigenes Blumenbaby?«, fragt sie.

»Möchtest du wissen, warum ich Taglilien so liebe?«

Lily nickt.

»Ich liebe Taglilien, weil sie wie Menschen sind. Jede Blume sieht nicht nur anders aus, sondern hat außerdem auch noch eine einzigartige Persönlichkeit. Manche sind Frühaufsteher wie ich, und manche sind Nachteulen.«

Lily geht zu meinen Taglilien und spaziert ihre ganze Länge ab. Dann kehrt sie zu der Stelle zurück, wo sie angefangen hat, und setzt sich prompt auf den Boden.

»Was machst du da, Lily?«, fragt Cory.

»Ich muss mir ihrer Gesichter ansehen«, antwortet sie mit sehr ernstem Tonfall. »Es sind Lilien. Ich bin nach ihnen benannt.« Sie schaut zu uns herüber. »Ich muss die richtige Wahl treffen, weil diese Blume ewig leben wird. Sogar noch länger als du, Daddy.«

Ich schüttle den Kopf über ihre Weisheit.

»Was ist mit Ihnen?«, frage ich Cory.

»Oh, ich weiß es schon.« Er sieht Lily an und dann mich, bevor er zu den Taglilien zeigt. »Comerica Park, richtig?«

Ich zwinkere ihm zu, während Lily die Blumen weiter anstarrt.

»Wissen Sie«, sage ich zu Cory, »der Name *Taglilie* ist zutreffend, weil jede Blüte nur einen Tag lang lebt. Sie öffnet sich am Morgen, aber am Ende des Tages ist ihr Leben vorbei.« Ich verstumme kurz. »Der wissenschaftliche Name für Taglilie ist *Hemerocallis*, was von den griechischen Wörtern für *Schönheit* und *Tag* kommt – buchstäblich Schönheit für einen Tag. Um das wieder wettzumachen, hat jeder Taglilienhalm viele Blütenknospen, und jedes Pflanzenbündel viele Halme.«

Ich gehe hinüber zu einer Taglilie und bedeute Cory, näher zu kommen. »Sehen Sie? Da.«

Ich nehme eine gekräuselte Taglilie, deren gerüschte Ränder nahezu limettengrün und ihre Blütenblätter violett sind.

»An einem einzigen Schaft können viele Blüten blühen, aber jede Blüte bleibt nur kurze Zeit geöffnet.« Ich halte inne und sehe Cory an. »Diese Blüte wird bei Tagesende fort sein. Eine andere wird ihren Platz einnehmen.«

»Aber diese eine Blüte ist für immer fort?«, fragt Cory mit rauer und tiefer Stimme. »Unwiederbringlich?«

Ich stehe auf und gehe zu ihm. »Ja«, sage ich. »Und das ist die Schönheit und Tragödie dieser Welt, nicht wahr? Die ganze Welt – Leben, Menschen, Blumen – ist ständig in Bewegung, erwacht zum Leben und stirbt, für gewöhnlich alles zur selben Zeit. Wir können uns aussuchen, was wir sein wollen. Sind wir die Blüte, die aufblüht, oder die, die stirbt?« Ich stocke, kann aber nicht verhindern, dass mir die Worte über die Lippen kommen. »Was davon wollen Sie sein, junger Mann?«

Corys Schultern verkrampfen sich, und er sieht mich an. Als ich seinem Blick begegne, wendet er ihn ab. Er sieht Lily an, die eine Taglilie berührt, und sein Kinn bebt.

So ein junger Mann, denke ich. *Und so eine alte Seele.*

Cory antwortet nicht. Stattdessen dreht er sich um und sieht mir direkt in die Augen. »Was ist mit Ihnen, Iris? Wofür haben Sie sich entschieden?«

Er wirft einen Blick auf meinen Zaun und dann zurück zu mir.

Jetzt bin ich es, die die Augen abwendet. Ich betrachte mein Gewächshaus. »Ich habe mich dafür entschieden, in kontrollierter Umgebung zu überleben«, sage ich.

»Ich auch«, erwidert Cory.

Ich drehe mich wieder zu ihm um und senke die Stimme. »Ich werde nie verstehen können, was Sie gesehen haben oder was Sie jeden Tag durchmachen, aber ich habe den Schrecken des Krieges und den Schrecken von Verlust erlebt. Mein Mann ist nicht aus dem Zweiten Weltkrieg zurückgekommen. Meine Tochter ist an Kinderlähmung gestorben. Ich habe meine ganze Familie verloren, als ich noch eine junge Frau war. Und dennoch habe ich weitergemacht. Sie haben eine Tochter, die gesund ist und lebt, junger Mann. Sie dürfen nicht zulassen, dass Ihre Trauer und Wut Ihre Liebe und Verantwortung für sie erdrücken. Das wird am Ende Ihre ganze Familie zerstören.«

Corys Augen weiten sich, und er fängt an zu zittern.

»Ich weiß, Ma'am. Ich weiß. Sie haben recht.«

»Waren Sie bei der Therapeutin, die ich angerufen habe?«

Er nickt. »Abby ist mit mir hingegangen. Ich mag sie. Sie hilft

181

mir, meinen Verstand zurückzusetzen, um mit meiner Angst fertigzuwerden. Ich war schon ein paar Mal bei ihr.« Er verstummt kurz. »Dank Ihnen bekomme ich endlich etwas Hilfe.« Mit großen Augen und bebenden Lippen sieht er zu mir hoch. »Aber ich glaube, ich brauche viel mehr Hilfe.« Sein Gesicht ist schmerzverzerrt.

In meinem Kopf höre ich eine Stimme, die wie die meiner Tochter klingt, sagen: *Du brauchst auch Hilfe, Mommy.*

»Darf ich Ihnen eine Frage stellen?«, sagt Cory, was mich zusammenzucken lässt. Ich antworte nicht, aber er fragt trotzdem. »Was ist mit Ihnen? Haben Sie um Hilfe gebeten? Wie haben Sie sich entschieden zu leben?« Dieser große Mann versucht, seine Fassung wiederzuerlangen, aber seine Stimme ist immer noch zittrig. »Ich habe bereits gelernt, dass es einen großen Unterschied gibt zwischen am Leben zu sein und zu leben.«

Seine Worte verursachen mir Gänsehaut. Ich will gerade antworten, als Lily schreit: »Ich hab meine Blume! Die da!«

Als ich zu ihr hinüberblicke und sehe, welche sie in der Hand hält, klopft mir das Herz jäh bis zum Hals.

»Diese Taglilie«, setze ich mit vor Emotionen wackliger Stimme an, »diese … heißt ›My Mary‹.«

Endlich drehe ich mich zu Cory um. »Das hier«, sage ich leise und zeige mit einer Geste auf meinen Garten. »Das hier hat mir das Leben gerettet. Das hier hat mich am Leben gehalten.« Ich verstumme kurz. »Das hier hält mich am Leben.«

»Ich habe früher auch gegärtnert«, erwidert er. »Damit muss ich wieder anfangen. Ich glaube, es könnte die Sache sein, die mich auch am Leben hält«, sagt er. »Bitte.«

Und dann, aus heiterem Himmel, streckt er die Hand aus und berührt meinen Arm. »Helfen Sie mir.«

Ich starre ihn an. Die Welt dreht sich.

Geschockt stehe ich da, unfähig, irgendetwas zu tun. *Ich riskiere alles – meine Privatsphäre, meinen Panzer, mein Herz, meine*

Schutzmauer – wenn ich etwas tue. Nach einer Antwort suchend sehe ich zum Himmel.

Da kommt Lily herbeigerannt und umarmt die Beine ihres Vaters. »My Mary!«, sagt sie.

»Du hast eine Schönheit ausgesucht, meine Liebe«, lobe ich sie.

Und dann überrasche ich mich selbst: Ich berühre einfach Corys Arm und lege eine Hand auf Lilys Kopf.

Abby

Fluchend trete ich beinahe zu spät auf die Bremse. Die Wasserflasche im Flaschenhalter neben mir fällt heraus und rollt
unter mir über die Fußmatte.

Als ich rübersehe, starrt mich ein älteres Ehepaar in einem
querstehenden Sedan mit einem Kennzeichen von Illinois geschockt an. Der Mann ist mit Pommes Frites übersät. Er sieht
mich an und formt *Sorry* mit den Lippen.

Man hat mich vor den Sommertouristen in Michigan bereits
gewarnt. In der Stadt nennen die Einheimischen die Touristen
›Fudgies‹ wegen ihrer Vorliebe, bummelnd und Fudge essend
langsam wie Zombies durch die Straßen zu schlurfen. Der Ausdruck für Autofahrer aus anderen Bundesstaaten – besonders
unserem Nachbarstaat Illinois –, die hinter dem Steuer auf
Sightseeing-Tour und Häusersuche mit offenen Augen vor sich
hinträumen, ist viel weniger schmeichelhaft.

Dieser spezielle Tagträumer aus Illinois hat mir die Vorfahrt
genommen, während er Pommes essend ein altes, zum Verkauf
stehendes Cottage ein paar Blocks vom Strand entfernt angestarrt hat.

Er lässt sein Fenster runter. Mein Beifahrerfenster ist bereits
geöffnet.

»Sind Sie okay?«, fragt er.

»Ja«, antworte ich. »Nichts passiert.«

»Sie haben leicht reden.« Seine Frau, deren prächtige Haarfarbe irgendwo zwischen Blau und Violett changiert, lehnt sich vor. In ihrem üppigen Dekolleté steckt kopfüber eine Eistüte.

Ich lächle nickend und muss mir ein Lachen verkneifen. Im Rückspiegel sehe ich bereits eine Reihe Autos warten, also bedeute ich dem Mann, dass er weiterfahren soll, und er tut es, wobei er sich Pommes Frites von den Schultern liest und sich in den Mund steckt.

Ich folge seinem Wagen, nun aber mit ausreichendem Abstand. Ich habe diesen Weg von der Arbeit nach Hause vor ein paar Wochen entdeckt. Eigentlich ist es sogar ein Umweg, ein kleines, geheimes Laster. Dieser Weg führt durch ein paar der hübschesten Viertel von Grand Haven und dann am Michigansee vorbei. Jetzt, da das Wetter wärmer geworden ist, kurble ich auf dem Heimweg die Fenster runter und genieße die herrliche Sommerluft Michigans. Das sind meine einzigen Momente der Ruhe, meine einzigen Minuten Auszeit zwischen dem Druck bei der Arbeit und zu Hause.

Ich setze den Blinker nach rechts, und das ältere Ehepaar fährt links. Beim Abbiegen winkt er mir noch mal entschuldigend aus dem Fenster.

Es war doch seine Schuld, oder etwa nicht?, denke ich plötzlich.

Meine Gedanken waren ehrlich gesagt auch nicht beim Autofahren, als ich die Vollbremsung hingelegt habe. Ich hatte mir Sorgen gemacht, was ich heute Abend beim Nachhausekommen vorfinden würde, während ich gleichzeitig noch völlig von der Arbeit vereinnahmt war. Ich hatte kurz vor fünf eine E-Mail von Mr. Whitmore bekommen, dass meine neue Farbkollektion einem anderen Team übergeben wird.

Aus Männern, denke ich. *Nur Männern.*

Ich wollte in sein Büro stürmen und eine Erklärung verlangen. Aber Frauen können in einer beruflichen Umgebung nicht ›stürmen‹. Also habe ich seine Assistentin angerufen und darum gebeten, noch mit ihm sprechen zu können, bevor wir nach Hause gehen.

»Bitte, setzen Sie sich doch, Abby«, sagte Mr. Whitmore, als wäre alles in bester Ordnung.

»Ich bin nur verwirrt wegen Ihrer E-Mail, Sir«, erklärte ich mit ruhiger Stimme. »Warum wird *mein* Projekt neu zugewiesen?«

»Abby«, antwortete er mit tadelndem Tonfall. »Ich dachte, Sie würden die Kultur hier verstehen, besser als irgendjemand sonst. Das hier ist eine *Familie*. Es ist *unser* Projekt. Es ist nie nur das eines Einzelnen. Im Team gibt es keine Einzelkämpfer.«

Ich kann Motivationssprüche nicht ausstehen. Ich hasse Firmen, die ihre Flure mit Bildern von in Bäumen festsitzenden Katzen mit der Unterschrift ›Lass dich nicht hängen!‹ drapieren.

»Ich verstehe vollkommen, Sir«, sagte ich.

»Gut, gut.«

»Aber …«

»Aber was?«

»Aber es scheint so, als werde ich keinerlei Beteiligung mehr an der Weiterentwicklung eines Projekts haben, das ich nicht nur ins Leben gerufen habe, sondern das auch ein Hauptgrund war, warum Sie mich eingestellt haben. Es ergibt keinen Sinn, dass ich in keiner Weise mehr miteinbezogen werde.«

Mr. Whitmore – der Mann, den ich respektierte, von dem ich glaubte, er wäre eine andere Art von Boss – sah mich daraufhin an und sagte: »Ich brauche Ihren hübschen kleinen Kopf für ein neues Projekt. Also, gibt es sonst noch was? Auf mich warten Bier und eine Partie Golf.«

»Nein, Sir.«

»Gut, gut.«

Golf. Bier. Hübscher kleiner Kopf.

»Wann hört das auf?«, sage ich im Auto zu mir, und meine

Stimme wird laut vor Wut und übertönt den entspannenden Radiosender, den ich eingestellt habe, um meine Nerven zu beruhigen. »Frauen machen die Arbeit, aber Männer bekommen die Anerkennung. Frauen machen die Arbeit, aber Männer bekommen das Geld. Frauen haben einen Beruf und eine Familie. Wir arbeiten den ganzen Tag und dann arbeiten wir zu Hause den ganzen Abend. Männer spielen Golf, gehen in den Club, ins Fitnessstudio, treffen sich zur Happy Hour, gehen zu einem Spiel, und das wird als wichtige männliche Beziehungspflege betrachtet.«

Wann wird sich das je ändern? Wird sich das je ändern?

Als ich mein Haus betrete, ist es still.

Mein Herz macht einen Satz. *Cory ist weggetreten, und Lily ist allein.*

»Hallo?«, rufe ich, und meine Stimme klingt genauso wütend wie vorhin im Auto. »Hallo?«

»Wir sind hier hinten.«

Cory und Lily sitzen auf der Veranda. Es ist ein schöner Abend, der Himmel immer noch hell. Lily liest fürs Tagescamp ein Bilderbuch über den Michigansee, während Cory an seinem Laptop sitzt. Neben ihm – und ich muss zweimal hinsehen, nur um wirklich sicher zu sein – steht ein Mineralwasser. Lily bedient sich aus einer Schüssel Blaubeeren.

»Hi, Mommy!«, sagt sie mit blauen Zähnen.

»Ist alles okay?«, frage ich. Meine Augen sind weit aufgerissen, meine Stimme panisch.

Cory schaut zu mir hoch und bringt ein kleines Lächeln zustande, obwohl seine Miene geknickt aussieht.

Aber es ist so ungewohnt für mich zu sehen, dass alles so … normal ist.

»Ich hab es nicht so gemeint. Tut mir leid«, sage ich. Ich gehe zu ihm und gebe ihm einen Kuss.

»Nein, ist schon gut. Wurde höchste Zeit, dass ich mich hier ins Zeug lege.«

Ich küsse ihn auf den Kopf und gehe dann rüber zu Lily und mache bei ihr dasselbe.

»Woran arbeitest du da gerade?«, frage ich.

»Ich lese«, antwortet Lily. Sie schaut kurz hoch, dann schnellt ihr Blick rasch wieder zurück zu ihrem Buch.

»Und du?«, frage ich Cory.

»Ich lese«, antwortet er, bevor er mit dem Kopf ein paar Mal nach rechts nickt. »Etwas über Iris«, sagt er. »Die Vermieterin. Nicht die Blume. Du wirst nicht glauben, was ich über sie herausgefunden habe.«

»Du bist ja ein richtiger Detektiv«, sage ich. »Erzähl mir von Iris. Habt ihr zwei euch wieder gestritten? Ich habe gerade erst Frieden mit ihr geschlossen.«

»Genau genommen haben wir auch Frieden geschlossen«, sagt er. »Ich habe mich heute bei ihr entschuldigt, und sie hat Lily und mich in ihren Garten eingeladen. Sie hat uns gezeigt, wie man Taglilien kreuzt. Wir haben unseren eigenen Cultivar gemacht, nicht wahr, Lily?«

»Ja, haben wir!«, sagt Lily und schaut hoch. »Ein Blumenbaby!«

Lächelnd setze ich mich neben Cory. »Und?«

»Sie ist eine faszinierende, starke Frau.« Er verstummt kurz. »Sie schien mir wirklich helfen zu wollen.« Ich nehme seine Hand. »Iris erinnert mich an meinen Drill Sergeant, aber auf eine spirituellere Art und Weise. Sie ist tatsächlich zu mir durchgedrungen. Es ist, als habe sie mich direkt herausgefordert.«

»Zu was?«, frage ich.

»Mich der Situation zu stellen. Es besser zu machen.« Wieder hält er inne. »Ein besserer Mensch zu sein.«

Cory sieht mich an, und ich schwöre, dass seine Augen feucht sind. Er fasst meine Hand noch fester. »Es war, als könnte sie in mich hineinsehen.«

Ich schüttle den Kopf. *Ist das hier mein Mann?*

»Schau, was ich gefunden habe«, sagt er mit einem Nicken zu seinem Computer. »Man nannte sie die ›First Lady der Taglilien‹. Iris war für Taglilienkreuzungen bekannt, die immer noch in ganz Amerika beliebt sind. Sie hat jedes Jahr ihren Garten und ihr Gewächshaus für ortsansässige Gärtner geöffnet und Ableger ihrer Blumen angeboten. Dann hat sie genau hier ihre eigene Gärtnerei gegründet, direkt aus ihrem Garten heraus. Und sie war sogar noch berühmter.«

»Wie das?«

»Iris war eine der ersten weiblichen Botanikerinnen in Michigan. Man schreibt ihr zu, bei der Verlegung der Produktion von Weihnachtssternen vom Feld ins Gewächshaus mitgewirkt zu haben. Sie hat mit Hilfe von Atomic Gardening eine robustere Tomatensorte geschaffen. Außerdem hat sie Michigans Blumen ebenso berühmt gemacht wie seine Strände.« Voller Erwartung in den Augen sieht Cory mich an.

»Und?«, frage ich.

»Sie hat während des Zweiten Weltkriegs Grand Havens Victory-Garten ins Leben gerufen, aber ihr Mann ist im Kampf gefallen. Seine Leiche wurde nie nach Hause zurückgebracht.« Cory verstummt. »Ihre Tochter Mary starb an Kinderlähmung. Iris hat sich vor Jahrzehnten aus der Öffentlichkeit zurückgezogen, aber die Gründe dafür sind ein bisschen mysteriös.«

»Was für ein Leben«, sage ich.

Cory sieht mich sehr lange an. »Mein Bauchgefühl sagt mir, dass es uns bestimmt war hierherzuziehen. Sie war wie eine Therapeutin … nur mit Blumen. Jedenfalls, ich habe schon Hamburger gemacht. Ich kann den Grill anwerfen, wann immer du so weit bist zu essen.«

»Ich bin beeindruckt.«

»Ich habe Hamburger gemacht«, meint Cory trocken. »Ich bin nicht eingeschlafen. Ich habe unsere Tochter nicht aus dem Haus ausgesperrt. So beeindruckend ist das nicht.« Er verstummt. »Ich gehe einen Tag nach dem anderen an. Eine neue Normalität.« Und dann fügt er hinzu: »Ich muss dir etwas sagen«, und das Herz rutscht mir in die Knie wie ein abstürzender Aufzug.

Ich setze mich und hole tief Luft, und Cory erzählt mir von Lilys Verschwinden am Strand, seiner Panikattacke, Iris' Tapferkeit und dass sie es war, die Dr. Trafman angerufen hat. Mein Herz rast, aber ich höre ihm einfach zu.

»Danke, dass du ehrlich zu mir warst«, sage ich schließlich. »Du hast mir gefehlt.«

»Ich habe mir auch gefehlt«, erwidert er.

Als ich hochschaue, sieht Lily uns mit einem Lächeln auf dem Gesicht zu. Die Sonne über dem See ist herrlich hinter ihr.

»Ich wollte nicht allein an den Strand gehen«, sagt Lily plötzlich, und ihre Mundwinkel sinken herab. »Mir wurde einfach nur langweilig. Es tut mir leid.«

»Das sollte dir nicht leidtun«, erwidert Cory. »Ich hätte mit dir hingehen sollen. Ich werde mit dir hingehen. Ich brauche einfach nur Zeit, um wieder zu lernen, dass …«, er macht eine kurze Pause, »… Sand ein Rieselspaß ist.«

Lily kichert. »Du bist albern, Daddy.«

»Ich geb mir Mühe«, erwidert er mit einem kleinen Lächeln.

»Ich habe eine Idee«, sage ich. »Warum heben wir uns die Burger nicht für morgen auf und gehen spazieren? Sehen wir uns mal diesen Corndog-Laden *Pronto Pup* an, von dem alle im Ort so schwärmen.«

»Ja!«, schreit Lily.

»Es ist so ein schöner Abend«, fahre ich fort.

»Okay«, willigt Cory ein.

»Ich geh mich rasch umziehen.« Ich renne nach oben und schlüpfe in Shorts und ein Sweatshirt. »Fertig«, rufe ich, als ich die Treppe wieder herunterkomme.

Wir gehen zur Tür hinaus, dabei nehme ich in letzter Minute

noch eine Jacke für Lily mit, während sie ein Lied singt, das sie im Camp gelernt hat, um sich die Namen der Großen Seen zu merken.

Ich lache, als ich mich vage daran erinnere, dasselbe Lied gesungen zu haben, als ich klein war.

Was haben glückliche Kindheitserinnerungen an sich, dass sie die Last eines harten Tages lindern können? Wussten wir damals etwas, das uns glücklicher gemacht hat?, frage ich mich. *Oder wussten wir damals nichts, und das hat uns glücklicher gemacht?*

Immer noch singend hüpft Lily die Stufen hinunter, und als wir unseren Bürgersteig entlanggehen, drehe ich mich zu Iris' Zaun um.

»Aaabbbyyy …«, sagt Cory im selben Tonfall, den mein Vater benutzt hat, wenn er wusste, dass ich über eine schlechte Idee nachdenke.

»Denkst du, sie isst überhaupt je etwas?«, frage ich.

Cory schüttelt den Kopf. »Sie ist stark für eine Frau ihres Alters«, antwortet er. »Aber ich bin sicher, es macht keinen Spaß, ständig für eine Person zu kochen und allein zu essen.«

Ich nicke, dabei denke ich an unseren Besuch. Ihr Körper war so stark, und dennoch glich ihr Rücken einem Pfingstrosenstiel, der unter dem Gewicht seiner eigenen Blüte nachgibt. Ich sehe Cory an und dann wieder den Zaun.

»Aaabbbyyy …«

»Fragen kann ja nicht schaden«, erwidere ich. »Iris?«, rufe ich in Richtung Zaun. »Iris?«

Ich gehe zu ihrem Gartentor. »Iris? Sind Sie da? Hier ist Abby!«

Mit schief geneigtem Kopf lausche ich, aber es ist still.

»Sie muss für heute Abend schon reingegangen sein«, sage ich. »Wenigstens hab ich es versucht.«

Cory nickt und legt den Arm um mich. Wir setzen uns in Bewegung, um den großen Hügel hinunterzugehen, der zum

Michigansee und Harbor Drive führt, wo sich *Pronto Pup* befindet, doch dann bleibt Cory stehen.

»Coorrryyy …«, sage ich mit einem Lachen.

»Sie ist noch nicht reingegangen«, sagt er. »Sie ist hinter dem Haus, in ihrem Tagliliengarten.«

»Woher weißt du das?«

»Ich weiß es einfach«, antwortet er.

Ich nehme Lilys Hand und wir folgen Cory zur anderen Seite von Iris' Cottage. Cory späht durch einen Spalt im Zaun und dann legt er den Mund an den Schlitz. »Iris!«, ruft er. »Iris!«

Stille.

»Iris, hier ist Cory«, sagt er schließlich. »Tut mir leid, Sie zu stören. Wir haben eine Frage.«

Noch mehr Stille, lange genug, dass Lily hibbelig wird und anfängt, an meiner Hand zu ziehen, damit wir gehen, aber dann hören wir: »Guten Abend.«

Cory sieht mich mit großen Augen an.

»Guten Abend, Iris«, sage ich. »Hier ist Abby.«

»Ja, ich weiß.«

»Es ist so ein schöner Abend, da haben wir beschlossen, zum Abendessen zum *Pronto Pup* zu gehen. Wir waren noch nie dort und haben schon so wunderbare Dinge darüber gehört. Hätten Sie Lust, mit uns zu kommen?«

Funkstille. Ich sehe Cory an, der mit den Schultern zuckt.

»*Pronto Pup*«, sagt Iris schließlich, und ihre Stimme ist plötzlich hell und lebhaft wie die eines Kindes. »Da war ich schon ewig und drei Tage nicht mehr.«

»Na, dann kommen Sie doch mit«, sagt Cory.

»Ich kann nicht«, erwidert Iris.

»Warum nicht?«, fragt Cory. »Brauchen Sie vielleicht meine Hilfe, um noch etwas fertig zu machen?«

»Nein, nein, nein«, antwortet Iris. »Ich … kann einfach nicht.«

»Sind Sie sicher?«, frage ich.

»Ja«, antwortet Iris, obwohl ihre Stimme nicht allzu sicher klingt.

»Okay, also dann«, sagt Cory. »Dann eben nächstes Mal.«

Wir wenden uns gerade zum Gehen, da hören wir Iris sagen: »*Pronto Pup*, Mary. Weißt du noch?«

Cory bleibt stehen und sieht mich an. Jetzt sind meine Augen weit aufgerissen. Cory dreht sich um und ruft: »Hey, Iris! Möchten Sie, dass wir Ihnen vom *Pronto Pup* einen Corndog mitbringen?«

»Ach du meine Güte!«, antwortet Iris mit froher Stimme. »Wenn es Ihnen nichts ausmacht? Vielleicht zwei? Ich laufe nur rasch rein und hole Ihnen etwas Geld.«

»Nein, nein, Iris. Die gehen auf uns«, entgegnet Cory. »Wir sind bald wieder da.« Wir setzen uns in Bewegung, doch wieder bleibt Cory stehen. »Aber nächstes Mal kommen Sie mit uns mit, versprochen? Hier draußen gibt es nichts, wovor man Angst haben müsste.«

Ich sehe Iris' Umriss am Zaun. »Wirklich nicht?«, flüstert sie schließlich wie zu sich selbst, in einem Tonfall, der mir Gänsehaut verursacht.

Wir gehen den Hügel hinunter und an den historischen Häusern vorbei, aus denen sich Highland Park zusammensetzt: Blockhäuser und Cottages mit breiten Veranden. Viele der Häuser thronen buchstäblich auf einer Düne, und schwindelerregende Treppen führen steil hinauf, als führten sie in den Himmel. Manche der Cottages haben Mini-Seilbahnen entlang der Treppen installiert.

»Könnt ihr euch vorstellen, eure Einkäufe in eins dieser Dinger zu packen?«, frage ich.

»Praktische Mommy«, meint Lily neckend.

»Eines Tages wirst du das verstehen, junge Dame«, sage ich und strubble ihr durchs Haar.

Der Hügel führt hinunter zum Harbor Drive, Grand Havens Hauptvergnügungszeile im Sommer. Hier säumen Bars, Restaurants, Läden und Cottages die Sandstrände des Michigansees und des Grand River, der in den See mündet.

»Hier ist ja ganz schön viel los«, staunt Cory.

Tatsächlich, Grand Haven brummt vor Leben an diesem perfekten Juniabend: Kinder rennen am Strand umher, Familien gehen am Pier spazieren, Menschen sitzen in den Restaurants, und in der Ferne sehen wir eine lange Schlange.

»Das kann es nicht sein, oder doch?«, frage ich.

An der Straße am Wasser entlang steht ein gelb-weißer Würstchenstand. Es ist wirklich nicht mehr als eine hölzerne Bude, wie man sie auf einem Jahrmarkt finden würde.

»Das hier ist es?«, frage ich erneut. Im Vorbeifahren aus der Ferne hatte es größer ausgesehen.

Eine Flagge mit GEÖFFNET! flattert im Wind, der vom See her weht, und es fällt mir schwer zu glauben, dass auch nur eine einzige Person in so einer winzigen Bude arbeiten, geschweige denn am laufenden Band Essen produzieren kann. Und dennoch müssen es mindestens fünfzig Leute sein, die hier Schlange stehen.

»Das muss wirklich gut sein«, meint Cory.

»Geöffnet seit 1947«, sagt eine Frau vor uns. Sie sieht wie eine wetterfeste Seele aus, eine echte Michiganerin.

»Ich will Pommes!«, verkündet Lily.

»Hier gibt es nur Corndogs«, entgegnet die Frau. »Das ist alles, was sie hier machen. Traditionelle im Teigmantel frittierte Hotdogs am Stiel. Das Rezept ist ein gut gehütetes Geheimnis. Pur, mit Ketchup, mit Senf oder beides für einen Dollar fünfundsiebzig. Die besten Corndogs der Welt. Ich bin immer gleich am ersten Tag hier, wenn sie im April aufmachen, sogar wenn es schneit.« Sie sieht Lily an. »Keine Sorge, Schätzchen. Du wirst nicht enttäuscht sein. Das hier bedeutet Sommer!«

Aus irgendeinem Grund fängt mein Herz an zu rasen, als wir uns dem Glasfenster nähern. Ich fühle mich wie ein Kind. Eine Frau nimmt die Bestellung auf, während ein Mann die Corndogs frittiert.

»Was darf's denn sein?«

»Wir waren noch nie hier«, platze ich heraus.

Die Frau beugt sich vor, um zu flüstern, damit Lily es nicht hören kann. »Jungfrauen«, raunt sie. »Die sind uns am liebsten.«

Ich lache.

»Zwei mit Ketchup, zwei mit Ketchup und Senf, zwei pur …«, sagt Cory, dann sieht er mich an. »Wir haben Iris gar nicht gefragt, welche sie mag.«

»Was denkst du, würde Mrs. Maynard mögen?«, frage ich Lily.

»Iris? Iris Maynard?« Die Frau, die unsere Bestellung aufnimmt, sieht mich fragend an.

»Sie kennen sie?«, frage ich mit staunend größer werdenden Augen. »Iris Maynard?«

»Meine Mutter hat früher Taglilien von ihr gekauft. Meine Großmutter Shirley war vor langer Zeit gut mit ihr befreundet. Grandma ist jetzt schon eine ganze Weile tot. *Jeder* hier kennt Iris. Sie war Grand Havens Königin des Gartenbaus. Klug, unabhängig, eigenwillig, aber ein tragisches Leben.« Die Frau hält kurz inne. »Eigentlich dachte ich, Iris wäre tot.«

»Sie ist quicklebendig«, sage ich. »Sie ist nur …« Ich verstumme, um nach den richtigen Worten zu suchen. Aus irgendeinem Grund habe ich das Gefühl, sie beschützen zu wollen, als könnte ich kein böses Wort gegen sie sagen. »… hungrig«, beende ich den Satz.

»Nun, wenn ich mich recht erinnere, dann mochte sie ihre Corndogs mit Senf«, sagt die Frau. »Und ich glaube, ihre verstorbene Tochter mochte sie mit Ketchup.«

Ich sehe Lily an und ziehe sie eng an mich.

»Dann nehmen wir jeweils einen von beiden, nur zur Sicherheit«, sage ich.

Als unsere Corndogs siedend heiß aus dem Frittierfett kommen, erinnere ich mich daran, wie ich sie mir früher immer in dem Wanderzirkus gekauft habe, der regelmäßig nach Detroit kam, als ich noch klein war.

Wir tragen unsere Corndogs rüber zu einer Bank am Wasser, und ich probiere meinen ersten Bissen.

»Ach du meine Güte«, sage ich. »Ist das lecker! Da fühle ich mich wieder wie ein Kind.«

Als Cory seine beiden in Rekordzeit verdrückt, reiche ich ihm einen von meinen. »Das kann ich doch nicht«, sagt er, nimmt ihn aber trotzdem.

»Damit du groß und stark wirst«, entgegne ich mit einem Lachen, bevor ich Lily ansehe, deren Gesicht über und über mit Ketchup verschmiert ist.

»Mehr«, verlangt sie.

»Wie wär's mit einem Eis auf dem Heimweg?«

»Ja!«, schreit Lily.

»Ich bin so eine gute Mutter«, sage ich zu Cory. »Corndogs. Eiscreme.«

»Das bist du«, erwidert er nachdrücklich. »Das *bist* du.« Ich lehne mich zu ihm und küsse ihn, und einen Moment lang fühle ich mich wieder wie ein Collegemädchen, das von einem Jungen am Strand geküsst wird, während im Hintergrund die Wellen rauschen.

»Du schmeckst nach Corndog«, sagen wir gleichzeitig, bevor wir in Gelächter ausbrechen.

Als Lily zum Strand rennt, zögert Cory.

»Lily!«, schreie ich.

»Nein«, widerspricht Cory. »Ich muss das tun.« Er holt tief Luft. »SOS-Time«, sagt er zu mir und schließt die Augen. Er macht einen Schritt auf den Sand, dann noch einen. Ich sehe zu ihm hinüber, und seine Augen sind immer noch geschlossen.

»Cory«, setze ich an.

»Es ist nicht derselbe Sand«, flüstert er, bevor er die Augen öffnet.

Er legt den Arm um mich und lehnt sich an mich, so dass sein Gewicht mich aus der Balance bringt, aber ich finde mein Gleichgewicht wieder und halte meinen Mann fest, und zum ersten Mal seit Ewigkeiten gehen wir zusammen am Strand spazieren.

Lily streift ihre Schuhe ab, um immer wieder in die Wellen zu laufen, als wäre sie ein Regenpfeifer, dieser putzige kleine Vogel, der am Rand der Brandung entlangflitzt und dessen lebhafte Possen denen eines kleinen Kindes gleichen. Wir machen an der kleinen Eisdiele halt, kaufen uns Softeistüten und essen sie, während wir den großen Hügel hinauf wieder nach Hause gehen. Eine gelassene Ruhe liegt heute Abend über unserem kleinen Viertel – in den Cottages gehen Verandalichter an, Gartenlampen werden angezündet, Grillgeruch liegt in der Luft – all das lässt die Probleme des Tages zusammen mit dem Sonnenlicht verblassen.

»Was für ein zauberhafter Abend«, sagt Cory. »Kleine Schritte, große Hügel, aber gemeinsam können wir es schaffen, nicht wahr?«

Ich nicke und halte ihn noch fester.

Wir gehen zu Iris' Haus und rufen über das Tor. Als sie es öffnet, hält Cory ihr die Tüte hin. Iris klatscht in die Hände, die Augen so groß wie Untertassen.

»Danke, danke, danke«, wiederholt sie immer wieder.

»Wir haben eine Frau, die dort arbeitet, kennengelernt, die wusste, wer Sie sind«, sage ich. »Der Name ihrer Großmutter war Shirley.«

»Shirley?«, sagt Iris, und ihre Augen werden sogar noch größer.

»Ja, Shirley war die Großmutter dieser Frau«, antworte ich. »Sie kannten eine Shirley, richtig? Ich erinnere mich, dass Sie mir erzählt haben, ich würde Sie an sie erinnern.«

Mit schief geneigtem Kopf sieht Iris mich an. »Danke für die Corndogs«, sagt sie. »Wirklich. Ich kann Ihnen gar nicht genug danken.«

Warum hat sie meine Frage nicht beantwortet?

»Wir haben Ihnen einen von jeder Sorte mitgebracht«, sagt Cory mit einem Nicken zur Tüte. »Einen Corndog mit Senf und einen mit Ketchup. Diese Frau meinte, Ihre Tochter mochte sie mit Ketchup. Stimmt das?«

Iris' Gesicht verdunkelt sich, und sie schließt die Tür, dabei wiederholt sie immer wieder »Danke. Gute Nacht. Danke. Gute Nacht«, bis das Tor geschlossen ist. Ich höre, wie der Riegel vorgeschoben wird.

»Möchten Sie vielleicht etwas Gesellschaft, Iris?«, frage ich. »Wir würden uns gerne zu Ihnen setzen.«

»Ich habe schon Gesellschaft«, antworte sie mit verklingender Stimme, als sie sich vom Tor entfernt. »Trotzdem danke.«

Cory zuckt mit den Schultern und nimmt Lilys Hand. Sie gehen ein paar Schritte, und als sie unseren Bürgersteig erreichen, merkt Cory, dass ich nicht hinter ihnen bin. Er dreht sich um. »Geht nur«, forme ich lautlos mit den Lippen.

»Abbbyyy«, flüstert Cory lautlos zurück.

Ich winke ihn mit einer dramatischen Geste fort und warte, bis sie ins Haus gegangen sind. Als sich die Vordertür geschlossen hat, schleiche ich zur anderen Seite des Zauns und spähe hindurch.

Nichts.

Nachdenklich mustere ich das Cottage von Iris' Nachbarn auf der anderen Seite. Hinter geschlossenen Vorhängen flimmert ein Fernseher. Ich hole tief Luft, dann stehle ich mich wie ein Einbrecher in ihren Garten. Die Nachbarn haben eine lange, hohe Thujenreihe gepflanzt, wohl um Iris' Zaun damit zu verdecken, und ich schleiche mich daran entlang. Dabei bleibe ich immer wieder stehen, um die Zweige auseinander-zuschieben und durch den Zaun zu lugen.

Was mache ich da?, denke ich. *Ich habe den Verstand verloren. Geh nach Hause, Abby! Geh nach Hause!*

Aber ich tue es nicht. Ich kann es nicht.

Und dann höre ich Iris' Stimme.

Mit wem redet sie da?

Ich schleiche mich weiter in den Garten der Nachbarn hin-ein, bis ich in der Nähe ihrer Fliegengitterveranda bin. Dann gehe ich in die Hocke und zwänge mich zwischen zwei der dun-kelgrünen Thujenbäume. Ein Zweig zerkratzt mir das Gesicht, als ich durch einen Spalt im Zaun spähe.

Iris sitzt auf dem Boden vor ihren Taglilien. Sie macht die Tüte auf und nimmt einen Corndog heraus. Als sie den ersten Bissen nimmt, schließt sie die Augen.

»Sie schmecken immer noch genauso, Mary«, sagt sie. Sie isst einen Corndog und nimmt den zweiten aus der Tüte. »Und sie haben dir auch einen mitgebracht. Mit Ketchup. Wie du sie am liebsten magst. Das wusste Shirleys Enkelin noch. Ist das zu glauben? Nach all den Jahren.«

Iris hält den Corndog einer wunderschönen Taglilie hin, die nachts geöffnet ist; ihre Blüten sind so hell wie der aufgehende Mond.

»Der Gedanke, dass wir dabei waren, als *Pronto Pup* damals eröffnet hat«, sagt Iris. »Wie viele Jahrzehnte ist das schon her, mein Engel? Sechs?«

Iris hält den Corndog noch einmal vor die Taglilie, als würde die Blume ihn essen, dann verputzt sie ihn selbst, bevor sie sich auf ihren Knien nach vorne lehnt. »Gute Nacht, meine Mary«, sagt Iris und gibt der Taglilie einen sanften Kuss. »Bis zum nächsten Jahr.«

Mein Herz macht einen Satz, und ich schlage mir die Hand vor den Mund, um ein Aufkeuchen zu unterdrücken, während ich Iris zusehe, wie sie ins Haus geht.

»Hallo? Ist da draußen jemand?«

Ich falle beinahe in Ohnmacht, als ich die Männerstimme rufen höre. Mein Herz rast, und die Zweige kitzeln mein Gesicht.

»Hallo?«

Durch die offene Tür höre ich den Fernseher dröhnen. Ein Reporter spricht über die Anzahl getöteter amerikanischer Soldaten, seit Präsident Bush im Mai ›Mission erfüllt‹ erklärt hat. Ich halte den Atem an. Als sich die Tür wieder schließt, renne ich zurück nach Hause, ziehe Lily auf meinen Schoß und halte sie fest, bis sie protestiert: »Mommy, ich krieg keine Luft mehr.«

»Ich gehe jetzt duschen«, sage ich schließlich.

Schluchzend stehe ich unter dem Wasserstrahl und denke über die Unschuld der Kindheit und die Realität des Erwachsenseins nach, über Iris' Leben, Corys Kampf und meinen Tag. Während mir das Wasser über den Kopf strömt, schließe ich die Augen und kann deutlich Iris' Stimme hören, nachdem Cory ihr gesagt hat, dass es hier draußen nichts gibt, vor dem man Angst haben muss.

»Wirklich nicht?«, frage ich, und meine Stimme hallt in der Dusche wider. »Wirklich nicht?«

TEIL SIEBEN

Stockmalven

»Was Ringelblumen, Klatschmohn, Stockmalven
und kühne Sonnenblumen angeht,
so lasst uns nie einen Garten ohne sie haben,
um ihrer selbst willen,
und um der altmodischen Leute willen, die sie lieben.«

HENRY WARD BEECHER

Iris

JULI 2003

»Danke für deine Heilkraft und deine Stärke«, flüstere ich meinem Tee zu. Ich schaue hoch. »Und danke für eure Schönheit und die Erinnerungen.«

Ich sitze auf einer Picknickdecke mit Blick auf meine geliebten Stockmalven. Die Sonne scheint mir ins Gesicht, und ich schlürfe Malventee und esse mein Mittagessen.

Das ist mein Unabhängigkeitstagsritual und das schon, solange ich mich erinnern kann, solange es Feuerwerk und Barbecues und Sommerurlaub gibt.

Es war auch schon das Ritual meiner Mutter und meiner Großmutter.

»Der Garten einer alten Frau sollte einen weißen Lattenzaun, schattenspendende Bäume und haufenweise Stockmalven haben«, sagte meine Grandma immer. »Eines Tages wirst du das verstehen.«

Ich habe meine Grandma nie als alt betrachtet. Sie war ein mehrjähriges Gewächs. Ihre Schönheit lag in ihrer Geschichte. Sie würde für immer blühen.

Zumindest dachte ich das.

»Stockmalven haben einfach etwas an sich«, fuhr meine Grandma dann stets fort. »Es ist, als würden sie sich so hoch aufrichten, wie sie können, damit sie auch das Feuerwerk sehen.«

Während mein Großvater und das ganze Männervolk den Tag damit verbrachten, unser Familienfeuerwerk am Strand aufzubauen – was mein Grampa, in dem einiges von einem Zirkusdirektor steckte, ›Das größte Feuerwerksspektakel der Welt!‹ nannte –, verbrachten die Frauen den Tag im Garten. So machte jeder von uns, was er am liebsten mochte.

»Die Männer lieben es, wenn es knallt, und wir lieben es, wenn es blüht«, sagte meine Mom gern, während wir im Garten verwelkte Blüten abzupften. Und es stimmte.

Es hatte einfach etwas an sich, wenn drei Generationen an dem Ort zusammenkamen, den wir auf der Welt am meisten liebten: dem Cottagegarten meiner Grandma. Nie habe ich mich so sicher gefühlt wie zwischen ihren Blumen, die Ableger aus den Gärten ihrer Mutter und Großmutter waren. Jede Blume schien eine Geschichte zu erzählen, und keine davon mehr als die Stockmalven.

»Halt dein Ohr an die glockenförmige Blüte«, sagte meine Grandma oft. »Sie ist genau wie eine Muschel. Sie kann dir die Geschichte ihres Lebens erzählen.« Dann schloss ich die Augen und blendete die Welt aus: das Knallen der Raketen, das vom See widerhallte, das Summen der Bienen, den sanften Wind, der die Blätter der zarten Zuckerahornbäume rascheln ließ.

Ich bin stolz und stark, flüsterten mir die Stockmalven ins Ohr.

»Hast du es gehört?«, fragte meine Grandma dann, und ich nickte. »Die Stockmalven erinnern uns daran, in dieser Welt aufrecht für uns einzustehen«, sagte sie. »Vergiss das nie.«

An diesen perfekten Feiertagen am Seeufer – klarer Himmel, wenig Wind, Temperaturen um die sechsundzwanzig Grad –, wenn die Jungs am Strand waren, breitete meine Grandma eine Picknickdecke vor ihren Stockmalven aus, und wir aßen zu Mittag. Nichts Extravagantes. Meine Grandma war keine extravagante Frau. Sie machte Sandwiches aus nichts weiter als frischen, sonnenwarmen Tomaten aus ihrem Garten, Weißbrot,

Mayonnaise und viel grobem schwarzem Pfeffer. Wir aßen Gurkensalat und tranken den Stockmalveneistee meiner Grandma.

Das Feuerwerk sprüht krachend über mir und reißt mich aus meiner Erinnerung. Ich trinke einen Schluck Tee – einen Schluck Sommer – und lächle.

Meine Grandma hat mir beigebracht, wie man diesen Tee macht, als ich noch ein kleines Mädchen war. Man braucht nichts weiter zu tun, als vier der frischesten Stockmalvenblüten zu pflücken, ihre Blütenblätter abzuzupfen und sie zusammen mit einer Tasse kochendem Wasser in ein Schraubglas zu geben. Deckel drauf und etwa fünfzehn Minuten ziehen lassen. Ich mag meinen im Sommer eisgekühlt mit ein wenig lokalem Honig.

Genüsslich beiße ich von meinem Mittagessen ab. Es ist immer noch ziemlich schlicht, obwohl das Brot meiner Wahl sich im Lauf der Jahre gewandelt hat – ich bevorzuge ein knuspriges Saatbrot mit Salzkruste, das ich mir von einer örtlichen Bäckerei liefern lasse –, und ich benutze eine Mayonnaise auf Olivenölbasis. Aber die Tomaten kommen direkt aus meinem Gemüsegarten, ebenso wie die Gurken und Zwiebeln für den Salat. Außerdem baue ich Erdbeeren, Spargel, Kirschen und Paprika an sowie eine Menge Kräuter.

Ich mag zwar alle paar Jahrzehnte mal einen Corndog essen, denke ich mit einem leisen Lachen, *aber der Großteil meiner Ernährung stammt von dem, was ich anbaue.*

Ich trinke einen weiteren Schluck und betrachte meine Stockmalven.

Zum Teil mache ich diesen Tee, zu Unrecht, da bin ich sicher, für mein langes Leben verantwortlich. Ich mache die Stockmalven mit absoluter Überzeugung für meine Kraft verantwortlich.

Sieh sie sich einer nur an!

Viele von ihnen überragen mich. Sie sind bis zu zweieinhalb

Meter hoch, wahrhaftig ein Symbol für Kraft und Stolz, die jeder von uns besitzen kann, egal, wie rau das Terrain auch ist.

Ich ermuntere mein alterndes Rückgrat und schmerzendes Kreuz immer wieder, meine Freunde zu imitieren und einfach ein bisschen aufrechter zu sitzen.

Und ihre Gesichter! Violett, rosa, weiß und gelb. Es gibt sogar welche, die den altmodischen gestreiften Pfefferminzbonbons gleichen.

Was haben Stockmalven nur an sich, frage ich mich, *das meine Phantasie gefangen nimmt, schon seit ich ein kleines Mädchen war?*

Ich schlürfe meinen Tee und schaue hoch in ihre breiten Gesichter.

Sie nicken mich an, und lächelnd nicke ich zurück. Ich glaube, es ist, dass – wie bei mir, wie bei allen Frauen – mehr in ihnen steckt, als man sehen kann.

Stockmalven gehören zur umfangreichen und vielfältigen Familie der Malvengewächse, die auch Okra, Baumwolle, Hibiskus und den echten Eibisch beinhaltet, der früher zur Herstellung von Marshmallows verwendet wurde, nun als das köstliche Ende jedes Lagerfeuers am Vierten Juli bekannt. Die Pflanzen wurden angeblich von den Kreuzrittern zu einer Salbe verarbeitet, die auf die Sprunggelenke verletzter Pferde aufgetragen wurde. Stockmalven wurden zur Behandlung einer Vielzahl von Leiden benutzt, von Entzündungen der Schleimhäute bis hin zu Schnittwunden und Prellungen, sowie Sonnenbrand, Krämpfen und Nierenproblemen.

Wenn unsere Vorfahren an eure Heilkräfte geglaubt haben, dann glaube ich, dass ihr auch die Seele heilen könnt.

Ich habe Stockmalven stets als die perfekten Freunde betrachtet. Sie sind reizend, aber ruhig. Sie stehen dir immer zur Seite. Sie strecken ihre Köpfe über Zäune und schauen durch Fenster, um Hallo zu sagen.

Eine Rakete pfeift über mir in den Himmel, und mit einem

Aufschrei verschütte ich Tee auf meinem Schoß. Ich lache über meine übertriebene Reaktion, und dann denke ich an meine Familie am Unabhängigkeitstag, vor so langer Zeit, die Männer am Strand und wir im Garten beim Mittagessen.

Ich höre Lily aufschreien, als eine weitere Rakete kreischend vorbeizischt, dann verwandelt sich ihr Schreck rasch in mädchenhaftes Kichern, und ich denke unvermittelt an Mary.

Ich denke an Sommer.

Ich denke an Stockmalven.

JULI 1948

Ich befinde mich nicht in meinem Körper. Ich schwebe über meinem Garten und beobachte eine Frau, die sehr nach mir aussieht und meinen Garten auseinandernimmt. Sie hat eine Sichel und hackt damit meine Blumen um – Taglilien, Goldmelisse, Stockmalven, Margeriten, Lavendel –, in breiten Schneisen, wie ein Tornado. Ich sehe, wie sie zu Boden fällt, mit bloßen Händen in der Erde gräbt und Pflanzen mit den Wurzeln herausreißt. Sie steht auf, mit wilden Haaren und wildem Blick, hebt einen hübschen blau gefärbten Stein aus ihrer Beeteinfassung auf und schleudert ihn auf ihr kleines Gewächshaus. Das Splittern von Glas hallt am Seeufer entlang. Die Frau hebt den Kopf und schreit, dann fällt sie erneut auf die Knie.

»Iris! Iris, hör auf! Hör auf damit! Hilfe, jemand muss mir helfen! Haltet sie fest!«

Ich kehre zurück in meinen Körper. Shirleys Mann und ein Nachbarjunge drücken mich zu Boden. Jemand nimmt mir die Sense weg. Ich schmecke Erde in meinem Mund. Meine Augen sind praktisch zugeschwollen.

»Sie stirbt, Shirley! Sie stirbt! Und ich kann nichts dagegen tun!«

Der Nachbarsjunge sieht mich mit betroffenem Ausdruck an, sein Gesicht ist rot, sein Körper kräftig und gesund.

»Runter von mir! Geht runter von mir! Ich will einfach nur sterben!«

Ich stoße sie von mir und rapple mich auf die Füße. Dann begegne ich dem Blick des Jungen. Er sollte solche Dinge in so zartem Alter nicht sehen.

Ich spüre ein Gewicht hinter mir, und es ist Shirley, die mich wieder zu Boden zieht und mich festhält, während ich um mich schlage, während ich weine, während ich wieder in die Realität zurückkehre, in der meine Tochter im Sterben liegt.

»Ich weiß, ich weiß, ich weiß«, flüstert Shirley. Sie schluchzt ebenfalls. »Niemand verdient so etwas, besonders nicht du. Aber schade nicht deinen Blumen deswegen, Iris. Sie sind –«

Shirley verstummt.

»Sie sind das Einzige, das mir auf dieser Welt bleibt«, beende ich den Satz für sie.

Shirley hält mich noch fester.

Ich starre in den Himmel. Er ist lächerlich blau und heiter, und seine Schönheit verspottet mich.

Wie kann es einen Himmel dort oben geben?

Aus dem Nichts schießt eine Rakete über den azurblauen Hintergrund, und plötzlich fällt es mir wieder ein: Es ist der Vierte Juli.

Ich hatte vergessen, welcher Tag ist. Ich weiß nur, dass es der Tag ist, an dem mein Leben zusammen mit dem meiner Tochter enden wird.

Erst vor wenigen Tagen noch hatte Mary so viel Spaß auf dem Volksfest des Countys zum Unabhängigkeitstag. Sie fuhr mit dem Karussell und dem Riesenrad, aß Schmalzkringel und zündete Schlangenhüte auf den Bürgersteigen an. Am nächsten Tag sagte sie mir, dass sie sich nicht gut fühlt, und ich dachte, das käme von all dem ungesunden Zeug, das sie gegessen hatte. Mary fühlte sich gut genug, um rauszugehen und am Strand zu spielen, aber ein paar Tage später fing sie an, sich schwindelig zu fühlen, und torkelte im Haus herum, als wäre sie betrunken. Da wusste ich es. Ich brachte sie schnellstens ins Krankenhaus.

»Kinderlähmung«, sagte der Arzt. Es war das Wort, vor dem sich alle Eltern dieser Tage fürchteten, besonders im Sommer. Aber es wurde noch schlimmer. »In ihrer schwersten Verlaufsform«, fuhr der Arzt fort. »Das ist selten. Äußerst selten. Es besteht nur sehr wenig Hoffnung.«

»Was ist mit einer eisernen Lunge?«

Er führte mich aus Marys Zimmer. »Iris«, hob er an. Ich hörte nur Bruchstücke.

Eine eiserne Lunge kostet so viel wie ein Haus.

Sie würde Mary nichts nützen.

Die Krankenhausverwaltung rät, Mary nach Hause zurückkehren zu lassen, zur Sicherheit der anderen Patienten.

Der Arzt packte Marys Gliedmaßen in heißfeuchte Umschläge, um Krämpfe zu verhindern. Ich saß an ihrem Bett und betete um ein Wunder, betete, dass Mary sich wieder erholte, wieder aufstand, wieder zum Strand rennen und Raketen in den Himmel schießen konnte.

»Geh spielen«, sage ich zu dem Nachbarsjungen, der immer noch vor mir steht. »Hab Spaß. Schieß deine Feuerwerkskörper ab. Sei ein Kind.« Er starrt mich an. »Los! Geh schon!«

Die Schatten der Leute, die zusammengekommen sind, um Zeuge dieses Spektakels zu werden, verschwinden langsam und – Strahl um Strahl kehrt die Sommersonne zurück. Shirley hält mich immer noch fest, mit unnachgiebigem Griff.

»Das ist nicht fair«, schluchze ich. »Was habe ich getan, um Gottes Zorn zu verdienen? Mein Mann, meine Tochter … Ich habe nichts mehr, wofür es sich zu leben lohnt.«

Shirley sagt kein Wort. Sie hält mich einfach nur fest, bis mein Schluchzen versiegt und mein Atem sich beruhigt. Meine Wange ist auf die Erde gedrückt, und vor meinen Augen liegen drei stattliche Stockmalven: rot, gelb und weiß.

Ich schließe die Augen und konzentriere mich auf Shirleys Atem. Dabei höre ich erneut das Rauschen der Brandung, das Summen der Bienen in meinem Garten und das Echo der Feuerwerksraketen am Ufer. Ich kann auch die Stimme meiner Großmutter hören. Sie ist diejenige, die mich jetzt im Arm hält und mir ins Ohr flüstert: »Sieh dich nur um, Iris. Die Margeriten erinnern dich daran, fröhlich zu sein. Die Hortensien erinnern dich daran, farbenfroh zu sein. Der Flieder erinnert uns daran, tief einzuatmen. Die Narzissen halten uns den Spiegel vor. Die Stockmalven erinnern uns daran, in dieser Welt aufrecht für uns einzustehen. Und die Rosen – oh, die Rosen! Sie erinnern uns, dass Schönheit allgegenwärtig ist, sogar zwischen Dornen.«

Jäh setze ich mich auf und entziehe mich Shirleys Armen.

»Iris«, sagt sie mit äußerst beunruhigter Stimme. Sie setzt sich ebenfalls auf und greift wieder nach mir. »Nicht.«

Ich strecke den Arm aus und hebe eine rote Stockmalve auf. »Früher habe ich mit Mary immer Stockmalvenpüppchen gebastelt«, sage ich. Lächelnd betrachte ich die Blume. »Sie hat sie geliebt.«

Ich forme einen Rock aus den Blütenblättern, einen Körper aus einer Knospe und einen Kopf aus einer Samenkapsel, dann nehme ich eine gelbe Stockmalve, um daraus einen Hut zu machen. Ich kneife die Teile mit den Fingern zusammen, da ich keinen Zahnstocher habe, und lasse das Püppchen auf meinem Schoß tanzen. Einen kurzen Moment lang bin ich wieder glücklich. Aber langsam löst die Puppe sich auf, während ich mit ihr spiele, der Hut und der Kopf fallen ab, gefolgt vom Körper und den Rüschen des Rocks. Ich sehe sie vor meinen Augen sterben, genau wie meine Tochter. Verzweifelt hebe ich den Kopf und schreie meinen Kummer hinaus. Shirley umarmt mich, bis mein Schluchzen abebbt, dann hebt sie eine weiße Stockmalve auf und hält sie mir hin. »Lass uns Marys Zimmer mit Blumen füllen«, sagt sie. »Da sie nicht rauskommen und an einem schönen Sommertag draußen spielen kann, lass uns das Draußen zu ihr hineinbringen.«

Shirley steht auf und sieht sich um. Sie geht zu meinem zerschmetterten Gewächshaus und kehrt mit ein paar Eimern zurück. Dann fängt sie an, sie mit all den Blumen zu füllen, die ich umgehackt oder ausgerissen habe.

»Hör auf«, sage ich.

»Nein, hör du auf!«, schreit Shirley plötzlich. »Ich kann mir nicht vorstellen, was du gerade durchmachst, aber du musst jetzt bei deiner Tochter sein, so schwer es auch ist.« Sie hält eine Taglilie hoch, so violett wie Marys Augen. »Du hast die hier für sie geschaffen«, sagt sie mit leiserer, aber immer noch kraftvoller Stimme. »Diese Blumen werden ihr Vermächtnis sein. Und jedes Mal, wenn du jemandem einen Ableger deiner Taglilien gibst, kannst du ihm von deiner Tochter erzählen. Und wenn eine Fremde diese Fremde nach dieser Blume fragt, wird sie die Geschichte weitergeben, die du ihr erzählt hast. Das wird ewig so weitergehen, und die Erinnerung an Mary wird nie sterben, solange Blumen auf dieser Erde blühen.«

Shirley weint, dass ihr die Nase läuft. Mir werden die Knie weich, aber meine Freundin fängt mich auf, bevor ich falle.

»Für Mary«, flüstert Shirley.

»Für Mary«, wiederhole ich.

Wir sammeln so viele Blumen und Vasen, wie wir tragen können, und füllen Marys Zimmer mit Blumen. Als wir fertig sind, gleicht es einem Blumenladen. Ich setze mich an Marys Bett und halte ihre Hand. Als sie wach zu werden beginnt, zuckt ihre Nase. »Riecht nach Sommer«, sagt sie. Ihre Augen flattern, dann öffnen sie sich schwach. Sie sieht mich und lächelt.

»Wir haben den Sommer zu dir gebracht«, sage ich. »Fröhlichen Vierten Juli!«

Ihr kleiner Körper hat Mühe, Luft zu holen. Bei den zum

211

Atmen und Schlucken benötigten Muskeln setzt langsam die Lähmung ein.

»Danke, Mommy«, sagt sie. Mary versucht, sich umzusehen, aber ihr Kopf spielt nicht mit. Ich sehe Shirley an. Sie geht zu einer Vase, nimmt eine Stockmalve heraus und gibt sie mir. »Weißt du noch?«, frage ich Mary, während ich anfange, ein Püppchen zu basteln.

Ein winziges Lächeln legt sich auf ihr Gesicht, und als ich fertig bin, ist sie wieder eingeschlafen. Ich senke den Kopf, um zu beten, doch dann frage ich stattdessen wütend: »Warum, Gott? Warum Mary? Warum ich?«

Die Fenster sind leicht geöffnet, und die Wärme und Klänge des Sommers erfüllen ihr rosa Zimmer. Meine Augen sind geschlossen, mein Kopf betäubt, mein Herz schmerzt so sehr, dass ich mich fühle, als wäre mein Körper entzweigespalten. In der Ferne kann ich eine Gruppe fröhlicher, gesunder Kinder jauchzen hören, als sie in den Michigansee springen. Aber in meinen Ohren höre ich ganz deutlich Gott fragen: »Warum? Warum, Iris? Warum nicht du?«

Mein Herz schlägt schneller, und ich reiße den Kopf hoch und schaue mich im Zimmer um, ob jemand mit mir redet, mir einen Streich spielt. Aber Mary schläft immer noch, und Shirley ist in einem kleinen Schaukelstuhl in der Ecke eingenickt, eine von Marys Stoffpuppen auf dem Schoß.

Ich stehe auf und will schreien, alle Vasen im Zimmer zerbrechen, aber stattdessen fühlt sich mein Körper an, als würde er von einer anderen Macht bewegt, dazu gezwungen, eine Aufgabe zu erfüllen. Ich gehe hinaus, und als ich zurückkomme, wecke ich Shirley auf.

»Was ist?«, fragt sie erschrocken. Ihre Augen weiten sich, als sie sieht, was ich mitgebracht habe: Schere, Klebeband, Faden, buntes Bastel- und Krepppapier, das Mary zum Malen und Spielen benutzt hat. »Was soll das?«

»Mary kann die Blumen nicht sehen«, erkläre ich. »Also müssen wir sie ihr an die Decke hängen. Wie Feuerwerk am Nachthimmel, damit sie sie sehen kann, wenn sie aufwacht.«

»Oh, Iris.« Shirley versucht aufzustehen, aber ihr großzügiges Hinterteil bleibt in dem kleinen Schaukelstuhl kleben. Sie kämpft sich frei, und – zum ersten Mal seit einer Ewigkeit – lächle ich. »Warum?«, fragt sie. »Warum tust du das?«

»Warum nicht?«, erwidere ich.

Während Mary schläft, basteln wir Papierblumen in allen Formen und Farben und kleben und hängen sie an Decke und Wände. Wir arbeiten den ganzen Nachmittag und Abend, unsicher, wann – oder ob – Mary aufwachen wird.

»Mommy?« Ich sitze auf dem Stuhl neben Marys Bett. Feuerwerkskörper explodieren am Ufer. Der Nachthimmel durch ihr Schlafzimmerfenster ist so hell erleuchtet, als wäre es Tag.

»Oh, Liebling!«, sage ich. »Du bist wach.«

Ihre Augen öffnen sich zu einem Schlitz. »Jetzt sehe ich sie … die Blumen«, sagt sie. »Sommerblumen.«

»Ja«, erwidere ich. »Sie sind alle für dich. Dein eigener Garten.«

»Und das Feuerwerk sehe ich auch.«

Wir betrachten es einige Momente lang, als wäre alles auf der Welt in Ordnung. Und dann sehe ich Mary an.

Ihr Haar ist verfilzt, ihr Gesicht aschfahl, aber es liegt ein friedlicher Ausdruck darauf. »Es sieht aus wie im Himmel, drinnen und draußen«, sagt Mary schließlich. Ihre Gedanken schweifen eine Sekunde lang ab, dann sagt sie: »Ich gehe von Garten zu Garten.«

Mit schief geneigtem Kopf sehe ich sie an. *Sie halluziniert*, denke ich.

»Von deinem Garten zum Himmelsgarten«, sagt sie. »Ich werde Daddy wiedersehen. Und ausgerechnet auch noch am Vierten Juli.«

Ich lege eine Hand vor den Mund, um mein Schluchzen zu unterdrücken »Ich brauche ein Geschenk, das ich ihm geben kann«, sagt sie. »Was soll ich Daddy mitbringen?«

Die Tränen unterdrückend schüttle ich den Kopf. Sie darf mich nicht weinen sehen.

Und dann kommt mir die Idee:

Ich stehe auf, nehme eine Stockmalve aus einer Vase in der Nähe, und fange an, ein Püppchen zu basteln. Als ich damit fertig bin, lege ich sie auf die Bettdecke auf ihrem Bauch, und sie lächelt.

»Ein Püppchen für ein Püppchen«, sage ich. »Damit du für immer damit spielen kannst.«

»Danke«, antwortet Mary mit kaum hörbarer Stimme. »Daddy fehlt mir. Und du wirst mir auch fehlen, Mommy.«

»Ich gehe nirgendwohin, Mary«, erwidere ich. »Ich bin hier bei dir.«

Mary nickt und schließt die Augen. Und dann, mit einem letzten Quäntchen Kraft, schließt sie die Hände um das Stockmalvenpüppchen.

Abby

JULI 2003

Es geht doch nichts über eine Kleinstadtparade.

Fröhlich klopfe ich mit dem Fuß den Takt und winke mit einer kleinen amerikanischen Flagge, während Highschoolbands vorbeimarschieren und ›The Star Spangled Banner‹ und ›Stars and Stripes Forever‹ spielen. Lily stopft sich die Taschen ihrer Shorts – und den Mund – mit Süßigkeiten voll, die Feuerwehrleute von ihren Einsatzfahrzeugen und Ladenbesitzer von rotweiß-blauen Festzugswagen werfen.

Nachzügler rempeln uns am Gehsteigrand an, und ein paar ältere Jungs stellen sich vor Lily.

»Hey!«, protestiert sie.

Mit einer einzigen schwungvollen Bewegung setzt Cory sie sich auf die Schultern, damit sie die Parade wieder sehen kann.

»Bitte lächeln!«, sage ich.

Den Mund voller Bonbons legt Lily die Hände um den Hals ihres Dads, und sie drehen sich beide zu mir, damit ich ein Foto machen kann, im Hintergrund ein Himmel so blau, wie ihn nur warme, trockene Sommertage am Michigansee hervorbringen können.

»Möchtest du ein Tootsie Roll?«, fragt Lily. Cory nickt, und Lily gibt ihm ein Kaubonbon.

»Und was ist mit mir?«, will ich wissen.

»Was meinst du?«, fragt Lily ihren Vater kichernd.

215

»Ich finde, sie hat es sich verdient«, antwortet er.

»Hier!«

Lily langt in ihre Tasche und gibt mir ein zerbröseltes Pfeffer-minzbonbon, auf das schon jemand draufgetreten ist.

»Na, schönen Dank auch«, sage ich. »Das sieht so aus, als hätte es ein Pferd auch schon nicht gemocht.«

Eine Gruppe Veteranen jeden Alters marschiert vorbei. Viele von ihnen sitzen im Rollstuhl, tragen aber stolz ihre makellosen Uniformen. Eine Gruppe hält ein Schild hoch, auf dem steht: IRAKKRIEGSVETERANEN.

»Du hättest mit ihnen marschieren sollen«, sage ich.

Cory schüttelt den Kopf. »Nicht mein Ding.«

Buuuuuhh! Buuuuuhh!

Alle Köpfe der Parade fahren geschlossen herum. Eine Gruppe junger Erwachsener, die meisten in den Zwanzigern, buht sie laut mit nach unten zeigenden Daumen aus. Mit schmalen Augen dreht Cory sich um, Lily immer noch auf seinen Schultern. Erschrocken über die schnelle Drehung ihres Vaters fliegt ihr ein Bonbon aus der Hand. Einer der jungen Männer mit Hipsterbart und Kaffeebecher sieht Cory an und hört auf zu buhen. Sein Blick wandert von Corys Gesicht hinunter zu seinem Arm. Cory trägt ein T-Shirt, und das verschlungene Tattoo auf seinem Arm ist deutlich zu sehen.

Es ist das Credo der US-Soldaten, darunter die Namen von Corys gefallenen Freunden.

»Tut mir leid, Mann«, sagt der Typ. »Ich buhe nicht die Veteranen aus. Ich buhe den Irakkrieg aus. Er ist ein solcher Fehler. Wir sollten nicht dort sein.«

»Ich habe im Irak gedient.«

Der Typ hebt eine Hand wie ein Friedensangebot. »Ich fühle mit Ihnen«, sagt er. »So viele amerikanische Leben, die genommen wurden. Und wofür? Unsere Regierung hat uns angelogen. Wir sind alle drauf reingefallen.«

Corys Gesicht wird roter als die amerikanische Flagge, die ich in der Hand halte.

»Wofür? *Wofür?*« Cory schäumt vor Wut. »Diese Männer – meine Freunde – sind für Sie gestorben. Sie sind dafür gestorben, dieses Land zu beschützen. Und dann kehren wir zu so etwas nach Hause zurück? Ist das der Dank dafür? Ist es das?« Cory macht einen Schritt vorwärts, und der Typ lässt seinen Kaffee fallen.

»Daddy«, sagt Lily mit zitternder Stimme. Sie hat Angst und ist kurz davor zu weinen.

»Schon okay, Liebling«, sagt er und setzt sie wieder auf den Boden. Ich lege schützend die Arme um sie.

Wir wollen gerade gehen, doch da fangen die Leute an zu klatschen. Männer schütteln Cory die Hand. Frauen legen mir die Hand auf den Rücken. »Danke«, sagen sie. »Danke für Ihre Dienste.«

Als eine weitere Highschoolband vorbeimarschiert und einen Militärmarsch von John Philip Sousa spielt, breche ich zusammen. Cory kommt zu mir und legt den Arm um mich.

»Es tut mir leid«, flüstert er. »Ich wollte nicht die Beherrschung verlieren.«

Ich wische mir das Gesicht und sehe ihn an. »Sag nie, dass es dir leidtut. Du hast nichts falsch gemacht. Du hast getan, was du für richtig gehalten hast.«

Cory zieht mich in seine Arme und küsst meinen Kopf.

»Alles okay, Mommy?«, fragt Lily.

Ich nicke. Wir fahren schweigend nach Hause, mit heruntergekurbelten Fenstern, während das Krachen von Böllern und die fröhlichen Schreie von Kindern die Luft erfüllen.

»Ich werd mal das Spiel einschalten«, erklärt Cory, als wir nach Hause kommen. Er nimmt die Fernbedienung und schaltet den Fernseher an. Statt des Spiels erscheint jedoch ein Nachrichtensender mit einem Bericht von Präsident Bushs Rede in Ohio.

»Und an diesem Vierten Juli gedenken wir auch der tapferen Amerikaner, die wir verloren haben. Wir ehren jeden Einzelnen von ihnen für sein Opfer und seinen Heldenmut. Wir denken an die Familien, denen sie so fehlen. Und wir sind dankbar, dass diese Nation so feine Männer und Frauen hervorbringt, die bereit sind, uns alle zu verteidigen. Möge Gott ihren Seelen Frieden schenken.«

Ich gehe zu Cory und lege ihm eine Hand auf den Rücken. Die andere lege ich um seinen Arm, wo sein Tattoo ist.

Bush fährt fort: »Unsere Nation befindet sich immer noch im Krieg. Die Feinde Amerikas verschwören sich gegen uns. Und viele unserer Mitbürger leisten immer noch unter Opfern und Gefahren ihren Dienst an fernen Orten. Viele Militärfamilien sind von ihren Lieben getrennt. Unsere Leute in Uniform haben keine leichte Aufgabe, und von ihrem Erfolg hängt viel ab. Ohne Amerikas aktive Beteiligung in der Welt würde den ehrgeizigen Bestrebungen von Tyrannen nichts entgegenstehen, und Millionen wären der Gnade von Terroristen ausgeliefert. Durch die aktive Beteiligung der Amerikaner in der Welt lernen Tyrannen das Fürchten und sind Terroristen auf der Flucht.«

Die Rede des Präsidenten wird durch einen Schnitt auf eine Expertenkommission unterbrochen, die sofort damit beginnt, den Krieg, den anhaltenden Gebrauch diskreditierter Geheimdienstinformationen durch die Regierung und die wachsenden Beweise, dass der Irak weder Massenvernichtungswaffen noch Pläne zur Entwicklung von Atomwaffen besaß, zu sezieren.

»Wir wussten nichts von alldem«, sagt Cory.

»Ich weiß, ich weiß«, antworte ich mit leiser, beruhigender Stimme. »Keiner von uns wusste es. Alles, was wir wissen, ist, dass du dein Leben für dieses Land geopfert hast.«

»Du wusstest es, Abby. Ich habe gemerkt, dass du die Gründe für diesen Krieg nie geglaubt hast.«

»Ich wusste es nicht«, erwidere ich. »Aber ich hatte meine

Zweifel. Ich mag Krieg einfach nicht. Wer tut das schon? Gute Männer und Frauen sterben. Und ich denke einfach, es sollte definitive Antworten geben, wenn wir das Leben unserer Kinder, Männer und Väter aufs Spiel setzen.« Ich verstumme kurz. »Im Zweiten Weltkrieg wussten wir, womit wir es zu tun hatten. Heutzutage sind die Dinge undurchsichtiger.« Wieder verstumme ich kurz. »Es ist ein unglaublicher Segen, dass ich dich an diesem Vierten Juli sicher und wohlbehalten zu Hause habe. Du bist mein Held, Cory.« Ich berühre sein Tattoo. »Du hast deine Kameraden nicht im Stich gelassen. Ich werde dich auch nie im Stich lassen.«

Lange stehen wir da, ohne uns zu bewegen. Genau genommen bin ich wie gelähmt von allem, was heute Vormittag passiert ist. Ein wunderschöner Tag, völlig ruiniert.

Wird das ein Trigger für ihn sein? Wird er loslaufen und sich ein Bier holen? Wird er versuchen, den Schmerz zu betäuben?

»Ich glaube, es ist Zeit, dass wir ein paar Masken basteln«, sagt Cory aus heiterem Himmel. »Was meinst du?«

Meine Augen weiten sich. Angestrengt meine Gefühle im Zaum haltend nicke ich. »Ja«, bringe ich hervor.

Wir holen Bastelkarton, Scheren, Wachsmalkreiden und Filzstifte und setzen uns mit Lily an den Esstisch.

»Ich möchte, dass ihr eine Maske bastelt, wie ihr euch diesen Sommer fühlt«, fange ich an.

»Wie ich mich fühle, seit ich wieder zu Hause bin«, fügt Cory hinzu.

Wir fangen an, auszuschneiden und auszumalen. Lily hat ihren Unterarm quer vor ihre Maske gelegt, damit wir sie nicht sehen können.

»Fertig?«, fragt sie.

Wir nicken.

»Wir machen es alle gleichzeitig, okay? Eins, zwei, drei!«

Wir halten unsere Masken hoch und sehen durch die Lö-

219

cher, die wir ausgeschnitten haben, unsere Gefühle vollständig an der Oberfläche, nicht länger verborgen.

»Sie sind alle fast gleich!«, ruft Lily aus.

Mein Blick schweift von einer zur anderen. Sie hat recht. Masken, die nach außen hin fröhlich aussehen, mit breitem Lächeln, aber es laufen Tränen aus den Augen und aus den Mündern kommen Worte wie *Einsam. Traurig. Müde. Ängstlich.* Aber auf jeder Maske ist ein Herz, ein Symbol unserer Liebe füreinander.

»Ich bin froh, dass wir das getan haben«, sagt Cory. »Danke.«

»Danke«, erwidere ich.

»Meine Maske hat Hunger«, verkündet Lily. Sie nimmt ihre Finger und steckt sie durch die Öffnung, wo ihr Mund ist. Dann streckt sie die Zunge raus.

Ich lache. »Lasst uns grillen! Ein großes, altmodisches Barbecue zum Vierten Juli.«

»Okay.« Cory küsst mich. »Aber musst du nicht zuerst deine Eltern anrufen?«

»Musst du nicht zuerst *deine* Eltern anrufen?«

Wir grinsen einander an. Unsere Beziehungen zu unseren Familien sind nicht gerade das, was man als ›Bilderbuchbeziehung‹ bezeichnen würde. Meine Mom treibt mich in den Wahnsinn, um es milde auszudrücken, und Corys Familie kann ›meine studierte Art‹ nicht leiden. Aber sie alle tun so, als könnte in unserem Leben nie etwas nicht in Ordnung sein. In der Welt, ja, in unserem Leben, nein. Sie lieben es, Lily zu sehen, und Lily liebt es, ihre Großeltern zu sehen, aber oft benutzen wir sie als Ausrede.

Ach herrje, wir können nicht kommen, weil Lily so viel für die Schule zu tun hat.

Oje, Lily ist schon fürs Sommercamp angemeldet.

Ich wünschte, wir können, aber Lily fühlt sich nicht gut.

Lily hat für dieses Wochenende schon Freundinnen eingeladen.

»Bringen wir es hinter uns«, sage ich.

Cory und ich holen gleichzeitig unsere Handys, um unsere Eltern anzurufen, dabei halten wir sie mit etwas Abstand von unseren Ohren weg.

»Hi, Schätzchen!«, können wir beide Mütter gleichzeitig schreien hören. Cory verdreht die Augen. Unsere Mütter verhalten sich beide, als wären ihre Handys Blechdosentelefone aus ihrer Kindheit und als müssten sie schreien, um sicherzugehen, dass ihre Stimme übertragen wird.

»Hi, Mom«, antworten wir, während wir in unterschiedliche Zimmer gehen.

»Fröhlichen Unabhängigkeitstag!«, sagt meine Mom. »Dein Vater und ich sind so enttäuscht, dass ihr uns nicht besuchen kommt.«

Gut gespielt, Mutter, denke ich. *Schuldgefühle, Strike one.*

»Ich weiß. Es tut mir auch leid, aber Lily hat nur heute kein Sommercamp, morgen muss sie wieder hin.«

Das ist gelogen.

»Lily ist so beschäftigt«, sagt sie. Dann macht sie eine Pause. Ich weiß jetzt schon, dass sie mich nicht nach meinem neuen Job fragen wird, oder wie beschäftigt Cory oder ich sind, weil sie sich mit der realen Welt, in der ich existiere, nicht auseinandersetzen kann. »Wie geht es Lily? Meinem lieben, kleinen Mäuschen?«

»Es geht ihr gut«, antworte ich. »Sie liebt ihre Sommerkurse. Sie liebt Grand Haven und den Strand. Sie lernt viele neue Freunde kennen, die nächstes Schuljahr in ihre Klasse gehen werden. Oh! Und sie hat sich mit unserer älteren Nachbarin angefreundet, von der wir dieses Cottage gemietet haben.«

Nein! Das hätte ich nicht sagen sollen. Schon wünsche ich mir, ich könnte es wieder zurücknehmen.

»Kennst du diese Frau? Lässt du Lily mit ihr allein? Warum sollte sie sich mit einer alten Frau anfreunden?«

»Sie ist ja auch mit dir befreundet.«

Verdammt! Das hätte ich auch nicht sagen sollen.

»War nur ein Scherz«, sage ich.

»Oh«, antwortet meine Mutter.

Wechsle das Thema, Abby. Wechsle das Thema.

»Wie feiert ihr, Dad und du, denn den Vierten Juli? Seht ihr euch das Feuerwerk von Detroit an?«

Ich kenne die Antwort bereits.

»Oh, Abby, am Unabhängigkeitstag gehen wir nicht aus dem Haus. Das ist zu gefährlich«, erwidert sie. Im Hintergrund kann ich hören, wie sie die Waschmaschine einschaltet. Sie wäscht ungefähr zehn Waschgänge täglich, für zwei Leute, die nie das Haus verlassen: ein Handtuch, ein T-Shirt und ein paar Socken gleichzeitig. *Man darf die Maschine nicht überladen, sonst geht sie kaputt,* sagt sie immer. »Draußen zünden Kinder Böller. Und Raketen höre ich auch! Ich laufe alle halbe Stunde raus, um unser Dach zu überprüfen. Was, wenn eine drauf landet? Unser Haus würde abbrennen. Und was, wenn eine dieser Raketen beim Feuerwerk in die falsche Richtung fliegt? Die könnte deinem Vater ein Auge ausschießen. Und all diese Leute? Das reinste Chaos. Dein Vater schaut zufrieden Baseball, und ich wasche Wäsche und mache diese rot-weiß-blauen Parfaits, die du so gern magst, die mit Blaubeeren, Erdbeeren und Schlagsahne.«

Heftig schüttle ich den Kopf, um all das zu verarbeiten, was ich gerade gehört habe. Ich nehme meine Brille ab, lege sie auf die Küchenzeile und reibe mir die Augen. »Wow, Mom«, sage ich. »Hört sich nach einem perfekten Tag an. Möchtest du mit Lily sprechen?«

»Ja!«

»Lily«, rufe ich. »Deine Grandma ist am Telefon.«

Lily rennt herein und reißt mir das Handy aus der Hand. »Hi, Grandma! Wir hatten heute schon den allerbesten Tag.

Wir waren bei der Parade, und ich habe haufenweiße Süßigkeiten gefangen …«

Munter plappernd geht Lily wieder hinaus auf die Veranda und nimmt das Handy mit.

Wann ist sie so ein großes Mädchen geworden?, frage ich mich.

Während Lily und Cory telefonieren, fange ich an, die ganzen Lieblingsspeisen der Familie zum Vierten Juli vorzubereiten: Pfirsiche mit Schlagsahne, Maiskolben, frischen gemischten Salat, Gurkensalat. Die Zutaten haben wir alle auf dem Heimweg von der Parade auf einem Bauernmarkt gekauft. Ich brate etwas Speck und Zwiebeln für gebackene Bohnen an, dann setze ich Wasser zum Kochen auf und fange an, Kartoffeln für den Kartoffelsalat meiner Mom zu schälen.

Sie ist eine großartige Köchin, denke ich. *Das muss ich ihr lassen.*

Cory taucht auf, als ich gerade direkt in den Abfalleimer hinein Kartoffeln schäle, dass die Schalenstückchen nur so in alle Richtungen fliegen.

»Wie ist es gelaufen?«, frage ich.

»So gut, wie es bei dir beim Kartoffelschälen läuft, wie es scheint«, antwortet er mit einem Lachen. »Ich habe ihr gesagt, dass du gerade in der Küche beim Kochen bist, und sie hat geantwortet: ›Na endlich ist sie da, wo sie hingehört‹.«

Ich halte mir den Kartoffelschäler an die Kehle, worauf Cory lacht. Er geht zum Kühlschrank und nimmt etwas Hackfleisch heraus, um mit den Burgern anzufangen, dann holt er eine Unzahl von Grillgewürzen aus dem Schrank.

»Hey«, sage ich, als ich fertig bin, und versuche dabei, meinen Rücken zu strecken. »Wo ist eigentlich diese alte Eismaschine von deinem Dad?«

»Die hölzerne?«

»Ja. Ich hab Schlagsahne im Kühlschrank. Und frische Erdbeeren. Eis. Sogar Steinsalz. Wir könnten hausgemachte Eiscreme machen. Wäre das nicht ein Spaß?«

»Für wen?«, fragt Cory. »Dein Rücken ist schon im Eimer, und dabei hast du nur ein paar Kartoffeln geschält. Du weißt, dass es Eismaschinen jetzt elektrisch gibt?«

»Ha, ha«, antworte ich.

»Warum kaufe ich nicht einfach etwas Eiscreme?«

»Ich mache sie gern auf die altmodische Weise. Das erinnert mich an meine Großeltern. An die Sommer bei ihnen im Cottage.«

Unvermittelt singe ich ›Summer Wind‹, während wir Erdbeeren würfeln und Kartoffeln kochen. Lily hüpft in die Küche und gibt mir mein Handy.

»Hat es dir gefallen, mit Grandma zu telefonieren?«, frage ich.

»Ja«, antwortet sie. »Oh! Und ich hab Iris zum Essen eingeladen.«

Mein Kopf ruckt hoch, und Cory und ich starren einander an.

»Was?«, frage ich ungläubig.

»Grandma hat gesagt, ich soll nicht mit ihr befreundet sein, weil sie eine Fremde ist«, antwortet Lily. »Und dann hab ich gesagt: ›Sie ist keine Fremde. Sie ist einsam. Sie sieht aus, als würde sie einen Freund brauchen, und machen Freunde das nicht so? Dafür sorgen, dass man sich nicht so einsam fühlt?‹« Lily zuckt mit den Schultern und verdreht seufzend die Augen, als würden Erwachsene die Welt einfach nicht verstehen.

»Du hast recht«, sage ich. »Du hast gezeigt, was ein echter Freund ist. Du bist eine wunderbare junge Dame.«

»Ich weiß«, antwortet Lily.

Cory und ich lachen. »Ich bezweifle aber, dass sie kommen wird«, meint Cory. »Du weißt, wie schwer es ihr fällt, das Haus zu verlassen.«

»Hallo?«, hören wir in dem Moment jemanden rufen.

Cory und ich erstarren und horchen.

»Hallo?«, tönt es erneut.

Wir gehen zur Veranda und hinaus in den Garten. Iris klopft an den Zaun. »Würde es Ihnen was ausmachen, Ihr Gartentor zu öffnen?«, fragt sie. Ihre Stimme klingt seltsam. »Ich würde lieber hinten herum kommen.«

Erneut sehen Cory und ich einander an, mit größeren Augen denn je. »Natürlich«, ruft er. »Warten Sie kurz, Iris.« Er schließt das Tor auf, und Iris kommt herein, ein Körbchen voll frischer Tomaten in der einen Hand und einem Büschel Basilikum wie einen Blumenstrauß in der anderen. »Ich dachte, Sie mögen vielleicht ein paar frische Tomaten«, erklärt sie, »für Ihre Burger oder einen Salat Caprese.«

Cory und ich stehen nur da und starren sie an.

»Ja, ich verstehe, wie ungewöhnlich das für mich ist«, brummt sie. »Also machen Sie keine größere Sache draus, sonst drehe ich gleich wieder um.«

»Okay, okay«, sage ich.

Lily kichert über den Basilikumstrauß. »Hier, lass mich dir helfen, Freundin«, sagt sie und nimmt ihr die Kräuter ab. Iris bleibt wie angewurzelt in unserem Garten stehen, als hätten Lilys Worte sie völlig überrascht.

»Danke«, sage ich. »Die Tomaten sind wunderschön. Wir sind so froh, dass Sie es geschafft haben.«

Iris sieht mich an und schaut sich dann im Garten um. »Ich auch«, antwortete sie. »Ich bin froh, dass Lily mich eingeladen hat. Mir –«, wieder betrachtet sie den Garten und dann das Cottage, »– hat heute ein wenig Familie gefehlt.«

»Fröhlichen Vierten Juli!«, ruft Lily. »Komm mit!«

Wir nehmen Iris ihre Tomaten ab und führen sie ins Haus. Wieder bleibt sie stehen, und ihre Augen, die durch das Cottage schweifen, werden feucht. »Das Haus meiner Grandma«, flüstert sie. »So viele Erinnerungen. So viele Erinnerungen.« Sie schüttelt den Kopf. »Also, wobei kann ich Ihnen helfen?«

»Sie sind unser Gast«, widerspreche ich. »Möchten Sie etwas trinken? Eistee? Wasser?«

Iris sieht mich an. »Eistee klingt wunderbar.«

»Dann hole ich den Tee«, meint Cory. »Lily, warum führst du Iris nicht in den Garten?«

Cory und ich machen die Beilagen fertig, und während Cory den Grill anheizt, nehme ich meinen Tee und leiste Iris und Lily draußen Gesellschaft. Die beiden sitzen auf einem Strandtuch im Gras, dabei stecken sie über etwas die Köpfe zusammen und reden leise miteinander.

»Na, was führt ihr beiden denn da im Schilde?«, frage ich.

Als sie auseinanderrücken, sehe ich eine Stockmalve zwischen ihnen. »Ich zeige Lily, wie man eine Puppe daraus bastelt.« Iris hält inne und schaut sich in unserem Garten um. »Genau hier habe ich mit meiner Mom und meiner Grandma Stockmalvenpüppchen gebastelt. Meine Grandma sagte immer, dass Stockmalven uns daran erinnern, in dieser Welt aufrecht für uns einzustehen. Frauen sollten in dieser Welt immer aufrecht für sich einstehen.«

Iris hebt ihr Glas, und ich stoße mit ihr an. »Zeigen Sie uns, wie man so eine Puppe macht.«

»Wisst ihr, dass Stockmalven magisch sind?«, fragt Iris. Wir schütteln beide die Köpfe.

»Feen haben daraus ihre Röcke gemacht«, sagt Iris.«

»Wow!«, staunt Lily.

»Die hier hab ich in meinem Garten abgeschnitten.« Iris hält eine atemberaubend schöne pinkfarbene Stockmalve hoch.

Dann nimmt sie eine vollständig geöffnete Blüte und dreht sie um.

»Ein Rock!«, ruft Lily.

»Und jetzt kneift man einfach das hier raus«, Iris entfernt mit den Fingerspitzen den Stempel und die Staubblätter, »und steckt einen Zahnstocher durch die Blume.«

»Sie haben sich vorbereitet«, sage ich mit einem Lachen.

»Immer«, erwidert Iris lächelnd. »Schließlich könnte es mein letzter Ausflug nach draußen für ein paar weitere Jahrzehnte sein.« Sie lacht leise vor sich hin, dann fährt sie fort. »Jetzt kannst du so viele Blüten auffädeln, wie du willst, damit der Rock schön bauschig wird. Was ich gern mache, ist, eine weitere Blumenknospe für den Körper der Puppe zu benutzen, und dann eine Samenkapsel für ihren Kopf. Ungefähr so. Hilfst du mir?«

Lily hilft Iris, den Körper und den Kopf zu befestigen. »Du kannst jede bunte Blume nehmen, um einen sehr modischen Hut daraus zu machen. Warte kurz.« Iris steht auf und geht zum hinteren Ende unseres Zauns. Sie zwängt einen Finger durch einen Schlitz und zieht eine weiße Stockmalve durch den Zaun.

»Voilà!«, sagt sie, als sie zurückkommt. »Ich glaube, Weiß wäre ein reizendes I-Tüpfelchen. »Hier«, sie reicht Lily die Blüte. »Die Ehre gebührt dir.«

Breit lächelnd fügt Lily den Hut hinzu.

»Wie sollen wir sie nennen?«, fragt Iris.

»Malvine«, schlägt Lily vor.

»Und was ist ihre Geschichte?«

Nachdenklich verzieht Lily das Gesicht und betrachtet die Puppe. »Sie ist auf dem College und studiert, um Ingenieurin zu werden. Malvine wird die erste Frau sein, die eine Rakete baut, voll mit Blumen, die auf dem Mars gepflanzt werden!«

Ein Lächeln erscheint auf Iris' Gesicht. »Ich glaube, ich finde Malvine toll!«, sagt sie.

Lily steht mit ihrer Stockmalvenpuppe auf und rennt los, um sie ihrem Vater zu zeigen.

»Ich bin froh, dass Sie es heute geschafft haben«, sage ich zu Iris.

»Ihre Tochter hat ein sehr großes Herz«, antwortet sie. »Heute ist ein harter Tag für mich.« Sie verstummt kurz. »Zu viele Erinnerungen.«

»Das glaube ich Ihnen.«

»Es ist ein Tag, der eine Demonstration von Stärke erforderlich macht«, sagt Iris mit einem entschlossenen Nicken. »Ich dachte, ich überrasche mich ausnahmsweise mal selbst. Und mache einen Ausflug.« Sie lacht, und ich stimme mit ein.

»Für meinen Mann ist es auch ein harter Tag. Viele Emotionen an so einem Tag.« Ich trinke einen Schluck Tee. Iris nickt, und ich stoße mit ihr an. »Gemeinsam schaffen wir das.«

»Essen ist fast fertig«, ruft Cory.

Wir essen auf der Veranda. Es gibt Hot Dogs, Hamburger, gebackene Bohnen, Kartoffelsalat, grünen Salat, Maiskolben und Tomatensalat. Als alle fast aufgegessen haben, fange ich an, die Eiscreme zu machen.

»Ach, du meine Güte«, sagt Iris, als ich an der alten Maschine kurble. »Wir hatten auch so eine alte handbetriebene Eismaschine, als ich klein war. Mein Grampa liebte selbstgemachte Eiscreme. Das war seine Spezialität. Er grillte und machte Eis.« Iris zeigt auf die Rückseite des Hauses. »Dort hing eine Essensglocke, die meine Grandma immer läutete, damit alle vom Strand zum Essen heimkamen. Nun, mein Dad läutete sie, wenn er Eiscreme machte und sein Arm müde wurde, und dann mussten wir uns alle abwechseln.«

»Klingelingeling!«, schreie ich.

Iris lacht. »Ich werd's mal versuchen.« Als Cory Anstalten macht zu widersprechen, winkt sie ab. »Ich bin stärker, als Sie denken, junger Mann.«

Kapitulierend hebt Cory die Hände. »Nur zu«, sagt er.

Iris kurbelt eine ganze Weile, während die Sonne langsam tiefer sinkt.

»Am vierten Juli scheint es ewig hell zu bleiben«, sagt Iris beim Kurbeln, das sie überhaupt nicht anzustrengen scheint. »Deswegen liebe ich Michigan. Und deswegen fängt unser Feuerwerk immer erst so spät an. Es dauert eben, bis es dunkel wird.«

Als die Eiscreme fertig ist, gehen wir mit unseren Schüsseln nach draußen, setzen uns auf die Veranda und schauen hinaus zum See. Sobald es dunkel wird, erhellt die erste Rakete den Himmel. Ich sehe hinüber zu Iris und meiner Familie. Alle paar Sekunden erhellt das Licht am Himmel ihre Gesichter, und ich sehe drei Generationen, die durch das Vertraute miteinander verbunden sind. Alle paar Sekunden murmelt jemand »Ooooh!« oder »Aaaahh!«, aber dann wird die Welt wieder still, bis auf das Knallen der Feuerwerkskörper, das Schwappen der Wellen am Ufer und das Zirpen von Zikaden. Als der Lärm zum Höhepunkt des Feuerwerks hin zunimmt, bemerke ich, wie Cory unruhig wird. Sein Fuß tippt nervös auf den Boden, und er fängt an, mit dem Löffel in seiner Schüssel zu klopfen. Er sieht mich an und formt lautlos mit den Lippen: »SOS.« Ich nicke, woraufhin er aufsteht und weggeht.

Iris sieht zu mir rüber, eine Mischung aus Sorge und Verwirrung auf dem Gesicht.

»Der Lärm setzt ihm zu«, erkläre ich.

Iris nickt und wendet sich wieder dem Himmel zu. Aber wenige Augenblicke später dreht sie sich wieder zu mir um und fragt: »Dürfte ich mal Ihr Bad benutzen?« Sie sieht mich an. »Der Tee«, flüstert sie.

»Aber selbstverständlich«, antworte ich mit einem Lächeln. Iris steht auf.

»Aber beeilen Sie sich«, sage ich. »Es wäre schade, wenn Sie das Finale verpassen.«

Ich rutsche neben Lily, die so gefesselt von dem Feuerwerk ist, dass sie mich gar nicht bemerkt. Ein paar Minuten lang betrachte ich das Feuerwerk durch die Augen meiner Tochter, in denen sich die Farben spiegeln, doch als keiner der beiden zurückkommt, werde ich unruhig. »Warte hier«, flüstere ich Lily zu. »Rühr dich nicht vom Fleck, okay?«

Sie nickt wie in Trance.

Ich gehe zur Veranda und mache einen Schritt die Stufen hoch, doch dann verharre ich, als ich leise Stimmen höre.

»Wir sind gefahren. Nach … Ich weiß nicht mal mehr, wohin oder warum … Aber wir saßen alle in unseren Panzerfahrzeugen. Mein bester Freund Todd saß in einem vor uns. Wir lachten, und aus irgendeinem Grund sangen wir alle ein Elvis-Lied. Plötzlich gab es eine gewaltige Explosion. Eine Sprengfalle am Straßenrand. Unser Fahrzeug wurde erschüttert, aber nachdem sich der Rauch verzogen hatte, sahen wir, dass Todds Fahrzeug auf der Seite lag. Ich meine, das sind die sichersten Infanteriefahrzeuge. Sie sind dafür gebaut, Landminen und Sprengfallen standzuhalten. Aber die hier war gewaltig. Als ich Todd erreichte …«

Cory bricht ab. Vorsichtig schleiche ich die Verandastufen hoch und spähe durch die Tür. Iris hält ihn im Arm. Er weint.

»Er hatte keine Beine mehr. Ich wollte ihn bewegen, aber ich wusste … Ich wusste es, Iris …«

»Schon gut«, flüstert Iris tröstend. »Alles gut.«

»Ich habe um Hilfe geschrien. Es war das totale Chaos. Also habe ich ihn einfach nur gehalten. Im Sand sitzend. Der Sand hat sein Blut einfach so aufgesaugt. Und wir haben gebetet. Ich habe ihm gesagt, dass er an seine Frau und seine Tochter denken soll. Sie hatten gerade erst ein Baby bekommen, bevor er stationiert wurde. Ich habe Todd gefragt: ›Kannst du sie sehen?‹ ›Ja‹, hat er gesagt. Er sagte, dass er Blumen sehen kann. ›Blumen?‹, habe ich gefragt. Und Todd sagte: ›Wir haben ihr Kinderzimmer mit Blumen tapeziert. Es war der hübscheste Ort der Welt.‹«

Cory weint so heftig, dass ich ihn kaum verstehen kann.

»Da fiel es mir wieder ein«, sagt Cory.

»Was fiel Ihnen wieder ein?«, fragt Iris, als Cory nicht weiterspricht.

»Ich hatte eine gepresste Rose in der Geldbörse«, antwortet

er. »Abby hat sie mir bei unserer Hochzeit gegeben. Sie war weiß, und sie sah perfekt zu meinem Smoking aus.« Cory verstummt. »Wir hatten früher Rosen im Garten, wissen Sie.«

»Das wusste ich nicht«, sagt Iris.

»Ich habe Abby nie erzählt, dass ich sie mit ins Gefecht genommen habe, aber ich musste einfach mehr als ein Foto von meiner Frau und meiner Tochter bei mir haben. Ich brauchte etwas Echtes, etwas Greifbares, wissen Sie?«

Iris nickt.

»Ich habe Todd diese Blume in die Hände gelegt und gesagt: ›Deine Frau und dein Baby sind jetzt gerade bei dir, Kumpel.‹ Er schaute mich an und sagte: ›Ich kann sie sehen, Mann. Ich kann sie sehen.‹ Wir haben ihn mit dieser Blume begraben. Er war erst zweiundzwanzig. Ich habe ihn sterben sehen. Meinen besten Freund. Er war noch ein Kind. Ich habe ihn sterben sehen, und es gab nichts, was ich dagegen tun konnte.«

Iris hält Cory im Arm, während er heult wie ein Baby.

Ich lasse den Kopf sinken und weine ebenfalls, denn der Kummer meines Mannes bricht mir das Herz. Aber auch mein eigener Kummer schmerzt mich.

Warum hat er mir nicht genug vertraut, um mir das zu erzählen?

»Ich weiß nicht, warum ich Ihnen das alles erzähle«, sagt Cory. »Ich habe es noch nicht einmal meiner Therapeutin erzählt. Nicht einmal Abby.«

»Weil ich eine Fremde bin«, erwidert Iris. »Sie brauchen bei mir nicht vorzugeben, stark zu sein, um Ihre Frau und Ihre Tochter zu beschützen.«

»Ich will nicht, dass sie das durchleben müssen.« Seine Stimme ist so klein wie die eines Kindes. »Ich will das nicht noch einmal durchleben müssen.«

Ich fange an, noch heftiger zu weinen. Iris hat recht. Das ist der Grund. *Er versucht, stark für uns zu sein. Er will nicht, dass wir so leiden wie er.*

Iris fährt fort. »Mein Mann ist im Krieg gefallen. Er war auch noch ein Kind. Und ich habe meine Tochter vor meinen Augen sterben sehen.« Sie verstummt. »Sie und ich, Cory, sind durch unsere Tragödien miteinander verbunden. Aber auch durch Hoffnung. Vergessen Sie das nie, junger Mann. Irgendwo tief hinter all unseren Narben steckt eine große Widerstandskraft, und irgendwo tief in unseren zerschmetterten Seelen steckt auch ein tiefer Glaube. Ich habe lange geglaubt, dass Gott nicht existiert. Wie könnte er auch? Alles, was er mir erwiesen hat, war unerbittliche Grausamkeit. Aber als meine Tochter starb, erkannte ich, dass ich nichts Besseres war als alle anderen. Das Leben ist voller schrecklicher Tragödien, aber es ist auch voller unvergleichlicher Schönheit. Ich habe irgendwo gelesen, dass Gott nicht in den glücklichen Zeiten zu uns kommt. Er kommt zu uns durch unsere Narben und Wunden.« Wieder verstummt sie kurz. Sie legt Cory eine Hand unters Kinn und hebt seinen Kopf, bis er ihr direkt in die Augen sieht.

Einen Moment lang herrscht Stille, und dann *Bumm! Bumm! Bumm!*

Ich drehe mich zurück zum Garten. Es ist das Finale des Feuerwerks. Weinend sehe ich zu, wie Amerika seinen Geburtstag feiert.

Als es vorbei ist, kann ich in der Ferne Leute klatschen und Boote hupen hören. Dann höre ich Iris sagen: »Sie brauchen etwas, das Sie erdet, um mit Ihrem Leben weiterzumachen. Sie haben eine wunderbare Familie, aber Sie brauchen auch etwas, das Ihnen erlaubt, Ihre Mitte wiederzufinden, und Ihnen jeden einzelnen Tag neuen Mut gibt. Sie haben mich um Hilfe gebeten, also lassen Sie mich Ihnen auf meine Weise helfen. Lassen Sie mich Ihnen meinen Glauben zeigen. Meine Therapie. Meine Hoffnung. Gärtnern Sie morgen mit mir. Sagen wir um sieben?«

»Okay«, antwortet Cory. »Ja.«

232

»Das wird Ihren Tag gut beginnen lassen.« Iris hält immer noch Corys Gesicht zwischen ihren Händen. »Sie sind ein guter Mann, Cory.«

»Und Sie sind eine gute Frau, Iris.«

Sie streichelt ihm über den Kopf und steht auf.

Hastig stolpere ich die Stufen hinunter und stoße dabei beinahe einen Blumentopf um, während ich versuche, mich normal zu geben.

»Danke für das Abendessen«, sagt Iris, als sie herauskommt.

»Danke, dass Sie uns Gesellschaft geleistet haben«, erwidere ich.

»Haben Sie morgen frei?«

»Ja«, antworte ich.

»Nun, dann werde ich Sie morgen auch sehen«, sagt sie.

»Mich wo sehen?«, frage ich.

»Netter Versuch, Columbo«, sagt sie mit einem breiten Lächeln. »Ich weiß, dass Sie jedes Wort mitgehört haben.«

Ich schüttle den Kopf. »Wie kommen Sie darauf?«

»Sagen wir einfach, Sie sind nicht gerade leichtfüßig«, antwortet Iris. »Ich nehme an, Sie sind keine Tänzerin.«

»Ich bin eher ein Tollpatsch.«

»Gute Nacht, Abby«, sagt sie.

»Gute Nacht, Iris«, erwidere ich, als sie in den Garten verschwindet und dabei einen Moment stehen bleibt, um Lily zu betrachten, die auf ihrem Stuhl eingeschlafen ist, ihre Stockmalvenpuppe im Arm.

Cory erscheint hinter mir. »Du hast alles gehört, nicht wahr?«

Ich nicke. »Du hättest es mir trotzdem erzählen sollen. Ich will nicht die Ehe meiner Eltern wiederholen. Auf keinen Fall.«

Er nickt im Dunkeln. »Ich weiß. Und du hast recht. Ich hätte es tun sollen.«

»Aber ich verstehe es. Es tut mir so leid, was du alles durchgemacht hast. Es bricht mir das Herz. Du wirst da durchkommen, aber du musst es auch Kim erzählen. Lass dir von ihr helfen. Lass dir von Iris helfen. Aber vor allem lass dir von *mir* helfen.« Ich mache eine kurze Pause. »Du bist mein Mann. Ich bin für dich da, in guten wie in schlechten Zeiten.«

»Ich will lieber die guten«, sagt er.

Ich denke kurz nach. »Keine Masken mehr, okay?«

»Du hast recht.« Cory küsst mich, und wir wiegen uns in der Nachtluft. Schließlich fügt er flüsternd hinzu: »Columbo.«

TEIL ACHT

Frauenmantel

»Eine Krone ist lediglich ein Hut,
in den es hineinregnet.«

FRIEDRICH DER GROSSE

Iris

JULI 2003

Das Wetter in Michigan ist eine launische Lady.

Eben kann es noch herrlich sonnig sein, der See flach, die Wolken landeinwärts ziehend, und schon eine Stunde später ist es geradezu eisig kalt mit Regenschauern. Ursache dafür ist der Lake Effect, der »See-Effekt«, der durch den kalten Wind über dem wärmeren Wasser des Michigansees hervorgerufen wird.

Der heutige Tag scheint sich nicht entscheiden zu können, wie er werden will, denke ich.

Ich halte das Gesicht in den frischen Wind.

Der vierte Juli war herrlich gewesen. Der fünfte beginnt unheilvoll.

Ich habe um sechs Uhr früh zu gärtnern angefangen, in Jeans, einem Pullover und einer Regenjacke, mich inzwischen aber bis auf ein langärmeliges T-Shirt ausgezogen. Ich weiß, dass sich das bald wieder ändern könnte. Die Wolken und der Regen ziehen bereits auf und fegen über den See, tief, nah und bedrohlich.

»Gilt unsere Verabredung noch?«, höre ich Corys Stimme über den Zaun. Sie klingt noch sehr verschlafen.

»Natürlich«, rufe ich.

»Sieht nach Regen aus«, meint er hoffnungsvoll.

»Alles muss gegossen werden«, entgegne ich. »Das Tor ist offen.«

»Dann sammle ich mal die Truppen«, sagt Cory.

Ich mache mit meiner Arbeit weiter. Auf meinem Gartenkissen kniend fange ich an, Gras und Unkraut auszureißen, das zwischen den Fundsteinen vom See hervorwächst, aus denen die meisten meiner Beeteinfassungen bestehen.

Ich liebe es, mich am frühen Morgen in meinem Garten aufzuhalten, bevor der Tag hereindringt. Die Blumen erwachen buchstäblich vor meinen Augen, strecken sich der Sonne entgegen, schlürfen ihren morgendlichen Tropfen Tau. Und Mutter Natur erwacht ebenfalls: hier ein Flattern eines verschlafenen Schmetterlings, dort das Summen einer erwachenden Biene. Meine Hände graben sich in die noch kühle, feuchte Erde, und ich kann spüren, wie meine Seele eins mit der Natur wird. Ich bin ein Teil dieser Erde.

»Hallo?«

Im Zeitlupentempo schlurfen Cory, Abby und Lily wie Zombies in den Garten. Cory und Abby halten riesige Tassen mit dampfendem Kaffee in den Händen, während Lily immer noch ihren Schlafanzug trägt und sich die Augen reibt.

»Guten Morgen!«, sage ich.

Sie murmeln grüßend zurück.

»Was machen Sie da?«, fragt Cory.

»Unkraut jäten. Der wichtigste und unbeliebteste Teil der Gartenarbeit. Aber ich liebe es.«

»Warum?«, fragt Lily.

»Weil es alles hübscher macht«, antworte ich. Ächzend stehe ich auf und wende mich dem Trio zu. »Ich habe mal gelesen, Gärtnern ist wie das Leben. Für die besten Ergebnisse muss man sich auch mal die Finger schmutzig machen.«

Lily gähnt.

Wie aufs Stichwort kommt die Sonne heraus. Die Welt schimmert. All die herrlichen Farben des Gartens leuchten auf, das Licht scheint alle aufzuwecken.

Lily hüpft plötzlich zur anderen Seite meines Gartens und betrachtet die Goldmelisse, die Ballonblumen und den Purpur-Sonnenhut. »Die sind aber hübsch!«, sagt sie.

»Sie haben so viel Farbe in Ihrem Garten«, bemerkt Abby. »Da weiß das Auge gar nicht, wo es anfangen soll. Es ist wie ein lebendig gewordenes Kaleidoskop.«

»Ich liebe Farben«, erwidere ich. »Sommergärten sollten voller fröhlicher, leuchtender Farben sein.«

»Was ist das?«

Ich drehe mich zu Lily um. »Das ist Sumpfeibisch«, antworte ich. »Eine winterharte Hibiskusart.«

»Winterhart?«, fragt Lily.

Ich lache. »Zäh und robust«, sage ich und beuge meinen Bizeps. »Genau wie ich.«

»Oh.« Lily nimmt eine Blüte – sie ist so groß wie ein Teller – und zieht sie zu ihrem Gesicht. »Die sind aber hübsch«, wiederholt sie.

In der Ferne hallt Donnergrollen über den See – es klingt schön auf eine unheimliche Weise, wie der Klang einer Pauke, der langsam einen Zuschauerraum erfüllt. »Wir machen uns besser an die Arbeit«, sage ich. »Also, wer möchte mir beim Unkrautjäten helfen, und wer will verwelkte Blüten abzupfen?«

»Oh, ich werde welke Blüten zupfen, wenn Sie nichts dagegen haben«, bietet Abby an. »Dabei habe ich meiner Großmutter früher oft geholfen.«

Abby geht zu einer Ballonblume, bückt sich und knipst eine verwelkte Blüte ab. »Dadurch bekommt der Rest der Pflanze mehr Kraft. Wie du, Lily, wenn du morgens deine Milch trinkst.«

Ich lächle.

»Ihr könnt hier anfangen«, sage ich. »Cory, es sieht so aus, als hätten Sie mich am Hals.«

Was genau das ist, was ich wollte.

238

»Was soll ich tun?«, fragt Cory. »Woher weiß ich, ob ich das Richtige rausreiße?«

»Machen Sie es mir einfach nach.« Ich fange an, zwischen den Steinen wachsendes Gras und Unkrautbüschel, die meinen Blumen zu nahe kommen, auszureißen. »Sie werden schon früh genug unterscheiden können, was eine Blume und was Unkraut ist.«

Eine ganze Weile lang arbeiten wir schweigend, und als ich aufschaue und alle in meinem Garten gemeinsam arbeiten sehe, kippt die Szene vor mir, und ich muss mich festhalten, weil mir schwindlig wird.

Menschen. In meinem Garten. Die zusammen mit mir arbeiten.

Cory bemerkt, dass ich aus dem Gleichgewicht bin. »Wie geht es Ihnen?«, fragt er.

»Wie geht es *Ihnen*?«, gebe ich zurück.

Cory setzt sich zurück auf seine Fersen.

»Ich nehme einen Tag nach dem anderen«, antwortet er. »Wissen Sie, Männer werden nicht dazu erzogen, über ihre Gefühle zu sprechen. Wir unterdrücken alles einfach und halten es unter Verschluss. Daher ist das alles hier –«, er stockt auf der Suche nach den richtigen Worten, »– völlig neu für mich.« Er sieht mich an.

»Woran haben Sie gerade eben gedacht, während Sie Unkraut gezupft haben?«, frage ich ihn.

»Wie meinen Sie das?« Er zuckt mit den Schultern. »Ich habe an gar nichts gedacht.«

»Genau«, sage ich. »Die Erde erdet uns. Unsere Finger im Erdreich, unsere Knie auf dem Boden, unser Körper in der Sonne. Das hier …« Ich verstumme kurz und nehme einen Klumpen Erde, um ihn durch meine Finger rieseln zu lassen. »Diese Erde ist das Einzige, das uns alle verbindet. Sie ist das Einzige, das uns alle überdauern wird. Diese Erde ist unser gemeinsamer Nenner.«

Cory ist einen Moment lang stumm. »Vermissen Sie Ihre Familie?«

»Jede Sekunde jeden Tages.«

»Ich vermisse meinen Freund«, sagt er. »Ich denke jeden Tag an Todd.« Er hält kurz inne. »Manchmal fällt es schwer, mit den einfachsten Dingen weiterzumachen, wenn man weiß, wie schlimm die Welt sein kann.« Wieder hält er inne. »Wie haben Sie das geschafft?«, fragt er.

»Was hätte ich denn sonst machen sollen?«, antworte ich. »Früher habe ich mich für einen Feigling gehalten, weil ich nicht die Kraft hatte, alles einfach zu beenden. Und vielleicht war ich das und bin es noch immer, aber ich muss Ihnen etwas sagen, junger Mann.« Ich verstumme kurz, beuge mich zur Seite und ziehe eine Hortensienblüte heran, so blau wie Corys Augen. »Die Welt ist – trotz ihrer vielen Schrecken – viel zu komplex, verschlungen und schön, als dass all das hier Zufall sein könnte. Sehen Sie nur.«

Cory betrachtet die Blüte.

»Und sehen Sie dort.« Ich zeige auf Lily, die sich eine rosafarbene Hibiskusblüte hinters Ohr gesteckt hat.

»Ich bin zu der Überzeugung gekommen, dass Gott viele Wege für uns bereithält. Sie sind nicht vorherbestimmt. Die Wahl liegt bei uns. Und jede Wahl, die wir treffen, wirkt sich auf unser Leben und das anderer aus.«

»Aber Ihre Tochter hatte nicht die Wahl. Mein Freund hatte nicht die Wahl.«

Ich setze mich zurück auf die Fersen und sehe diesen durchtrainierten jungen Mann an. Sein Gesicht sucht in meinem nach einer Antwort. »Ich hatte eine Tochter, die größte Freude meines Lebens. Ihr Freund hatte ein Baby, die größte Freude seines Lebens. Ihr Vermächtnis wirkt sich weiterhin auf uns aus. Ich versuche, einen Weg zu wählen, der meine Tochter stolz gemacht hätte.« Ich sehe mich um und fahre fort. »Und ich

weiß, sie wäre nicht stolz darauf, wie ich mich vom Leben abgeschottet habe.« Ich verstumme. »Wissen Sie, viele dieser Pflanzen waren Ableger meiner Großmutter und Urgroßmutter und
wurden an meine Mom und dann an mich weitergegeben. Andere habe ich von Freunden bekommen. Jede einzelne erzählt
eine Geschichte. Jede einzelne beinhaltet eine Erinnerung.
Das ist das Schöne an einem Garten. Das ist es, was mich dazu
bringt, jeden Tag aufzustehen und mein Bestes zu geben. Weil
meine Familie immer noch um mich ist.«

»Atomic Gardening? Radioaktive Strahlung? Atome für den Frieden?«

Die Stimme meines Bosses, Mr. Garnant, wird immer höher, sogar noch höher als die Luftfeuchtigkeit im Treibhaus. Ich schwitze nicht – ich bin eine echte Michiganerin, daran gewöhnt, mich auf fast jede Temperatur einzustellen, schließlich kann das Wetter hier an einem einzigen Tag um mehr als zwanzig Grad umschlagen –, dennoch sickert mir ein Schweißtropfen über die Stirn und läuft brennend ins Auge. Ich bin es nicht gewöhnt, dass mein Boss mich anschreit, besonders nicht in der Öffentlichkeit. Kundinnen in hübschen Hosenanzügen drehen sich neugierig um.

»Atomic Gardening ist das Allerneueste, Sir«, antworte ich mit gedämpfter Stimme. »Und ich weiß genau, was zu tun ist, damit es klappt.«

Mr. Garnants Schnurrbart zuckt. Das tut er nur, wenn ihn etwas äußerst begeistert – zum Beispiel, wenn er über die russischen Eier seiner Frau oder seine Vorliebe für Swanson's Fertiggerichte spricht – oder wenn ihn etwas furchtbar verärgert.

Wie ich. Jetzt gerade.

»Das ist doch nur eine *Modeerscheinung!*«

Die Kundinnen ziehen ihre Handschuhe aus, falten sie zusammen und legen sie in ihre Handtaschen, dabei zucken ihre

Blicke zwischen uns hin und her. Sie tun so, als würden sie die Blumen und Saatgutpäckchen mustern, aber sie sehen immer wieder in unsere Richtung.

»Das ist keine Modeerscheinung, Sir«, fahre ich mit immer noch gesenkter Stimme fort. »Es ist nur eine Möglichkeit, einen friedlicheren Nutzen für Atomenergie zu finden. Botaniker auf der ganzen Welt experimentieren in ihren Laboren damit seit Jahren. Alles, worum ich bitte, ist eine kleine Investition. Wenn wir, sagen wir mal, Tomaten radioaktiver Strahlung aussetzen könnten, dann könnten wir Mutationen erzeugen, die größer sind, oder widerstandsfähiger gegen kalte Witterung oder Krankheiten. Wussten Sie, dass bereits Hunderttausende Pfefferminzpflanzen durch Bestrahlung widerstandsfähiger gegen Pilzbefall gemacht wurden? Die Verwendung von Pfefferminze für Kaugummis und Zahnpasta ist explodiert. Wir haben die Möglichkeit, hier eine Vorreiterrolle einzunehmen, Sir.«

»Wir sind eine Gärtnerei, Iris, kein Labor.«

Mr. Garnant wendet sich zum Gehen, und ich greife nach ihm, um ihn aufzuhalten, dabei erwische ich versehentlich die Schleife seiner *Garnant-Greenhouses*-Schürze, die wir tragen. Er schnellt zurück wie ein Footballspieler bei einem Horse-Collar Tackle.

»Iris!«, schreit er.

»Das wollte ich nicht«, entschuldige ich mich.

Mit hochrotem Kopf und wild zuckendem Schnurrbart dreht er sich um. »Ich rate Ihnen dringend, wieder an die Arbeit zu gehen, bevor es zu spät ist.«

»Sir«, fahre ich trotz der Warnung fort. »Ich habe die letzten Jahre damit verbracht, Tag und Nacht an unserer Weihnachtssternproduktion zu arbeiten. Durch meine Gentests waren wir unter den Ersten, die Merkmale wie kräftigere Stiele, neue Farben und Langlebigkeit heraussortierten. Durch das kontrollierte Zuchtprogramm konnten wir vom Kauf von Freilandware

zur Produktion in unseren eigenen Gewächshäusern überge-
hen. Weihnachtssterne sind jetzt unser größter Verkaufsschla-
ger.«

»Und Ihre Arbeit war bewundernswert, Iris.«

»Warum haben Sie sie dann an ein Team von Männern übergeben?«, frage ich. »*Meine* Arbeit?«

»Iris«, sagt Mr. Garnant. »Sie kennen unser Motto. Es ist *un-
sere* Arbeit, nicht die eines Einzelnen. Im Team gibt es keine
Einzelkämpfer. Wir brauchen Sie draußen. Frauen kaufen von
Frauen.«

»Ich bin Botanikerin, Sir, keine Verkäuferin.«

»Sie sind eine …« Mr. Garnant bricht ab, und sein Schnurrbart sinkt herab. Mir schwillt der Kamm, als ich seinen Gedanken zu Ende bringe.

»Eine Frau? Richtig?«

»Atomic Gardening ist eine Modeerscheinung. Es wird genauso wieder verschwinden wie Ihre Victory-Gärten. Garnants
ist die größte Gärtnerei im Mittleren Westen. Wir müssen verkaufen. Die Leute haben heutzutage Fernsehen und Filme,
neue Elektroherde und schicke Autos. Die Leute verbringen
nicht mehr so viel Zeit draußen. Wir müssen um jeden Dollar
kämpfen. Und …« Er sieht mich an, als wäre ich ein lebloses
Objekt, ein Hocker vielleicht. »Und Frauen kaufen eben am
liebsten von Frauen.«

»Ich flehe Sie an, Sir«, sage ich. »Ich muss meinen Verstand
beschäftigen. Ich brauche diese Art von Arbeit. Wussten Sie,
dass viele der Dinge, die wir essen, bereits eine lange Geschichte genetischer Modifizierung hinter sich haben, Sir? Wir sprechen nur nicht darüber. So können wir Radioaktivität wenigstens für etwas Gutes nutzen.«

»Jetzt ist es genug, Iris«, schreit er. »Seien Sie auf der Stelle
still! Sie vertreiben uns noch alle unsere Kunden.« Mr. Garnant
fuchtelt mit den Armen um sich wie ein Helikopter. »Sehen Sie

sich um, Iris!«, ruft er mit dröhnender Stimme. »Sehen Sie sich um! Wir alle haben unsere Familien, um die wir uns sorgen müssen. Wir können sie nicht einfach radioaktive Strahlung essen lassen. Sie brauchen sich um so etwas wie Familie ja keine Sorgen zu machen.«

Ich zwinge mich, nicht zu weinen, als meine Augen sich mit Tränen füllen.

»Das war unangebracht, Sir.«

»Ich habe es nicht so gemeint«, sagt er zerknirscht.

»Doch, das haben Sie«, erwidere ich mit zusammengebissenen Zähnen. Das Herz schlägt mir bis zum Hals. »Und Sie haben recht. Das brauche ich nicht. Das haben Sie mir heute sehr deutlich gemacht.« Ich halte inne und versuche durchzuatmen, aber es ist zu spät: Ich kann nicht aufhalten, was aus meinem Mund kommt. »Ich brauche weder Sie noch diesen Job, weil ich nur auf mich selbst zu achten habe. Frauen sind mehr als Verkäuferinnen. Wir sind die Zukunft dieser Welt. Ich mag zwar meine Familie verloren haben, aber ich habe nicht meinen Verstand verloren oder meinen Glauben, oder meinen Ehrgeiz, oder meine Intelligenz. Ich kündige.«

»Sie machen einen großen Fehler, Iris«, warnt Mr. Garnant. »Sie brauchen mich.«

»Nein«, entgegne ich. »Ich brauche niemanden. Ich brauche nur meine Blumen.«

Mr. Garnant sieht mich an, als sähe er mich zum ersten Mal und als könne er die neue Iris nicht ausstehen. »Sie werden noch angekrochen kommen, damit ich Sie wieder einstelle, warten Sie's ab. Aber das werde ich nicht, Iris. Haben Sie verstanden? Das werde ich nicht.«

»Das werden Sie auch nicht müssen, weil ich Sie aus dem Geschäft drängen werde.«

Er lacht.

Ich ziehe meine Schürze aus und werfe sie auf den Boden.

»Ich eröffne in ein paar Wochen meine eigene Gärtnerei, meine Damen«, sage ich im Vorbeigehen zu den Frauen. »Und ich baue dort alles selbst an.«

Auf der Busfahrt nach Hause weine ich untröstlich – mehr vor Wut als vor Traurigkeit –, so laut, dass meine Mitfahrer mindestens drei Reihen Abstand zu mir halten. Zu Hause angekommen renne ich ins Haus, geradewegs in Marys Zimmer und breche auf ihrem Bett zusammen.

»Ich brauche deine Hilfe, Mary«, sage ich. »Hilf mir.«

Ich schließe auf dem Bett meiner Tochter die Augen, ziehe eine Decke über mich und versinke in tiefen Schlaf. Als ich wieder aufwache, kurz vor der Morgendämmerung, sehe ich die Blumen vor meinen Augen tanzen, die Shirley und ich vor so langer Zeit für Mary aufgehängt haben. Kerzengerade setze ich mich im Bett auf. Ich weiß jetzt, was ich tun muss.

Ich renne hinunter und nehme die Urne vom Kaminsims. Dann stolpere ich barfuß hinaus in meinen Garten, der vom Mondschein in ein überirdisches Licht getaucht ist. Ich gehe direkt zu meinen Taglilien, direkt zu meinen neuesten Kreationen.

»Du bist genau wie eine Taglilie, Mary.« Ich fange an zu weinen und falle auf die Knie. »Eine Schönheit für einen Tag. Du hast nur kurze Zeit geblüht, aber so wirst du ewig leben. Du wirst deinen neuen Freunden dabei helfen zu gedeihen und meine ständige Gartengefährtin sein.«

Ich drehe die Urne um und verstreue die Asche meines Kindes über die Blumen.

Genau in diesem Augenblick bricht die Dämmerung herein. Ich stehe auf und sehe zu, wie die Sonne langsam über den Horizont steigt. Während sie das tut, erwacht die Welt zum Leben: Ein Monarchfalter taucht wie aus dem Nichts auf und landet auf einer meiner Taglilien. Ein Kolibri gesellt sich dazu. Und dann ein Schwarm Bienen.

Ich denke an das Gebet, das Shirley gesprochen hat, als Marys leerer Sarg in die Erde gesenkt wurde.

»Wir betten dich zurück in die warme Erde,
Asche zu Asche, Staub zu Staub,
Und an diesem Ort werden wir deiner gedenken,
Hier im Sommer mit den Blumen in voller Blüte.«

»Sei für immer bei mir«, flüstere ich meinen Blumen zu, bevor ich mein Gesicht zum Himmel hebe. »Sei für immer hier bei mir in meinem Garten.«

⚘

»Das hier ist die Taglilie, die Sie für Ihre Tochter kreiert haben, stimmt's? Iris? Iris?«

Endlich kehre ich blinzelnd wieder in die Gegenwart zurück, als Corys Frage mich aus meinen Gedanken reißt.

»Ja«, antworte ich. »Das ist sie.«

»Und welche Blume war für Ihren Mann?«

»Die Rose«, antworte ich. »Meine Jonathan-Rosen. Diese pfirsichfarbenen, die an der Laube im Vorgarten wachsen. Ich habe sie nur für ihn kreiert. Sie sind immer noch so pfirsichfarben, wie seine Wangen es waren.«

Ein paar lange Sekunden lang herrscht Stille. Als ich mich umdrehe, hat Cory die Zähne zusammengebissen. »Wo ist er begraben?«, fragt er. »Es wäre mir eine Ehre, seinem Grab Anerkennung zu zollen.«

»Er ist nie nach Hause gekommen.«

Cory sieht mich an. »Was?«

»Sein Leichnam ist in Frankreich begraben«, erkläre ich. »Oder in Deutschland. Ich weiß es immer noch nicht, um ehrlich zu sein. Die Regierung hat mir gesagt, sein Leichnam sei ›nicht zu bergen‹. Ich konnte ihn nicht nach Hause holen.«

Ich verstumme. »Nichts von ihm. Ich habe ihnen immer wieder geschrieben, aber nach einer Weile habe ich aufgegeben. Ich musste aufgeben. Ich musste es einfach hinter mir lassen, für meine Tochter, für mich.« Wieder verstumme ich kurz. »So viele unserer Männer gelten immer noch als verschollen.« Ich schließe die Augen und lege meine Hände auf die Erde. »Mein Garten ist der Ort, an dem ich Zeit mit ihm verbringe. Die Asche meiner Tochter ist hier. Und die Erinnerungen an sie ebenso.«

»Das tut mir so aufrichtig leid«, sagt Cory mit kaum hörbarer Stimme. »Danke, dass Sie mir das anvertraut haben.«

Ich sehe diesen Mann an – so groß und robust wie eine der Dünen des Michigansees, und dennoch so verletzlich wie ein Kind, das versucht, sie zu erklimmen. Ich strecke meine Hand aus, und Cory ergreift sie. Als wir wieder loslassen, fallen Erdklümpchen zurück auf die Erde.

Aus dem Nichts erklingt ein Donnerschlag, und es fängt an zu schütten.

Lily schreit auf, und Abby bedeckt schützend ihren Kopf.

»Zeit zu gehen!«, schreit sie.

Ich stehe auf. »Warum?«

»Es regnet!«, antwortet sie.

»Warum haben wir Angst, vom Regen nass zu werden? Wenn wir in den See springen, wenn wir schwimmen oder duschen haben wir das ja auch nicht. Wissen Sie noch, wie wir als Kinder in Pfützen gesprungen sind?«

Ich stelle mich mitten in meinen Garten und fange an, mich zu drehen, lasse mich vom Regen durchnässen. »Es regnet!«, sage ich.

Lily kichert und rennt dann zu mir. »Es regnet!«, ruft sie und dreht sich in ihrem Schlafanzug.

Gemeinsam singen wir:

»Es regnet, es regnet, es regnet seinen Lauf …«

Cory lacht, und Abby stimmt mit ein. Er schnappt sich seine

Frau, und die beiden fangen an zu tanzen. Sie wirbeln herum, dass die Wassertropfen nur so von ihnen davonfliegen. Und als er sie schwungvoll nach hinten kippt, kichert sie noch mädchenhafter als ihre Tochter gerade eben.

Und dann, genauso plötzlich, wie es angefangen hat, hört der Regen auf, die Sonne kommt raus, und die Welt funkelt in schimmerndem Licht.

»Das hab ich nicht mehr gemacht, seit ich ein kleines Kind war«, keucht Abby.

»Und, wie war es?«, frage ich.

Sie sieht zuerst mich an und dann Cory. »Herrlich!«

»Daddy, ich wusste gar nicht, dass du tanzen kannst«, sagt Lily, die herbeigerannt kommt. »Du siehst wie eine Prinzessin aus, Mommy.«

»Eine tropfnasse Prinzessin.« Abbys Miene wechselt von Begeisterung zu Verlegenheit. Sie nimmt ihre Brille ab und versucht, sie mit ihrem feuchten Shirt abzutrocknen. »Niemand sieht nass gut aus, besonders ich nicht.«

»Machen Sie das nicht«, sage ich.

»Was?«

»Machen Sie sich nicht nieder. Sie sind wunderschön.«

Nun steht Abby Überraschung ins Gesicht geschrieben, als sie mich ansieht.

»Danke«, sagt sie errötend.

»Kommt«, bedeute ich allen, mir zu folgen. Ich führe sie zu meinem Gewächshaus, wo ich ihnen ein paar Handtücher reiche, die ich dort stets bereithalte. Dann führe ich sie hinüber zu einem üppig grünen Randbeet. »Diese Pflanze fällt nicht vielen Leute auf, aber schauen Sie sie sich jetzt an.«

Unmengen samtig grüner Blätter funkeln im Sonnenlicht.

»Die sehen aus, als wären Diamanten auf ihnen drauf!«, staunt Lily.

»Stimmt«, antworte ich. »Gut beobachtet.«

»Was ist das, Iris?«

»Das ist eine mehrjährige Pflanze namens *Alchemilla mollis*«, erkläre ich. »Frauenmantel.«

»Davon habe ich noch nie gehört«, sagt Abby.

»Sie eignet sich sehr gut als Bodendecker oder Beeteinfassung.«

»Sie rahmt all die anderen Blumen wirklich wunderschön ein.«

»Aber diese Pflanze ist dazu noch etwas ganz Besonderes, denn sie ist wie die meisten Menschen.« Ich knie mich hin. »Die auffallendsten Leute sind es – die schrillen, die hübschesten, die buntesten –, die auf der Welt die ganze Aufmerksamkeit auf sich ziehen, aber am atemberaubendsten sind diejenigen, die ihre Schönheit immer dann enthüllen, wenn niemand hinsieht. Schauen Sie nur.« Ich nehme ein Frauenmantelblatt und halte es in die Sonne. »Sehen Sie, wie die Blätter wie flache kleine gefältelte Schalen aussehen?«

»Ja«, antworten alle einstimmig.

»Nach einem Regenschauer bleiben Wassertropfen in ihnen stehen, die wie Diamanten auf ihrer Haut funkeln. Auf diese Weise sammeln sie den Morgentau und halten ihn mit ihren Blättern den ganzen Tag über bei sich. Sie sind clevere Geschöpfe, aber auch ziemlich elegant. Ich liebe es, wie sie blühen, in fröhlichen Trauben zierlicher gelber Blüten, die einfach emporschießen und übersprudeln wie Champagner.

Der Name kommt von der Blattform, die dem königlichen Mantel in mittelalterlichen Mariendarstellungen ähnelt. Die lateinische Bezeichnung *Alchemilla* kommt von dem Wort Alchemie. Im Mittelalter glaubten Alchemisten, dass die Wassertropfen, die sich in den Blättern des Frauenmantels bilden, einfache Metalle in Gold verwandeln können. Außerdem glaubten sie, dass diese Tropfen magische Kräfte haben, um ewige Jugend zurückzugewinnen.«

»Na dann her damit!«, sagt Abby mit einem Lachen.

»Ich weiß, das klingt verrückt«, sage ich, »aber manchmal trinke ich das Wasser aus diesen Blättern.«

»Igitt.« Lily verzieht das Gesicht, während sie sich die Haare abtrocknet. »Das ist schmutzig.«

»Nein«, widerspreche ich. »Es ist magisch. Frauenmantel ist dafür bekannt, dem Herzen Frieden zu schenken.«

»Wie denn das?«, fragt Abby.

Ich lächle. »Es stecken Heilkräfte in unseren Blumen und Pflanzen, sowohl medizinisch als auch spirituell. Glauben Sie das nicht? Dass Wissenschaft mehr ist als nur Wissenschaft?«

Abby nickt. »Doch, das mag sein.«

»Ich benutze die Frauenmantelessenz in Momenten, in denen ich mich ängstlich oder hilflos fühle«, sage ich. »Frauenmantel ist ein Balsam, wenn man Schwierigkeiten hat, sich selbst oder andere zu lieben, weil man verletzt ist und Kummer hat.«

Corys Kopf ruckt hoch, und er sieht mich an.

Ich pflücke ein Frauenmantelblatt, neige das weiche, samtige Blatt zum Mund und schlürfe sein heilendes Wasser.

»Noch jemand?«, frage ich und halte das Blatt hoch.

»Ich«, sagt Cory.

Ich reiche ihm das Blatt, und er hebt es an die Lippen. Goldene Wassertropfen fallen in seinen Mund.

»Du trinkst Diamanten, Daddy«, sagt Lily.

Ich lächle, als die Sonne direkt auf diesen Mann scheint – Ehemann, Vater, Soldat, Kind –, und er ist tatsächlich von einem goldenen Licht erleuchtet, wie von innen heraus.

»Wieder an die Arbeit, Iris?«, fragt er.

»Wieder an die Arbeit«, antworte ich.

Abby

JULI 2003

»Hallo?«, rufe ich. »Wo stecken denn alle?«

»Hier draußen!«

»Tut mir leid, dass ich zu spät komme«, sage ich, den Stimmen von Cory und Lily nach hinten in den Garten folgend. Meine Büropumps klappern laut die hölzernen Stufen hinunter. »Das Meeting hat länger gedauert.«

Ich mache zwei Schritte in den Garten, und meine Absätze versinken in der nassen Erde. Ich schlüpfe aus ihnen heraus und lasse sie einfach stehen wie einen im Schlamm steckengebliebenen Truck.

Cory lacht.

»Langer Tag?«

Ich gehe zu ihm rüber und verziehe das Gesicht. »Du kannst dir nicht vorstellen, was ich alles erdulden musste.«

Cory steht auf und umarmt mich.

»Danke«, sage ich. »Das hab ich gebraucht. Was macht ihr zwei da eigentlich?«, wende ich meine Aufmerksamkeit Lily zu.

Sie hat sich noch nicht zu mir umgedreht, denn sie ist damit beschäftigt, mit einem kleinen Spaten in den Händen munter wie ein Hund ein Loch zu buddeln, dass die Erde nur so nach allen Seiten spritzt.

»Wir gärtnern, Mommy«, antwortet Lily. »Genau, wie Iris es uns gezeigt hat.«

»Das sehe ich«, sage ich mit einem kleinen Lachen.

»Schau, was sie uns gegeben hat, Mommy.« Lily macht sich immer noch nicht die Mühe, sich umzudrehen.

In diesem Moment sehe ich endlich, was sich direkt vor mir befindet: zahllose Ableger von Pflanzen – in Töpfen, Schalen, feuchten Papiertüchern, sogar kleine Büsche mit Wurzelballen.

»Iris?«, frage ich.

»Iris«, antwortet Cory. »Und schau, was sie uns noch gegeben hat.«

Er bückt sich und nimmt einen Umschlag aus einem der Kartons mit Pflanzen. »Das ist ein Foto, wie der Garten ihrer Großmutter früher ausgesehen hat.«

»Das ist *unser* Haus?« Meine Stimme wird laut genug, dass Lily sich endlich umdreht und mich ansieht. Lange betrachte ich das Foto und dann unseren abgestorbenen Garten.

»Sieht nicht aus, als wäre es derselbe Ort, oder?«

Ich schüttle den Kopf.

»Iris hat uns Ableger aus ihrem Garten gegeben, die eigentlich ursprünglich von hier stammen, aus dem Garten ihrer Grandma«, fährt Cory fort. »Ich werde versuchen, jeden an genau denselben Ort zu pflanzen wie das Original. Dann schließt sich der Kreis.«

»Das ist eine Menge Arbeit«, sage ich. »Ich weiß, dass du früher gern gegärtnert hast, aber was hat all diese Begeisterung ausgelöst?«

Erneut sieht Cory das Foto und dann mich an. Sein Blick ist so eindringlich, dass ich unruhig von einem Fuß auf den anderen trete.

»Durch Gartenarbeit fühle ich mich«, Cory stockt kurz auf der Suche nach dem richtigen Wort, »besser.« Er steckt das Foto zurück in den Umschlag, legt ihn in den Karton und steht wieder auf, ein Büschel Frauenmantel in der Hand. Er starrt die

Pflanze an, als er weiterspricht. »Besserer Ehemann, besserer Vater, besserer Mensch …« Er sieht mich an. »Besser eben.«

»Erinnerst du dich noch, als Dr. Trafman gefragt hat, ob es etwas gibt, das ich tun könnte, um meinen Geist und meinen Körper fit zu halten?«, fährt er fort. »Da ist mir sofort das hier eingefallen. Als hätte ich es bereits gewusst. Ich fühle mich besser, Abby.«

Ohne Vorwarnung schlägt mir das Herz bis zum Hals. »Das kann ich sehen«, antworte ich. »Und dadurch fühlen wir uns auch besser.«

»Frauenmantel«, sagt Cory wie zu sich selbst, während er das Büschel in seinen Händen betrachtet. »Männer sind nach außen hin stark. Wir sprechen laut. Wir schlagen uns auf die Brust. Wir fühlen uns wie die Krieger der Welt. Aber in Wirklichkeit sind Frauen diejenigen, die stark sind.« Er sieht mich an. »Die, die im Regen stehen und sich nie beklagen.«

»Cory«, hebe ich an.

»Frauen sind genau wie diese Pflanze«, fährt er fort. »Schau dir die Blätter an, die immer noch den am Morgen gesammelten Tau enthalten.«

»Seit wann bist du so ein Poet geworden?«, frage ich.

»War ich schon immer«, erwidert er. »Ich hab es nur nie gezeigt. Ich dachte nicht, dass ich das dürfte. Aber das ist es, warum du dich in mich verliebt hast, nicht wahr? Du wusstest immer, dass es da war.«

Diesmal steigen mir Tränen in die Augen. »Ja«, sage ich. »Das war es immer. Es war nur eine Weile versteckt.«

»Frauen haben Kraftreserven.« Cory neigt den Frauenmantel so, dass die Wassertropfen in die Mitte der Blätter kullern. »Sie halten sie fest, bis sie gebraucht werden.« Wieder betrachtet er die Pflanze. »So ein perfekter Name. Frauenmantel.« Er sieht mich an. »Frauen sind Königinnen. Sie verdienen es, den königlichen Mantel zu tragen.«

Cory beugt sich zu mir und küsst mich so intensiv, dass mir die Knie weich werden.

»Ich liebe dich so sehr, Abby«, sagt er. »Danke, dass du diese Familie ohne mich zusammengehalten hast.«

»Ich habe diese Familie für dich zusammengehalten«, erwidere ich.

Cory lächelt. »Ich muss dir etwas sagen.«

»Ich wusste es«, sage ich. »Du hast mich auf eine große Enthüllung vorbereitet.«

»Nein«, widerspricht Cory. »Nichts dergleichen. Es ist nur so … nun … es ist nur so, dass ich Iris heute gefolgt bin.«

»Du bist *was*?«, frage ich.

»Nachdem sie mir heute Morgen all diese Pflanzen gegeben hat, habe ich nicht gehört, dass sich ihr Tor wieder geschlossen hätte. Als ich hinausgespäht habe, habe ich gesehen, dass sie an ihrem Zaun entlanggeschlichen ist, fast wie eine Einbrecherin. Ich habe mir Lily geschnappt und ihr gesagt, dass wir uns auf eine geheime Spionagemission machen. Wir sind Iris den ganzen Weg bis zu einem kleinen Stück Land am Ende der Siedlung gefolgt. Es ist von einem Zaun umgeben. Wir haben zwischen den Zaunlatten hindurchgesehen, und alles war nur ein verwuchertes Durcheinander.

»Wir wollten gerade wieder gehen«, fährt Cory fort, »da haben wir Iris reden gehört.«

»Mit wem?«

»Niemandem«, antwortet Cory. »Na ja, doch. Mit ihrem Mann und ihrer Tochter.«

»Was?«

»Ich glaube, das muss ein Ort sein, der ihr einmal wichtig war und es immer noch ist«, meint Cory.

»Oh nein«, sage ich. »Das ist ja schrecklich«

»Als wir gestern bei ihr waren, hat sie mir erzählt, dass der Leichnam ihres Mannes nie geborgen wurde«, sagt er. »Er ist

255

immer noch irgendwo in Frankreich … oder Deutschland. Er wurde nie geborgen. Ich habe mich mit einem Freund beim Militär in Verbindung gesetzt, und er meinte, dass das häufiger vorkam, als man sich vorstellt. Leichen wurden als nicht zu bergen erachtet, und viele Familien wollten einfach damit abschließen, also blieben die sterblichen Überreste in Übersee begraben. Aber«, fährt Cory mit ansteigender Stimme fort, »jetzt gibt es neue Technologien. Wenn wir die DNA ihres Mannes oder irgendetwas anderes einschicken könnten, würde das Militär es zu den Akten nehmen. Sie haben eine Datenbank von jedem Soldaten, der nicht heimgekehrt ist. Immer wieder werden Knochen an Grabstätten oder Orten, wo Kämpfe ausgetragen wurden, gefunden.«

»Cory –«, setze ich an.

»Ich weiß, ich weiß«, beeilt er sich einzuwenden. »Das hört sich weithergeholt oder wie aus einem Film an, aber …« Cory verstummt kurz, und seine Augen sind voller Emotionen. »Sie muss einen Abschluss finden, Abby. Sie ist eine alte Frau. Sie verdient es zu wissen, was passiert ist.« Cory betrachtet den Frauenmantel und dann Lily, die in der Erde gräbt. »Sie hilft mir dabei, ein wenig damit abschließen zu können, und ich habe das Gefühl, ihr auch ein wenig helfen zu müssen. Todd konnte ich nicht retten …«

»Du kannst sie auch nicht retten, Cory.«

»Ich weiß. Ich glaube auch nicht, dass sie gerettet werden muss. Ich möchte einfach nur, dass ihre Familie bei ihr ist. So wie die meine bei mir ist.«

Mein Hüne von einem Mann bricht in Tränen aus, und ich halte ihn fest.

»Du bist ein guter Mann, Cory.«

»Und du bist eine gute Frau, Abby.«

»Wir hören uns ja schon beinah an wie eine Folge von *Die Waltons*«, lache ich.

Cory lacht ebenfalls, so dass sein Körper an meinem bebt. »Du bist eine alte Seele, Abby Peterson.«

Ich nehme meinem Mann die Pflanze aus der Hand und sehe sie an. Dabei fällt eine seiner Tränen direkt in ein gewölbtes Frauenmantelblatt. Sie sieht aus wie ein magischer Kristall.

»Das bist du auch«, sage ich.

TEIL NEUN

Überraschungslilien

»Auf der Suche nach dem Garten meiner Mutter
fand ich meinen eigenen.«

ALICE WALKER

Iris

AUGUST 2003

»Langsam, immer schön langsam. Noch ein bisschen Geduld!«
Kolibris flitzen um mich herum wie Kampfpiloten. Ich hänge einen Futterspender an einen Haken am Giebel meiner Veranda, dann komme ich mit einem weiteren zurück, den ich an meinen Judasbaum hänge, und sehe zu, wie die herrlichen Geschöpfe zwischen den Futterspendern hin und her schwirren. Die meisten warten geduldig, bis sie an der Reihe sind, ein schillernd grünes Exemplar allerdings versteckt sich zwischen den Zweigen und verscheucht die anderen, wenn sie näher kommen. Ich drehe mich zu dem Futterspender auf der Veranda um und beobachte, wie die winzigen Vögelchen um den Spender herumschweben und ihre langen Schnäbel tief in die ihn umgebenden falschen Blüten stecken.

»Das Rezept meines Vaters«, sage ich zu ihnen. »Lasst es euch schmecken.«

Ich war – wie alt? –, als mein Dad mir beibrachte, eine halbe Tasse Zucker mit zwei Tassen warmem Wasser zu verrühren. So einfach und doch so magisch.

»Trinkt aus«, sage ich. »Ihr könnt die Energie brauchen.«

Es ist heiß heute, die Temperatur soll auf zweiunddreißig Grad steigen. An solchen Tagen gleißt die Sonne wie ein Suchscheinwerfer durch den Dunst, und ihre Strahlen sickern in den diesigen Himmel, ohne am Boden anzukommen.

Das sind die *Hundstage*, hat mir meine Grandma immer erklärt, wenn sich Midnight unter der Veranda verkroch oder sich zwischen den Hortensien ein kühles Loch in die Erde buddelte.

Trotz der Hitze riecht die Welt süß, und ich hebe schnuppernd die Nase in die Luft, genau wie es Midnight früher immer getan hatte. Ich kann nicht sagen, wo er herkommt, aber es ist ein vertrauter, wohliger Duft.

Ich drehe mich um und jauchze vor Begeisterung auf, als ich endlich bemerke, was da vor mir verstreut sprießt.

»Überraschung!«, rufe ich.

Überraschungslilien sind über Nacht emporgeschossen, wie sie es immer tun, ohne jede Vorwarnung. Sechs bis acht trompetenartige zartrosa Blüten sprießen an den Enden völlig nackter grüner Stiele, die sechzig Zentimeter hoch aus der Erde ragen. In meinem sehr ordentlichen Garten und aufgeräumten Gewächshaus sind meine Überraschungslilien wirklich Überraschungen.

Sie sprießen willkürlich überall in meinem Vorgarten und Garten, und ich vergesse jedes Jahr, wo sie sind, bis sie im Spätsommer aus der Erde schießen, um ›Überraschung!‹ zu rufen, wie versteckte Gäste auf einer Geburtstagsparty.

Gärtner haben viele Namen für Überraschungslilien, die alle perfekt zu passen scheinen: Zauberlilie, Spinnenlilie, Rosa Flamingoblume, Auferstehungslilie und Shirleys Lieblingsbezeichnung ›Nackte Dame‹. »Die sehen genauso aus wie ich, wenn ich aus der Dusche komme«, hatte sie immer gesagt. »Ein unansehnlicher Körper mit einem ziemlich hübschen Gesicht darauf.«

Überraschungslilien sind in der Tat eigenartige Geschöpfe. Ihre Blätter erscheinen im Herbst, überleben den Winter und sterben im Frühsommer ab, wenn alles andere zum Leben erwacht ist, bevor sie dann – Überraschung! – im August erblühen.

Ich gehe hinüber zu einer Überraschungslilie, die mitten in meinem Garten wächst.

»Hi, Blanche«, sage ich.

Blanche war meine Großtante – die Schwester meiner Grandma –, und sie war ebenso bunt und unvorhersehbar wie diese Lilien. Sie malte sich leuchtend rotes Rouge auf die Wangen, färbte ihre Haare kastanienbraun, trug bunte Schals und weite Marlene-Hosen und war früher mal ein Showgirl in Las Vegas gewesen. Sie kam jeden August in die Stadt gerauscht – um vor dem Sommer in Vegas zu flüchten –, im Gepäck Geschichten über Frank Sinatra und Dean Martin, die mir wohlige Schauer über den Rücken jagten. Sie trank Manhattans und sah meiner Grandma bei der Gartenarbeit zu, und jedes Mal, wenn sie in der Stadt war, erblühten die Überraschungslilien über Nacht, als hätten sie auf ihre Ankunft gewartet.

»Sei genau wie diese Lilien«, hatte sie oft zu mir gesagt. »Sei anders, unerwartet, eine Überraschung für die Leute.«

Ich gehe zu einer weiteren Überraschungslilie. »Hi, Cousine Doris«, begrüße ich sie.

Doris kreuzte ihre eigenen Überraschungslilien – sie war die Erste, die mir beibrachte, dass man Blumen miteinander kreuzen kann –, und wir pflanzten sie überall in unseren Gärten, sehr zum Leidwesen meiner Mom und meiner Grandma. Sie erinnern mich immer noch an Doris' Großzügigkeit.

Als ich in den Vorgarten gehe, werde ich plötzlich von Gefühlen überwältigt, als ich die Überraschungslilien sehe, die dort wie Maulwürfe an verschiedenen Stellen im Gras emporsprießen.

»Hi, Daddy«, sage ich.

Mein Dad hat nicht gegärtnert. Wenn es nach ihm gegangen wäre, hätte der Vorgarten nur aus Rasen bestanden, damit er den Rasenmäher einfach in geraden Linien vor und zurückschieben hätte können, anstatt im Zickzack um Bäume und

Blumen herum zu mähen und endlose Beeteinfassungen zu trimmen.

Aber er liebte Überraschungslilien, obwohl sie beim Mähen noch mehr Mühe machten. Die Eltern meines Dads waren Farmer in Illinois gewesen. Lange nachdem sie gestorben waren, ist er mit uns in den Sommerurlaub nach Chicago gefahren und hatte vorher einen Abstecher in die Mitte von Illinois gemacht, wo er aufgewachsen ist. Als er anhielt, war da keine Scheune, kein Farmhaus oder Maisfeld mehr. Alles war abgerissen worden, und man hatte stattdessen eine Tankstelle mit dazugehörigem Restaurant an die Stelle gebaut. Er war untröstlich gewesen.

»Lass uns fahren, Bill«, hatte meine Mom gesagt.

Er wollte schon wieder zurück in den Wagen steigen, doch dann blieb er noch einmal stehen, um sich ein letztes Mal umzusehen, wie um sich die Erinnerung einzuprägen.

»Schaut«, sagte er plötzlich. »Sie sind immer noch da.«

Mein Vater wurde selten emotional, aber in dem Moment klang seine Stimme wie die eines kleinen Jungen.

»Was denn, Bill?«, fragte meine Mom.

Er zeigte auf ein Feld, das an die Tankstelle grenzte. Überall sprießten Überraschungslilien.

Beim Anblick dieser Lilien musste sich mein Vater schluchzend vornüberbeugen. »Die Überraschungslilien meiner Mom«, sagte er. »Sie stehen immer noch. Sie zeigen immer noch in den Himmel.«

An jenem Tag in Illinois gruben wir so viele Überraschungslilien aus diesem Feld aus, wie wir konnten, steckten sie in große Becher, die wir aus dem Restaurant hatten, und hielten sie am Leben, bis wir wieder nach Hause kamen, wo mein Dad sie an verschiedenen Stellen im Garten einpflanzte. Sie überlebten Stürme und Baumaßnahmen.

Ich knie nieder und halte mir eine Überraschungslilie unter

die Nase, die mein Vater gepflanzt hat und die von seinem Elternhaus stammt. Eine Blume voller Geschichte.

Als kleines Mädchen habe ich Überraschungslilien eigentlich gehasst, da sie das erste greifbare Zeichen dafür waren, dass der Sommer zu Ende ging und die Schule bald wieder anfangen würde.

Ein Kolibri flitzt über meinen Kopf hinweg und erinnert mich daran, dass ich die Futterspender im Vorgarten noch auffüllen muss. Ich stehe auf, nehme zwei weitere Futterspender und gehe ums Haus zur Fliegengitterveranda. Als die Tür zuschlägt und die Glocke bimmelt, bleibe ich stehen und drehe mich um.

Ich frage mich …

Ich schaue von meiner Veranda, die so geneigt ist, dass ich ein Stück von Abbys und Corys Garten über meinen Zaun und die Hecken hinweg sehen kann, auf ihren Rasen.

»Überraschung!«, schreie ich hocherfreut darüber, dass die Lilien immer noch da sind, dabei klingt meine Stimme so hoch und begeistert, dass mich das ebenfalls überrascht.

Als ich wieder zurück in die Küche gehen will, höre ich plötzlich: »Woher wussten Sie das?«

Was um alles in der Welt?

»Woher wussten Sie, dass Lily heute Geburtstag hat?«, ruft Abby. »Können Sie Gedanken lesen?«

Einen Moment lang bin ich zu verblüfft, um zu sprechen. Und dann wird mir bewusst, dass ich gerade laut ›Überraschung!‹ gerufen habe.

In diesem Moment flitzt ein Kolibri – ein Männchen mit rubinroter Kehle – vor die Veranda und bleibt völlig reglos in der Luft stehen, bis auf seine Flügel, die sich mit Lichtgeschwindigkeit bewegen. Der Vogel sieht mir direkt in die Augen. Ich neige den Kopf. Er neigt den Kopf. Ich weiß, dass er kein Futter will, weil die Futterspender voll sind. Ich weiß, warum mein Besucher hier ist.

Das ist ein Zeichen.

»Hi, Dad«, flüstere ich.

Kardinäle sind ein Symbol meiner Mutter. Sie tauchen auf, wenn ich sie am meisten brauche, während der Weihnachtsfeiertage, wenn meine Seele ächzend schmerzt wie nackte Äste im Nordwind und mein Herz so gefroren ist wie der See. Dann landen sie auf einem schneebedeckten Stechpalmenbusch, um mir frohe Weihnachten zu wünschen. Kolibris sind ein Symbol meines Vaters. Er liebte sie ebenso sehr wie seine Überraschungslilien. Sie tauchen auf, um mich an den Sommer zu erinnern, an meine Wurzeln.

»Hallo?«, ruft Abby. »Iris? Alles okay?«

»Ich wusste es einfach«, rufe ich schließlich zurück. »Instinkt!«

»Hätten Sie Lust, später auf ein Stück Geburtstagstorte zu uns rüberzukommen?«

Wusste ich doch, dass ich vorhin etwas Süßes gerochen habe, denke ich.

»Ich fülle gerade meine Futterspender auf und bin schmutzig von der Gartenarbeit«, erwidere ich.

»Kommen Sie rüber, wenn Sie können, okay? Wir werden warten.«

»Okay«, rufe ich zurück. »Danke.« Ich verstumme. »Oh, und ich habe ein kleines Geschenk für Lily.«

»Wirklich?« Abbys Stimme hebt sich ungläubig.

»Ja«, antworte ich. »Aber es ist eine Überraschung.«

Abby

AUGUST 2003

»Woher haben Sie gewusst, dass ich heute Geburtstag habe?«

Lilys Gesicht ist mit Zuckerguss verschmiert – von einem Ohr zum anderen und von der Nase bis zum Kinn –, und mein Herz fühlt sich an, als könne es vor Glück platzen.

Welche größere Freude gibt es, als deine Tochter direkt vor deinen Augen glücklich und gesund zu einem klugen, unabhängigen, einzigartigen kleinen Mädchen aufwachsen zu sehen?

»Es ist doch nur logisch, dass ein schönes Mädchen namens Lily an dem Tag Geburtstag hat, an dem die Überraschungslilien das Licht der Welt erblicken«, antwortet Iris.

Mein Blick schnellt zu ihr, und es bricht mir das Herz.

Wäre ich in der Lage weiterzuleben, falls Lily sterben würde? Was, wenn Cory im Kampf gefallen wäre? Wie würde ich weitermachen? Wie könnte ich? Woher nimmt Iris ihre Kraft und ihr Gefühl für Sinnhaftigkeit?

Wir sitzen im Wohnzimmer, Iris in einem Sessel, wir drei auf dem Sofa, und die Klimaanlage macht Überstunden, um das schlecht isolierte alte Cottage einigermaßen kühl zu halten. Sonnenlicht strahlt durch ein Buntglasfenster ins Wohnzimmer und wirft blaue, rote und grüne Lichtflecken auf Iris' Gesicht. Von meinem Blickwinkel aus gleicht sie einem Gemälde von Picasso, denn ihre Züge sind in bunte Flächen aufgeteilt – blaue Nase, grüne Wangen, rote Stirn.

Ich schließe die Augen und öffne sie wieder.

Sie schaut verzückt zu, wie Lily ihren Kuchen isst, und dennoch kann ich die Emotionen, die darunter lauern, nicht ergründen. Das Licht lässt Iris strahlen, aber es zeigt auch jede Falte ihres gealterten Gesichts, tiefe Furchen, wie die, die sie gräbt, um Samen einzupflanzen. Und dennoch sehe ich nicht ihr Alter, ich sehe ihre Schönheit.

Während eines Collegeausflugs habe ich einmal eine Ausstellung des Detroit Institute of Arts besucht, bei der eine Gruppe Künstler vorgestellt wurde – Maler, Holzschnitzer, Textilkünstler –, die in Mexiko studiert hatten. Während die meisten sich auf Blumen in voller Blüte konzentrierten, feierte das gesammelte Werk dieser Gruppe die Schönheit und die Feinheiten sterbender Blumen: ihre verblassenden Farben, hängenden Blüten, verwelkenden Blätter.

Den meisten meiner Mitstudenten gefielen die Kunstwerke nicht.

»Das ist nicht hübsch«, sagten viele.

Eine der Künstlerinnen hörte ihre Bemerkungen und kam herüber. Sie war eine Frau etwa in Iris' Alter. »Es ist immer noch dieselbe Blume«, sagte sie. Ihr silbernes Haar leuchtete. »Sie ist nicht weniger hübsch. Genau genommen ist sie schöner, weil sie lange genug gelebt hat, um zu verstehen, dass Schönheit nicht ewig hält.«

Meine Mitstudenten verstanden die Tiefgründigkeit dessen nicht, was sie vermitteln wollte, aber ich nickte.

»Was sehen Sie in meinem Werk?«, fragte sie.

»Meine Grandma in ihrem Garten«, erwiderte ich, eine Antwort, die mir eine Umarmung durch die Künstlerin einbrachte.

Ich beobachte Iris, wie sie Lily beobachtet.

Hat ihre eigene Tochter auch einen Geburtstag genau hier in diesem Wohnzimmer zusammen mit ihrer Großmutter gefeiert? Hat sie dieselben Gefühle empfunden wie ich gerade?

»Möchten Sie sich die Geschenke ansehen, die ich bekommen habe?«, reißt mich Lilys Stimme aus meinen Gedanken. Als Iris nickt, springt Lily vom Sofa und rennt in den hinteren Teil des Cottage. Wenige Sekunden später hallt das Bimmeln einer Fahrradklingel durchs Haus, und Lily fährt auf ihrem kleinen rosa Fahrrad ins Wohnzimmer.

»Lily!«, tadelt Cory. »Nicht mit dem Fahrrad im Haus herumfahren!«

Mit großen Augen sieht er mich an, dann wirft er einen nervösen Blick zu Iris. Seine Worte – und die Panik in seiner Stimme – schreien praktisch ›Lily, fahr nicht vor der Frau, von der wir das Haus gemietet haben, mit dem Fahrrad darin herum!‹.

»Das ist schon in Ordnung«, sagt Iris mit fröhlicher Stimme. »Meine Tochter ist früher auch mit dem Fahrrad im Haus herumgefahren.«

Lily wirft mir einen hochmütigen Blick zu, und plötzlich kann ich sie mir als schwierigen Teenager vorstellen.

»Und schauen Sie sich all die coolen Sachen an meinem Fahrrad an«, sagt sie, als sie zu Iris hinfährt. »Ein Korb und Fransen an beiden Griffen und ein glitzernder Sattel …« Lily ist so aufgeregt und redet so schnell, dass ihr die Puste ausgeht und sie tief Luft holen muss, um weiterzumachen. »Und das da!« Wieder klingelt sie. »Wollen Sie es auch mal versuchen?«

Iris streckt die Hand aus und drückt die Klingel. Beide kichern.

»Ich habe auch ein Geschenk für dich«, sagt Iris.

»Oh, Iris«, wendet Cory ein. »Das ist doch nicht nötig.«

»Ist es nicht?«, fragt Lily mit verwirrt gerunzelter Miene.

Iris lacht. »Doch, das ist es, nicht wahr, Lily?«

Lily nickt.

Iris steht auf. »Dann komm mal mit. Es ist draußen.«

Cory und ich sehen einander an, während Lily von ihrem Rad springt, es an die Wand lehnt und Iris folgt, die zur hinteren Veranda geht. Ich gehe hinterher und komme gerade rechtzeitig, um Lily die Stufen hinunter in den Garten rennen zu sehen.

»Das sieht aus wie Ostern!«, schreit Lily.

Tatsächlich, der Garten ist mit ein paar bunten Päckchen geschmückt, die wie Ostereier direkt unter Blumen liegen, die überall im Garten blühen. Cory und ich gehen zu Iris und Lily hinüber.

»All diese Überraschungslilien stammen vom Elternhaus meines Vaters in Illinois«, sagt Iris. »Er hat sie ausgegraben, und wir haben sie hier wieder eingepflanzt. Sie sind eine Erinnerung daran, dass man – wenn man am wenigsten damit rechnet – von Hoffnung, Liebe und Familie umgeben ist.« Iris dreht sich zu Lily um, kniet sich vor sie und legt ihr die Hände auf die Schultern. »Du, mein Geburtstagskind, hast sehr viel Glück. Du bist von allem drei umgeben.« Mit einem Nicken zeigt sie auf die Schachtel. »Na los. Du darfst sie jetzt aufmachen.«

Lily setzt sich ins Gras und nimmt den Deckel von einer Schachtel, die so lila ist wie die Hose eines Harlekins. Verwirrt schaut sie hoch. Iris beugt sich hinunter und nimmt eine mit Erde verkrustete Zwiebel aus der Schachtel. »Das ist eine Überraschungslilie aus meinem Garten«, sagt sie. »Das sind welche, die mich an jemand Besonderen erinnern.« Sie setzt sich neben Lily. »Ich hatte eine Großtante namens Blanche, die ein ziemliches Original war. Sie lebte in Las Vegas, kleidete sich, wie sie wollte, und lebte ein phantastisches Leben.« Iris hält die Zwiebel hoch. »Sie hat immer zu mir gesagt: ›Sei genau wie diese Lilien. Sei anders, unerwartet, eine Überraschung für die Leute.‹« Sie sieht Lily an. »Das ist mein Wunsch für dich. Also, wo sollen wir sie hinpflanzen?«

Lily nimmt die Zwiebel und rennt im Garten umher. Außer Atem bleibt sie stehen, dann legt sich ein breites Lächeln auf ihr Gesicht. Sie rennt ums Haus, und wir folgen ihr in den Vorgarten.

»Genau hier«, sagt Lily mit völliger Überzeugung. »Ich möchte sie genau hierhin pflanzen.«

»Das ist mitten im Vorgarten, Schätzchen«, wendet Cory ein. »Warum da?«

»Weil das die Stelle ist, wo Mommy und ich uns damals in dieses Haus verliebt haben«, antwortet Lily. »Und wo wir wussten, dass Daddy endlich wieder glücklich sein wird.«

Cory bleibt einen sehr langen Moment lang stumm. Dann geht er zu Lily, hebt sie hoch und hält sie fest im Arm. »Ich krieg keine Luft, Daddy«, protestiert Lily schließlich.

Iris zaubert einen aufklappbaren Spaten hervor, worauf ich lachen muss. »Allzeit bereit«, meint sie augenzwinkernd. »Erweist du uns die Ehre?«, fragt sie und reicht Lily den Spaten, die sofort anfängt, ein Loch mitten in den Vorgarten zu graben. Sie pflanzt die Zwiebel ein, und ich rolle den Gartenschlauch aus, um sie kräftig zu gießen.

»Weiter!«, ruft Lily und rennt wieder nach hinten in den Garten.

Wir alle folgen ihr, und Lily setzt sich neben ein hübsch verpacktes Geschenk mit einer Samtschleife. Sie schaut Iris an, die nickt, worauf Lily sich die Hände an ihren Shorts abwischt, bevor sie das Päckchen aufreißt.

»Die ist sooo hübsch«, sagt sie. »Schau, Mom.«

Als ich zu ihr gehe, hält Lily eine Blumenbrosche hoch. Ich nehme die winzige Anstecknadel aus ihrer kleinen Hand und schnappe nach Luft. Zwei mit Edelsteinen besetzte Hyazinthen – eine weiße, eine blaue – ragen an einem funkelnden Stiel mit Blättern aus grüner Emaille empor.

»Oh, Iris. Das geht doch nicht«, sage ich. »Die muss eine besondere Bedeutung für Sie haben. Sie sieht alt aus.«

Iris lächelt. »*Ich* bin alt.«

»Welche Geschichte steckt dahinter?«, fragt Cory.

»Mein Mann hat sie mir an unserem ersten Weihnachtsfest

geschenkt. Er meinte, sie passe perfekt zu mir.« Sie nimmt mir
die Nadel ab. »Ich liebe Hyazinthen. Ihren süßen, langanhal-
tenden Duft, ihre bunten Blüten, wie man sie dazu bringen
kann, im Winter drinnen zu blühen. Sie erinnern mich immer
an Hoffnung und Frühling.« Iris verstummt und schaut hinaus
zum See. »Als er in den Krieg ging, habe ich sie ihm gegeben
und ihm gesagt: ›Du wusstest das nicht über diese Anstecknadel, als du sie für mich gekauft hast, aber weiße Hyazinthen
stehen für Gebete und Schutz für jemanden, während blaue
Hyazinthen für ewige Liebe stehen.‹ Jonathan hat mir gesagt,
dass er sie immer in seiner Tasche behalten würde, aber sie wurde mir von einem seiner Freunde zurückgegeben. Er hatte sie
in den Unterkünften in eines von Jonathans T-Shirts gewickelt
gefunden.« Iris dreht sich um und betrachtet noch einmal die
Anstecknadel. »Ich habe sie in dieses T-Shirt eingewickelt aufgehoben, und ich habe auch ein Stück davon in die Schachtel
gelegt, nur damit …«

»Nur damit was?«, bohrt Cory sanft nach.

»Nur damit Sie die ganze Geschichte kennen«, antwortet sie
mit leiser Stimme. »Als Sie mir die Geschichte erzählt haben,
was Sie Ihrem Freund gegeben haben, wusste ich, dass das hier
das perfekte Geschenk für Lily wäre.« Wieder verstummt sie
kurz. »Für Sie. Für Ihre ganze Familie.«

»Das ist zu persönlich, Iris«, protestiere ich. »So etwas Kost-
bares können wir einfach nicht annehmen.«

»Das müssen Sie aber.« Iris nimmt meine Hand und legt die
Brosche wieder hinein. »Ich habe ja niemanden. Es muss ein
Vermächtnis geben. Es muss jemanden geben, der meine Geschichten weitererzählt. Sie können das. Cory kann das. Lily
kann das.« Als ich den Kopf schüttle, drängt sie weiter. »Das ist
mir wichtig. Bitte.«

Ich nicke. Lily steht auf, und ich gebe Iris die Brosche zurück. »Die Ehre gebührt Ihnen.«

Iris befestigt die hübsche Anstecknadel an Lilys Geburtstags-bluse und strahlt übers ganze Gesicht. »Du lässt sie sogar noch schöner aussehen«, sagt sie.

»Danke, Iris.« Lily streckt die Arme nach ihr aus und küsst sie auf die Wange.

Einen sehr langen Moment lang bewegt Iris sich nicht. Sie hält einfach die Hand an die Wange. Ihr Gesicht leuchtet in der Sonne – wie vorhin im Wohnzimmer. Schließlich steht sie auf, langsam, steif, beinahe, als wäre sie ewig lange eingefroren gewesen und durch Lilys Kuss aufgetaut und wieder zum Leben erweckt worden.

Sie räuspert sich. »Ich gehe jetzt besser nach Hause«, sagt sie. »Mein Garten muss noch gegossen werden.« Sie sieht Lily an. »Alles Gute zum Geburtstag, schöne Lily.«

»Danke, schöne Iris«, antwortet Lily, was Iris in ein jähes, herzhaftes Lachen ausbrechen lässt.

»Lilien und Iris«, sagt sie, als sie zurück zu ihrem Gartentor geht. »Was für eine perfekte Kombination, nicht wahr?«

Wir sehen sie am Zaun entlang und dann in ihren Garten gehen. Eine Weile ist es still, dann hören wir sie den Garten-schlauch aufdrehen und summen, als sie zu gießen beginnt.

»Ist meine Anstecknadel nicht hübsch?«, fragt Lily.

Wir gehen zu ihr und bewundern ihre filigrane Schönheit.

»Sie ist alt«, sagt Cory. Er wackelt mit der Brosche an Lilys Bluse. »Ich glaube, der Verschluss könnte locker sein.«

»Was?« Besorgt runzelt Lily die Stirn.

»Es wäre schade, wenn du sie verlierst. Soll ich sie für dich reparieren?«

Lily nickt, worauf Cory die Brosche abmacht. »Warum nimmst du nicht dein Fahrrad, und wir machen eine kleine Fahrt um den Block? Na, wie hört sich das an?«

»Juhuuu!«, schreit Lily, und ihre Schuhe schleudern Gras hoch, als sie zum Haus flitzt.

Ich sehe Cory an, er sieht mich an, und ein breites Lächeln legt sich auf sein Gesicht.

»Ich nehme an, das T-Shirt, das in der Schachtel ist, brauchst du auch«, sage ich.

TEIL ZEHN

Sonnenhut

»Glück ist wie ein Schmetterling. Will man es fangen,
entwischt es stets unserem Griff.
Aber wenn wir ganz still sitzen,
lässt es sich vielleicht auf uns nieder.«

NATHANIEL HAWTHORNE

Iris

AUGUST 2003

Ich schalte den Fernseher aus, der außer Nachrichten über Krieg und andere Katastrophen nichts zu bieten hat, und mein Blick bleibt an einem kleinen Schild hängen, das auf einem Bücherstapel steht. Shirley hat es mir vor langer Zeit geschenkt. Das Schild ist mit hübschen Schmetterlingen verziert.

Gott, gib mir die Gelassenheit,
Dinge hinzunehmen, die ich nicht ändern kann,
den Mut, Dinge zu ändern, die ich ändern kann,
und die Weisheit, das eine vom anderen zu unterscheiden.

Mein Blick huscht zu dem hoch aufragenden Zaun gleich draußen vor dem Fenster.

Trotz der Weisheit dieses Gebets bleibe ich eine Abhängige. Ich bin abhängig von meiner eigenen Isolation. Ich bin abhängig von meiner eigenen Einsamkeit. Ich bin abhängig von meinem eigenen Schmerz.

»Du hättest schon vor langer Zeit sterben sollen, Iris«, sage ich zu mir, dabei erschreckt mich meine eigene Stimme in der Stille meines Hauses.

Warum bin ich nicht gestorben? Was hat mich weitermachen lassen? Hoffnung? Angst? Sturheit?

Eine hohe Staude Purpursonnenhut tanzt im Wind, und Schmetterlinge und Bienen schwirren um ihre hübschen Blütenblätter und kräftigen Blütenkörbe. Ich stehe am Fenster und sehe über den Zaun hinweg zu, wie Cory ein Beet am Haus meiner Grandma gräbt, während Lily im Garten juchzend, wie nur ein Kind es kann, durch einen Rasensprenger läuft. Lily trägt einen knallpinken Badeanzug und – aus irgendeinem Grund – Schwimmflügel an den Armen, was mich zum Lachen bringt. Sie hat sich eine weiße Margerite hinters Ohr gesteckt, und ihr nasser Pferdeschwanz klatscht ihr beim Laufen auf den Rücken wie bei einem Rennpferd. Erneut rennt Lily kreischend vor Freude durch den Rasensprenger. Als sie auf der anderen Seite wieder herauskommt, dreht sie sich im Kreis, dass ihr Haar einen Ring goldener Wassertropfen versprüht, die einen überraschten Cory erwischen. Die Sonne trifft genau im richtigen Winkel auf das Wasser, das aus dem Rasensprenger und von Lilys Haaren spritzt, und plötzlich ist die Welt voller Mini-Regenbogen, bunte Lichtreflexe, die übers Gras tanzen.

Vielleicht habe ich so lange durchgehalten, weil ich – ungeachtet dessen, was die Welt sieht, wenn sie eine alte, einsame Frau wie mich betrachtet – immer noch die Wunder in den Dingen sehe, die andere nicht sehen können.

Lily schaut zu meinem Fenster, und ohne nachzudenken winke ich ihr zu. Sie sieht mich nicht. Stattdessen streckt sie die Arme aus und rennt erneut durch den Rasensprenger, als wäre sie ein Flugzeug.

Vielleicht, nur vielleicht, habe ich durchgehalten, weil ich geglaubt habe, dass andere mich eines Tages wieder brauchen könnten.

Ich drehe mich wieder zu dem Schild und den Fotos meiner Vergangenheit um, die es umgeben. Unser aller Leben wird von Kriegen definiert – inneren, äußeren, realen und eingebildeten. Zu viele von uns überleben unsere Kriege nicht, viele jedoch tun es und wandeln auf der Erde, als wären sie lebendig, obwohl sie in Wahrheit schon lange gestorben sind.

Meine Augen wandern zum Fenster und dem hohen Zaun dahinter. Ein schwerer Seufzer erfüllt die Stille.

Ein Monarchfalter flattert vorbei, bevor er sich auf dem Zaun niederlässt. Der Schmetterling schlägt langsam mit den Flügeln, als probiere er sie zum ersten Mal aus. Seine bunten Farben sind ein erschütternder Kontrast zu dem verblichenen grauen Zaun. Der Schmetterling fliegt los, und ich folge ihm, von Fenster zu Fenster, bis ich auf meiner Veranda bin und dann die Stufen hinuntersteige. Hinter mir klingelt die Glocke an der sich schließenden Tür.

Der Schmetterling lässt sich von dem heißen Sommerwind treiben, den der See heute nur leicht abkühlt. Schließlich landet er auf meinem Purpursonnenhut.

Aber natürlich, denke ich. *Der perfekte Ruheplatz.*

Mein Schmetterlingsbeet ist eines meiner Lieblingsfleckchen. Es verläuft am Zaun neben Abbys und Corys Haus entlang, am Gartenschuppen vorbei und erstreckt sich bis in die Ecke, wo ich einen sprudelnden Springbrunnen aufgestellt habe. Das Schmetterlingsbeet besteht aus Purpursonnenhut, Schwarzäugiger Rudbeckie, Schmetterlingsflieder, Phlox, Seidenpflanzen, Goldmelisse – oder Bienenbalsam, wie ich sie gern nenne –, jeder Menge Pflanzen mit viel Nektar, den Raupen und ausgewachsene Schmetterlinge gleichermaßen mögen. Außerdem habe ich überall dazwischen Ziergräser gepflanzt, um Schatten und Versteckmöglichkeiten zu bieten. Aber meinen Purpursonnenhut scheinen Schmetterlinge und Bienen mehr als alles andere zu lieben. Sie werden von seiner Farbe angelockt und bleiben wegen seines Nektars. Wie aufs Stichwort landet ein weiterer Monarchfalter auf einem Sonnenhut. Er schlägt mit seinen herrlichen Flügeln, goldene Flächen mit schwarzer Umrandung, wie zum Leben erweckte Buntglasfenster.

»Du kennst die Geheimnisse meines Sonnenhuts, nicht

wahr?«, frage ich den Schmetterling. Er scheint seinen winzigen Kopf zu neigen, als höre er mir zu. »Das tust du, nicht wahr?«

Die amerikanischen Ureinwohner nutzten Sonnenhut jahrhundertelang als allgemeines Heilmittel und pflanzliche Nahrungsergänzung, um das Immunsystem zu stärken, und heutzutage ist Echinacea immer noch sehr beliebt. Ich nehme es regelmäßig und betrachte das als einen der Hauptgründe, warum ich nie eine Erkältung bekomme.

Der Schmetterling fliegt davon, und rasch nimmt eine Biene seinen Platz in der Mitte des Sonnenhuts ein.

»Du kennst sie auch«, sage ich.

Echinacea kommt vom griechischen Wort *echinos*, was *Seeigel* bedeutet, eine treffende Beschreibung des stachligen Blütenstandes, der bei der verblühten Blume zurückbleibt.

Ich habe unglaublich viel Zeit genau hier vor meinem Schmetterlingsbeet verbracht. Kein Ort auf dieser Welt beruhigt mich mehr. Ich schließe die Augen und lausche. Ein Schmetterling schlägt mit den Flügeln. Bienen summen. Vögel flattern. Eine Trauertaube gurrt. Die Blumen sprechen, drängen mich zu meditieren, zu entspannen, eins mit der Natur zu werden.

Frieden ist zum Greifen nah, wenn wir nur wollen.

SOMMER 1967

Junge Männer und Frauen in Schlaghosen und T-Shirts mit Peace-Zeichen säumen den Bürgersteig, Ketten aus Margeriten um den Hals und Blumenkränze auf ihren langen Haaren.

Auf der anderen Straßenseite skandieren Demonstranten: »Hippies go home! Hippies go home!«

In meiner kleinen Stadt bin ich zu einem Symbol des Widerstands geworden, einem Symbol der Widerstandsbewegung gegen den Vietnamkrieg. Und es fing so unschuldig an, mit einem Symbol der Liebe.

Es ist fast zwanzig Jahre her, dass Mary gestorben ist, und dennoch wurde ich an ihrem Geburtstag vor einigen Wochen durch den Ruf der Trauertauben aufgeweckt, die hoch oben in meinem leuchtend rot blühenden Spitzahorn im Vorgarten ein Nest gebaut haben. Die Tauben haben dort eine Familie gegründet und sind noch nicht ausgeflogen. Sie sind neben mir eingezogen, eine glückliche, geschwätzige junge Familie. Als sie mich heute aufweckten, hatte ich gerade von meiner Tochter geträumt. Ich tappte in die Küche, machte mir etwas Tee und sah den Tauben zu, wie sie sich um ihre noch federlosen Jungvögel kümmerten. Ich setzte mich in meinen Schaukelstuhl auf der vorderen Veranda und lauschte ihrem klagenden Ruf, einem Laut, der aus den Tiefen ihrer Seele zu kommen schien, der das traurige Echo meines Herzens widerspiegelte, ein Ruf für all jene, die auf dieser Welt ebenfalls traurig sind: »Ich höre dich. Ich bin hier bei dir.«

Ich schloss die Augen, und ihr munteres Gurren beruhigte mich. Ich dachte an Mary, die dieses Jahr neunundzwanzig geworden wäre. *Neunundzwanzig! Wäre sie bereits Mutter? Wäre ich bereits Großmutter? Würde ihre Familie nebenan leben?*

Wieder riefen die Tauben, und meine Gedanken kehrten zu meiner Grandma zurück, die glaubte, dass der Ruf einer Trauertaube am Morgen Regen vorhersagte. Ich öffnete die Augen und lächelte. Jenseits des Nests und des Ahorns zogen dunkle Wolken über den Himmel. Eine Taube flog aus dem Nest, flatterte hinunter aufs Geländer der Veranda und sah mich direkt an.

Uuuu-wuuuu-du-uuuu-wuu-wuu!

»Mary?«, fragte ich, bevor ich meinen Tonfall änderte. »Mary!«

Jetzt wusste ich, was ich tun musste. Ich rannte in meinen Garten hinter dem Haus, barfuß und im Pyjama, und sammelte so viel weißes Steinkraut, wie ich nur konnte. Dann kehrte ich in meinen Vorgarten zurück und fing an, mit den Blüten eine riesige weiße Taube zu legen, deren Flügel und Körper auf der einen Seite des Gartenwegs begannen, und deren Kopf und Schnabel sich bis in den Garten auf der anderen Seite des Wegs erstreckten. Sobald ich damit fertig war, fing es an zu regnen.

※

»Ein Fernsehsender ist hier, Iris!«, reißen mich die panischen Rufe von Sandy, einer meiner Teilzeitarbeiterinnen, aus dieser Erinnerung. »NBC! Sie möchten mit dir reden.«

»Um Himmels willen«, sage ich und wische mir die schmutzigen Hände an der Schürze ab. »Das ist doch einfach nur verrückt.«

Und das ist es. In jeder Hinsicht. Als ich meinen Job bei

Garnants gekündigt und meine Drohung wahrgemacht hatte, meine eigene Gärtnerei zu eröffnen, hatte ich in meiner ersten Saison nur ein paar Dollar hier und da verdient. Ich hatte ein paar meiner Taglilien verkauft, hatte einigen Nachbarn geholfen, neue Gärten anzulegen, und Blumengestecke für ein paar Treffen des Frauenclubs arrangiert. Aber ich war sparsam. Ich hatte niemanden außer mir. Ich hatte die Lebensversicherung meines Mannes, und ich war ein großartiger Sparfuchs, der weiterhin Kriegsaufläufe und Ein-Ei-Kuchen backte, obwohl die Welt sich veränderte.

Und trotz Mr. Garnants Vorhersage, dass Fernsehen, Filme, Autos und Flugreisen die Leute vom Gärtnern abhalten würden, kauften die Amerikaner wieder Häuser, wurden sesshaft, gründeten Familien. Sie wollten ihre eigenen Blumen und eigenes Gemüse pflanzen, im Garten mit ihrer Familie grillen. Sie wollten den amerikanischen Traum leben. Dafür brauchten sie mich. Und mein kleines Geschäft wuchs durch Mundpropaganda, bis die Michiganer Schlange standen, um Saatgut aus meinem Gewächshaus und von mir gezogene Pflanzen zu kaufen. Sie wollten Iris von Iris, meine entzückenden Taglilien, meine Jonathan-Rosen.

Ich gehe in den Vorgarten und meinen Gartenweg entlang, direkt durch meine weiße Taube, und zum vorderen Tor hinaus. Die Hippies fangen an zu rufen: »Iris! Iris! Iris!« Die Demonstranten buhen.

»Iris Maynard? Jack Jackson von Eyewitness Two News.«

Jack Jackson ist nichts als Schuhpolitur, schwarze Haare und weiße Zähne. Starkes Make-up überzieht sein Gesicht, was ihm das Aussehen eines sonnenverbrannten Kürbisses verleiht.

»Bereit?«, fragt er.

Ich habe nicht einmal Zeit, Luft zu holen, bevor Lichter und Kamera angehen und mir ein Mikrophon ins Gesicht gehalten wird.

»Jack Jackson hier, *live*, von Eyewitness Two News!« Er hält zwei Finger vor die Kamera. »Ich bin hier mit Iris Maynard, Besitzerin von Flower Power, einer beliebten örtlichen Gärtnerei, die sie von zu Hause aus betreibt. Iris, können Sie mir sagen, wie diese Proteste angefangen haben?«

»Sehr harmlos«, setze ich an, bevor Jack mich unterbricht.

»Haben Sie den Namen Flower Power absichtlich gewählt, um gegen den Krieg zu protestieren?«

»Ich bin schon lange im Geschäft, Sir. Länger als dieser Krieg. Also nein, ich habe diesen Namen gewählt, weil er eingängig ist, noch bevor er irgendeine symbolische Bedeutung hatte.«

»Iris, Sie sind sich dessen aber bewusst, dass der Ausdruck *Flower Power* in Berkeley, Kalifornien entstand, als symbolischer Protestakt gegen den Vietnamkrieg?«

Ist das eine Frage?, denke ich. *Sie ist nicht als solche gestellt.* Ich blinzle zweimal. Die Kamerascheinwerfer blenden mich.

Jack fährt fort: »Und dass der Dichter Allen Ginsberg den Ausdruck prägte, als ein Mittel, um Kriegsproteste in friedliche Spektakel zu verwandeln?«

»Ich sehe nicht viel fern«, erwidere ich.

Iris, du klingst wie eine Idiotin.

»Und die Friedenstaube in Ihrem Vorgarten?«, bohrt Jack weiter. »Ein weiteres passives Protestsymbol?«

»Nein«, widerspreche ich mit ansteigender Stimme. »Die habe ich für meine verstorbene Tochter gemacht. Da waren Trauertauben in meinem Baum –«

Wieder fällt mir der Reporter ins Wort. »Ihr Mann ist im Zweiten Weltkrieg gefallen, als er für Amerika kämpfte. Was glauben Sie, würde er von Ihrem Protest halten?«

Warum geschieht das hier? Wie konnte das passieren?

Die Welt dreht sich. Ich bin wieder in meinem Victory-Garten. Mir wird gesagt, dass Jonathan tot ist. Ich schaue hoch und sehe Pusteblumensamen durch die Luft schweben.

Was ist mein Wunsch? Nein, was ist mein Weg?

Plötzlich erinnere ich mich an etwas, das ich gerade in der Zeitung gelesen habe, etwas, das Abbie Hoffman schrieb, nachdem seine gewaltlose, in Blumenketten gehüllte Flower-Brigade von Zuschauern angegriffen worden war, obwohl sie marschierten, um die Soldaten zu unterstützen.

»Der Ruf ›Flower Power‹ schallt durch das Land«, gelingt es mir zu sagen, dabei sehe ich direkt in die Kamera. »Wir werden nicht welken. Ich werde nicht welken.«

Die Hippies jubeln. Meine Nachbarn stürmen meinen Vorgarten.

Bei Sonnenuntergang sind mein Gewächshaus zerschlagen, mein Garten zerfetzt, meine Blumen dahingerafft, meine weiße Taube zertrampelt. Am nächsten Morgen, als ich aufwache, sind die Trauertauben fort. Ich gehe das Telefonbuch durch, bis ich eine Handwerkerfirma finde, die tatsächlich zu mir nach Hause kommen wird.

»Bauen Sie einen Zaun um mein ganzes Grundstück«, sage ich zu ihnen.

Als ich sehe, wie der Zaun errichtet wird, gehe ich hinaus. »Höher«, sage ich.

»Wie hoch?«

»Höher.«

Sie stapeln zwei Zaunelemente übereinander.

»Noch höher.«

»Wie hoch denn noch, Ma'am?«

»Bis mein Mann und meine Tochter im Himmel die Einzigen sind, die mich je wieder zu Gesicht bekommen.«

AUGUST 2003

Zwei Monarchfalter – die Flügel vollständig ausgebreitet –
sitzen einander auf einem Purpursonnenhut gegenüber. Ihr
gemeinsames Gewicht sorgt dafür, dass sich die bunte Kuppel
leicht zu mir herabneigt.

Sind sie Freunde?, frage ich mich. *Feinde? Woher wissen wir, wer
auf unserer Seite ist?* Meine Gedanken wandern zu Abby und
Cory. *Sind sie meine Freunde? Sind sie auf meiner Seite? Oder benutzen sie mich nur vorübergehend?*

Lächelnd betrachte ich die Monarchfalter. Die beiden sitzen
einander einfach nur gegenüber wie alte Männer, die zusammen Kaffee schlürfen und sich Geschichten erzählen.

»Alte Männer plauschen gern, und alte Frauen gärtnern«,
scherzte meine Grandma immer. Ich hielt das früher für ein
schreckliches Klischee, aber je älter ich werde, desto besser verstehe ich die Weisheit ihrer Worte.

Wir tun, was wir tun wollen, wenn wir endlich die Zeit dafür haben,
denke ich.

Ich seufze schwer, was die Schmetterlinge dazu veranlasst,
hinüber zu meinem Phlox zu flattern, der durch ihre Bewegung einige seiner Blüten fallen lässt.

So empfindlich, denke ich, als ich den Phlox betrachte. *So zäh*,
sinniere ich, als ich den Sonnenhut ansehe.

Ich bin beides. Und das ist ein notwendiges Gleichgewicht.

Ohne Vorwarnung geht mein Rasensprenger an. Wasser regnet sanft auf meinen Kopf und das Schmetterlingsbeet. Ich bewege mich nicht. Stattdessen setze ich mich und werde durchnässt. Je nasser ich werde, desto alberner werde ich, bis ich jauchze wie ein fröhliches Kind.

»Iris? Ist alles okay?«, höre ich Cory von der anderen Seite des Zauns rufen.

Der Rasensprenger hört auf, und direkt vor meinen Augen fangen mein Sonnenhut und mein Phlox an, sich zu versteifen, noch aufrechter zu stehen, als das Wasser ihnen die Kehle befeuchtet.

Wir werden nicht welken, denke ich. *Ich werde nicht welken.*

»Es geht mir gut«, rufe ich zurück. »Bin nur von meinem Rasensprenger erwischt worden.«

»Lily auch«, antwortet Cory mit einem Lachen. »Hey, würde es Ihnen etwas ausmachen, bei Gelegenheit rüberzukommen und mir ein paar Blumen für dieses Beet vorzuschlagen, das ich neben Ihrem Cottage anlege? Ich wollte mir vorher Ihr Okay einholen.«

»Sie orientieren sich an dem Foto, das ich Ihnen gegeben habe, nicht wahr?«, rufe ich.

»Ja«, antwortet er. »Nachdem ich das hier gepflanzt habe, dachte ich, könnte ich Ihnen helfen, das Moos von Ihren Dachziegeln zu bekommen, und vielleicht damit anfangen, die wetterseitige Hauswand zu streichen.«

Die beiden Schmetterlinge kehren zurück und setzen sich nebeneinander.

Ist er mein Freund?, denke ich. *Das könntest du sein.* Dann denke ich an Shirley. *Es ist lange, lange her, seit ich eine Freundin hatte.*

»Ich komme gleich rüber«, sage ich. »Ist das hintere Tor offen?«

»Ja«, antwortet er. »Das vordere auch.«

»Okay«, sage ich, als ein anderer Rasensprenger zum Leben

erwacht. Ich stehe auf und gehe zum Zaun. »Übrigens, waren Sie je bei der Grand Haven Musical Fountain?«

»Nein, was ist das?«

Ich höre Lily kreischen, als sie weiter durch ihren Rasensprenger rennt.

»Magisch«, antworte ich.

Abby

AUGUST 2003

Ich renne aus dem Büro, wieder einmal zu spät, und höre auf dem Weg zum Auto eine Sprachnachricht von Cory ab.

»Hi, Schatz! Ich habe für heute Abend eine Überraschung geplant«, sagt er mit fröhlicher Stimme. »Na ja, ich schätze, jetzt ist es keine Überraschung mehr.« Er lacht. »Es wird nur langsam spät, und ich hatte irgendwie gehofft, du würdest nicht schon wieder Überstunden machen. Kannst du um sieben zu Hause sein? Okay. Bye. Liebe dich.«

Ich drücke auf Beenden und starre mein Handy an: Es ist 18.27 Uhr.

»Verdammt«, fluche ich. Ärgerlich öffne ich die Autotür und werfe mein Handy auf den Beifahrersitz. Gerade als ich eingestiegen bin und den Wagen starte, höre ich: »Hallo? Hallo? Abby?«

Ich sehe rüber. Irgendwie habe ich es geschafft, aus Versehen meine Mutter anzurufen.

»Verdammt.«

»Abby«, sagt sie. »Ich höre dich fluchen.«

Ich atme tief durch und nehme das Handy. »Hi, Mom«, sage ich nicht annähernd so fröhlich, wie Corys Stimme eben geklungen hat.

»Alles in Ordnung? Ich mag es nicht, wenn du fluchst. Hat dich jemand gehört?«

Ich beiße mir auf die Innenseite meiner Wange, so fest, dass ich tatsächlich blute. Dass meine Mom sich zuallererst darum sorgt, ob jemand gehört hat, wie ich ein böses Wort sage, und ob das irgendwie auf wundersame Weise zu ihr zurückverfolgt werden könnte – einer anonymen Frau in den Sechzigern, die Einsteckkragen trägt und mit Duschhaube ins Bett geht, um ihre Dauerwelle zu schützen – und dadurch ein schlechtes Licht auf ihre mütterlichen Fähigkeiten geworfen werden könnte, anstatt sich zu fragen, ob ihre Tochter vielleicht aufgebracht oder in Gefahr sein könnte, ist absolut typisch für sie.

»Nein, Mom. Niemand hat gehört, dass ich *Verdammt!* gesagt habe.«

»Das ist gut«, erwidert sie, bevor sie hinzufügt: »Du hast es gerade wieder gesagt.«

Immer noch ignorierend, dass mir tatsächlich etwas passiert sein könnte, fährt sie fort. »Ich bin so froh, dass du anrufst. Dein Vater war auf diesem Amazon und hat sich ein Paar Pantoffeln gekauft, die *keine* Antirutschsohle haben. Ich mache mir Sorgen, dass er ausrutschen und hinfallen könnte.«

Ich lehne mich vor und lasse meinen Kopf aufs Lenkrad sinken. »Ihr habt im ganzen Haus Teppichboden.«

»Ich möchte die Pantoffeln zurückschicken«, redet sie weiter, »aber ich habe Angst, dass dadurch unsere Adresse nur noch bekannter wird.«

»Für wen, Mutter?«, frage ich.

»Für jeden!«, antwortet sie mit hoher Stimme. »Terroristen. Betrüger.« Sie hält kurz inne und senkt die Stimme. »Sogar diesen Schwan's-Mann.«

Ich schlage mit dem Kopf leicht gegen das Lenkrad. »Welcher Schwan's-Mann?«

»Der, der uns immer das Tiefkühlessen geliefert hat!« Jedes ihrer Worte trieft vor Beunruhigung. »Ich sehe ihn immer noch manchmal in unserer Nachbarschaft, obwohl ich unser Kundenkonto storniert habe.«

»Vielleicht beliefert er eure Nachbarn?«, schlage ich vor.

»Ich traue ihm nicht«, sagt sie. »Er hat so einen Bart.«

Ich hebe den Kopf und schaue mein Bürogebäude an. Unvermittelt fühle ich mich ebenso gefangen wie meine Mutter.

»Hör mal, lass mich dich später diese Woche anrufen«, sage ich. »Cory hat für heute Abend eine Überraschung geplant, und ich bin schon spät dran.«

Am anderen Ende der Leitung herrscht Schweigen. »Es ist fast sieben, Abby«, sagt meine Mom mit dem für sie typischen tadelnden *Ts-Ts* als Ausrufezeichen.

»Dessen bin ich mir sehr wohl bewusst, Mutter«, erwidere ich.

Ich sage ständig Mutter *anstatt* Mom. *Nicht gut. Das ist mein kritischer Punkt.* Mutter *ist mein Gegenteil eines ›Safe-Words‹. Verlier heute Abend nicht die Beherrschung, Abby.*

»Cory braucht seine Frau. Lily braucht ihre Mom.«

Die Welt um mich herum wird weiß. Ich spüre meine Schläfen pochen.

»Und unsere Familie braucht einen Gehaltsscheck, Mutter«, sage ich. »Ich bin die Ernährerin.«

»Aber Corys Dienst …«, fängt meine Mutter an.

»Bedeutet nicht, dass Lily aufs College gehen kann, oder dass wir eine angenehme Rente haben werden«, sage ich. Ich atme tief durch und denke plötzlich an Iris, die in letzter Zeit so viel Vertrauen in uns gezeigt hat, so viel Wertschätzung. *Vielleicht reagiere ich zu negativ und tue meiner Mutter unrecht.* Ich wechsle die Gangart. »Weißt du, Mom, ich wollte tatsächlich deine Meinung zu etwas hören.«

»Oh!« Ich kann nicht sagen, ob sie begeistert oder besorgt klingt. »Okay.«

»Ich bin nicht glücklich in meinem Job, Mom.«

»Aber es sind doch erst ein paar Monate«, unterbricht sie mich.

»Ich weiß, ich weiß«, antworte ich. »Ich bin diejenige, die einen großen Teil unseres Geschäfts voranbringt, aber trotzdem werden mir alle meine interessanten Ideen weggenommen und den Männern gegeben.«

»Aber es ist nicht deine Firma, Abby.«

»Das weiß ich. Und das ist es, was ich dich fragen möchte. Was wäre, wenn ich meine eigene Firma gründen würde? Ich könnte ein breites Spektrum von Bootsbauern und Herstellern beraten, von groß bis klein.«

»Oh, Schätzchen, das ist einfach ein zu großes Risiko, findest du nicht, wenn man bedenkt, was eure Familie durchmachen musste?«, meint sie.

»Ich weiß, ich weiß«, erwidere ich.

»Weißt du, du wolltest schon immer mehr als andere«, sagt meine Mom mit einem schweren Seufzer. »Vielleicht solltest du einfach mit dem zufrieden sein, was du hast. Vielleicht sollte es dir reichen, Ehefrau und Mutter zu sein.«

Ihre Worte treffen mich wie der Kinnhaken eines Boxers. *Ich bin erfüllt davon, Ehefrau und Mutter zu sein. Das ist die größte Freude in meinem Leben. Und dennoch … es reicht nicht aus, um mich als Frau, als Mensch, als Seele zu vervollständigen. Ist das falsch? Warum sollte das falsch sein? Warum sorgt meine eigene Mutter dafür, dass ich mich noch schlechter fühle?*

»Ich denke in letzter Zeit oft über unsere Nachbarin Iris nach«, setze ich an.

Meine Mom fällt mir ins Wort. »Ich habe über diese Frau nachgelesen, neben der ihr wohnt. Hässliche Geschichte. Kriegsgegnerin.«

»*Was?*«

»Das ist alles wahr«, sagt sie. »Du solltest Lily von so einer

Frau fernhalten. Und warte nur, bis ich Cory von alldem erzähle. Er wird nicht allzu begeistert sein.«

»Wag es ja nicht, Mutter!«, schreie ich ins Handy. »Ich bewundere Iris.«

»Ist sie es, die dich auf den Gedanken gebracht hat, deinen Job zu kündigen?«, fragt meine Mom. »So eine Unruhestifterin!«

»Ich muss jetzt auflegen. Auf Wiederhören, Mutter!«, sage ich und klappe mein Handy zu. Gegen besseres Wissen renne ich zurück in mein Büro, mache meinen Laptop auf und fange an, nach *Iris Maynard Kriegsgegnerin* zu suchen. Eine Reihe von Links zu alten Zeitungsartikeln über das, was mit ihrer Gärtnerei passiert ist, taucht auf. Mit rasendem Herzen überfliege ich sie. Je mehr ich lese, desto mehr schüttle ich den Kopf.

»Sie war eine Frau, die ihrer Zeit weit voraus war«, sage ich zu mir selbst. »Eine Frau, die völlig missverstanden wurde.«

Dann klicke ich auf einen Link zu einem Ausschnitt einer alten Nachrichtensendung. Ich starre in das Gesicht einer Frau, die nicht viel älter ist als ich jetzt, einer Frau, die alles verloren hat – ihren Mann, ihre Tochter, ihr Geschäft –, aber nicht ihre Würde.

»Wir werden nicht welken! Ich werde nicht welken«, sagt Iris und sieht mir dabei in die Augen.

Ich laufe zurück zu meinem Auto, lege den Kopf aufs Lenkrad und weine.

»Was für eine wunderbare Überraschung«, sage ich. »Tut mir so leid, dass ich spät dran war.«

Cory lehnt sich zu mir und küsst mich auf den Mund, während Lily den Picknickkorb unter uns öffnet.

»Genug geknutscht«, sagt sie. »Ich hab Hunger.«

Es ist kurz nach acht, und wir sitzen im Grand Haven Waterfront Stadium, das einen spektakulären Blick auf den Grand River und Dewey Hill auf der anderen Seite des Wassers bietet, wo die Grand Haven Musical Fountain stattfinden wird – der Grund hinter Corys Überraschung.

»Wie hast du überhaupt von dem hier erfahren?«, frage ich.

»Iris«, antwortet Cory.

»Natürlich«, sagen wir beide einstimmig.

Ich erzähle Cory von meiner Unterhaltung mit meiner Mutter und was sie über Iris herausgefunden hat. Er nickt.

»Ändert das deine Meinung von ihr?«, frage ich ihn.

»Nein«, antwortet er sofort, bevor er kurz innehält, um nach den richtigen Worten zu suchen. »Ich glaube zwar immer noch, dass es das Richtige war, unser Land und meine Familie zu beschützen. Aber das bedeutet nicht, dass ich für Krieg bin. Es bedeutet, dass ich daran glaube, das Richtige zu tun. Und Iris genauso. Sie hat etwas aus Liebe für ihre Tochter geschaffen, das völlig aus dem Zusammenhang gerissen wurde. Dasselbe passiert heutzutage immer noch. Wir urteilen erst und denken später nach. Wir denken, wir verändern uns, wir denken, wir werden toleranter, aber in Wahrheit stimmt das gar nicht.«

Ehrfürchtig sehe ich meinen Mann an. Ich bin sprachlos, wie besonnen er geworden ist.

»Wusstest du, dass die erste amerikanische Soldatin eine Frau war, die sich unter dem Namen eines Mannes als Soldat der Kontinentalarmee einschrieb? Sie hat drei Jahre im Amerikanischen Unabhängigkeitskrieg gekämpft und sich sogar selbst eine Musketenkugel aus dem Bein entfernt, damit niemand entdeckte, dass sie eine Frau war. Jetzt sind es geschätzt zweihunderttausend Frauen, die im Irak und in Afghanistan kämpfen.« Er verstummt. »Frauen werden härter als Männer beurteilt, sei es beim Militär oder im Beruf, weil sie die Norm bedrohen. Wenn sich nichts verändert, fühlen sich die meisten

293

Leute sicher«, sagt er. »Schau dir deine Mom an. Aber Frauen, die klug sind, unabhängig, die ihre Meinung sagen, versuchen, die Welt zu verändern – nun, die sind eine Bedrohung für die Männer. Zwischen dir und Iris mögen zwar Jahrzehnte liegen, aber eigentlich seid ihr euch ziemlich ähnlich.«

Ich lehne mich zu meinem Mann und küsse ihn so leidenschaftlich, dass ich ihn fast umwerfe.

»Igitt«, sagt Lily. »Nehmt euch gefälligst ein Zimmer!«

»Lily!«, tadle ich sie. »Wo um alles in der Welt hast du nur solche Sachen her?«

»*Dawson's Creek*«, antwortet sie.

Cory und ich schütteln die Köpfe und fangen an, das wunderbare Picknick auszupacken, das er zusammengestellt hat: Sandwiches aus dem Saatbrot einer örtlichen Bäckerei, frische Tomaten, eine Auswahl an Käse, Oliven, Chips, Hummus, Trauben, Erdbeeren und eine Flasche gekühlten Sekt.

»Und eine Safttüte für mich!« Lily wühlt im Korb. »Ich mag keinen billigen Sekt.«

»Lass mich raten«, sage ich, bevor Cory trocken mit einstimmt. »*Dawson's Creek.*«

»Nein, ihr Dummerchen«, Lily steckt einen Strohhalm in ihre Safttüte. »*O. C., California.*«

Es ist ein typischer Sommerabend in Michigan wie aus dem Bilderbuch, von der Sorte, auf die wir den ganzen Winter lang warten. Die Luft ist warm, die Zikaden zirpen, das Wasser plätschert an den Strand und der Abend ist immer noch so hell wie der Tag. Wir sitzen im hinteren Teil des Stadions, das zugleich Amphitheater und öffentlicher Park ist. Cory hat eine Decke auf dem Gras ausgebreitet, und wir haben reichlich Platz, um uns auszustrecken, trotz der Menge an Menschen, die immer noch ankommen.

»Was genau sehen wir uns eigentlich an?«, will ich wissen. Ich tauche einen Pita-Chip in den Hummus und sehe über den

Fluss hinweg zu einem sanften Hügel. Auf seiner Spitze flattert eine Flagge, und ich kann den Umriss eines Ankers und riesige weiße Buchstaben erkennen, die COAST GUARD CITY USA entlang des Hügels schreiben.

»Soweit ich weiß, ist es eine synchronisierte Wasser- und Lichtshow zu Musik«, sagt Cory, den Mund voll Sandwich. »Sie läuft in der Abenddämmerung den ganzen Sommer lang.«

»Warum sind hier so viele Leute?«, fragt Lily.

»Es soll ziemlich spektakulär sein«, meint Cory. Er zieht eine zerknitterte Broschüre aus seiner Tasche. »Warte kurz.« Er faltet sie auseinander. »Oh, hier. Hört euch das an. Er wurde 1962 als der weltgrößte Springbrunnen seiner Art gebaut. Genau genommen war er der größte Springbrunnen der Welt, bis 1988 einer im Bellagio in Las Vegas eröffnete.«

»Darauf kann man sich verlassen, dass Vegas immer noch einen draufsetzt«, sage ich.

»Was in Vegas passiert, bleibt in Vegas«, kommentiert Lily.

An jedem anderen Abend hätte das womöglich eine Auszeit für Lily bedeutet, aber Cory und ich brechen gleichzeitig in Lachen aus. »Übrigens, du darfst dir *O. C., California* nicht mehr ansehen«, sage ich.

»Okay, dann sehe ich mir eben *Bachelorette* an«, erwidert sie.

»Ein Glas Sekt?«, fragt Cory mich. »Warum solltest du dich nicht ein bisschen *O. C., California* fühlen, was immer das auch bedeutet.«

»Vielen Dank, Sir«, sage ich mit einem Lachen. Cory füllt meine Champagnerflöte, und ich trinke einen Schluck. »Der ist gut.«

»Das ist kalifornischer Winzersekt«, erwidert er. »Überschlag dich nicht vor Begeisterung.«

Ich trinke einen weiteren Schluck. »Den brauche ich nach dem Tag, den ich heute hatte.«

»Das tut mir leid.«

»Es ist absolut deprimierend. Sie behandeln mich einfach nicht als eine von ihnen. Schlicht und ergreifend.«

»Dann kündige«, sagt Cory.

»Aber …«

»Hör nicht auf deine Mom oder irgendjemand sonst. Hör auf dein Herz.« Er nimmt meine Hand. »Wir sind durch die Hölle gegangen, Abby. Aber du bist eine großartige Ingenieurin.« Er verstummt kurz. »Und eine großartige Mom und Ehefrau noch dazu. Du wirst auch eine großartige Unternehmerin sein, daran habe ich keinen Zweifel.«

»Danke.«

»Vielleicht könnte ich dir sogar bei deinem Start-up helfen, wenn du so weit bist«, schlägt er vor. »Rechnungsstellung, Buchhaltung, so was halt. Du hast all das für mich getan, als ich im Einsatz war. Wir waren ein Team. Ich bin es gewohnt, Teil eines Teams zu sein. Das könnte eine neue Herausforderung für uns beide werden.« Mit großer Eindringlichkeit sieht er mich an. »Ich muss für etwas kämpfen. Das ist wichtig für mich.«

»Ich dachte, du hast Iris.«

»Ich mache keine Witze, Abby.«

Mit einem Mix aus Gefühlen, die wahrscheinlich alle durch den Schampus verstärkt wurden, schüttle ich den Kopf über meinen Mann.

Ich denke an Iris.

Vielleicht ist meine Sichtweise überschattet, weil Cory wohlbehalten zu mir und Lily zurückgekommen ist. Vielleicht würde ich nicht so empfinden, wenn ich gezwungen gewesen wäre, ihn zu beerdigen, oder wenn er fortgegangen wäre und ich ihn nie wiedergesehen hätte, keine Gelegenheit gehabt hätte, ihn noch einmal zu küssen, zu spüren oder Lebwohl zu sagen.

Ich nippe an meinem Sekt und mustere die Gesichter meines Mannes und meiner Tochter. Dann drehe ich mich um und betrachte die anderen Gesichter um mich herum.

Was sind ihre Geschichten? Was hat sie hierhergeführt, in diesem Moment?

Ich schüttle den Kopf. Ich weiß, welche Entscheidung ich treffen muss. Wenn ich doch nur so stark sein könnte, wie mein Mann es war! Es wird nicht einfach werden. Aber es wird verdammt einfacher werden als die Entscheidung und die Reise meines Mannes, verdammt einfacher als Iris' Leben.

Ich wende mich zum Hügel und denke, wie verrückt es geklungen haben musste: *Aber ja, Grand Haven, ich halte es für eine völlig vernünftige Idee, einen musikalischen Springbrunnen am Seeufer zu bauen! Natürlich werden die Leute herbeiströmen, um ihn zu sehen! Und ich will ihn auf der anderen Seite des Flusses auf diesem Hügel haben!*

»Weißt du, das ist wirklich eine ingenieurtechnische Meisterleistung«, sage ich plötzlich. »Ich kann nur ahnen, was wir gleich sehen werden, aber dass es schon 1962 gebaut und seither nur vom Bellagio übertroffen wurde … Das ist ziemlich erstaunlich. Ich kann mir kaum vorstellen, was in seine Entstehung geflossen sein muss.«

Ein älteres Ehepaar, das direkt vor uns sitzt, dreht sich gleichzeitig zu uns um. Beide haben lockiges weißes Haar, die gleichen dunklen Sonnenbrillen und trinken ein Summer-Ale. Sie sehen fast wie Zwillinge aus.

»Ich habe zufällig mit angehört, was Sie gesagt haben«, erklärt die Frau. »Ich bin Mabel, und das hier ist mein Mann Ted.«

»Nett, Sie kennenzulernen.« Cory schüttelt Ted die Hand.

»Wir leben schon seit sechzig Jahren in Grand Haven«, sagt Ted.

»Wow«, staune ich. »Das ist wunderbar.«

»Ein ganz besonderer Ort«, fährt Ted fort.

»Dieser musikalische Springbrunnen war das Geistesprodukt eines Freundes von uns, ein langjähriger Einwohner, Zahnarzt und ehemaliger Bürgermeister von Grand Haven«, erklärt

Mabel. »Er war wirklich ein Visionär, der die Uferlinie verschönern wollte. Dieser Brunnen wurde nach einem musikalischen Springbrunnen modelliert, den er in Deutschland gesehen hatte, während er nach dem Zweiten Weltkrieg Zahnarzt für die US Navy war. Wie Sie gerade sagten, war es der größte musikalische Springbrunnen der Welt, als er gebaut wurde. Und das alles hier im guten, alten Grand Haven!«

Mabel strahlt. Ich hebe mein Champagnerglas, und Mabel stößt mit ihrem Bier mit mir an.

»Viele Leute haben sich über ihn lustig gemacht«, sagt Ted. »Sie hielten es für eine verrückte Idee. Einige Leute fanden, er würde Dewey Hill entweihen.« Er verstummt kurz. »Aber so ist es doch, wenn man eine Vision hat, oder nicht?«

Ich komme mir vor, als würde Ted direkt zu mir sprechen, und seine Worte verursachen mir Gänsehaut.

»Praktiziert er noch?«, fragt Cory. »Ihr Freund?«

Ich reiße den Kopf hoch, um Cory anzusehen, als wäre er verrückt. Er neigt den Kopf und wirft mir einen Blick zu, der sagt: »Spiel einfach mit!«

»Oh, du meine Güte, nein«, antwortet Mabel. »Aber ich glaube, sein Sohn hat seine Praxis übernommen. Sie haben die Zähne von jedem in Grand Haven gemacht.« Mabel lächelt wie die Grinsekatze. »Sogar meine!«

»Gute Arbeit«, lobt Cory. »Es war schön, Sie kennenzulernen.«

Eine Weile lang essen wir schweigend unser Picknick. Als genug Zeit vergangen ist, schaue ich zu Cory hinüber und flüstere lautlos: »Praktiziert er noch? Spinnst du?«

Er schiebt die Auswahl an Essen beiseite und rutscht zu mir rüber. »Mein Freund beim Militär, der Beziehungen zum Labor der Abteilung für Vermisstenforschung und Gefallenenbergung des Verteidigungsministeriums hat, sagt, dass die Anstecknadel und das Stoffstück, das wir ihnen geschickt haben,

298

nicht ausreichen. Er meint, sie brauchen einen Gebissabdruck zusammen mit jeder DNA, die sie vielleicht finden. Was, wenn dieser Zahnarzt die Zahnbehandlungen von Iris' Mann gemacht hat? Was, wenn er uns helfen kann?«

»Wirklich, Cory«, flüstere ich. »Wie weit willst du diese Sache noch vorantreiben?«

»Bis ich ihn wieder nach Hause gebracht habe«, antwortet er. »So ist es doch, wenn man eine Vision hat, oder nicht?«

Urplötzlich versinkt die Sonne im See, der Himmel verdunkelt sich, und bunte Wasserfontänen schießen in die Luft. Eine Stimme dröhnt: »Heute Abend hören wir die Musik von *Findet Nemo*«, eine Ankündigung, die Lily begeistert aufjubeln lässt.

»Mein Lieblingsfilm!«

Buntes Wasser tanzt synchron zur Musik, als wäre der See selbst lebendig geworden, um ein Ballett zu inszenieren. Die Farben verblassen, pulsieren und funkeln, während die Fontänen hin und her schwenken, oszillieren und sich perfekt im Takt zu den ausgewählten Melodien bewegen. Gelegentlich schießen die Fontänen höher und höher, fast vierzig Meter in die Luft. Es ist atemberaubender, als ich es mir je hätte vorstellen können, und wird noch verstärkt durch den Regenbogen, der sich im Fluss spiegelt, ein Strom von Farben, der das Wasser aussehen lässt, als stünde es in Flammen, als wäre Iris persönlich, die Göttin des Regenbogens, auf die Erde zurückgekehrt.

Ich drehe mich wieder zu meiner Familie um; ihre Gesichter sind bunt erleuchtet, verzückt von der Schönheit. Ich bin gesegnet, diese Welt voller Farben zu sehen.

Die Fontänen explodieren violett, dann tanzen sie von links nach rechts und wieder zurück. Ich sehe Iris' Schmetterlingsgarten im Sommerwind winken. Das Wasser hört auf, die Show ist vorbei, und alle applaudieren, doch meine Augen bleiben auf den Hügel auf der anderen Seite des Wassers geheftet.

Kerzengerade setze ich mich auf und sehe Cory mit rasendem Herzschlag an.

»Ich habe eine Vision«, sage ich zu ihm.

TEIL ELF

Hortensien

»Wenn man eine Hortensie pflanzt,
kann man sicher sein,
eine dauerhafte Liebe zu finden.
Treue, das ist es, was sie für mich bedeutet.«

JULIE CANTRELL, PERENNIALS

Iris

AUGUST 2003

Ich träume, dass ich in einer Schlacht kämpfe und Seite an Seite mit Cory und Jonathan einem unsichtbaren Gegner entgegenstürme. Es ist dunkel, und alle paar Sekunden erhellen Gewehrfeuer und Explosionen die Welt um uns herum. Ich kann ihre Schritte neben mir hämmern hören, und dann nichts mehr. Gewehrfeuer erhellt die Szene um mich herum. Sie sind fort. Ich kämpfe allein.

Erschrocken wache ich auf.

Durch mein Schlafzimmerfenster sehe ich Wetterleuchten über dem See aufblitzen.

»Sommerschwüle«, seufze ich erleichtert. Ich betaste meine Stirn und dann die Laken unter mir. Sie sind völlig durchgeschwitzt. »Wann lässt diese Hitze endlich nach?«

Ich habe die Fenster offen, aber der Wind ist immer noch schwülwarm, die Temperatur nicht viel kühler, als seit ich ins Bett gegangen bin. Ich mag keine Klimaanlagen. Ich bin ohne sie aufgewachsen und konnte mich nie daran gewöhnen. Ich fühle mich eingesperrt, wenn sie laufen. Ich verbringe schon den ganzen Winter bei geschlossenen Fenstern und aufgedrehter Heizung, also genieße ich jede Sekunde, in der ich meine Fenster im Frühling und Sommer öffnen kann.

Lauschend neige ich den Kopf zur Seite. Durch das Fenster klingt der Ruf einer Nachtschwalbe herein. Ich kann die letzten Glühwürmchen funkeln sehen. Diese Bilder und Geräusche bewirken, dass ich mich wieder wie ein junges Mädchen fühle. In der Dunkelheit fühle ich mich immer noch wie ein kleines Mädchen. Ich denke daran, dass die Schule bald wieder anfängt, was ich am ersten Schultag anziehen werde, dass ich mich darauf freue, meine Freunde wiederzusehen.

Die Peeper – die kleinen Frösche, die unseren Staat bevölkern – erfüllen die Welt mit ihrem ohrenbetäubenden Chor, ein quakendes Orchester. Wenn ich das sommerliche Konzert dieser Peeper nicht höre, fühlt es sich für mich nicht wie ein richtiger Sommer in Michigan an. Ich schließe die Augen, während sie mir vorsingen. Schließlich legt sich ihr Gesang, und ich kann das beruhigende Schwappen des Sees hören.

Ich setze mich im Bett auf.

Sei ein Mädchen, Iris, denke ich. *Ein Sommermädchen. Kein Kind des Krieges. Sei ein Teil dieser Welt, nicht von ihr abgeschnitten.*

Ich springe buchstäblich aus dem Bett und trete zu einem uralten Schrank, der eine ganze Wand meines Schlafzimmers einnimmt und mehr Farbschichten aufweist als ein altes Kanu. Die Tür quietscht laut, als ich sie öffne. *Wo bist du?,* denke ich. *Wie lange ist es her?*

Ich wühle in Schubläden, werfe lange Hosen und Pullover beiseite und arbeite mich weiter zu Shorts, T-Shirts und Sweatshirts. Beinahe will ich schon aufgeben, doch dann – *da!* – in einer Ecke der letzten Schublade ist mein Badeanzug. Ich hole ihn raus und halte ihn mir vors Gesicht, um ihn argwöhnisch zu inspizieren, wie eine längst vergessene, vereiste Tupperdose, die man tief in der Gefriertruhe gefunden hat.

Mein Badeanzug ist ein buntgestreifter Einteiler, den ich mir vor Jahrzehnten gekauft habe, in einem anderen Leben anscheinend.

Die Twiggy-Jahre.

Ich hatte ihn ein paar Mal getragen, als ich noch an den

Strand ging, aber dann hatte ich mich einmal zufällig damit im Spiegel gesehen und erkannt, dass ich kein Supermodel war, das für die *Sports Illustrated* posiert, also hatte ich meine Badesachen weggepackt. Endgültig.

Den Badeanzug immer noch auf Armeslänge von mir forthaltend wie ein Stinktier, gehe ich ins Bad. *Wird schon schiefgehen,* denke ich. Ich ziehe und zerre, winde und verrenke mich, und als ich den Badeanzug vollständig anhabe, starre ich mich mit großen Augen im Spiegel an.

»Er passt«, sage ich zu meinem Spiegelbild. »Er passt noch.«

Ich würde nicht sagen, dass ich toll in dem Badeanzug aussehe – er ist alt, spröde und ausgeleiert, wie ich –, aber er passt, und in meinem Alter ist das so ziemlich alles, was noch zählt. Ein bisschen fühle ich mich wieder wie ein junges Mädchen, als ich mich hierhin und dorthin drehe. Ich gehe zum Waschbecken, doch dann halte ich inne.

Nicht nötig, mir das Gesicht zu waschen, denke ich, schnappe mir ein Badetuch und tappe aus dem Badezimmer. Ich gehe zur Küche, doch dann bleibe ich wie angewurzelt stehen.

Was, wenn irgendwelche Frühaufsteher am Strand spazieren gehen? Was, wenn mich jemand sieht?

Du kannst das, Iris, denke ich. *Keine Tabletten. Kein Nachdenken. Du bist ein Sommermädchen. Los.*

Ich gehe zur Veranda, schlüpfe in ein Paar Flipflops und gehe mit klopfendem Herzen raus zum Strand.

Plötzlich bleibe ich stehen. Die Welt überschlägt sich. Haltsuchend gehe ich neben dem Zaun in die Hocke. Ich war bisher nur draußen, um Mary zu sehen, und habe mich an den Zaun geklammert, um Abby, Cory und Lily zu besuchen. Das waren meine weitesten Ausflüge, die sich mit wenigen Schritten messen lassen. *Das hier* – ich schaue zum Strand – *ist wie ein Flug zum Mond.*

»Ich kann nicht, ich kann nicht, ich kann nicht«, flüstere ich, während mir unvermittelt Tränen in die Augen steigen. »Du bist eine alte Närrin, Iris.«

Ich stehe auf, um wieder reinzugehen, als ich höre, wie sich die Wellen am Ufer brechen. Erneut drehe ich mich um, um den Strand zu betrachten, und im Dunst, der vom See aufsteigt, kann ich mir Cory und Lily vorstellen, wie ich sie vor kurzem erst gesehen habe. Ein kleines Mädchen, ein Kind, das einem erwachsenen Mann, einem Kriegshelden, hilft, mutig zu sein. Sie hielt seine Hand, und zusammen haben sie winzig kleine Schritte gemacht, bis sie am Strand waren und Cory im Sand saß. Genau genommen ist er mit den Knien voran niedergesunken und hat Sand in die Luft geworfen, als wäre es Gold. Sie haben im See gespielt, Sandburgen gebaut … *sich wie Kinder benommen.*

Wenn er das kann, kann ich es auch, denke ich. *Sei mutig, Iris. Sei mutig.*

Ich steige die Düne hinunter, einen winzigen Schritt nach dem anderen. Meine Flipflops wühlen Sand auf, als ich langsam durchs Dünengras tripple. Unten angekommen bleibe ich stehen. Ich schaue nach links und rechts. Der Strand ist leer. Mein Herz rast. Wieder denke ich an Cory und falle mit den Knien voran in den Sand. *Ich hab's geschafft!,* denke ich dankbar und voller Sand.

Ich schaue hoch. Der See ist spiegelglatt, die Wellen schwappen ans Ufer, als hätte die Hitze ihnen bereits die Energie entzogen. Das Wasser ist zuerst schwarzblau, die Wolken, die den Horizont des Michigansees säumen, auf unheimliche Weise dunkel, aber während ich am Saum des Wassers stehe, beginnt die Sonne, gerade genug Licht zu spenden, um die Szenerie Sekunde um Sekunde zu verändern: Der Himmel färbt sich hellblau, der Horizont wird rosa wie eine meiner Hortensien, und die Wolken erwachen zum Leben. Die Welt beginnt im wahrsten Sinne des Wortes zu leuchten. Und alles scheint augenblicklich innezuhalten, als wäre es ebenso fasziniert von seiner Veränderung. Ich schließe die Augen und lausche meinem See.

Hallo, alte Freundin, ruft er mir zu. *Schön, dich zu sehen. Es ist schon viel zu lange her.*

Ich öffne die Augen und atme tief ein. Dann gehe ich zum Ufer und tauche vorsichtig einen Zeh ins Wasser. Der See ist überraschend warm. Ich werfe mein Handtuch auf den Sand und wate bis zu den Knöcheln ins Wasser. Meine Grandma hat einmal zu mir gesagt, mit dem Michigansee sei es wie mit dem Leben: Man muss sich kopfüber hineinstürzen.

»Trödel nicht herum«, sagte sie. »Sogar wenn er warm ist, ist er es nicht.« Dann war sie schnurstracks wie eine Verrückte in den See gerannt und kopfüber ins Wasser gesprungen.

»Wird schon schiefgehen, Grandma«, sage ich. Ich renne los in den See, bis zu meinen Oberschenkeln, dann bis zur Taille, und dann hechte ich durch die Luft ins Wasser. Obwohl es nach Michigansee-Maßstäben warm ist – wahrscheinlich etwas über zwanzig Grad –, ist es immer noch ein Schock für meinen Kreislauf. Ich schreie auf, als ich untertauche. Unter Wasser mache ich die Augen auf und sehe Luftblasen von meiner Nase und meinem Mund aufsteigen. Die Sonne spiegelt sich an der Wasseroberfläche, und Lichtstrahlen erhellen meine Unterwasserwelt: die sandigen Wellenlinien auf dem Grund des Sees, die glatten, bunten Steine, die in Richtung Ufer gerollt werden, den winzigen Fisch, der überrascht darüber ist, so früh am Tag schon einen Besucher zu sehen.

Als ich auftauche, um Atem zu holen, strömt mir Wasser übers Gesicht. Ich sehe mich um und suche den Horizont ab: Nichts hat sich an dieser Perspektive verändert, seit ich ein kleines Mädchen war. Der See gleicht immer noch dem Ozean, der Himmel ist noch genauso magisch, die Dünen und der Strand immer noch unbebaut. Dann sehe ich an meinem Körper hinunter, der durch den See in zwei Hälften geteilt wird. Unter

Wasser sehen meine Beine und meine Taille schimmernd und frisch aus, die Haut auf magische Weise jung. Über Wasser dagegen ist meine Haut gesprenkelt wie ein Vogelei und so knittrig wie Krepppapier. Ich kneife die Lider zusammen. Meine Augen sind alt, aber im Moment fühle ich mich nicht anders, als ich mich als Kind gefühlt habe.

Zum ersten Mal seit Jahrzehnten bin ich draußen in der Welt, und das ist beängstigend und anregend zugleich.

Und ich will nicht, dass es aufhört.

Einen weiteren Herzschlag lang bleibe ich in diesem Moment, stoße ein Jauchzen in den Morgen hinaus, das übers Wasser schallt, und tauche dann wieder in den See.

Nachdem ich mich abgetrocknet habe, gehe ich vollständig erfrischt – und diesmal barfuß – über den rasch wärmer werdenden Sand zurück zu meinem Cottage.

Ich fühle mich wie neugeboren, denke ich. *Ich fühle mich, als wäre ich im Urlaub gewesen, weit weg von zu Hause. Fühlt es sich so an, lebendig zu sein?*

Ich mache mir Tee und Haferbrei und esse mein Frühstück auf der Veranda, mit immer noch feuchten Haaren. Es gab eine Zeit, in der diese Cottages voll nasser Fußspuren und Sand waren. Ich schlürfe meinen Tee und schließe die Augen. Es gab eine Zeit, in der diese Cottages voller Familie waren. Seufzend öffne ich die Augen wieder. Früher bin ich ständig zwischen den Häusern meiner Grandma und meiner Eltern hin- und hergelaufen. Das Gras zwischen ihnen war zu einem Trampelpfad ausgetreten.

Vor dem Zaun.

Ich beende mein Frühstück, stelle das Geschirr in die Spüle und gehe in den Garten, bereit, mich an die Arbeit zu machen, bevor die Welt überhaupt aufgewacht ist. Ich nehme meinen Gartenschlauch und fange an zu gießen. Es war ein ungewöhnlich heißer und trockener August nach Michigan-Maßstäben.

Das bedeutet allerdings nicht, dass wir keinen Regen gehabt hätten. Durch die hohe Luftfeuchtigkeit hatten wir Gewitter, bei denen der Himmel alle Schleusen öffnete und tonnenweise Regen runterkam. Aber wir hatten nur wenig sanfte Regenfälle oder Tage mit anhaltenden Schauern. Und hier saugt das sandige Erdreich den Regen auf wie ein Schwamm. Ich fange an, meine Hängekörbe zu gießen, dann fülle ich meine Brunnen und Vogelbäder. Innerhalb von Sekunden baden und planschen Kardinäle und Zaunkönige aufgeregt zwitschernd im frischen Wasser.

»Ihr erinnert mich an mich heute Morgen«, sage ich zu ihnen. Ich sehe ihnen beim Spielen zu, während der Schlauch den Boden wässert, dann gehe ich zu meinem Schmetterlingsbeet und ums Haus herum zu meinen Taglilien. Als ich die Hortensien erreiche, brennt die Sonne bereits herab, und sie lassen die Köpfe hängen.

Ich hebe eine traurige Blüte hoch und rede mit ihr. »Tut mir leid, meine Liebe.«

Meine Hortensien sind sehr theatralisch. In der Sommerhitze können die zarten Zweige des Strauchs das Gewicht der schweren Blüten nicht halten, und sie hängen herab, bis sie den Boden berühren. Auch die schönen blauen und pinkfarbenen Blüten selbst sehen regelrecht mitgenommen aus. Die großen Blütenstände fallen auseinander und die Farbe verblasst.

Ich tränke die Erde mit dem Schlauch, und langsam erwachen die Hortensien wieder zum Leben und richten sich auf, als hätte ich ihnen gerade einen eiskalten Gin Tonic an einem glühend heißen Sommernachmittag serviert.

»Meine Schönen«, rufe ich ihnen zu.

Ich habe ganze Reihen von Hortensien, die sich um mein Haus schmiegen. Sie sind inzwischen riesig, manche von ihnen wahrscheinlich schon fünfzig Jahre alt. Und ich habe ein paar, die noch älter sind als ich und von meiner Mutter gepflanzt wurden. Nichts lässt sich mit der Langlebigkeit und Schönheit einer Sommerhortensie vergleichen. Sie sind treue Gefährten, deren schlichter Liebreiz mich immer wieder überrascht, wie ein lebenslanger Freund.

Als ich ein kleines Mädchen war, gab es ein Süßwarengeschäft in der Stadt – *Ye Old Fudge Factory* –, und der Verkaufstresen erstreckte sich über die gesamte Länge des Ladens. Er war gesäumt von Glaskugeln mit Süßigkeiten in allen Regenbogenfarben: Jellybeans, Kaugummikugeln, Gummibärchen, saure Drops, Lakritze, Karamellbonbons, Schokolade. Die Farben meiner Hortensien erinnern mich an diesen Süßwarenladen. Ich habe mehr als nur weiße, pinkfarbene und blaue; sie sind bunt wie Zuckerwatte: Ich habe blau changierende, fliederfarbene, limettengrüne, violette und wunderschön weiß-roséfarbene Rispenhortensien.

Außerdem habe ich Gartenhortensien, Waldhortensien und Eichenhortensien.

»Guten Morgen!«

Beim Klang der Stimme zucke ich zusammen und bespritze mich aus Versehen mit meinem Gartenschlauch. Ich schreie auf, als das kalte Wasser mich durchnässt.

Als ich mich umdrehe, steht Lily hinter mir.

»Warum haben Sie einen Badeanzug an?«

»Wie bist du hier reingekommen?«, frage ich.

»Das Tor war offen.« Sie sieht mich an. »Soll ich wieder gehen?«

Ich richte den Schlauch zurück auf die Hortensien. »Nein, nein, schon in Ordnung. Du hast mich nur erschreckt.« Ich sehe sie an. »Wo sind deine Eltern?«

»Meine Mom hat ein frühes Meeting und mein Dad macht irgendein Workout oder so was am Fernseher. Warum haben Sie einen Badeanzug an?«

»Weil es heiß ist«, antworte ich. »Und ich war heute früh im

See schwimmen.« Ich sehe sie an. »Ist es in Ordnung, dass ich einen Badeanzug trage?«

Lily nickt. »Das sollten Sie«, erwidert sie. »Es ist Sommer. Jeder sollte einen Badeanzug tragen, wenn er will.«

Ich nicke ihr zu, dann bemerke ich, was sie in der Hand hält. »Was hast du denn da?«, frage ich.

»Mein PowerBook«, sagt sie.

Ich bin verblüfft darüber, wie sich die Technik heutzutage entwickelt. Sie scheint schneller zu wachsen als Unkraut im Frühling.

Lily schaut zu mir hoch und lässt die Mundwinkel hängen, wie meine Hortensien vorhin ihre Köpfe.

»Alles okay?«

Sie sieht mich sehr lange nur an. »Eigentlich nicht.«

»Möchtest du mir sagen, was los ist?«, frage ich.

Lily seufzt. »Meine neue Lehrerin hat eine E-Mail geschickt, um mich in Grand Haven und ihrer Klasse willkommen zu heißen«, sagt sie. »Sie möchte, dass alle einen Aufsatz über ihren Sommer schreiben, um ihn mit der Klasse zu teilen. Aber sie möchte auch, dass ich der Klasse etwas über mich erzähle.« Lily verstummt kurz. »Viele meiner Klassenkameraden hab ich schon in den Sommerkursen kennengelernt, aber ...« Wieder verstummt sie. »Aber ich bin nervös.«

»Das ist ganz normal«, erwidere ich. »Aber weißt du was? Ich sage nie, dass ich nervös bin. Willst du wissen, was ich stattdessen sage?« Lily nickt. »Ich sage immer, ich bin aufgeregt. Und das ist es, was du dir merken musst. Du bist nicht wirklich nervös, du bist einfach nur aufgeregt. Nervös oder aufgeregt zu sein ist ein großer Unterschied. Wenn man aufgeregt ist, hat man dieses Flattern im Bauch, als wenn man eine Million Schmetterlinge verschluckt hätte.«

»Genauso fühle ich mich!«, sagt sie.

Ich lächle. Hinter Lily verblühen die Überraschungslilien allmählich. Das war früher mein Zeichen, dass der Sommer zu Ende ging und die Schule gleich um die Ecke wartete.

»Ich war früher jedes Jahr aufgeregt, wenn es wieder zurück in die Schule ging«, sage ich.

»Wirklich?«

»Ja. Ich habe mich immer genau hier versteckt.« Ich zeige auf meine Hortensien.

»Wie meinen Sie das?«, fragt Lily.

»Ich habe mich unter diesen Hortensiensträuchern versteckt«, erkläre ich. »Das war, wie sich vor der Welt zu verstecken. Niemand wusste, dass ich dort war, bis auf meine Grandma, die so tat, als wüsste sie es nicht, bis sie anfing, Unkraut zu jäten und an meinem Bein zupfte.«

»Warum waren Sie nervös?«, will Lily wissen. »Ich meine, aufgeregt?«

»Meine Familie war ärmer als die meisten anderen Familien«, antworte ich. »Mein Dad war Minenarbeiter, meine Mom war Näherin. Wir hatten nicht viel Geld. Aber wir hatten viel Phantasie.« Ich zwinkere Lily zu. »Warte kurz.« Ich drehe den Schlauch zu, renne ins Haus und schlüpfe rasch in Shorts und ein T-Shirt. Dann komme ich wieder heraus, sehe Lily an und sage: »Komm mit.« Ich gehe hinunter auf die Knie und spähe in einen kleinen Tunnel zwischen meinen Hortensien, dann krieche ich ganz hinein, bis ich mit dem Rücken am steinernen Fundament des Hauses lehne. Wenige Sekunden später taucht Lily auf.

»Was machen wir hier?«, fragt sie mit lebhafter Miene.

»Uns ein Weilchen vor der Welt verstecken«, antworte ich.

Es ist dunkel hinter den dichten Hortensien, und die nasse Erde durchweicht meine Shorts. Es riecht nach Sommer, und mein Herz rast ein kleines bisschen, genau wie damals, als ich ein kleines Mädchen war.

»Wie fühlst du dich?«, frage ich.

»Aufgeregt«, antwortet Lily, dann fügt sie hinzu, »aber auch sicher.«

Ein paar Augenblicke lang sitzen wir da, zwischen den blauen Hortensienblüten, ohne uns zu rühren.

»Früher habe ich mich mit dem Hund meiner Grandma hier versteckt«, sage ich. »Nur wir zwei.«

»Erzählen Sie mir eine Geschichte«, bittet Lily.

»Was für eine Geschichte?«

»Irgendeine Geschichte, in der Sie drin sind«, erwidert sie.

Ich lächle im Dunkeln. »Weißt du, ich bin in dieselbe Grundschule gegangen wie du.«

»Ehrlich?«

»Ja. Aber jetzt ist sie völlig anders. Man hat ein neues Schulgebäude gebaut, und ihr habt heutzutage Computer, wie den, den du da in der Hand hast. Aber alles andere ist eigentlich immer noch gleich. Die Lehrer, die Schüler, die Fächer.« Ich halte kurz inne. »Jeder ist aufgeregt am ersten Schultag.«

Ich schließe die Augen und erinnere mich daran, wie es war, ein Kind zu sein, versteckt hier zwischen den Hortensien, nur noch wenige Tage vor Schulbeginn. »Ich bin in der Weltwirtschaftskrise aufgewachsen«, sage ich.

»Was ist das?«

»Das war eine Zeit, in der Amerika sehr arm war und niemand viel Geld hatte«, erkläre ich. »Wir konnten uns nicht mal leisten, neue Kleider für den Schulanfang zu kaufen, deshalb haben meine Mom und meine Grandma alle meine Kleider selbst genäht. Und weißt du, woraus sie sie gemacht haben?«

»Nein.« Lilys Augen sind groß in der Dunkelheit.

»Aus Futtermittel- und Mehlsäcken.«

»Was ist das?«

»Nun, Mehl wurde früher in Baumwollsäcken verkauft, nicht in diesen Papiertüten von heute«, erkläre ich. »Und meine

312

Großeltern hatten früher Hühner, und wir gingen in den Futtermittelladen, um Kraftfutter für sie zu kaufen. Die Baumwollsäcke, in denen Mehl und Futter verkauft wurden, waren mit hübschen Mustern verziert, und ich habe mit meiner Mom und meiner Grandma die hübschesten ausgesucht. Irgendwie schienen die immer ganz unten im Stapel zu sein, deshalb mussten mein Dad und mein Grampa immer unzählige Säcke hochhieven und umstapeln, um an die Muster zu kommen, die meiner Mom und mir am besten gefielen. Sobald das Mehl oder das Futter aufgebraucht war, nahmen meine Mom und meine Grandma diese Baumwollsäcke und machten daraus Kleider für mich. Sie waren so schön, und meine Freundinnen hatten keine Ahnung, wie sie zustande gekommen waren.«

»Was war Ihr Lieblingskleid?«, will Lily wissen.

»Ich wusste, dass du mich das fragen würdest«, sage ich. »Von allen Mustern war mein Lieblingskleid aus einem Futtermittelsack, der über und über mit den hübschesten blauen und rosa Hortensien bedruckt war, genau wie die hier vor uns. Ich fühlte mich immer sicher, wenn ich dieses Kleid trug.«

»Haben Sie es noch?«

Ich lache. »Oh, aus dem Kleid bin ich schon lange rausgewachsen«, erwidere ich. »Und ich habe es getragen, bis es schon ganz fadenscheinig war.« Ich packe Lilys Bein und schüttle es leicht. »Ach, du meine Güte«, sage ich. »Du hast mich da gerade an etwas erinnert. Wenn ich aus meinen Kleidern herausgewachsen war, dann machte meine Mom Quilts daraus. Ich glaube, ich habe immer noch ein paar davon auf dem Dachboden. Es ist Jahre her, dass ich an die gedacht habe.«

»Warum?«

»Weil ich jetzt eine elektrische Heizdecke habe«, sage ich. »Und …« Meine Stimme wird leiser. »Ich glaube, ich wollte sie vergessen.«

»Warum?«

»Weil es manchmal zu hart ist, sich zu erinnern«, antworte ich.

»Wie bei meinem Dad«, sagt Lily.

»Ja, Schätzchen, wie bei deinem Dad.« Ich streichle Lily übers Haar. »Manchmal ist es schön, eine andere Sichtweise auf das Leben zu bekommen. Wir sehen die Dinge in einem neuen Licht, und das ist wichtig. Danke, dass du mich daran erinnert hast.«

Plötzlich leuchtet es hell in der Dunkelheit, und ich sehe, dass Lily ihr PowerBook aufgeklappt hat.

»Was machst du da?«, frage ich.

»Ich werde etwas für meine Lehrerin schreiben«, antwortet sie. »Über meinen Sommer. Über mein Leben.«

»Was wirst du denn schreiben?«, frage ich.

Ich schaue rüber und sehe, dass Lily auf den Bildschirm tippt. Anstatt zu schreiben, zeichnet sie ein Bild.

»Ich schreibe nicht.« Sie verstummt kurz und sieht mich an, das Gesicht im Licht des Computers gebadet. »Das heißt Kid Pix. Man kann jetzt auf einem Computer malen. Ziemlich cool, was?«

Ich nicke.

»Eine neue Sichtweise«, sagt sie und klingt genau wie eine Erwachsene.

»Ich bin sehr stolz auf dich«, sage ich. »Du bist genau wie diese Hortensien: bunt und einzigartig.«

»Ich bin auch sehr stolz auf Sie«, erwidert Lily, völlig auf ihre Zeichnung konzentriert.

»Auf mich? Warum?«

»Schauen Sie.«

Als ich auf den Bildschirm sehe, hat Lily ein Bild von einem Zaun gezeichnet. Eine Hand reicht über ihn und hält eine schöne blaue Hortensienblüte. Eine andere Hand streckt sich aus und nimmt die Blume an.

Abby

AUGUST 2003

»Ich habe ein Meeting zum Lunch«, sage ich. »In ein paar Stunden bin ich wieder zurück.«

Meine Assistentin Traci schaltet ihren Computer ein, dann sieht sie mich an, wie einen nur Ehepartner und Assistenten ansehen können. Sie lächeln und nicken, wohl wissend, dass man lügt, aber auch wohl wissend, dass es am klügsten ist, nicht weiter nachzubohren.

»Natürlich«, sagt Traci. Sie beginnt zu tippen. »Lass mich nur kurz sichergehen, dass ich das in deinen Terminkalender eingetragen habe.« Sie schaut hoch. »Ich entschuldige mich für das Versäumnis.«

Traci ist ein so heller Kopf wie die strahlende Sommersonne draußen. Sie zieht ganz allein einen kleinen Sohn groß und geht abends aufs College. Innerhalb weniger Wochen haben wir einander besser kennengelernt als irgendjemanden auf der Welt. Ich decke sie, wenn sie früher geht, um Zeit mit ihrem Sohn zu verbringen oder für den Unterricht zu lernen, und sie deckt mich, wenn ich etwas habe, das offiziell als ›Meeting zum Lunch‹ bezeichnet wird, inoffiziell aber eine ›Pause um der geistigen Gesundheit willen‹ ist.

»Danke«, sage ich und wende mich zum Gehen.

Ihr Computer klingelt, und sie klickt darauf. »Ich glaube, das wirst du sehen wollen, Abby.« Ich höre ihren Drucker leise anspringen. Traci nimmt die Blätter und einen Tacker und reicht sie mir.

»Nein«, sage ich. »Nein. Mr. Whitmore hat mir gesagt, dass das nicht passieren wird.«

»Geh zum Lunch, Abby«, sagt Traci.

»Das kann er nicht machen.« Meine Stimme ist beinahe ein Schreien.

»Abby, geh zum Lunch«, wiederholt Traci sehr langsam mit ruhiger Stimme.

Sie schaut sich um und räuspert sich. Kollegen haben aufgehört, sich zu bewegen, wie Schauspieler in einem Film, die mit einem Bewegungsloszauber belegt wurden. Sie starren mich an.

Ich mache auf dem Absatz kehrt und gehe den Flur entlang. Mir schwirrt der Kopf, während ich roboterhaft den Leuten zunicke, die mich grüßen. Sobald ich draußen bin, laufe ich zu meinem Auto, schließe die Tür und schreie. Ich lasse den Motor an, drehe die Klimaanlage auf und atme tief durch, dann nehme ich die Unterlagen, die Traci für mich ausgedruckt hat. Es ist ein Memo an meinen Erzfeind Pete, Leiter der Marketingabteilung. In fetten Buchstaben steht da:

VORGESCHLAGENE NAMENSÄNDERUNGEN FÜR NEUE FARBLINIE

Mein Herz hämmert so laut, dass es das Geräusch der Klimaanlage übertönt, die auf voller Stufe läuft.

»Pete's Paints?«, lese ich. »Er nennt sie ›Pete's Paints: Farben für Männer‹?«

Meine Augen werden immer größer, als ich weiterlese. Meine Farbe Sommeriris wurde in ›Minnesota Vikings Purple‹ umbenannt. Mein Hortensienblau heißt jetzt ›Michigan Wolverines Blue‹.

316

»Das sind nicht mal dieselben Farben!«, schreie ich im Auto. »Das kann er nicht machen!«

Ich nehme mein Handy und rufe Traci an. »Das kann er nicht machen! Ich wette, er hat diese Sportclubs nicht mal kontaktiert, um sich die Rechte einzuholen, ihre Markennamen, Farben oder Logos zu benutzen.«

»Du hast den Parkplatz noch nicht verlassen, oder?«, fragt sie.

Das bringt mich zum Lächeln.

»Hör mir zu, Abby«, flüstert Traci ins Telefon. »Du hast recht.« Sie macht eine kurze Pause. »Aber das hier wirst du nicht gewinnen.« Sie verstummt, und ich kann sie lange atmen hören – beinahe, als mache sie Yoga. »Es ist ein schöner Sommertag. Geh und genieß ihn eine Weile. Sieh dir all die Farben an, auf die einzige Weise, wie sie gesehen werden sollten. Durch deine eigenen Augen.« Wieder verstummt sie kurz. »Vielleicht bringt dir das etwas Klarheit.« Im Hintergrund kann ich ihr Telefon klingeln hören. »Da muss ich ran«, sagt sie. »Bye, Abby.«

Ich nehme meine malerische Route nach Hause, die sich am Strand entlangschlängelt, der, wie mir bewusstwird, sogar noch belebter ist als sonst. Banner mit der Aufschrift »Grand Haven Coast Guard Festival« säumen die Straßen. Ein riesiger Rummelplatz wird aufgebaut – einschließlich mehrerer Riesenräder. Die Farben des Rummels, kombiniert mit den Farben des Sees, sind beinahe zu überwältigend, und ich staune mit offenem Mund wie eine Touristin, bevor mich das Hupen eines Autos aus meinen Gedanken reißt.

Ich fahre so weit wie möglich in meine Einfahrt, um zu versuchen, mein Auto und meine Schuldgefühle, mich an einem schönen Sommertag aus dem Büro geschlichen zu haben und nach Hause gekommen zu sein, zu verstecken.

Warum fühlen Frauen sich immer schuldig?, denke ich.

Ein weiteres Mal sehe ich Petes Memo an, bevor ich es zerknülle und auf den Rücksitz schleudere.

Überholt. Genau wie das Papier, auf dem es gedruckt ist.

Die Hitze schlägt mir heftig entgegen, als ich aus dem Wagen springe und bemerke, dass unser hinteres Tor offen steht. Ich gehe zum Zaun und sehe in den Garten. »Hallo?«, rufe ich.

»Was für eine Überraschung!«, sagt Cory.

Ich gehe in den Garten, wo Cory neben einer Fülle neuer Töpfe steht, einen Gartenschlauch in der Hand. »Ich habe ein paar Kräuter gepflanzt«, sagt er. »Basilikum. Oregano. Petersilie. Da wir ja ab jetzt eine schöne Routine haben und öfter zu Hause kochen werden.«

Meine Miene wird traurig. *Schöne Routine*, denke ich. *Ich halte in der Arbeit kaum durch.* Ich sehe Cory an. *Aber ich kann unsere Familie nicht entwurzeln.*

»Ich weiß, was du denkst«, sagt er. »Wir sind schon ziemlich spät in der Saison, aber man hat mir gesagt, dass die noch gut durch den Herbst kommen werden.« Er lacht. »Uuuund, ich habe sie eigentlich nicht wirklich eingepflanzt. Sie waren schon so. Ausgewachsen und bereit zur Ernte.«

Ich gehe zu ihm und küsse ihn. »Ich bin einverstanden, bis auf den Koriander«, sage ich. »Der schmeckt für mich nach Seife.«

Er lächelt. »Du schmeckst für mich nicht nach Seife.« Cory zieht mich an sich und küsst mich noch fester. »Womit habe ich diese Ehre verdient?«

»Ich habe mich entschieden, eine Pause zu machen«, antworte ich. »Für die geistige Gesundheit.« Ich sehe mich um. »Wo ist Lily?«

Cory nickt nach nebenan. »Bei Iris. Schon den ganzen Vormittag. Sie hat mir gesagt, dass sie sich verstecken und ich sie nicht stören soll.«

Ich lache. »Was hat das zu bedeuten?«

»Sie sind Freunde«, erwidert er. »Freunde decken einander.«

318

Ich denke an Traci. »Ich werde mal rüberschleichen und nachsehen«, sage ich. »Ich brauche heute viele Gründe, die mich zum Lächeln bringen.«

»Bin ich nicht genug?« Cory gibt vor, gekränkt zu sein.

»Das bist du, mein sexy Soldat«, antworte ich.

Er zupft etwas Basilikum von seinem neuen Topf. »Wäre ich noch sexyer, wenn ich dir Mittagessen mache?«

Lächelnd nicke ich.

»Wäre ich sexyer, wenn ich das hier tue?«

Ohne Vorwarnung hält Cory den Gartenschlauch auf sich und durchnässt sein Tanktop. Er zieht mich an sich. Beinahe halte ich ihn auf, weil ich an mein Arbeitsoutfit denke und Angst habe, es nass zu machen, aber stattdessen sinke ich in seine Arme.

»Was habe ich nur getan, um so viel Glück zu haben?«, frage ich.

»Dasselbe dachte ich auch gerade«, erwidert er. »Es war ein langer Weg. Danke, dass du zu mir gehalten hast.«

Ich könnte in naher Zukunft vielleicht dasselbe zu dir sagen, denke ich.

»Ich liebe dich«, sage ich.

»Ich dich auch.«

Cory zieht sein Shirt aus, und mir bleibt das Herz stehen. Manchmal bin ich immer noch überrascht, dass ein so gutaussehender Mann mit mir verheiratet ist. Dann denke ich an Iris' kürzliche Ermahnung, mich nicht ständig niederzumachen, und an ihr Kompliment: *Sie sind wunderschön!*

Cory sieht mich an mit ebenso viel Hunger, wie ich ihn.

»Ich mache dann mal Mittagessen«, verkündet Cory dann. »Warum entspannst du dich nicht?«

»Danke«, sage ich. »Ich schaue nur kurz nach nebenan. Ich bin neugierig, was die beiden im Schilde führen.«

»Okay«, sagt er. »Vielleicht wollten sie einfach nicht, dass ein Mann ihre Mädelszeit stört.«

Er geht davon, dabei schlägt er sich mit seinem nassen T-Shirt auf den Rücken, bevor er sich mit einem Zwinkern noch einmal umdreht.

»Netter Hüftschwung«, sage ich. Er bleibt stehen und wackelt mit dem Hintern, bevor er verschwindet.

Ich gehe durchs Tor hinaus und schleiche auf Zehenspitzen in Iris' Garten. Es ist niemand zu sehen. Behutsam gehe ich durchs Gras auf ihr Cottage zu. Dann bleibe ich stehen. Ich höre Gekicher.

Mit einem vorsichtigen Schritt nach dem anderen folge ich dem Geräusch.

Wo sind sie?

Lauschend neige ich den Kopf.

Verstecken sie sich in den Hortensien?

Ich werde stocksteif und reglos, genau wie meine Kollegen vorhin.

»Jetzt versuchen Sie es«, höre ich Lily sagen.

»Ich male gern«, antwortet Iris. »Aber so habe ich es noch nie gemacht.«

»Zeit für neue Dinge«, sagt Lily. »Sind Sie aufgeregt?«

»Ja«, antwortet Iris.

»Hier«, sagt Lily. »Drücken Sie hier drauf. Und jetzt benutzen Sie den Finger so.«

Es folgt Schweigen.

»Sie sind gut«, sagt Lily schließlich. »Wirklich gut.«

»Danke«, antwortet Iris.

Ich mache einen kleinen Schritt vorwärts.

»Wir können deine Füße sehen!«

»Lily?«

»Wir können deine Füße sehen, Mommy. Warum spionierst du uns nach? Warum bist du schon zu Hause?«

320

»Ich spioniere nicht«, entgegne ich. »Ich bin nur zum Mittagessen nach Hause gekommen. Ich schwänze.«

Lily kichert. »Böse Mommy«, sagt sie. Ich höre Geflüster.

»Möchtest du mitmachen?«, fährt Lily fort. »Wir haben ein Passwort.«

Stille.

»Wirst du es mir sagen, oder muss ich raten?«

Mehr Geflüster.

»Du musst raten«, sagt Lily dann.

Ich sehe mich um. »Nun …« Nachdenklich senke ich den Blick. Ich sehe Petes Memo vor mir. Dann schaue ich hoch und sehe rosa, blaue und grünlichweiße Blüten. Ich denke an Traci. Ich sehe Farben. Hortensienblau. Meine Farben. Durch meine eigenen Augen.

»Hortensien«, sage ich.

»Wow!«, staunt Lily. »Du bist wirklich wie eine Spionin. Du darfst jetzt reinkommen.«

Mit einem Blick auf mein Businessoutfit zögere ich. Aber dann wische ich die Vorsicht beiseite, genau wie vorhin bei Cory, lasse mich auf alle viere nieder und krieche durch einen kleinen Tunnel zwischen Iris' Hortensiensträuchern. Blüten streifen mein Gesicht und Zweige kratzen an meinen Armen, bis ich Beine sehe. Ich ziehe an einem davon, und die beiden kichern.

»Genau wie Ihre Grandma früher!«, sagt Lily zu Iris.

Ich rutsche näher und drehe mich um, bis ich neben Lily sitze.

»Klärt mich auf«, sage ich.

»Ich habe Lily erzählt, dass ich mich als kleines Mädchen hier immer mit Midnight, dem Hund meiner Grandma, versteckt habe«, sagt Iris. »Und meine Grandma hat immer so getan, als wüsste sie nicht, dass ich hier bin. An solchen Tagen wie heute, wenn es so heiß war und Midnight selbst hier hinten kaum verschnaufen konnte, schlief ich oft neben ihm ein – Hundstage nannte meine Grandma das –, während sie ihren Garten goss. Aus heiterem Himmel spürte ich sie dann an meinem Bein ziehen, als würde sie Unkraut ausrupfen, und das brachte mich immer zum Lachen.«

»Das ist eine reizende Geschichte«, sage ich.

»Sie hat viele Geschichten, Mommy«, sagt Lily. »Sie hatte Kleider aus Mehl- und Futter-«

»Mehl- und Futtermittelsäcken«, ergänzt Iris.

»Und bevor die Schule anfing, wurde sie so aufgeregt, dass sie sich hier versteckt hat«, fährt Lily fort.

»Aufgeregt?«, frage ich.

»Ich sage nicht gern *nervös*«, erklärt Iris. »Ich bevorzuge *aufgeregt*.« Sie sieht mich im Dunkeln an. »Das gibt den Dingen einen besseren Klang, finden Sie nicht?«

Ihre Frage trifft mich unvorbereitet, und mir stockt der Atem. Hier, versteckt im Schatten, fern von der grellen Sonne und der Welt, ist es viel kühler und riecht wie im Vorratskeller meiner Grandma. Unvermittelt fühle ich mich beschützt und doch mächtig, genau wie früher, als ich klein war und glaubte, dass ich alles sein könnte, was ich mir erträumte. »Ja«, antworte ich. »Das finde ich auch.«

Ich packe Lilys Bein, das kühl ist. »Bist du deswegen hier unten, Lily?«, frage ich.

»Ja«, sagt sie. »Ich bin auch ein bisschen … aufgeregt … wegen dem Schulanfang. Aber Iris hat mir gesagt, dass sie in dieselbe Schule gegangen ist und dass alles gut werden wird.«

»Und das wird es auch«, bekräftigt Iris.

Mein Herzschlag pocht mir in den Ohren, genau wie vorhin. »Ich bin auch aufgeregt«, sage ich.

»Weswegen bist du aufgeregt?«, will Lily wissen.

»Wegen vieler Dinge«, antworte ich. »Neuanfängen, schätze

ich. Wie bei dir.« Ich zögere kurz, und meine Stimme kommt heiser und rau heraus. »Sagt mir, dass alles gut werden wird. Ich glaube, ich brauche es auch, das zu hören.«

»Oh, meine Liebe«, sagt Iris. In der Dunkelheit spüre ich, wie eine Hand die meine streift. Es ist die von Iris. Ich umklammere sie, und sie drückt sie fest. »Es wird alles gut werden.«

Lilys Hand gesellt sich dazu, und ein paar selige Augenblicke lang sitzen wir schweigend da, drei Generationen miteinander vereint, versteckt zwischen Hortensien. Schließlich durchdringt ein Licht die Dunkelheit, und Lily sagt: »Schau, was Iris gezeichnet hat.«

Auf dem Bildschirm von Lilys PowerBook sehe ich eine wunderschöne Skizze einer Hortensie, deren Zweige unter dem Gewicht ihrer rosa und blauen Blüten herabhängen.

»Du meine Güte«, sage ich. »Die ist so umwerfend wie Ihre echten Hortensien.«

»Danke«, antwortet Iris. Sie streckt die Hand aus und zieht einen Zweig zu unseren Gesichtern heran. »Wissen Sie, diese Hortensien müssen mindestens fünfzig Jahre alt sein. Sie gehörten meiner Mutter.« Sie verstummt kurz, und ich kann sie atmen hören. »Sie sind älter als Sie beide zusammen.«

»Wie haben Sie das Blau so blau bekommen?«, frage ich. »Werfen Sie rostige Nägel in die Erde?«

»Altweibergeschichten«, erwidert Iris. Ich lache. »Die Farbe von Hortensien zeigt den pH-Wert der Erde an. Sehr saurer Boden färbt Hortensien blau. In alkalischem Boden werden sie pink. In neutralem Boden können sie beide Farben haben, sogar an einem einzigen Strauch. Wenn man ein wenig Sulfat hinzugibt, werden sie blauer, und wenn man ein wenig Kalk hinzugibt, werden sie pinker.«

Sie kneift eine hübsche rosa Hortensienblüte ab und reicht sie Lily, die sie schüttelt wie einen Cheerleader-Pompon. Dann kneift sie eine blaue Blüte ab und reicht sie mir.

»Sie können sich Ihre eigene Welt der Farben erschaffen, wissen Sie«, fährt Iris fort.

Mein Herz hämmert.

»Früher habe ich für eine große Gärtnerei gearbeitet«, sagt Iris. »Dann habe ich gekündigt.«

»Was?«, platze ich heraus, Unkenntnis über ihre Vergangenheit vortäuschend. »Das wusste ich nicht.«

»Das habe ich tatsächlich. Mein damaliger Chef war ziemlich eingefahren in seinen Ansichten. Also habe ich gekündigt und meine eigene Gärtnerei gegründet, direkt in diesen beiden Gärten.«

»Das wusste ich auch nicht.«

Iris schweigt eine Sekunde lang. »Ich habe beschlossen, an mich selbst zu glauben«, sagt sie. »Ich wollte meine Kraft auf die Probe stellen.« Sie klopft auf die Erde. »Meine eigenen Wurzeln testen, sozusagen.«

Sie fährt fort: »Frauen glauben viel zu oft nicht an sich. Wir folgen dem Weg, der von Männern für uns festgelegt wurde. Aber was ich gelernt habe, ist, dass wir der Welt unsere eigenen Farben vorenthalten.« Iris berührt die rosa Hortensie in Lilys Hand. »Mein Geschäft musste ich zwar aufgeben, Abby, durch Umstände, die sich meiner Kontrolle entzogen. Aber was ich angefangen habe, blüht immer noch, jedes Jahr, in Gärten überall. Meine Taglilien, meine Rosen, meine Hortensien … Meine Blumen sind mein Vermächtnis in dieser Welt, und die werden niemals sterben. Und das Ironische ist, obwohl ich dieses Geschäft verloren habe, verdiene ich immer noch Geld damit.«

»Wie?«, frage ich.

»Lizenzgebühren. Als ich das Geschäft aufgab, verkaufte ich viele meiner gekreuzten Pflanzen an Saatgutunternehmen. Sie liebten meine neuen Farben, die kräftigeren Stämme, die kälte- und krankheitsresistenteren Blumen. Bis heute bekomme ich alle paar Monate Schecks zugeschickt.«

»Das ist unglaublich.«

»Aber mein schönstes Honorar sind die Fotos, die mir die Leute immer noch von ihren Gärten schicken«, sagt sie. »Sie sind meine Verbindung zur Außenwelt. Ich sehe Fotos von den Blumen, die ich erschaffen habe, genau hier, inspiriert von der Farbe der Wangen meines Mannes oder vom Leben meiner Tochter. Ich habe Hunderte Fotos von Großmüttern mit ihren Töchtern und Enkelinnen – drei Generationen, die in ihren weitervererbten Gärten mit meinen Blumen posieren. Oh, Abby, und die Geschichten, die sie mit mir teilen! Die Bedeutung hinter jeder Blume, ihre Geschichte, wie sie sie an ihre Lieben weitergegeben haben. Das ist mein Vermächtnis.« Sie verstummt. »Ich mag zwar hinter einem hohen Zaun leben, aber meine Seele wurde überall in die Welt hinausgepflanzt.« Iris streckt die Hand aus, pflückt eine weitere Blüte vom Hortensienstrauch und steckt sie sich hinters Ohr, als posiere sie für ein Foto zum Schulanfang. »Meine Grandma hat am Ende ihres Lebens gesagt, dass man nie mit Bedauern sterben sollte.«

»Bedauern Sie etwas?«, frage ich.

»Oh, mein Leben ist übersät von Tragödien, aber hauptsächlich bedaure ich nur zwei Dinge.«

Sagen Sie es mir, denke ich. *Sagen Sie es mir.*

»Ich arbeite gerade daran, eins davon zu korrigieren«, sagt sie und steckt Lily die rosa Blüte hinters Ohr.

Es ist der Zaun, denke ich. *Sie versucht, sich uns zu öffnen. Sie versucht, wieder eine Familie und ein Leben zu haben, bevor es zu spät ist.*

»Und das andere?«, frage ich.

»Da gibt es nichts mehr, was ich tun könnte«, erwidert sie.

Ihr Mann, denke ich. *Sie konnten Ihrem Mann nie Lebewohl sagen.*

»Was ist mit Ihnen, Abby?«, fragt Iris. »Wie viel Risiko sind Sie bereit einzugehen?«

Ich umklammere die Hortensie. Sie kann direkt in mich

hineinsehen. Meine Gedanken rasen, wirbeln zuerst zu meiner Mutter, dann zu Iris und ihrem Mann und ihrer Tochter, schließlich zu Cory, unserer Ehe und Lily.

Wovor habe ich Angst? Was ist, wenn ich aufwache und in Iris' Alter bin und es bedauere, meine Träume nicht gelebt zu haben?

»Welche Farbe hat die Blume, die Sie in der Hand halten?«, fragt Iris plötzlich.

»Wie meinen Sie das? Blau.«

»Nein«, sagt Iris. »Welche Farbe sehen Sie?«

Wieder explodiert mein Herz. »Die Farbe von Vergänglichkeit, die Farbe von Familie, die Farbe von einem langen Leben …« Ich halte inne und lächle dann in der Dunkelheit. »Ich sehe Hortensienblau.«

»Mittagessen!«, schreit Cory. »Wo stecken denn alle? Essen ist fertig!«

»Bye, Iris«, sagt Lily und rutscht zwischen die Hortensien. Wie der Blitz ist sie verschwunden.

»Danke, Iris«, sage ich. Ich krieche aus den Büschen hervor, drehe mich um und halte ihr die Hand hin.

Sie nimmt sie, und als wir beide im Licht stehen, greift Iris nach der Blüte, die ich immer noch in der Hand halte, und steckt sie mir hinters Ohr.

»Sie sehen geradezu blendend aus in Hortensienblau«, sagt sie.

TEIL ZWÖLF

Schwarzäugige Rudbeckie

»A little girl is waiting where I found her years ago,
Something tells me that I'm welcome where
the Black-eyed Susans grow.«

AL JOLSON, WHERE THE BLACK-EYED SUSANS GROW

Iris

AUGUST 2003

Gewitterlärm rollt über den See. Wilde Truthähne, die sich zum Schutz vor dem Regen in ein paar Kiefern in der Nähe eingenistet haben, antworten dem Donner im Glauben, es könnte ein Gefährte sein. Ich lächle im Dunkeln.

»Jeder ist mal einsam«, sage ich zu den Truthähnen.

Ich bin schon lange Zeit einsam, denke ich bei mir.

Es war ein ziemlich stürmischer Sommer, und die Küste – wie mein Kopf – dröhnt vom Donnerhall. Widersprüchliche Gefühle verursachen innere Gewitterstürme.

Ich bin es selbst, die hier auf dem Spiel steht. Hier und jetzt, in diesem Augenblick, zugedeckt in meinem Bett, in meinem Haus hinter dem Zaun, bin ich in Sicherheit. Und ist das nicht besser, als wieder irgendjemandem zu nahe zu kommen, so wie ich es gerade im Begriff bin zu tun? Denn wenn ich es tue …

Die Truthähne kollern.

… könnte ich sie alle wieder verlieren.

Und noch einmal würde ich das nicht überleben.

Wieder rufen die Truthähne.

Der Ruf eines Truthahns ist ein Laut, der jeder Logik widerspricht: ein trillernder, kollernder Schrei, der tief aus dem Innern kommt, ein Freisetzen Tausender Emotionen, das einen zugleich amüsiert und sich schmerzlich einsam fühlen lässt.

Ich setze mich im Bett auf, schlüpfe in meine Pantoffeln und gehe zum Fenster. Ein Truthahn kauert unbeholfen auf einem Ast, sein Körper scheint zu groß zu sein für seinen Sitzplatz. Ich lehne mich zum Fliegengitter, stütze die Ellbogen aufs Fensterbrett und atme den süßen Duft aus einer Mischung von Regen, frischem Gras, Kiefern und dem See ein. Mein Garten bekommt ordentlich Wasser und eine dringend nötige Verschnaufpause von der Hitze. Die Temperatur ist dramatisch gefallen, und ich fröstle tatsächlich. Der Truthahn entdeckt mich im Fenster, dreht den Kopf und schwingt sich in die Luft, ein wahrer Sprung ins Ungewisse für den plumpen Vogel. Ein wilder Truthahn, der sich in die Luft schwingt, trotzt der Schwerkraft. Ich sehe den Vogel einen kurzen Moment lang fallen, bevor seine Flügel Wirkung zeigen. Mit einem Plumps landet er in meinem Garten, dann schreitet er auf den Boden pickend herum.

Und dennoch, denke ich, *wenn er so einen großen Sprung ins Ungewisse wagen und schaffen kann, vielleicht kann ich es dann auch.*

In den nahen Bäumen kollern seine Freunde, worauf sich der wilde Truthahn in Bewegung setzt, bevor er die Flügel ausbreitet und sich in die Luft schwingt – gerade eben so – und wie verrückt flattert, bis er einen niedrigen Ast unter seinen Freunden erreicht. Ich lächle. Es ist, wie dem Startversuch eines Kampfflugzeugs in einem alten Film zuzusehen.

Unvermittelt denke ich an Jonathan. Ich richte mich zu schnell auf und stoße mir den Kopf am Fensterrahmen.

»Autsch!«

Ich gehe zu einer Kommode und nehme ein altes Erinnerungsalbum heraus. Dann streife ich meine Pantoffeln ab, schlüpfe wieder ins Bett, stopfe mir ein Kissen in den Rücken und ziehe mir die Bettdecke bis zur Taille hoch. Als ich die Lampe auf meinem Nachttisch einschalte, erhellt rauer Sonnenhut mein Zimmer.

Eines meiner geliebtesten Familienerbstücke – neben meinen Blumen – ist eine wunderschöne Lampe, die mir von mei-

329

ner Grandma und meiner Mom vermacht wurde. Es ist eine nachgemachte Tiffanylampe – eine echte konnten wir uns nie leisten, obwohl wir so getan haben, als wäre sie echt –, und auf dem herrlichen Glasschirm prangen schwarzäugige Rudbeckien. Die einzelnen Glasflächen bilden einen Farbverlauf von hell- zu dunkelgrün, und der Lampenfuß ist aus Messing.

Ich liebe diese Lampe, weil sie mich an die Stunden erinnert, die ich zusammen mit meiner Mom und meiner Grandma lesend unter ihrem schönen Licht verbracht habe. Außerdem liebe ich diese Lampe, weil ich diese Blumen liebe. Ich liebe sie, weil sie für mich Ermutigung und Stärke symbolisieren. Sie sind anpassungsfähig, da sie sich über ganz Amerika ausgebreitet haben, fest entschlossen, zu überleben und zu blühen, wo auch immer sie gepflanzt werden.

Ich strecke die Hand aus, um den Glasschirm zu berühren und mit den Fingerspitzen über die Blumen zu streichen.

Meine Mom liebte diese Lampe ganz besonders, da sie zu ihren Lieblingsblumen gehörten. Sie schätzte sie am meisten wegen ihrer schlichten Schönheit. »Man muss nicht auffallend sein, um schön zu sein«, hatte sie während dieses Sommerausflugs mit meinem Vater gesagt, als wir an einem Straßengraben voller rauem Sonnenhut vorbeigefahren waren. »Schaut sie euch an! Sie sind hübsch genug, um einen Ehrenplatz in meinem Garten zu haben, und dennoch können sie der Welt auch stolz zuwinken, wenn sie direkt hier neben der Straße wachsen.« Sie drehte sich um und sah mich auf dem Rücksitz an. Ich werde nie vergessen, wie schön sie in diesem Moment aussah, mit gerötetem Gesicht, das Haar vom Wind gepeitscht, während Frank Sinatra im Radio lief. »Und denk nur an unsere Lampe! Kein Geringerer als Tiffany persönlich fand, dass eine gewöhnliche Wildblume wie die Rudbeckie ebenso hübsch ist wie jede vornehme Lilie oder Pfingstrose, die er auf eine seiner Lampen gebannt hat.«

Wieder berühre ich die Lampe.

Was ist gewöhnlich?, frage ich mich. *Was ist alltäglich? Frauen sind so hart zu sich selbst, messen sich an Schönheitsmaßstäben, die von Männern aufgestellt wurden. Hält sich ein rauer Sonnenhut für weniger schön als eine Pfingstrose? Hält eine Wildblume, die in einem Straßengraben wächst, weniger von sich als eine, die in einem Garten wächst? Nein! Also warum sollten wir das tun?*

Liebevoll streichle ich mit den Fingerspitzen über den alten Ledereinband des Erinnerungsalbums. In das cremefarbene Leder ist in schwarzen Buchstaben *Photoalbum* eingeprägt. Als ich das Buch aufschlage, schlägt mir der vertraute, familiäre Geruch entgegen – dieser gewisse Duft alter Fotos und vergessener Erinnerungen. Mein Herz macht einen Satz. Jonathan sieht mich von einem Schwarzweißfoto an, das er mir aus Übersee geschickt hat – eines der letzten Fotos, die ich von ihm habe.

Ich wusste alles von dir, denke ich, *und doch hatte ich kaum eine Chance, dich kennenzulernen.*

Er ist jung, so jung. Zu jung. Er blickt in die Kamera – *wer hat dieses Foto gemacht?*, frage ich mich –, auf dem Gesicht ein lustiges Grinsen, das über die Ernsthaftigkeit seiner Situation und dessen, was er trägt, hinwegtäuscht: eine Soldatenuniform, einen glänzenden Helm, ein Gewehr im Arm. Seine Zähne sind weiß, seine Augen funkeln. Ich streichle mit dem Finger über seine Nase, von der ich mich nicht erinnere, dass sie so spitz gewesen wäre, und dann über sein Kinn, von dem ich mich nicht erinnere, dass es so kräftig gewesen wäre.

»Manchmal erinnere ich mich nicht«, sage ich zu dem Foto, das, wie ich bemerke, nur von drei schwarzen Fotoecken an Ort und Stelle gehalten wird. Eine Fotoecke hängt in der Bindung des Albums fest. Ich schüttle es leicht und blättere eine Seite um, um sie zu befreien, doch das dicke Papier beginnt, zwischen meinen Fingern zu zerbröckeln. Plötzlich löst sich ein vergilbtes Stück Papier und fällt mir in den Schoß.

Mir bleibt das Herz stehen.

Er ist ein Brief von meinem Mann. Einer, den ich vor einem ganzen Leben dort versteckt hatte. Einen, den ich nie wieder hatte lesen wollen.

Ich will den Brief gerade wieder in die Mitte des Albums stecken, um ihn nie wieder hervorzuholen, doch da höre ich einen dröhnenden Laut in der Ferne.

Zuerst denke ich, es sei ein Donner, oder vielleicht die Truthähne, aber als ich zum Fenster sehe, hat der Himmel begonnen, sich aufzuklären, und die Kiefern sind leer.

Bumm!

Bumm!

Was ist da los?, denke ich. Und dann fällt es mir wieder ein: Es ist der Startschuss des jährlichen Grand Haven Coast Guard Festivals, einer Feier zu Ehren jener, die ihr Leben im Dienst für ihr Land geopfert haben.

Immer wieder explodieren Feuerwerkskörper und Raketen.

Bumm!

Jonathan und ich hatten eines der ersten Coast Guard Festivals besucht, lange bevor sie zu so einer großen Sache geworden waren wie heute, die Hunderttausende Besucher anzieht. Damals wurden Ruderwettkämpfe der in Grand Haven stationierten Mitglieder der Streitkräfte abgehalten, und Jonathan und ich saßen am Strand und bestaunten ihren Kampfgeist, ihre Kraft und Geschicklichkeit, während sie in hölzernen Booten über die Wellen des Michigansees ruderten. Oft war der Wind heftig, und die Wellen schlugen hoch. Die Männer ruderten ihre Boote bis zur höchsten Kante einer Welle, und dann verschwanden sie plötzlich. Dann sprang ich jedes Mal panisch auf, um nach ihnen Ausschau zu halten. Wenige Sekunden später erschienen sie wieder und ruderten noch weiter hinaus in den See, bis es wieder hoch hinauf bis zur höchsten Kante einer Welle ging.

Und alles im Dienst für ihr Land, denke ich, während ich erneut Jonathans Foto betrachte. In der Ferne schreit ein wilder Truthahn, und mein Herz schwillt vor Stolz an und sinkt dann vor Kummer, genau wie die Wellen.

Ich betrachte den Brief. *Du versuchst heute, mich zu erreichen, nicht wahr? Ausgerechnet heute.*

Langsam öffne ich den Umschlag, da ich weiß, dass ich ihn erneut lesen muss.

Meine geliebte Frau!

Wie geht es dir? Wie geht es unserer Mary? Ihr zwei seid meine Blumen, das Einzige, das mich weitermachen lässt.

Dies wird mein letzter Brief von hier sein. Wir ziehen weiter. Wohin, will man uns nicht sagen, und ich weiß es nicht. Was ich weiß, ist, dass du und Mary an meiner Seite sein werdet, wo auch immer ich bin, und das gibt mir Kraft.

Bekommst du meine Schecks von der Armee?

Mach dir keine Sorgen um mich, Liebling.

Ich bitte dich dringend, gut auf dich selbst zu achten. Du beschützt die Heimatfront, und ich werde hier dasselbe tun. Ich habe all meinen Kameraden deinen Victory-Garten gezeigt und wie du dabei mithilfst, so viele Leute zu ernähren. Sie sagten, meine Iris sei die hübscheste Blume im ganzen Garten. Junge, wie wahr das ist.

Wenn ich anfange, mir Sorgen zu machen, dann ist es das, woran ich mich erinnere, weißt du? An dich im Garten, mit deinen Blumen. Du bist nicht nur die schönste Blume, die ich je gesehen habe, Iris, du bist auch die stärkste. Die klügste.

Ich denke an unser Leben, wenn ich wieder zurück bin, und alles, was ich sehe, sind wir drei am Strand und in unserem Garten. Wir drei. Für immer.

Nun, gleich ist Essenszeit. Sag deiner Mom, dass sie einen Apfelkuchen für mich bereithalten soll, wenn ich nach Hause komme. Und

lass Mary ein Bild für mich malen. Ich bewahre sie über meiner
Schlafkoje auf, zusammen mit Fotos von euch beiden. Meine Blu-
men. Ich wage nicht daran zu denken, wie lange es noch dauern
könnte, bis ich dich wiedersehe – es ist zu unerträglich.
Für den Augenblick sage ich gute Nacht. Ich liebe dich. Wenn du
das Bedürfnis hast, mit mir zu reden, dann geh in deinem Garten
spazieren, riech an einer Rose und ich werde da sein.

Für immer dein
Jon

Ich merke nicht, dass ich weine, bis ich meine Tränen auf das
Fotoalbum fallen sehe. Sie lassen die Tinte auf dem alten Papier
verlaufen, ein Fluss aus Dunkelheit, der nirgendwohin führt.

Mit zuckenden Schultern weine ich, während das Feuerwerk
weiter über den See hallt. Ohne nachzudenken lasse ich das
Album auf die Bettdecke fallen, steige aus dem Bett, gehe wie
ein Zombie in meinem Pyjama nach unten und direkt über die
Veranda nach draußen.

Dort stehe ich, eine alte Witwe in ihrem Garten.

Ich betrachte meine Blumen, prächtig vom Regen mit schil-
lernden Wassertropfen und lebendigen Farben.

Das Wundersame an Blumen ist, dass sie – obwohl sie sterben
werden – in jedem Frühling stets wiedergeboren werden.

»Ich *werde* da sein«, wiederhole ich die Worte, die Jonathan
geschrieben hat.

Ich denke an ihn, an meine Eltern, seine Eltern und Mary,
und das lässt mich lächeln. Ich habe so manchen Wissenschaft-
ler gelesen – und gekannt –, der sagen würde, dass ich ein
Dummkopf bin, dass ein solcher Glaube in der Wissenschaft
keine Grundlage hat.

Du machst dir etwas vor, Iris, würden sie sagen. *Du bist einfältig,*
wünschst dir etwas, von dem du weißt, dass es nicht existiert. Du ver-

suchst einfach nur, diese Welt ein wenig erträglicher zu machen, aber
betrachte die Fakten.

Ein guter Teil meines Lebens bestand daraus, Fakten zu betrachten: Was macht eine Pflanze widerstandsfähiger gegen be-
stimmte Krankheiten? Welche Kreuzungen ergeben die robus-
testen Stämme? Und doch läuft so vieles von dem, was ich getan
habe – so vieles im Leben – auf reinen Glauben hinaus.

Ich schaue hinunter auf den Frauenmantel, der das Wasser
auffängt. Ich sehe den Kolibris zu, wie sie über meinem rosa
Phlox schweben.

»Willst du mir sagen, dass das alles hier nur Zufall ist?«, frage
ich das Universum. »Willst du mir sagen, dass es bei der Entstehung all dieser komplexen Schönheit keine lenkende Hand
gab? Nein!«, sage ich. »Nein!«

Wir sind alle Teile eines Gartens, und jeder spielt eine Rolle,
auch wenn uns das vielleicht nie bewusstwird.

Meine Schwarzäugigen Rudbeckien lächeln mich an.

Das nasse Gras ist kühl unter meinen nackten Füßen, als ich
zum Gewächshaus gehe. Mit einer Gartenschere kehre ich zurück und schneide ein paar von ihnen ab, weil ich weiß, dass sie
in einer Vase fast zwei Wochen halten werden.

Sie sind stark. Sie sind zerbrechlich. Und sie sind schön.

Sie sind ich, denke ich. *Sie sind jede Frau.*

Ich drehe mich um, um wieder hineinzugehen, doch dann
kracht ein Feuerwerkskörper, und ein Truthahn ruft. Ich gehe
in den Vorgarten. Dort blühen Jonathans Rosen.

Perfekt pfirsichfarben.

Ich halte mir eine Blüte an die Nase und atme tief ein, und
dann zupfe ich sie ab und stecke sie in die Tasche meiner Pyja-
majacke.

Ich gehe wieder hinein, ziehe warme Socken an, nehme mein
Erinnerungsalbum, arrangiere die Blumen in einer hübschen
McCoy-Vase, mache mir eine Tasse Tee und zünde ein Feuer im

steinernen Kamin auf meiner Veranda an. Dann verbringe ich den Morgen mit meinem Mann, genau wie ich es früher immer getan habe.

Genau wie ich es eines Tages wieder tun werde.

Abby

Über dem See zeigt sich ein sich aufklarender Strich, ein deutliches Aufbrechen am Horizont, dennoch ist die andere Hälfte des Himmels dunkel und unheilvoll. Als der Wind zunimmt, prasselt Regen auf den Michigansee herab.

Das Wetter spiegelt mein Leben wider. Ich denke, klaren Himmel vor mir sehen zu können, aber – im Moment – wirken die Dinge regelrecht düster.

Vor einer Stunde habe ich meinen Job gekündigt.

Das Unvernünftigste, das die vernünftige Abby, die umsichtige Ingenieurin in ihrem Leben je getan hat.

Ich kann mich kaum daran erinnern, gekündigt zu haben: Ich bin einfach in Mr. Whitmores Büro marschiert und habe ihn gebeten, die Vergabe meines Projekts an Pete und die Namensänderung meiner Farblinie noch einmal zu überdenken.

»Haken wir das doch einfach ab, Abby«, hatte er gesagt. »Neuer Tag, neues Glück. Leben Sie nicht in der Vergangenheit.«

»Sie haben recht«, habe ich geantwortet. »Ich werde nicht in der Vergangenheit leben. Es ist Zeit für eine neue Zukunft. Ich kündige.«

Die vernünftige Abby hatte natürlich jede Zeile ihres Arbeitsvertrags studiert. Ich hatte keine Wettbewerbsklausel unterschrieben, ebenso wenig hatte ich eingewilligt, nichts von

337

meiner Arbeit mitzunehmen. Ich werde es alleine schaffen. Auf einer Seite des Grundstücks bemerke ich einen alten Judasbaum – gebeugt und knorrig – im Schatten einer uralten Eiche. Dennoch streckt er sich zur Sonne.

Ich werde der winzige Judasbaum gegen die mächtige Eiche sein, denke ich. *Ich werde Iris sein.*

Sonnenschein bricht durch, obwohl es immer noch regnet.

Ich bin in einer neuen Welt, an zwei Orten gleichzeitig, vorübergehend gefangen, aber ich weiß, dass ein klarerer Himmel vor mir liegt. Ich bin jung, ich bin klug, ich bin motiviert, ich habe meine Gesundheit und meine Familie, und ich bin … Lächelnd halte ich inne.

Aufgeregt.

»Und ich habe eine Abfindung«, sage ich plötzlich laut, was mich zum Lachen bringt.

Zwei Monate. Das war Mr. Whitmores Weise, mich auszubezahlen. »Wir haben Sie doch gut behandelt, oder nicht, Abby?«, hatte er auf die Weise gefragt, wie Männer es tun, wenn sie wissen, dass sie das nicht getan haben. »Lassen Sie uns Ihnen die Sache einfach etwas versüßen, damit Sie wissen, wie viel uns Ihre Dienste bedeutet haben.«

Er stand auf und streckte mir die Hand hin. Ich blieb sitzen.

»Ich will offen und ehrlich sein«, sagte ich. »Ich beabsichtige, meine Farblinie zu veröffentlichen. Mit *meinen* Namen. Ich beabsichtige, Ihnen Konkurrenz zu machen.«

Mr. Whitmore zog seine Hand zurück. »Abby, Sie haben nicht den finanziellen Rückhalt, die Betriebsanlagen oder Forschungslabore, um das durchzuziehen. Das wissen Sie.«

»Nein«, erwiderte ich. »Aber ich kann eine Firma beraten, die an das glaubt, was ich mache. Wie, sagen wir, Tiara Yacht.«

Mr. Whitmores Augen werden schmal. »Sie werden scheitern, Abby. Kläglich. Und Sie werden eines Tages in nicht allzu ferner Zukunft zu mir zurückgekrochen kommen, wenn Sie kurz davor sind, Ihr Haus zu verlieren oder sich keine Zahnspange für Ihre Tochter mehr leisten können, und dann werden Sie auf genau diesem Stuhl sitzen und mich anflehen, Sie wieder einzustellen. Und das werde ich nicht tun.«

Mein Herz klopfte mir bis zum Hals, und ich fühlte mich wie ein Kind im Büro des Schulleiters, das kurz davor ist, in Tränen auszubrechen. Aber ich tat es nicht. Ich stand auf, lächelte und sagte: »Sie kennen mich nicht besonders gut.«

Ich packte meine Sachen in einen kleinen Karton – einschließlich des Glitzerherzchens, das Lily an meinem ersten Tag für mich gemalt hatte – und ging.

»Komisch, wie all die Dinge, die wirklich wichtig sind, am Ende in einen einzigen Karton passen«, sagte ich zu Traci, als sie mich hinausbegleitete – trotz der Blicke –, mich umarmte und dabei die ganze Zeit über »Heilige Scheiße« flüsterte.

»Du bist eine Inspiration«, sagte sie, sobald wir draußen waren. »Vergiss mich nicht, wenn du groß rauskommst.«

»Du wirst die Erste sein, die ich einstelle«, erwiderte ich und umarmte sie fest.

»Viel Glück.«

»Das werde ich brauchen.«

»Ich werde dich mal anrufen, dann können wir was trinken gehen«, sagte sie, als sie sich zum Gehen wandte.

»Das werde ich auch brauchen«, antwortete ich.

Nun stehe ich auf dem verwilderten Grundstück am Ende der Highland-Park-Siedlung, wohin Cory Iris gefolgt war. Ich weiß nicht, wie ich hierhergekommen bin, aber es war der einzige Ort, der mir eingefallen ist, ein ruhiger Ort, wo mich niemand finden würde und wohin niemand mehr zu Besuch kommt.

Es ist buchstäblich so, als hätte mich dieses vergessene Grundstück gerufen.

Diese Parzelle erinnert mich an die großen Gärten, die die einst herrschaftlichen Häuser in Detroit umgeben, leere Nachbarschaft, mit Brettern vernagelte Villen wie in einer Geisterstadt. Und dennoch erzählen die Gärten stets eine Geschichte: Unter den Steinen und Glasscherben wachsen immer noch Blumen. *Wer hat euch gepflanzt?*, hatte ich mich immer gefragt. *Wie seid ihr hierhergekommen?*

Ich drehe mich um und gehe in die Mitte des umzäunten Bereichs. Eine willkürliche Ansammlung lebendiger Geschichte wächst immer noch an diesem Fleck, mitten durch die Steine und den Sand, die Baumwurzeln und das Unkraut hindurch. Ich scharre mit dem Schuh in der Erde und bücke mich dann, um genauer hinzusehen.

Vornübergebeugt gehe ich über die Parzelle, analysiere den Boden, studiere ihn. Vermodernde Stäbe und Pfosten sind umgefallen und von Moos überwuchert worden wie alte Baumwurzeln. Ich nehme einen dicken Stock und fange an, damit in der Erde zu scharren.

Was ist das?

Ein hölzerner Block kommt zum Vorschein, und dann noch einer, und noch einer. Sie sind nass und verwittert, scheinen jedoch durch Schichten aus Sand und Schnee gut geschützt gewesen zu sein. Ich kneife die Augen zusammen. Es sieht so aus, als wären Worte in sie hineingeschnitzt. Plötzlich erinnere ich mich an etwas aus meiner Kindheit, und ich wühle in meiner Handtasche nach einem Bleistift und einem Stück Papier. Ich lache. In den letzten paar Wochen habe ich eine Menge Papier, Kugelschreiber, Bleistifte und Heftklammern ›mitgehen lassen‹. Ich lege das Blatt Papier auf das Holz und fange an, mit dem Bleistift über die Worte zu reiben.

Mangold.

Tomaten.

Rote Bete.

Erbsen.

Das hier war der Garten von jemandem!

Ich richte mich auf und drehe mich im Kreis.

Aber wo war das Haus? Das Fundament?

Suchend gehe ich um das Grundstück herum, und dann noch einmal.

Ich bleibe stehen, ramme den Stock in die Erde und fange ernsthaft an zu graben. Der Stock stößt auf etwas, das ich zuerst für einen Stein halte. Es ist glatt und ziemlich groß. Entschlossen grabe ich weiter darum herum, tiefer und tiefer, bis ich mich hinknien und beide Hände in die Erde stecken muss, um es herauszuziehen, mit solcher Gewalt, dass ich auf mein Hinterteil falle. Sofort dringt Nässe durch meine Kleidung.

Ich betrachte die schmutzige Kugel, die ich in den Händen halte, und kratze die Erde mit meinem Stock fort.

Nein! Das kann nicht sein … Ein Baseball!

Hat hier eine Familie gewohnt?, frage ich mich. *Oder haben Kinder dieses leere Grundstück früher zum Spielen genutzt?*

Ich stehe auf und mustere den Platz. Schließlich bemerke ich, dass in der Ecke nahe dem Zaun Schwarzäugige Rudbeckien blühen, ungeachtet des Regens und der Verwahrlosung. Wie aufs Stichwort kommt die Sonne heraus, und ihr gelbes Strahlen und ihre Fröhlichkeit entsprechen dem der Blumen.

Ich gehe hinüber und pflücke eine davon, sehe ihr ins Gesicht und sage: »Ich bin auch widerstandsfähig. Ich bin gesegnet. Ich bin in der Lage, das Beste aus jeder Situation zu machen.« Ich stecke die Blume in meine Tasche. »Danke für den Hinweis«, sage ich. »Danke.«

Unvermittelt schaue ich mich auf dem Feld um. Ich drehe mich um meine Achse, und dann noch mal, und mein Herz fängt an zu rasen. Endlich ergibt alles einen Sinn. Die Puzzleteilchen fügen sich in meinem Kopf zusammen.

Das hier war ein Victory-Garten! Das hier war Grand Haven's Baseballfeld! Hier kommt Iris immer her, um ihre Familie zu besuchen, ihre Vergangenheit, ihre Liebe.

Hastig renne ich zu meinem Wagen. Ich fahre nach Hause, parke auf der Straße und stehle mich durch die Vordertür hinein, leise, voller Schuldgefühle, wie ein Teenager, der zu spät nach Hause kommt. Auf Zehenspitzen schleiche ich durch die Küche zur Gartentür. Cory und Lily haben mich nicht heimkommen gehört. Sie sind in ihre Arbeit vertieft: Beide sitzen auf der Veranda und zeichnen. Lily an einer Aufgabe für den ersten Schultag, und Cory zeichnet eine detaillierte Skizze unseres zukünftigen Gartens – bis hin zu den exakten Stellen, wo welche Pflanze hinkommen wird –, neben ihm das alte Foto, das Iris ihm gegeben hat, als Anleitung.

Unbeweglich bleibe ich hinter ihnen stehen, um sie zu betrachten. Mein Herz füllt sich mit solcher Freude, dass es mich regelrecht körperlich durchzuckt. Ein Dielenbrett knarrt. Cory und Lily drehen sich gleichzeitig um.

»Mommy!«

Lily kommt auf mich zugerannt und umarmt meine Beine.

»Abby?«, fragt Cory mit großen Augen. »Bist du zum Mittagessen nach Hause gekommen? Zum zweiten Mal in ein paar Tagen? Womit haben wir diese Ehre verdient?«

»Ja, Mommy? Warum bist du schon zu Hause?«

Beide sehen mich fragend an.

»Mr. Whitmore hat allen den Nachmittag freigegeben«, schwindle ich. »Schließlich ist das Coast Guard Festival. Das ist in Grand Haven eine große Sache. Praktisch eine Art Feiertag hier.«

Ich hasse es zu lügen. Cory habe ich deswegen einen Vortrag gehalten. Und ich hasse Geheimnisse, dank meiner Eltern. Also weiß ich nicht, warum ich lüge, aber ich tue es. Aus irgendeinem Grund bringe ich es einfach noch nicht über mich, zu sagen, dass ich gekündigt habe. Zum ersten Mal seit langem ist meine Familie normal, und daran will ich noch nichts ändern.

342

»Dafür war also das ganze Feuerwerk«, sagt Cory. »Wir können die Leute und Boote von der Stadtmitte bis hierher hören.«

»Können wir hingehen?«, fragt Lily. »Bitte?«

»Ich finde, das sollten wir«, meint Cory. »Schließlich hat deine Mommy deswegen einen freien Tag bekommen. Sie sollte sich zeigen, damit ihr Boss sie sehen kann.«

Ich spüre, wie mir die Farbe aus dem Gesicht weicht, als ich nicke. »Ich zieh mich nur rasch um.«

Wir gehen zu Fuß unseren Hügel hinunter und sind verblüfft über die Menschenmassen: Horden von Touristen säumen den Strand und die Straßen, während Schiffe den Kanal auf und ab fahren.

»Schaut! Ein Jahrmarkt!«, schreit Lily und zeigt zu dem Rummelplatz mit Fahrgeschäften und Spielbuden. Über allem liegt der süße Duft von Schmalzgebäck.

Cory kauft sich Schweineohren, Lily und ich nehmen Waffeln, und dann stellen wir uns an, um mit einem blinkenden Riesenrad zu fahren.

»Der ganze Zucker vorher war *keine* gute Idee«, sage ich zu Cory, als wir mit der Gondel höher steigen, die Arme um Lily gelegt, die sich eng zwischen uns gekuschelt hat.

»Schau dich um«, erwidert Cory. »Genieß es einfach. Wie viele Tage haben wir schon, die ein solches Geschenk sind wie dieser?«

Seine Worte berühren mich, und ich lege den Arm um meine beiden Lieblingsmenschen.

Der Himmel hat sich aufgeklart, und die Sonne strahlt hell. Als wir uns dem obersten Punkt des Riesenrads nähern, schnappe ich buchstäblich nach Luft: Der Ausblick ist atemberaubend. Vor uns erstreckt sich der Michigansee, und ich kann eine Reihe großer Schiffe auf Grand Haven zufahren sehen. Der hölzerne Steg am South Pier ist überfüllt mit Menschen, und seine zwei historischen roten Leuchttürme blicken wie stolze Wächter über die Küste.

Nachdem die Fahrt zu Ende ist und wir wieder festen Boden unter den Füßen haben, folgen wir der Menschenmenge hinunter zum Pier.

❦

»Schaut!« Cory zeigt mit ausgestrecktem Finger aufs Wasser.

Die Schiffe, die ich in der Ferne gesehen habe, fahren nun nacheinander in den Grand River Kanal ein. Riesige Wasserfontänen schießen von den Seiten der Boote, ein wunderschönes Spektakel, während sie näher kommen. Als die Schiffe ankommen, verkündet eine dröhnende Stimme: »Willkommen, US Coast Guard Cutter Hollyhock!«

»Hollyhock!«, sagt Lily. »Stockmalven! Ich wünschte, Iris wäre hier.«

»Ich auch, Schätzchen«, erwidere ich. »Aber ich glaube, das ist sie.«

Lily lächelt.

»Begrüßen Sie mit uns US Coast Guard Cutter Mobile Bay, US Coast Guard Cutter Morro Bay und Canadian Coast Guard Ship Constable Carriere!«

Wir applaudieren, als die mächtigen Schiffe vorbeiziehen, und dann schlendern wir durch die Stadt, bis wir eine Menschenmenge bemerken, die sich im Park entlang der Uferpromenade versammelt hat. Auf einem riesigen Banner steht: »60 JAHRE ESCANABA«.

Ein älterer Mann mit einem Gehstock betritt das Podium, und die Menge verstummt. Salutierend wendet er sich einer amerikanischen Flagge zu.

»Seaman First Class William Kelley.«

Der Mann trägt eine weiße Navy-Uniform, eine dicke Brille, und sein Rücken ist gebeugt, dennoch ist seine Stimme stark und stolzerfüllt. Die goldene Schnalle an seinem Gürtel schimmert in der Sonne, und ein riesiger Blumenkranz liegt neben ihm. Die Menschen applaudieren. »Heute jährt sich zum sechzigsten Mal der Untergang der USCGC Escanaba, die während des Zweiten Weltkriegs im Nordatlantik durch einen Torpedo versenkt wurde. Dieses Schiff verließ Grand Haven mit einhundertdrei Männern an Bord, viele von ihnen junge Männer von hier. Einhunderteinen Mann starben an einem gewöhnlichen Morgen um 5.10 Uhr am 13. Juni 1943. Ich bin einer der zwei Männer, die überlebt haben. Heute widmen wir einen Bereich dieses Parks, der nach dem Schiff ›Escanaba Park‹ benannt wurde, den Seemännern, die damals verloren wurden, sowie den zwei Überlebenden. Ich hoffe, Sie werden sich mir zuvor noch in einem stillen Gebet anschließen. Vielen Dank.«

Viele in der Menge senken die Köpfe. Ich ebenfalls, doch nach ein paar Sekunden öffne ich die Augen, um zu Cory zu schielen. Er hat den Kopf gesenkt, Tränen fließen ihm übers Gesicht. Ich nehme seine Hand und kann spüren, wie er versucht, seinen zitternden Körper unter Kontrolle zu bringen. Wir heben die Köpfe wieder, und Cory salutiert bei jedem Namen, der verlesen wird. Danach heben zwei Offiziere das Blumengebinde, tragen es zum Grand River und setzen es ins Wasser. Langsam treibt der Kranz in die Strömung.

Nach der Zeremonie wartet Cory, bis sich die Menge zerstreut hat, und tritt dann zu Seaman Kelley. Die beiden schütteln sich die Hände.

»Es ist mir eine Ehre, Sie kennenzulernen«, sagt Cory. »Ich habe im Irak gedient.«

Seaman Kelley verlagert sein Gewicht und stützt sich schwer auf seinen Gehstock, dann hebt er den rechten Arm und salutiert Cory. Cory schaut zu Lily hinunter. »Dieser Mann ist ein Held.«

Seaman Kelley bückt sich auf seinen Stock gestützt. »Dein Daddy ist auch ein Held.«

»Ich weiß«, antwortet Lily und klammert sich an das Bein ihres Vaters.

»Sehen Sie diesen Mast und das Rettungsboot dort drüben?«, fragt Seaman Kelley. »Sie wurden geborgen, als die Escanaba unterging, und nach Hause zurückgebracht. Dieses Schiff wurde in Michigan gebaut. Es war in Grand Haven stationiert. Es war der Mittelpunkt dieser Gemeinschaft. Als es von dem Torpedo getroffen wurde, traf er auch die Herzen der Menschen von Grand Haven.« Er verstummt kurz und holt tief Luft. »Und wissen Sie, was die Bewohner von Grand Haven gemacht haben? Sie organisierten die Ausgabe von Kriegsanleihen und brachten in drei Monaten über eine Million Dollar für eine zweite Escanaba auf, die 1946 in Auftrag gegeben wurde. Das war damals viel Geld. Dieses Schiff verkörperte, dass unsere Gemeinschaft wiederaufstehen kann.«

Der Mann hebt sein Gesicht zur Sonne, und einen Moment lang blitzt sein Leben vor meinem inneren Auge auf: als kleiner Junge beim Schwimmen im Michigansee, als junger Mann, der sich verliebte, als Matrose, dem es auf wunderbare Weise gelungen war zu überleben, als Ehemann, Vater und Großvater. Als ein gewöhnlicher Mann, der Außergewöhnliches geleistet hat.

»Das hier ist keine gewöhnliche Gemeinde«, sagt er, als könne er meine Gedanken lesen. »Es ist eine mit einer langen Geschichte des Militärs. Meine Frau war während des Zweiten Weltkriegs sogar an einem Victory-Garten beteiligt. Gleich dort oben auf dem Hügel, am Ende von Highland Park.«

Ich spüre, wie die Zeit stehenbleibt. Sein Mund bewegt sich jetzt in Zeitlupe.

»Victory-Garten?«, bringe ich heraus.

»Ja, Ma'am. Sie halfen dabei, die Stadt während magerer Zeiten zu ernähren.«

Ohne Vorwarnung steigen mir Tränen in die Augen.

»Ich wollte Sie nicht bestürzen, Ma'am«, sagt er.

»Sie haben mich nicht bestürzt«, entgegne ich. »Sie haben mich aufgeweckt.«

Ich hole tief Luft.

»Ich habe eine Idee«, sage ich. »Eine große Idee.« Ich mache eine kurze Pause. »Eine großartige Grand-Haven-Idee.«

Cory starrt mich mit offenem Mund an. »Geht es dir gut?«

Ich nicke. »Aber ich brauche Ihre Hilfe«, sage ich zu beiden Männern. »Ich brauche die Hilfe der Gemeinschaft.« Ich wende mich zu Cory.

»Aber zuerst muss ich dir etwas sagen. Ich wollte kein Geheimnis vor dir haben, aber …«

Ich hole tief Luft und fange an zu erzählen, während das Blumengebinde hinaus in den Michigansee treibt.

TEIL DREIZEHN

Dahlien

»*Mein Herz ist ein herbstmüder Garten,*
Voll sich biegender Astern und Dahlien,
schwer und dunkel.«

SARA TEASDALE

Iris

OKTOBER 2003

Meine Dahlien und Astern begrüßen mich mit hängenden Gesichtern an diesem kühlen Herbstmorgen. Ein Wolkenvorhang liegt über dem See, und Nebel schwebt dicht über dem Boden wie ein müder Geist. Frost überzieht meinen Garten. In den letzten Wochen waren die Dahlien und Astern meine ständigen Begleiter, die mir sagten: »Noch nicht! Noch nicht, Winter!«

Aber der erste harte Frost hat seinen Tribut gefordert, und nun flüstern ihre schwindenden Gesichter: »Es ist so weit, Iris. Es ist so weit.«

Mein herbstliches Großreinemachen dauert ebenso lang wie die Wiedergeburt meines Gartens im Frühling. In gewisser Weise ähnelt es dem Ausverkauf in einem Kaufhaus: *Alles muss raus!*

»Sogar ihr«, sage ich zu meinen Dahlien.

Obwohl der Herbst eine traurige Endlichkeit in meinen Garten bringt, liebe ich diese Jahreszeit.

Und nichts geht über den Herbst an der Küste Michigans.

Ich lasse den Ausblick von meinem hinteren Gartentor aus auf mich wirken. Die Zuckerahornbäume und Zitterpappeln, die die Dünen über dem See säumen, erglühen buchstäblich in flammendem Rot und Gold, und ihr farbenprächtiges Temperament hebt meine Stimmung. Der kürzliche Kälteeinbruch hat die Herbstfarben ihren Höhepunkt erreichen lassen. Die

350

Farben werden vom See reflektiert, einem magischen Spiegel, der die Blätter noch leuchtender aussehen lässt. Über mir höre ich etwas, das sich anhört, als würden Engel im Himmel Trompete spielen. Als ich hochblicke, entdecke ich eine Gruppe Kanadakraniche auf ihrem Weg ins Winterquartier.

Ich sehe ihnen nach, wie sie in V-Formation nach Süden fliegen, bis ihre Stimmen schließlich über dem See verklingen.

Allmählich klart es um mich herum auf, und ich richte den Blick wieder zum sonniger werdenden Himmel. Die Luft hat sich gerade genug erwärmt, dass der Nebel sich aufgelöst und die Wolken sich verzogen haben.

»An die Arbeit, Iris«, ermahne ich mich.

Ich drehe mich wieder um und bewundere meinen Garten in seinem herbstlichen Kleid. Das Laub, das von meinem Zaun aufgehalten wird, liegt knöcheltief. Es ist, als spaziere man auf einem Zottelteppich der siebziger Jahre herum, nichts als dunkle Orange- und herbstliche Goldtöne. Meine Brunnen sind voller Blätter und meine Gartenzwerge nun teilweise von Laub verdeckt.

Ich atme tief ein. Es riecht, wie nur der Herbst riechen kann, dieses erdige Aroma, an das keine Duftkerze herankommt.

Ich hebe ein makelloses Ahornblatt auf, genau wie früher als kleines Mädchen, als ich sie in einem Buch gepresst oder als Teil einer Sachkundeaufgabe in die Schule mitgebracht habe. Das Blatt ist rot wie glühende Kohle, und im Sonnenlicht ist sein goldenes Skelett deutlich zu erkennen.

Ich bewundere seine Pracht. »Danke für dein Leben«, sage ich. Ich schnuppere an dem Blatt, dann stecke ich es in die Tasche.

»Du wirst ein reizendes Lesezeichen abgeben«, sage ich.

Das hier ist die Zeit dazwischen: genau zwischen Herbst und Winter, zwischen Halloween und Winterschlaf.

Als ich ums Haus herum in meinen Vorgarten gehe, höre ich

eine von Leben erfüllte Welt. Kinder machen sich geschäftig auf den Schulweg, Eltern fahren zur Arbeit, alle sind wieder in ihrer festen Routine. Ich lege mein Gesicht an den Zaun und schiele zwischen den Brettern hindurch. Die Gärten der Nachbarn sind für Halloween dekoriert: aufeinandergestapelte Heubündel, Töpfe mit hübschen Chrysanthemen, von Ästen baumelnde furchterregende Hexen und Kobolde, geschnitzte Kürbisse stehen auf den Verandastufen.

Meinen Garten kann niemand sehen. Seit Jahrzehnten hat ihn niemand mehr zu Gesicht bekommen – außer Abby, Lily und Cory. Ich drehe mich um. Meine Herbstdekoration ist die schlichte Erhabenheit meines vergehenden Gartens: Ich liebe die Silhouetten der Fruchtstände und Stiele, die schönen, stark texturierten Brauntöne und die herbstliche Pracht einer Hortensienblüte – nicht mehr farbenprächtig, aber immer noch herrlich, vertrocknet, wie in der Zeit eingefroren.

Das Laub meines Spitzahorns, den ich vor einem ganzen Leben gepflanzt habe, hat genau dieselbe Farbe wie die Sonne heute, und ich weiß, dass es das für immer haben wird, noch lange, nachdem ich fort bin.

Ein goldenes Blatt löst sich vom Baum – seine letzte Reise auf Erden –, und trotz dieses Wissens wirbelt und taumelt es so fröhlich herum wie ein Kind auf einer Schaukel, bevor es auf meiner Schulter landet. »Es ist so weit, Iris«, kann ich es hauchen hören.

Ist es das?, frage ich.

Das Blatt antwortet nicht. Stattdessen wird es vom Wind erfasst und auf eine weitere fröhliche Reise geschickt.

So sollten wir alle aus dem Leben gehen, sinniere ich. *Auf einer fröhlichen Reise.*

Ich sehe dem Blatt zu, wie es im Wind dahinflattert. Plötzlich kommt es jäh zum Stillstand, aufgehalten in seinem Flug von meinem hohen Zaun.

Ich wende mich ab.

Seit ein paar Jahren geht mir, wann immer ich mit meinem herbstlichen Großreinemachen anfange, diese Frage durch den Kopf. *Wird es das hier gewesen sein?*

Ich bin nicht in schlechter gesundheitlicher Verfassung, aber um die Wahrheit zu sagen bin ich auch ein verwelkender Garten. Ich bin eine alte Frau. Ich habe viele Jahreszeiten überlebt, wie mein Garten.

Ich blühe auf, ich welke, ich überwintere, ich hoffe.

Aber die Winterruhe ist die längste Jahreszeit in Michigan, und meine ebenso.

Ich schüttle den Kopf.

Die Kälte sticht mich in den Fingern, aber die Sonne wärmt mein Gesicht. Ich liebe diesen Gegensatz im Herbst.

Ich gehe wieder nach hinten, nehme einen Eimer, ein paar Planen, meine Schubkarre und meine Gartenschere und mache mich an die Arbeit.

Mein herbstliches Großreinemachen ist lang und anstrengend. Ich brauche allein mindestens zwei Wochen dafür, wenn das Wetter mitspielt. Aber es macht mir auch großes Vergnügen. Ich bereite meinen Garten mit so viel Liebe und Fürsorge wie möglich für eine lange Ruhepause vor, die ihn im Frühling umso besser gedeihen lassen wird.

Als ich den Phlox bis knapp über dem Boden zurückschneide, lege ich meine Hand auf die kalte Erde. Eine der schwierigsten Prüfungen auf dieser Welt war es, meinen Mann zu verlieren und meine Tochter und meine Eltern sterben zu sehen. Und dennoch war es einer der demutgebietendsten und lebensbejahendsten Momente, da zu sein und ihre Hände zu halten, als sie starben, ein Lebewohl, das mir bei Jonathan nicht vergönnt gewesen war.

»Das ist ein großes Geschenk«, hatte mir meine Grandma einmal gesagt. »Es ist schön, dabei zu sein, wenn ein Baby geboren wird, aber es ist ebenso wichtig, dabei zu sein, wenn eine Seele von uns geht.«

Wird irgendjemand bei mir sein?

Ich bete, dass ich einfach genau hier in meinem Garten sterben werde, und dass ich umgeben von meinen Blumen gefunden werde. Es ist nur vernünftig, dass meine Blumen Zeugen sein werden, wenn ich diese Erde verlasse.

»Aber könnt ihr auch meine Hand halten?«, frage ich meinen Phlox.

Ich fahre mit dem Zurückschneiden fort und ziehe meine Jacke aus, als die Sonne die Küste weiter erwärmt. Was für jemanden aus Michigan warm ist, ein frischer Tag wie dieser mit Temperaturen um die zehn Grad, ist für viele Leute aus dem Süden kalt. Aber wir Michiganer wissen, dass solche Tage selten sind, dass bald nach dem ersten Frost der erste Schnee kommt, für gewöhnlich um Halloween herum.

Warm, das habe ich gelernt, ist nur eine Geisteshaltung, genau wie das Alter.

Ich lächle, als ich zu meinen Dahlien komme. Manche von ihnen klammern sich noch ans Leben, aber der harte Frost hat ihre Stiele bereits schwarz gefärbt.

»Es ist so weit«, sage ich zu ihnen.

Meine Grandma nannte Dahlien die ›Königinnen des Herbstgartens‹, und ich stimme ihr von ganzem Herzen zu. Sie glaubte, dass Dahlien innere Stärke, Kreativität und Würde symbolisierten.

»Sie repräsentieren jene, die standhaft für ihre Werte einstehen«, sagte sie.

Meine herrlichen Dahlien verkörpern diese Einstellung: Sie bleiben standhaft, selbst wenn der Rest des Gartens in Vergessenheit sinkt. Meine Dahlien sind so mannigfaltig wie unsere Welt: Ich habe orangene, rote, braune, gelbe und pinkfarbene, aber es ist ihre Sortenvielfalt, die Dahlien so einzigartig macht.

Da gibt es welche, die mit ihren dichtstehenden zitronengelben Blütenblättern Pompons gleichen. Ich habe Dahlien, deren Blüten wie Kakteen aussehen, mit stachligen Blütenblättern in Gelb und flammend Rot. Ich habe Stargazer Dahlien mit sinnlich geschwungenen Blütenblättern. Manche Dahlien sehen wie kleine Pfingstrosen aus, während andere eher Seerosen ähneln.

Als ich fertig bin, meine Dahlien zurückzuschneiden, setze ich mich auf den Boden. Nur noch die Spitzen der abgeschnittenen Halme sind übrig geblieben. In zwei Wochen werde ich wieder an diese Stelle zurückkommen, sie mit einer Forke ausgraben und nach drinnen bringen, wo ich sie zum Trocknen auslege, mit intakter Erdkruste, damit sich eine schützende Haut an den äußeren Schichten der Knollen bildet. Ich schneide die Wurzeln zu, wickle sie in Zeitungspapier, und stecke sie kopfüber in Plastiktüten, die ich beschrifte – *sehr wichtig in meinem Alter!* –, damit ich im nächsten Frühling weiß, welche Sorte drin ist. Ich schleppe die Tüten in meinen Keller und lege sie in einen Pappkarton, wo ich etwa einmal im Monat nach ihnen sehe, um eventuelle Fäulnis zu entfernen. Im April trage ich sie in einen wärmeren Bereich, damit sie wieder zum Leben erwachen.

Nachdenklich betrachte ich die leblosen Überreste meiner Dahlien, die um mich verstreut liegen.

Wie lange werde ich mich noch beerdigen, wieder ausgraben und neu aufblühen können?

Jedes Frühjahr stelle ich überrascht fest, dass ich mehr Knollen habe, als ich brauche, da eine einzige Knolle einen ganzen Strauch Blumen hervorbringt.

Und plötzlich lächle ich, da ich weiß, dass Cory sich freuen wird, so eine Frühlingsüberraschung zu bekommen.

Eines Tages, in vielen Jahren, wenn ich schon lange nicht mehr da bin, wird eine Dahlie blühen, die die Königin des Herbstgartens sein wird.

Genau wie ich.

Abby

»Möchtest du dich als eine Figur aus *Findet Nemo* verkleiden?«

»Nein.«

»Möchtest du als Pirat gehen, wie Jack Sparrow?«

»Nein.«

»Willst du als etwas Gruseliges gehen, zum Beispiel als Hexe oder als Vampir?«

»Nein.«

Ich höre auf, meinen Kürbis auszuhöhlen und sehe verzweifelt zu Cory. »Hilf mir«, flüstere ich lautlos und werfe ihm den Blick zu, der sagt: »Ich setze ihr gleich eine Brille auf, gebe ihr einen Stock als Zauberstab und nenne sie Harry Potter.«

»Wir haben nur noch ein paar Tage, um uns zu entscheiden«, sagt Cory.

Ich sehe ihn an. »Wir«, forme ich lautlos mit den Lippen. Er lächelt.

Lily steckt bis zu den Ellbogen in einem Kürbis und kratzt das Innere heraus auf den mit Zeitungspapier ausgelegten Esstisch. Sie schnippt Kürbiskerne von den Fingern und sieht uns an. »Ich muss etwas Besonderes sein.«

»Natürlich«, antwortet Cory, worauf ich ihm einen weiteren finsteren Blick zuwerfe.

Meine ersten zwei Monate als selbständige Ingenieurberaterin waren schwierig. Genau genommen waren meine Meetings

356

mit potenziellen Kunden ungefähr genauso gut gelaufen wie diese Unterhaltung gerade.

Aber dann habe ich letzte Woche einen Anruf von einem nationalen Mitbewerber Mr. Whitmores bekommen, ein familiengeführtes Unternehmen, das nun von zwei Töchtern des Firmengründers geleitet wird. Ich bin nach Florida geflogen, um mich mit ihnen zu treffen. Sie waren nicht nur begeistert von meinen Farben, sondern sie liebten auch die *Namen* meiner Farben.

»Wir würden nicht das Geringste ändern«, sagten sie, bevor sie noch hinzufügten: »Hören Sie auf, an sich zu zweifeln.«

Wenige Tage später unterschrieb ich meinen ersten Beratungsvertrag.

In meinem neuen Leben zu navigieren ist wie diesen Kürbis zu schnitzen, denke ich, als das Messer an der vorgezeichneten Kontur in die falsche Richtung rutscht und ich einen der geplanten Zähne des Kürbisses wegsäble: *ein bisschen tückisch und ohne gerade Linien.*

Ich trete zurück und begutachte das neue Gesicht des Kürbisses.

»Was wäre denn etwas Besonderes?«, frage ich Lily dann.

Ratlos legt sie das Gesicht in Falten, doch dann springt sie vom Stuhl, saust davon und schreit dabei: »Ich habe eine Idee!«

»Ich wette, diese Idee beinhaltet viele Stunden Arbeit und Hunderte von Dollars«, flüstere ich Cory zu.

Da kommt Lily bereits zurückgerannt, wobei sie etwas hinter ihrem Rücken versteckt. Sie enthüllt es mit einem gewaltigen »Ta-da!« und legt ein großes Blatt Papier auf den Tisch.

»Das ist meine Gartenskizze.« Cory sieht mich mit ebenso ratloser Miene an wie die von Lily vorhin.

»Wir verstehen nicht, Schätzchen. Hilf uns ein bisschen auf die Sprünge«, sage ich.

Sie zeigt auf die Zeichnung. »Schau, du hast eine Blume oder Pflanze für jede Jahreszeit.«

»Damit immer etwas blüht, egal wann im Jahr«, antwortet Cory.

»Stechpalmen im Winter, Tulpen im Frühling, Pfingstrosen im Sommer, Chrysanthemen im Herbst«, zählt Lily auf.

»Und?«, frage ich immer noch verständnislos.

»Ist doch logisch, Mom. Was, wenn wir als die Jahreszeiten gehen?«

»Das gefällt mir sehr, Lily«, antworte ich. »Was für eine tolle Idee. Du könntest der Herbst sein, und ich könnte dich über und über mit Blättern bekleben …«

»Nein«, unterbricht Lily mich mit erhobener Hand. »Ich dachte, wir gehen als Blumen, um die Jahreszeiten zu repräsentieren, wie Daddys Garten.« Sie verstummt kurz und zwirbelt ihre Haare, wodurch die Spitzen mit Kürbismatsch verkleben. »Wie der Garten von Iris.«

»Das funktioniert trotzdem«, meint Cory. »Du könntest eine Osterglocke für den Frühling sein, oder so was in der Art, richtig?«

»Ja!«, schreit Lily.

»Und Daddy und ich gehen als – was, Cory? – hilf mir ein bisschen.«

»Eine Rose für den Sommer und eine Sonnenblume für den Herbst.«

»Ja!«, schreit Lily erneut. Dann fällt ihre Miene in sich zusammen wie ein Soufflé. »Aber uns fehlt eine Jahreszeit.«

Mit ihren langen Wimpern blinzelnd sieht sie uns an. »Wie wäre es mit Iris?«

»Oh, Liebling«, sage ich. »Das ist so lieb von dir, Iris miteinbeziehen zu wollen, aber sie wird an Halloween nicht rausgehen. Darüber haben wir doch schon gesprochen. Sie mag es einfach, zu Hause zu bleiben, schon vergessen? Wie damals, als wir sie gefragt haben, ob sie zu Pronto Pup mitkommen will. Tut mir so leid.«

»Können wir sie fragen?« Lily reißt ihre großen Augen noch weiter auf. »Biiiiitte?«

Ich sehe Cory an, der mit den Schultern zuckt. »Sicher«, antworte ich.

»Und bringen wir ihr einen Kürbis mit«, sagt Lily. »Ich glaube, das würde ihr gefallen.«

Am nächsten Tag begleite ich Lily nach der Schule, um Iris zu besuchen. Ich trage den Kürbis.

»Was für eine Überraschung!«, sagt Iris, als sie uns sieht.

Sie öffnet das hintere Gartentor gerade in dem Moment, in dem wir klopfen wollen, und schleppt eine riesige mit Laub gefüllte Plane hinter sich her.

»Erzählt keiner Menschenseele, dass ich mein Laub einfach hier hinten ablade«, sagt sie.

»Werden wir nicht«, erwidert Lily. »Wir haben Ihnen ein Geschenk gebracht.«

Ich halte den Kürbis hoch, und Iris bekommt große Augen.

»Ich habe schon keinen geschnitzten Kürbis mehr gehabt, seit …« Sie bricht ab und lässt die Plane fallen.

»Tut mir leid, Iris«, sage ich.

»Nein, nein, nicht nötig.« Sie nimmt den Kürbis und dreht ihn, damit sie sein Gesicht betrachten kann. »Oh, der hier ist ja einfach spektakulär. Ich mag fröhliche Kürbislaternen. Perfekte dreieckige Augen. Lustiges Lächeln. Ein Zahn oben und zwei unten. Hast du den gemacht, Lily?«

Lily nickt. »Aber Daddy hat ihn ausgeschnitten, und Mommy hat geholfen.«

»Teamarbeit.« Iris nickt. »Das sind die besten Kürbisse. Also, dann suchen wir mal ein perfektes Zuhause für ihn.«

»Ich weiß, ich weiß«, ruft Lily eifrig. »Kommt mit.«

Sie rennt in den Vorgarten, und als Iris und ich nachkommen, sitzt Lily auf den Stufen der Veranda. »Genau hier!«

Iris trägt den Kürbis zu Lily, die Iris hilft, ihn genau richtig hinzustellen.

»Jetzt brauchen wir nur noch eine Kerze«, sagt Iris.

»Wir haben schon eine für Sie dabei«, erwidere ich. »So eine, die Sie abends nur noch einzuschalten brauchen.«

»Danke, Abby. Das ist so lieb.« Sie sieht Lily an. »Wie läuft's in der Schule?«

»Aufregend«, antwortet Lily mit einem Kichern und einem Augenzwinkern. »Wir hatten heute einen Test in Mathe. Ich hab eine Eins bekommen.«

»Kluges Köpfchen«, sagt Iris. »Genau wie deine Mom. Und wie läuft Ihr Geschäft?«

»Aufregend«, antworte ich, was Iris ein Lachen entlockt.

»Das wette ich«, sagt sie. »Ich bin sehr stolz auf Sie. Es ist nicht leicht, sein Leben zu verändern und etwas zu tun, von dem man nie erwartet hätte, dass man es kann. Das ist –«, Iris verstummt kurz, »– *aufregend*, aber ich weiß, dass es auch beängstigend ist. Ihr Leben wird jetzt nie mehr dasselbe sein. Sie waren mutig genug, diesen ersten Schritt zu wagen, und jetzt gibt es kein Zurück mehr.«

Ich nicke.

Unruhig tritt Lily auf den Stufen von einem Fuß auf den anderen.

»Musst du auf die Toilette?«, fragt Iris.

»Nein«, antworte ich, »aber sie möchte Sie was fragen.«

»Frag nur, mein Liebes«, sagt Iris.

»Würden Sie gern ein Teil von meinem Halloweenkostüm sein?«, platzt Lily heraus.

Iris neigt den Kopf zur Seite. »Wie meinst du das, Lily?«

Ohne Luft zu holen breitet Lily ihre Kostümpläne aus. Als sie damit fertig ist, setzt sich Iris neben den Kürbis auf die Ve-

360

randastufen und klopft neben sich auf das Holz. Lily rutscht neben sie.

»Weißt du eigentlich, was für ein tolles Mädchen du bist?« Iris legt den Arm um Lily und zieht sie an sich. »So eine besondere Seele.« Sie sieht mich an. »Haben Sie schon damit angefangen, die Kostüme zu basteln?«

»Nein«, gestehe ich errötend.

»Sie sind so beschäftigt mit Ihrem neuen Geschäft.« Iris klatscht in die Hände. »Warum übernehme ich das nicht? Ich werde die Kostüme basteln …«

»Nein.« Ich hebe die Hand, um sie aufzuhalten. »Auf keinen Fall. Um so etwas könnte ich Sie nie bitten.«

»Sie haben mich nicht gebeten. Ich habe es angeboten.« Iris zieht eine Augenbraue hoch. »Früher habe ich alle Kostüme für Mary selbst gemacht. Ich habe von meiner Mom und meiner Grandma nähen gelernt, als sie meine Kleider aus diesen Mehlsäcken gemacht haben, von denen ich Ihnen erzählt habe. Und ich weiß alles über Blumen.« Sie sieht Lily an. »So werde ich nicht nur ein Teil von deinem Halloweenkostüm sein, ich werde es machen.«

Lily schaut enttäuscht. »Aber Sie haben nicht gesagt, dass Sie sich verkleiden und mit uns gehen werden.«

»Lass mich nur mein Laub fertig rechen, dann mache ich mich gleich an die Arbeit«, sagt Iris. »Ich habe schon eine Idee für dein Kostüm. Schickt mir einfach alle eure Maße.« Sie kneift Lily in die Nase, dann schaut sie zu mir hoch.

»Klingt gut«, sage ich.

Ein paar Tage später kommt Lily nach der Schule hereingerannt. »Da stehen Kartons vor unserer Haustür!«

Ich renne hinaus, und Cory folgt mir mit einer Schere. Er schneidet das Klebeband an der Oberseite des Kartons auf, dann zieht er etwas heraus. Als er sich umdreht, kreischt Lily so laut auf, dass eine Gruppe Eichhörnchen, die in unserem Vorgarten Eicheln sammeln, erschrocken einen Baum hochhuschen.

»Eine Osterglocke! Für mich!«

Cory hält sie ihr an, und ein breites Lächeln legt sich auf mein Gesicht. Eine grüne, mit Pailletten besetzte Strumpfhose führt zu einer Reihe riesiger gelber Blütenblätter, die um den Hals drapiert sind.

»Da ist noch mehr.« Ich beuge mich in den Karton und hole eine goldene Mütze heraus, die genauso aussieht wie die trompetenförmige Mitte einer Osterglocke. Außerdem hole ich noch einen Beutel zum Sammeln von Süßigkeiten heraus, der mit Frühlingsblumen bedruckt ist: Tulpen und Stiefmütterchen.

»Was ist das?«, fragt Cory. An das Kostüm ist ein Zettel geheftet. »Für Lily«, liest er. »Du bist eine Frühlings-Osterglocke! Vergiss nicht, dein Gesicht gelb anzumalen!«

»Und wir haben noch mehr Kartons«, sage ich.

Wir öffnen sie und holen zwei weitere Kostüme heraus: ein Weihnachtsstern-Kostüm für mich mit rot-weiß-gestreiften Leggings, einem Rock aus roten Weihnachtssternblüten und grünen Blättern und einem grünen Body mit Weihnachtssternflügeln – und eine riesige Sonnenblume für Cory über einem schwarzen Bodysuit.

»Wir müssen sie anprobieren«, sagt Lily. »Helft mir!«

Wir schleppen alles hinein und probieren unsere Kostüme an.

Cory betrachtet sich im Spiegel. »Sie ist wirklich erstaunlich«, sagt er. »Obwohl ich absolut lächerlich aussehe.«

Ich krümme mich vor Lachen. »Stimmt«, antworte ich. »Hinreißend lächerlich.« Ich drehe mich um und begutachte mich sclbst im Spiegel. »Ich dagegen sehe wie eine verrückte Elfe aus, die aus der Werkstatt des Weihnachtsmanns abgehauen ist.«

»Der Winter war schon immer hart für dich«, meint Cory, bevor er in Gelächter ausbricht. Er nimmt den Fotoapparat und fängt an, Fotos von uns zu schießen.

Lily saust herein und sieht absolut bezaubernd als Osterglocke aus. Wir machen ein Familienfoto, aber als Cory es Lily zeigt, sagt sie: »Uns fehlt immer noch eine Jahreszeit. Der Sommer.«

Ich werfe Cory einen Blick zu. Dann breite ich die Arme aus, und Lily kommt und lässt sich umarmen. »Ich weiß, Schätzchen. Aber schau, was Iris alles für uns getan hat, nicht wahr?«

Lily schüttelt den Kopf. »Können wir rübergehen und es ihr zeigen?«

»Überraschen wir sie an Halloween damit«, schlägt Cory vor. »Sie wird unsere erste Station sein.«

Der Halloweenabend ist feucht und kühl, aber zum Glück regnet oder schneit es nicht.

»Ist die Osterglocke bereit, ordentlich Süßigkeiten abzusahnen?«, fragt Cory.

Lily nickt, dass sich ihre Blütenblätter um sie bauschen.

»Ist der verrückte Weihnachtsstern bereit, Kinder zu erschrecken?«, fragt Cory mich.

Ich nicke mit flatternden roten Flügeln.

»Dann also los.«

Wir marschieren über die Veranda hinaus und hinüber zu Iris. Ihr hinteres Gartentor ist offen. Als wir nach vorne zur Eingangstür gehen, wird mir schwer ums Herz. Man kann Kinder lachen und die Straße auf und ab laufen und ›Süßes oder Saures!‹ rufen hören. Nachbarn feiern Partys. Alle sind miteinander verbunden, und dennoch ist Iris hier, allein und isoliert.

Lily rennt die Stufen der Veranda hoch und klingelt an der Tür. Als Iris aufmacht, lässt sie ihren Beutel fallen.

Iris ist von Kopf bis Fuß in Violett gekleidet, genau wie eine

Iris: violette Gummistiefel, violette Strumpfhose und ein Rock aus hübschen violetten Blütenblättern. Aber das Tüpfelchen auf dem I ist der Kopfschmuck, der genau wie eine Iris in voller Blüte aussieht, und ein Iris-Zauberstab mit langem grünem Stiel.

»Du dachtest doch nicht, dass ich zulassen würde, dass dir eine Jahreszeit fehlt, oder?«, fragt sie Lily. »Und ich musste für den Sommer einfach als meine Namensvetterin gehen!« Sie tippt Lily mit dem Zauberstab auf den Kopf und sagt: »Happy Halloween!« Dann langt sie hinter die Tür und holt einen Schokoriegel hervor. Lily hebt ihren Beutel auf, und Iris lässt die Leckerei hineinfallen.

»Bei mir klingeln nicht viele Kinder, die Süßigkeiten sammeln«, sagt Iris trocken. »Ich dachte, ein Schokoriegel würde mir reichen, um über den Abend zu kommen.«

Ich lächle, und Cory macht lachend ein Foto von ›seinen drei Mädels‹.

»Ich kann Ihnen gar nicht genug danken, dass Sie die Kostüme gemacht haben«, sagt er. »Sie –«, er stockt, und seine Stimme bebt plötzlich, »– gehören zur Familie.«

»Danke«, sagt sie mit leiser Stimme.

»Also, wir machen uns besser auf den Weg, bevor all die guten Süßigkeiten weg sind.« Cory sieht Lily an.

Lily nickt, dann sieht sie Iris an. »Aber Sie müssen mit uns mitkommen«, bettelt sie. »Sie machen uns komplett. Wir können nicht ohne alle vier Jahreszeiten gehen.«

»Lily, darüber haben wir doch schon gesprochen«, sage ich. Ich sehe Iris an. »Es tut mir leid.«

»Habt ihr viel Spaß«, sagt Iris. »Und erzählt mir morgen alles darüber.« Sie macht einen Schritt zurück ins Haus. »Viel Spaß!«

»Nein!« Lily streckt die Hand aus und verhindert, dass die Tür ins Schloss fällt.

»Lily!«, tadelt Cory. »Das ist nicht nett.«

»Aber es kann doch niemand wissen, wer Sie sind«, drängt Lily beharrlich. »Sie werden sicher sein. Versprochen! Halloween ist wie ein Spiel. Sie können das. Bitte.«

»Ich kann nicht«, entgegnet Iris mit gequälter Miene.

»Sie können es, wenn Sie wollen«, lässt Lily nicht locker. »Biiiiitte.«

Der Zauberstab in Iris' Hand zittert.

»Es tut mir so leid«, sage ich. »Wir erzählen Ihnen morgen alles darüber. Sag Iris gute Nacht, Lily.«

»Gute Nacht«, murmelt Lily mit leiser, trauriger Stimme.

Die Tür schließt sich. Einen Moment lang bewegt sich keiner von uns.

»Lasst uns gehen«, sage ich schließlich.

Wir machen uns auf den Weg zum Tor und öffnen es.

»Geht ihr zwei schon vor«, sagt Cory.

Plötzlich öffnet sich ohne Vorwarnung die Eingangstür, und Iris taucht auf.

»Hältst du meine Hand?«, ruft sie Lily zu.

Mit offenem Mund starre ich Cory an, und er starrt mich an. Ohne Vorwarnung rollt eine Träne aus seinem Auge.

Lily rennt zu ihr zurück.

»Natürlich!«, ruft sie. »Die ganze Zeit über!«

»Ich bin aufgeregt«, sagt Iris. »*Sehr* aufgeregt.«

»Ich weiß«, antwortet Lily.

Iris nimmt Lilys Hand, und die beiden gehen gemeinsam zum Tor. Dort angekommen bleibt Iris stehen. Lily öffnet das Tor. Iris macht einen zögerlichen Schritt, dann noch einen und noch einen, bis sie auf dem Gehweg vor ihrem Zaun steht.

Ich nehme Iris' andere Hand und drücke sie fest. Wir machen einen weiteren Schritt und noch einen.

»Ich bin so stolz auf Sie«, sage ich. »Wissen Sie noch, was Sie eben vorhin zu mir gesagt haben?«

Iris bleibt stehen und sieht mich an. Sie schüttelt den Kopf.

»Sie haben mir gesagt, dass es nicht leicht ist, sein Leben zu verändern und etwas zu tun, von dem man nie erwartet hätte, dass man es kann. Das ist –«, ich mache eine kurze Pause, »– aufregend, aber ich weiß, dass es auch beängstigend ist. Aber Ihr Leben wird jetzt nie mehr dasselbe sein. Sie waren mutig genug, diesen ersten Schritt zu wagen, und jetzt gibt es kein Zurückblicken mehr.«

»Danke«, sagt Iris.

Als wir das erste Haus erreichen, bleiben wir stehen. »Nur zu«, fordert Cory Lily auf.

»Nicht ohne Iris«, erwidert sie.

Lily hält weiterhin Iris' Hand und führt sie zur Haustür. Sie klopft an. »Süßes oder Saures!«, ruft sie, als ein Ehepaar die Tür öffnet.

»Eine Osterglocke!«, sagt die Frau. »Wie süß! Und wer ist diese Blume neben dir?«

»Das ist ein Geheimnis«, antwortet Lily, »aber vielleicht geben Sie mir ein paar zusätzliche Süßigkeiten in meinen Beutel, damit ich sie später mit ihr teilen kann. Sie hat ihren vergessen.«

»Oh, ich verstehe«, sagt die Frau mit einem herzhaften Lachen, bevor sie eine Handvoll Süßigkeiten in Lilys Beutel fallen lässt. »Happy Halloween!«

Ich sehe der Osterglocke und der Iris zu, wie sie die ganze Nachbarschaft ablaufen, beide prächtig in Gelb und Violett, beide scheinen vor meinen Augen aufzublühen, ein Kind, das eine alte Frau lehrt, wieder stark zu sein, und eine alte Frau, die bedingungslose Liebe für ein Kind demonstriert.

Als sie die Stufen zu einem weiteren Haus hinaufsteigen und Iris ›Happy Halloween!‹ ruft, sogar mit noch mehr Freude als Lily, muss ich stehen bleiben und mich hinter einem Baum verstecken, damit mich niemand weinen sieht.

TEIL VIERZEHN

Weihnachtskaktus

»*Jeder Gärtner weiß, unter dem Mantel des Winters verbirgt sich ein Wunder.*«

BARBARA WINKLER

Iris

DEZEMBER 2003

Die ganze Welt trägt einen weichen weißen Mantel. Als ich zur Tür hinaus auf die Fliegengitterveranda sehe, blendet mich das endlose Weiß beinahe. Der Lake Effect treibt Schneeschauer in breiten Strichen über den See. Ich kneife die Augen zusammen, aber zwischen der Welt vor mir und der Welt in der Ferne ist wenig Kontrast.

Wenn die Temperaturen fallen und der See noch nicht zugefroren ist, überschüttet der Himmel die Küste Michigans mit Schnee, Schneegestöber brechen aus dem Nichts über uns herein. Als Kind habe ich den Schnee geliebt. Er hat unzählige Spiele ermöglicht: Schneemänner und Schneeengel, Schneeburgen und Schneeballschlachten, Eis- und Schneeschuhlaufen.

Allerdings hat er selten zu einem schulfreien Tag geführt, denke ich, *ganz gleich, wie viel Schnee wir bekamen oder wie sehr ein Kind dafür betete.*

Es gibt einen alten Witz in dieser Gegend, dass die Schule erst ausfällt, wenn die Stoppschilder bis obenhin zugeschneit sind.

Als Erwachsene habe ich mich über den Schnee beklagt. Er war nichts als eine Störung im täglichen Leben.

Das Letzte, was ich gebrauchen kann, ist eine Störung meines Terminplans, hatte ich einmal während eines besonders schlimmen Schneesturms zu Mary gesagt.

Warum?, hatte sie gefragt. *Das ist doch, was die Erwachsenen am dringendsten brauchen.*

Sie hatte recht. Das brauchen wir.

Ich starre in den Schnee.

Sogar mein Garten braucht es.

Er liegt jetzt unter einer dreißig Zentimeter dicken Schicht aus Schnee begraben. Meine Blumen schlafen, für den Winter zugedeckt, und träumen von dem Tag, an dem sie wieder aufwachen dürfen, sich recken und strecken und lebendig werden.

Wie ich.

In meinem fortgeschrittenen Lebensalter habe ich gelernt, den Schnee wieder zu lieben, ihn als notwendige Unterbrechung zu betrachten, eine Möglichkeit, mich dazu zu zwingen, es ein wenig langsamer angehen zu lassen.

Der Winter ist in Michigan eine lange Jahreszeit, die längste, um genau zu sein. Der Frühling mag zwar offiziell am 20. März beginnen, aber das ist hier nur ein Scherz. Der erste Tag, an dem ich zuversichtlich bin, dass der Frost vorbei ist und ich wieder in meinen Garten zurückkehren kann, ist der Muttertag, gute sechs Wochen nach Frühlingsanfang.

In Michigan lernt man, geduldig zu sein. Und ich bin die Geduldigste von allen.

Wie viele Jahre habe ich schon keinen Fuß mehr in meine Nachbarschaft gesetzt?, denke ich. *Halloween vermisst? Zwischenmenschliche Kontakte vermisst? Menschen vermisst?*

Ich schließe die Augen und denke an die letzten Wochen. Ich bin wie Dornröschen, das nach seinem hundertjährigen Zauberschlaf die Welt neu kennenlernen muss. Jeder Tag ist neu. Ich war mit Abby im Supermarkt. Ich war mit Cory und Lily im Kino. Ich hatte sogar noch die Chance, bei Pronto Pup zu essen, bevor es für die Saison zumachte.

Ich sehe rüber zu Abbys und Corys Haus. Im ersten Stock sind die Lichter an, und Rauch quillt aus dem Kamin.

Später wollen wir Schlittenfahren gehen, wenn das Wetter nicht zu schlecht ist.

Ich! Schlittenfahren! Mit einer Familie!

Der Wind nimmt zu, und Schnee wirbelt in kleinen Tornados durch den Garten, bevor er gegen den Zaun fällt.

Und dennoch fühle ich mich … Ich halte inne und stelle mir eine Frage: *beschützt oder isoliert? Was davon, Iris?*

Der Himmel verdunkelt sich noch mehr, und ich höre Donnergrollen. Plötzlich fällt Schnee herab, als hätte Gott die Heckklappe eines Müllwagens geöffnet.

Schneedonner!, denke ich. *Was für ein seltenes Ereignis!*

Unvermittelt denke ich an meine Mutter, die glaubte, dass Schneedonner ein großes Mysterium war und darauf hindeutete, dass etwas Magisches geschehen würde.

Bumm!

Mein Herz macht einen Satz, und ich sehe zu, wie sich der Schnee auftürmt.

Ich lebe jetzt in einer schwarzweißen Welt, denke ich.

Fröstelnd schlinge ich die Arme um mich und gehe in die Küche, um mir etwas Suppe zu kochen. Als ich um die Ecke biege, muss ich lächeln, als ich meinen Weihnachtskaktus sehe.

»Hallo, Pretty Boy«, sage ich. »Wer ist ein hübscher Junge? Wie schön du heute bist.«

Mein Weihnachtskaktus ist fünfundfünfzig Jahre alt. Ich weiß auf das Jahr und den Tag genau, wann ich Pretty Boy bekommen habe.

Shirley hat mir diesen Kaktus am ersten Weihnachten nach Marys Tod geschenkt, als ich mich geweigert hatte, das Haus zu verlassen.

»Du brauchst etwas, worum du dich kümmern kannst«, hatte Shirley unverblümt zu mir gesagt. »Du brauchst etwas, das dir die Wintertage aufheitert.«

Sie hatte den Kaktus beim Weihnachtswichteln auf der Arbeit bekommen, aber nicht gewusst, was sie damit anstellen sollte.

»Das ist ein weitergeschenktes Geschenk«, hatte ich geantwortet. »Du hast ihn nicht mal für mich gekauft.«

»Schau ihn dir an«, hatte Shirley erwidert. »Er sieht schon ganz elend aus.« Sie wusste genau, was sie sagen musste, um mich rumzukriegen. Erzählt mir, dass eine Pflanze Hilfe braucht, und ich nehme sie und päpple sie wieder auf.

»Du magst zwar ein Händchen für schlüpfrige Witze haben, aber du hattest nie einen besonders grünen Daumen«, sagte ich zu ihr.

»Gib ihm einen Namen«, schlug sie vor. »Stell ihn dir als Hund oder Katze vor.«

»Ernsthaft?«

Meine Mom und meine Grandma hatten beide Weihnachtskakteen gehabt, die ebenfalls ewig zu leben schienen. Jedes Jahr an Weihnachten blühten sie und erfüllten das Haus mit Farbe, genau wie die Lichter und Kugeln an unserem Weihnachtsbaum.

Ich betrachte Pretty Boy und schaue dann aus dem Fenster. Vor meinem inneren Auge kann ich meinen Grampa immer noch durch den Schnee stapfen sehen. Mein Grampa war ein Schwarzweißmann. Er trug nie viel Farbe, außer am Weihnachtstag, an dem er immer in einem Pullover auftauchte, der so rot war wie die Mütze des Weihnachtsmanns. Meine Grandma liebte es, wenn er sich an diesem einen Tag im Jahr herausputzte.

»Wer ist ein hübscher Junge?«, neckte sie ihn dann, tätschelte seinen Bauch, kniff ihm in die Wange und schmatzte ihm einen dicken Kuss auf die andere. »Du!«

Dann wurde das Gesicht meines Grampas immer genauso knallrot wie sein Pullover.

»Zeit, die Geschenke zu verteilen!«, rief er dann.

Ich habe meinen Kaktus nach meinem Grampa benannt, weil

ich dann wenigstens von Familie umgeben sein würde, wenn auch nur in der Erinnerung. Außerdem würde ich dann etwas haben, womit ich das Haus während der Feiertage schmücken konnte, weil das Hervorholen der Weihnachtskugeln einfach zu schmerzhaft war.

»Alles Gute zum Geburtstag, Pretty Boy!«, sage ich. »Du bist jetzt alt, genau wie ich. Wir sind weit gekommen. Beide sind wir Überlebenskünstler. Und du wirst an Weihnachten wieder blühen, nicht wahr, mein Hübscher?«

Er blüht noch nicht, was mich beunruhigt, aber ich glaube tief und fest daran, dass er noch blühen wird.

»Ruh dich gut aus, hast du gehört? Mach dich dafür bereit, wieder zu blühen, okay?«

Ich rede mit meinem Kaktus, wie ich es mit all meinen Blumen tue. Wie Menschen blühen sie auf, wenn man ihnen Liebe und Freundlichkeit erweist.

Solange ich zurückdenken kann, hat sich meine Routine mit meinem Weihnachtskaktus nie verändert. Ende Oktober fange ich an, ihn weniger zu gießen, gerade noch genug, dass die oberste Erdschicht noch feucht bleibt. Das zwingt ihn, in den Winterschlaf zu fallen, was für seine Blüte maßgeblich ist. Ich stelle den Kaktus in meinen Flur, wo er etwas indirektes Licht, aber ungefähr vierzehn Stunden Dunkelheit täglich bekommt, was im Winter in Michigan nicht schwer ist.

Sobald er seine Knospen ausbildet, stelle ich Pretty Boy auf meine Küchenzeile, wo er helles, indirektes Sonnenlicht und keinen Zug bekommt.

Meine Grandma glaubte, dass Weihnachtskakteen Wunder sind, ein Zeichen, dass Gott überall gegenwärtig ist und sich sogar an den unwahrscheinlichsten Orten zeigen kann. Jedes Jahr, wenn ihr Kaktus blühte, meinte meine Grandma zu mir: »Hab ich's doch gesagt! Hab ich's doch gesagt!«

Wunder waren etwas, womit ich nicht vertraut war, aber

mit jedem weiteren Jahr, das vergeht, lebt – und blüht – mein Kaktus und werde ich überzeugter von der Geschichte meiner Grandma.

Ich fange an, Suppe zu kochen, hausgemachte Hühnersuppe, die ich an Tagen wie diesem immer für Mary gekocht habe. Ich nehme ein Huhn aus dem Gefrierfach und bringe es in einem Topf zum Kochen. Dann nehme ich ein paar Karotten und fange an, sie in Stücke zu schneiden.

Ich habe mir seit Jahren alles liefern lassen, auf meine Bestellung, zu meinen Bedingungen, an mein Gartentor: von Lebensmitteln bis hin zur Gartenerde. Es war eine Freude, wieder einmal rauszugehen und durch einen Laden zu laufen, die Karotten anzufassen, ein Hühnchen auszusuchen, das genau richtig aussah, die Geschäftigkeit der Leute an Weihnachten zu erleben.

Ich schalte den Herd herunter, und mein Cottage erzittert. Die Türen klappern. Als ich hinausspähe, schüttelt der Wind die ganze Welt. Ich lege mein Messer weg und gehe zur Fliegengitterveranda. Die Arme um mich geschlungen gehe ich hinaus. Schnee klebt dick an den Fliegengittern, die im Wind wogen. Äste schwanken, dass der Schnee in dicken Klumpen herunterfällt. Schneewehen bilden sich an meinem Zaun, der sich im Wind biegt. Ich kann hören, wie sich die Erde dem Wind entgegenstemmt. Bäume ächzen, knarren und knacken.

Gerade als ich mich umdrehen und in die Küche zurückgehen will, höre ich ein lautes Knacken. Der Ast einer der Kiefern auf den Dünen oberhalb meines Zauns bricht ab und fällt mit einem gewaltigen Krachen in meinen Garten. Kurz darauf vibriert das Handy in meiner Tasche. Es ist eine Nachricht von Abby.

Bei Ihnen alles OK?

Ja, tippe ich zurück. *Bestens. Nur ein Kiefernast.*

Ich wende mich gerade zum Hineingehen, da höre ich ein weiteres Krachen, diesmal so laut, dass ich glaube, die Welt bricht entzwei. Die hohe Kiefer, die vor wenigen Augenblicken ihren Ast verloren hat, stürzt um, beinahe wie in Zeitlupe. Der Baum landet auf einem Teil meines Zauns, prallt davon ab und trifft ihn dann erneut. Sowohl der Zaun als auch der Baum fallen um, einer nach dem anderen. In einer Schneeexplosion schlagen sie auf dem Boden auf. Einen Moment lang sehe ich nur eine weiße Wolke. Als der Schnee sich gelegt hat, liegen die Kiefer und ein riesiger Teil des Zauns auf der Erde.

Ich schnappe mir einen Mantel, Handschuhe und einen Schal und schlüpfe in meine Winterstiefel. Dann stapfe ich hinaus, um den Schaden zu begutachten. Die schöne Kiefer ist auf halber Höhe umgeknickt und zersplittert.

Die Kiefer, die meine wilden Truthähne beherbergte und im Sommerwind schwankte.

Mein nun in Trümmern auf der Erde liegender Zaun ist größer, als ich mir vorgestellt hatte. Ihn aus diesem Blickwinkel zu sehen, wie er sich weit in meinen Garten hinein erstreckt, verblüfft mich. Ich steige über die gebrochenen Äste hinweg und auf den Zaun. Endlich schaue ich hoch.

Jetzt habe ich ungehinderten Blick von meinem Garten auf den See. Kinder fahren die Düne hinunter Schlitten. Der See ist grau und aufgewühlt.

Ich spüre eine Träne über meine Wange laufen.

Ein Stück meiner Geschichte ist gefallen und doch … und doch kann ich tatsächlich meine Zukunft sehen.

Ich gehe hinüber zu einem anderen Teilstück des Zauns, das an das eben umgestürzte angrenzt. Es steht schief und gibt im Wind ein gequältes Ächzen von sich. Ich gehe durch die Öffnung im Zaun hinaus, stelle mich hinter das Teilstück und stemme mich mit aller Kraft dagegen. Mit einem mächtigen Krachen fällt es um.

»Geht es Ihnen gut?«

Als ich aufblicke, eilen Abby, Cory und Lily auf mich zu.

»Was ist hier los?«

»Ich renoviere«, antworte ich. Meine Worte kommen als raues Keuchen hervor.

»Wir können jemanden kommen lassen, sobald der Sturm sich gelegt hat, um hier aufzuräumen und den Zaun wieder aufzustellen«, sagt Cory. »Sie müssen wieder reingehen. Das ist zu gefährlich.«

»Nein«, erwidere ich. »Das ist ein Weihnachtswunder.«

»Was?«, fragt Abby.

Ich gehe zu einem anderen Teilstück des Zauns, das beschädigt ist und im Wind wackelt. »Helfen Sie mir«, sage ich.

Ich stelle mich hinter das Zaunstück und stemme mich dagegen.

Cory und Abby starren mich an. Nur Lily rennt herbei, um zu helfen. Sie trägt eine Äffchenmütze, die sie aussehen lässt, als hätte sie zwei Gesichter. »Danke«, sage ich, dann sehe ich Cory und Abby an. »Nun? Helfen Sie mit?«

Zu viert stemmen wir uns ächzend mit aller Kraft dagegen, und – *Wumm!* – ein weiterer Teil des Zauns fällt um, dass der Schnee aufwirbelt wie bei einer Lawine. Die Hände in die Hüften gestemmt und außer Atem richte ich mich auf und fange an zu lachen wie eine Irre, während Cory und Abby mich mit aufgerissenen Augen und roten Gesichtern anstarren.

»Was ist denn hier los?«

Als ich mich umdrehe, stehen die Kinder, die ich vorhin beim Schlittenfahren gesehen habe, auf der Düne und beobachten uns. Schnee wirbelt um ihre roten Wangen, und ich komme mir vor, als wäre ich mitten im Charlie-Brown-Weihnachtsspecial und umringt von den Peanuts.

»Schiebt«, sage ich, mit einem Nicken zu einem weiteren Teilstück des Zauns zeigend.

375

Sie jubeln begeistert, dass ihre Freudenschreien in der Kälte widerhallen, und gemeinsam schubsen wir einen weiteren Teil des Zauns zu Boden. Ich bin so außer Puste, dass ich wortwörtlich Sterne sehe, und muss mich vornüberbeugen, um wieder zu Atem zu kommen. Da höre ich ein weiteres Krachen und schrecke jäh wieder hoch. Eine Menge von vielleicht zwanzig Leuten hat sich bei meinem Garten versammelt und reißt einen weiteren Teil des Zauns ein.

»Iris? Ich bin Barb, und das hier sind mein Mann Kirk und unsere zwei Kinder Kate und Connor. Wir wohnen seit über zehn Jahren schräg gegenüber von Ihnen.« Die Frau streckt mir die Hand hin. »Es ist schön, Sie endlich kennenzulernen.«

Meine Augen tränen, und ich kann nicht sagen, ob von der Kälte oder meinen Emotionen, bis sich ein weiterer Nachbar und dann noch einer vorstellt, und ich schluchze.

Wie lange ist es her, dass ich von so vielen Menschen umgeben war? Wie lange ist es her, dass so viele Menschen in meinem Garten waren? Mein Haus gesehen haben? Mich gesehen haben?

»Okay, okay«, sagt Cory. »Ich denke, das reicht bei diesem Wetter. Stapeln wir diese Zaunteile dort drüben und fangen an, das Gestrüpp wegzuräumen.«

Ich schaue mich um auf alle, die zusammenarbeiten, Fremde, die heiße Schokolade verteilen, Nachbarn, die Nachbarn helfen. Eine Kettensäge wird angeworfen und erfüllt die Luft mit Rauch und Benzingeruch, und ein älterer Mann fängt an, die großen Äste zu zersägen, die in meinem Garten verstreut sind. Als er den umgestürzten Stamm der Kiefer zersägen will, schreie ich: »Stopp!«

Er macht die Kettensäge aus und sieht mich an. »Möchten Sie, dass ich ihn so liegen lasse?«

»Nein«, antworte ich. »Ich möchte, dass Sie mir helfen, einen Weihnachtsbaum daraus zu machen.«

»Der ist furchtbar groß«, meint er zweifelnd.

376

Cory kommt herbei und mustert die umgestürzte Kiefer. »Was, wenn wir einfach die Spitze abschneiden?«

Die Menge versammelt sich um uns und nickt. »Ja! Das könnte perfekt werden.«

Ein paar Stunden später ist mein umgestürzter Zaun zu einem Haufen gestapelt, die Äste sind weggeräumt, und die Spitze der abgebrochenen Kiefer steht in einem Christbaumständer, um den die spezielle Weihnachtsbaumdecke meiner Grandma gebreitet ist. Cory, Abby und Lily verdrücken eine Pizza, die sie bestellt haben. Meine Suppe werde ich morgen essen.

Ich gähne.

»Sie müssen erschöpft sein«, sagt Abby.

»Ich bin fix und fertig«, antworte ich.

»Dann lassen wir Sie besser allein, damit Sie sich ausruhen können«, meint Cory. »Was für ein Tag, was?«

»Was für ein Tag«, wiederhole ich.

»Wann kommt der Rest des Zauns weg?«, fragt Lily. »Das hat Spaß gemacht!«

»Bald«, antworte ich. »Bald.«

»Sie kommen doch immer noch an Weihnachten rüber, oder?«, fragt Abby. »Ich brate einen Truthahn mit allem Drum und Dran, und wir packen Plätzchen.«

»Sie verzieren sie«, Lily zeigt auf mich, »und ich esse sie.«

Ich lache. »Das ist ein guter Plan.«

Alle verabschieden sich mit einer Umarmung, und ich schließe die Tür.

Sobald sie vorne zum Gartentor hinaus sind, erwache ich zum Leben. Ich sehe auf die Uhr und steige dann die Treppe hoch auf den Dachboden, um Kisten mit altem Familienweihnachtsschmuck hervorzukramen. Ich puste den Staub von den Kartons.

Vorsicht, zerbrechlich! steht dort in der Handschrift meiner Mom.

»Ihr habt seit Jahren kein Tageslicht mehr gesehen«, sage ich. »Es wird höchste Zeit.«

Ich trage Karton um Karton hinunter zum Baum, mache mir etwas Tee und schalte den Fernseher ein, gerade als das Charlie-Brown-Weihnachtsspecial anfängt. Es ist die Sendung, die ich mir seit Jahrzehnten ansehe, das Einzige, bei dem ich mich fühlte, als hätte ich wieder eine Familie.

Bis zu diesem Jahr.

Ich hole die alten bunten Glaskugeln meiner Mom und meiner Grandma heraus, fange an, sie in die Zweige zu hängen, und schaue dabei Charlie Brown.

»Wenn ich ihn mir so angucke, ist der kleine Baum doch gar nicht so schlecht«, sagt Linus. »Nein, er ist überhaupt nicht so schlecht. Er braucht bestimmt nur etwas Wärme und Liebe.«

Ich halte inne, um meinen Baum zu mustern, und mein Herz füllt sich mit Freude. Ich sitze auf meinem Sofa, trinke Tee und erinnere mich an vergangene Weihnachten. Ich denke daran, den Weihnachtstag mit Abby und ihrer Familie zu verbringen.

»Es zählt nicht, was unter dem Weihnachtsbaum ist, sondern wer um ihn herum ist.«

»Du hast recht, Charlie Brown«, sage ich zum Fernseher.

Ich gehe in die Küche und stelle meine Tasse in die Spüle. Der Himmel hat aufgeklart, der Wind sich gelegt und die Sterne leuchten hell. Ich kann den Mond auf dem See schimmern sehen.

Jetzt habe ich den besten Seeblick Michigans, denke ich.

Mondlicht erhellt meinen Weihnachtskaktus, und ich muss lächeln.

»Endlich bekommst du etwas Gesellschaft, Pretty Boy!«, sage ich.

Ich stelle den Kaktus unter den Baum, lege mich aufs Sofa und ziehe mir eine Decke über den schmerzenden Körper.

Dann schlafe ich vor dem Baum ein, genau wie früher als kleines Mädchen.

Als ich Stunden später wieder aufwache, traue ich meinen Augen nicht. Genau genommen blinzle ich, einmal, zweimal, reibe mir die Augen und taste dann nach meiner Brille.

Mein Weihnachtskaktus steht in voller Blüte, die stachligen grünen Arme schwer von wunderschönen roten Blüten.

Ich springe auf und vollführe einen kleinen Freudentanz um den Baum.

»Du hattest recht, Grandma! Du hattest recht!«

Ich bücke mich und berühre leicht eine der Blüten. »Hab ich's dir doch gesagt!«, kann ich ihn mit der Stimme meiner Grandma sagen hören. »Hab ich's dir doch gesagt!«

Abby

DEZEMBER 2003

Ich habe noch nie gesehen, dass Cory sich so auf Weihnachten freut, *noch nie.*

Seine Mom hat in ihrem Album ein Foto von ihm als kleiner Junge während eines berüchtigten Schneesturms an Weihnachten. Er ist wahrscheinlich sieben – ungefähr in Lilys Alter – und steht draußen in einem Schneeanzug, der bis zur Brust weiß ist. Es sieht aus, als versinke er in Treibsand. Ein nagelneuer Schlitten, den er zu Weihnachten bekommen hatte, steht neben ihm. Aber das unglaublichste Element des Fotos ist das Lächeln auf seinem Gesicht, dieses Lächeln, das nur ein Kind haben kann, wenn es weiße Weihnachten gibt und es gerade das Geschenk bekommen hat, das es sich am allermeisten gewünscht hat.

Genau diesen Ausdruck hat Cory jetzt gerade.

»Ich kann's nicht glauben«, sagt er. »Es ist ein Weihnachtswunder.«

Er starrt auf einen Brief in seinen Händen, der spät gestern Abend gekommen ist, kurz nachdem er einen Anruf von seinem Freund im Verteidigungsministerium bekommen hatte. Seine Hände zittern, und sein Lächeln verwandelt sich in einen gequälten Gesichtsausdruck. Unvermittelt bricht mein Fels von einem Mann in Tränen aus. Er bebt so heftig, dass ich zu ihm gehen und ihn halten muss.

»Na, na«, flüstere ich. »Nicht weinen. Das *ist* ein Wunder. Du hast es geschafft. Du hast es geschafft.«

Erst gestern haben wir herausgefunden, dass die sterblichen Überreste von First Lieutenant Jonathan Maynard, Iris' Ehemann, positiv identifiziert wurden.

»Ich bin so nervös«, sagt er und zieht sich ein wenig zurück, um mich anzusehen. Ich wische ihm die Tränen unter den Augen fort. »Was, wenn sie verärgert darüber ist, dass ich mich eingemischt habe? Was, wenn es ein zu großer Schock für sie ist? Sie hat es so weit gebracht. Was, wenn sie das dazu bringt, sich wieder zurückzuziehen?«

»Du hast ihren Mann gefunden«, ich schüttle ihn an den Schultern. *»Du.«*

»Ich musste ihn nach Hause holen«, sagt er. »Ich musste dafür sorgen, dass Iris damit abschließen kann.« Er verstummt kurz und zieht mich in seine Arme. »Ich musste versuchen, mich selbst damit abschließen zu lassen.«

Ich halte meinen Mann und wiege ihn in meinen Armen, bis seine Tränen versiegen. Im Geiste sehe ich das Bild von ihm im Schnee. Als ich die Augen wieder öffne, ist das Land von einer Schneedecke überzogen. Ich denke an Iris. Ich denke an Jonathan. Ich denke an mich.

Wir alle werden erwachsen, manche von uns zu schnell. Manche von uns schotten sich von ihren Erinnerungen ab, weil der Schmerz zu groß ist. Manche von uns weigern sich, Verantwortung zu übernehmen; manche übernehmen zu viel. Manche von uns werden, wer wir glauben, sein zu müssen, anstatt die zu werden, die zu sein wir uns als Kind erträumt haben.

Aber wir alle bleiben – irgendwo tief drin – im Herzen Kinder: verletzlich, fröhlich, ängstlich. Es ist nur so, dass wir dieses Kind verstecken und beschützen, weil wir es müssen.

Lily kommt in die Küche gestürmt. »Zeit, Plätzchen zu backen?«, fragt sie.

Ich lächle, und Cory lacht. Er wischt sich übers Gesicht, und ich küsse ihn auf die Wange.

»Ja«, antworte ich. »Aber wir müssen noch auf Iris warten, damit sie uns beim Verzieren hilft.«

»Okay«, sagt Lily. »Aber ich darf die Rührbesen ablecken.«

»Wir bekommen jeder einen Rührbesen«, schlägt Cory vor. »Abgemacht?«

Lily zögert. Sie trägt ein neues rotes Samtkleid mit passender Schleife im Haar, das sie zu Weihnachten bekommen hat. »Okay«, willigt sie mit einem Seufzen ein.

»Fangen wir damit an, die Zutaten zusammenzustellen«, sage ich.

Wir beginnen gerade, den Teig zu machen, als Iris an die Tür klopft. »Kommen Sie rein!«, rufe ich. »Fröhliche Weihnachten!«

»Fröhliche Weihnachten!«, antwortet sie. »Ich sag Ihnen was, es riecht wirklich lecker hier.«

Cory wirft mir einen Blick zu. Ich kann echte Panik in seinem Gesicht sehen.

»Wir wollten gerade damit anfangen, die Plätzchen auszustechen«, sage ich.

»Das ist ja perfektes Timing! Ich dachte mir, die hier könnten Sie vielleicht brauchen.« Iris nimmt den Deckel von einer Tupperwareschüssel voller alter Plätzchenformen.

»Die haben meiner Grandma gehört«, sagt sie. »Sie sind uralt, aber funktionieren immer noch wunderbar. Sind sie nicht reizend?«

»Wow!«, staunt Lily, als sie Plätzchenausstecher in Form von Weihnachtsbäumen, Kränzen, Glocken und Rentieren herausnimmt. »Dieses hier gefällt mir am besten!« Sie hält eine Form vom Gesicht des Weihnachtsmanns hoch, mit Mütze und allem Drum und Dran.

»Mir auch«, antwortet Iris. »Die kann man richtig mit Zuckerguss beladen.«

Lilys Augen werden groß.

»Cory, würde es Ihnen was ausmachen, mir dabei zu helfen, ein paar Geschenke rüberzutragen?«, fragt Iris. »Das ist eine Schlepperei bei diesem Schnee. Obwohl ich mich jetzt nicht mehr darum zu kümmern brauche, das Tor zu öffnen.« Sie lacht.

»Das hätten Sie doch nicht tun müssen, Iris«, meint Cory.

»Doch«, erwidert sie. »Das musste ich.«

»Ich hol nur schnell meinen Mantel«, sagt Cory.

Sie verschwinden und kommen wenige Minuten später wieder zurück, die Arme voller Schachteln und Tüten.

»Iris!«, rufe ich aus. »Was um alles in der Welt ...?«

Ich folge ihnen zum Baum, den wir auf der Veranda aufgestellt haben. Cory hat ein Feuer gemacht, und der See funkelt in der Ferne.

»Nur Kleinigkeiten«, sagt sie, während sie die Geschenke unter den Baum legt. »Mit großer Bedeutung.«

Ich nicke und sehe Cory an.

»Bei uns ist es genauso«, sagt er mit leicht zitternder Stimme. Er zeigt auf einen Umschlag, der zwischen den Zweigen des Baumes versteckt ist, erhellt vom funkelnden Licht der Kerzen.

»Das hätten Sie doch nicht tun müssen«, meint Iris.

»Doch, das mussten wir«, antwortet Cory.

»Okay«, sage ich. »Wer möchte jetzt Plätzchen ausstechen und verzieren?«

»Ich!«, rufen Iris und Lily einstimmig.

Wir stechen Plätzchen aus, legen sie auf ein Backblech und schieben sie in den Ofen. Während sie backen, fragt Iris: »Wo ist Ihre Familie?«

Ich sehe Cory an und denke an meine Mom, die ihre Küchenspüle und Arbeitsflächen immer wieder mit Chlorbleiche putzt, wenn sie ein roher Truthahn berührt hat. Ich denke daran, wie sie ihn stundenlang brät, nur um sicher zu sein, dass er ganz durch ist, bis er so trocken rauskommt, dass es ist, als würde man Sägespäne essen. Ich denke daran, dass meine Mom unfähig ist, mir Fragen über mein neues Leben, über Lilys Schule, Iris, irgendetwas Wichtiges zu stellen.

»Wir haben es dieses Jahr nicht geschafft hinzufahren«, antwortet Cory schließlich für mich.

»Meine Familie ist genau hier«, platzt es aus mir heraus.

Iris hebt den Kopf und sieht mich sehr lange an, dabei scheinen ihre Augen meine Seele zu durchforschen. »Das bedeutet mir unglaublich viel«, sagt sie.

Errötend nicke ich und fange an, den Zuckerguss anzurühren. Ich teile ihn in drei Teile auf und gebe zu einem etwas rote Lebensmittelfarbe und zu einem anderen etwas grüne. Dann löffle ich alles in Spritztüten und hole bunte Streusel aus meinen Schränken, zusammen mit Kokosraspeln, Schokoladenstreuseln, weißen Schokoladenchips und bunten Liebesperlen.

»Wenn Sie was machen, dann aber richtig«, meint Iris.

Der Küchenwecker klingelt, und ich hole das erste Blech Plätzchen aus dem Ofen.

»Wollen wir mit Santa anfangen?«, fragt Iris, nachdem die Plätzchen ausgekühlt sind.

»Ja!«, ruft Lily.

Während sie loslegen, schiebe ich ein weiteres Blech in den Ofen.

»Ich male Santas Mütze gern mit rotem Zuckerguss aus und dann mit weißem eine Kontur drumherum.« Iris zeigt Lily, wie man den Zuckerguss am Rand des Plätzchens entlang aus der Spritztüte drückt. »Und warte, bis du siehst, wie echt die Kokosraspeln als Bart aussehen!«

Ich halte mich etwas abseits und sehe Lily und Iris beim Verzieren zu. Zwei Blumen mit unterschiedlichen Namen und Geschichten, die zusammengewachsen sind. Anfangs war Iris eine Fremde, eine Feindin, eine Vermieterin, aber nun ist sie …

384

Lilys Großmutter, denke ich. *Lilys Freundin.*

Iris hält ihr fertiges Plätzchen hoch.

»Das sieht genauso aus wie der Weihnachtsmann«, staunt Lily.

»Du weißt, was wir jetzt tun müssen, oder?«

Lily schüttelt den Kopf.

»Ihn essen!« Iris beißt Santas Mütze ab, und Lily quietscht begeistert auf. »Du bekommst seinen Bart!«

»Tut mir leid, Santa«, sagt Lily mit einem Kichern.

Ich hole das nächste Blech Plätzchen aus dem Ofen, dann bereite ich den Truthahn vor und schiebe ihn ins Rohr, während Lilly und Iris die Plätzchen fertig verzieren. Cory und ich bereiten gemeinsam die Süßkartoffeln und die Füllung zu. Während alles brät, ziehen wir uns auf die Veranda zurück.

»Zeit für die Geschenke?«, fragt Iris.

»Eine zweite Bescherung!«, ruft Lily.

»Fang mit diesem hier an.« Iris reicht Lily eine große Schachtel.

Lily reißt sie auf, dass das Geschenkpapier nur so nach allen Seiten fliegt. Sie nimmt einen Bilderrahmen heraus und drückt ihn an die Brust.

»Was ist es, Schätzchen?«

»Es ist ein Bild von uns«, antwortet Lily.

»Dürfen wir es sehen?«

Lily reicht uns das Foto. Es ist eines, das ich an Halloween von Iris und Lily gemacht habe, zwei Blumen, die händchenhaltend auf dem Bürgersteig durch die Nachbarschaft spazieren. Sie haben einander die Gesichter zugewandt, und die Blütenblätter ihrer Kostüme flattern im Wind, beste Freundinnen auf abendlichem Süßigkeiten-Beutezug.

So ein schlichtes Foto, das darüber hinwegtäuscht, was für ein bedeutendes Ereignis das war, denke ich. *Ein Bild, das mir für immer im Gedächtnis bleiben wird.*

»Wie sagt man, Lily?«, ermahnt Cory sanft.

»Danke.« Lily steht auf, um Iris zu umarmen.

»Nein, ich danke dir«, flüstert Iris ihr ins Ohr.

Sie nimmt zwei weitere Geschenke und gibt sie Cory und mir.

»Iris«, setze ich an, und klinge wie eine Mutter.

»Abby«, imitiert sie meinen Tonfall. »Aufmachen, aufmachen!«

Cory und ich packen unsere Geschenke beinahe ebenso schnell aus wie Lily.

»Das ist großartig!« Cory hält ein altes Buch mit dem Titel *Der große Gartenführer der Blumenwelt Michigans* hoch.

»Ich habe selber eine Ausgabe davon«, sagt Iris. »Es gibt keinen besseren. Ich dachte, der könnte im Frühling nützlich sein, wenn Sie Ihren neuen Garten anlegen.«

»*Wir*«, korrigiert Cory. »Wenn *wir* diesen neuen Garten anlegen.«

Iris senkt den Kopf, und endlich fällt mir auf, wie viel Mühe sie sich heute gegeben hat, sich fertig zu machen: Ihr Haar ist hübsch frisiert, sie trägt Make-up und Lippenstift, eine schwarze Hose und einen roten Rollkragenpullover mit einer alten Brosche in Form eines Rentiers darauf.

»Was hast du bekommen, Mommy?«, fragt Lily.

»Ach du meine Güte!« Ich reiße den Rest des glänzenden Geschenkpapiers herunter. »Iris! Das ist wunderschön.«

Ich halte ein Aquarell von Iris' Garten in voller Blüte hoch: Hortensien, Iris, Taglilien, Pfingstrosen.

»Sie sind so talentiert«, staunt Cory. Er steht auf. »Und ich weiß auch schon den perfekten Platz, wo wir es aufhängen.« Er geht rüber zum Kamin und zeigt auf die Stelle über dem Sims. »Jetzt haben wir endlich das perfekte Stück für hier.«

»Zwei Geschenke noch. « Iris steht auf und nimmt behutsam die nächste Schachtel, um sie Cory zu reichen. »Seien Sie vorsichtig.«

Cory nimmt den Deckel von der Schachtel ab, und ein verwirrter Ausdruck füllt sein Gesicht.

»Ein Kaktus?«

»Ein Weihnachtskaktus«, erklärt Iris.

Cory nimmt einen kleinen Topf aus der Schachtel und stellt ihn vor uns auf den Beistelltisch.

»Das ist ein Ableger von meinem Weihnachtskaktus, der schon fünfundfünfzig Jahre alt ist. Heute auf den Tag genau!«

»Ein Kaktus, der blüht?« Lily lehnt sich vor, um ihn genauer zu betrachten. »Wie?«

»Alle Kakteen sind Blütenpflanzen«, erklärt Iris, »also kann jede Art blühen, wenn sie ausgereift ist.« Sie sieht Lily an. »Manche Kakteen fangen erst an zu blühen, wenn sie über dreißig Jahre alt sind.«

»Warum?«, will Lily wissen.

Iris lächelt. »Sie sind eigentlich genau wie wir Menschen. Sie blühen nur dann auf, wenn sie Liebe und Fürsorge erhalten.«

Sie sieht zuerst Cory und dann mich an. »Meine Hoffnung ist, dass dieser hier noch jahrzehntelang blüht, wenn ich schon lange nicht mehr da bin, und dass er Sie jedes Weihnachten an mich erinnert.«

»Ich will nicht, dass Sie weggehen.« Lilys Stimme ist hoch.

»Ich gehe nirgendwo hin«, sagt Iris augenzwinkernd. »Und Pretty Boy geht auch nirgendwo hin.«

»Wer?«, fragt Cory.

Iris lacht. »Das ist der Name von meinem Kaktus. Pretty Boy. Lange Geschichte. Er ist nach meinem Großvater benannt. Wie werden Sie Ihren nennen?«

Mit schief geneigten Köpfen sehen wir drei einander an.

»Wie wär's mit Pretty Girl?«, schlägt Lily vor. »Nach Ihnen!«

»Das gefällt mir!«, sagt Cory. »Und es führt das Vermächtnis fort.«

»Außerdem bin ich bekannt dafür, ein bisschen stachlig zu

sein«, fügt Iris mit einem Zwinkern hinzu. »Wissen Sie, meine Grandma glaubte, dass Weihnachtskakteen Wunder sind, ein Zeichen, dass Gott überall gegenwärtig ist und sich sogar an den unwahrscheinlichsten Orten zeigen kann.« Iris verstummt kurz. »Und meiner hat dieses Jahr wieder geblüht. Schöner denn je. Ich glaube, Sie alle sind verantwortlich dafür, dass Sie große Freude in mein Leben gebracht haben.«

Cory sieht mich an, und ich erwidere seinen Blick. Mein Herz rast. Ich nicke.

»Wo wir gerade von Wundern sprechen«, fängt Cory verlegen an. Er nimmt den Brief aus dem Baum und reicht ihn Iris. Ich kann sehen, dass seine Hand zittert.

Iris öffnet den Umschlag. »Das ist so hübsch«, scherzt sie, bevor sie den Brief herauszieht. »Aber ich kann ihn nicht lesen. Hab meine beiden Brillen zu Hause liegenlassen.«

Lachend reiche ich Iris meine Brille, die sie sich auf die Nasenspitze setzt. »Danke.«

Ich muss jetzt blinzeln, um Iris zu erkennen. Mit gebeugtem Kopf und gerunzelten Augenbrauen beginnt sie schweigend zu lesen. Dann schlägt sie eine Hand vor den Mund, und Tränen fallen auf den Brief. Sie schaut zu uns hoch.

»Ist das wahr?«

»Wir haben ihn gefunden«, sagt Cory mit kaum hörbarer Stimme.

»Das kann nicht sein, das kann nicht sein, das kann nicht sein.« Iris beginnt, sich vor und zurück zu wiegen, und aus heiterem Himmel stößt sie ein lautes Heulen aus, das mir Gänsehaut verursacht. Lily rennt zu ihr und streichelt ihr den Rücken. »Ist schon gut«, sagt sie.

Nach einigen Augenblicken erlangt Iris ihre Fassung wieder. Sie liest den Brief erneut, dann gibt sie mir meine Brille zurück und fragt: »Wie? Warum? Ich verstehe das nicht.«

Cory setzt sich neben Iris auf den Teppich. »Ich habe einen

Freund mit Verbindungen zum Verteidigungsministerium«, beginnt er. »Das alles fing als eine Art geheime Mission an.« Er hält kurz inne. »Bitte, Sie sollen wissen, dass ich mich nicht einmischen wollte. Ich musste das tun. Für Sie. Für mich. Für unser Land.«

Iris nickt. »Ich habe der Armee jahrelang geschrieben. Irgendwann habe ich aufgegeben.«

»Ich weiß«, sagt Cory. »Aber inzwischen gibt es neue Technologien. Es gibt neue Methoden. Das Verteidigungsministerium hat jetzt hochmoderne Programme und Datenbanken zum DNA-Abgleich. Wir haben diese Anstecknadel eingeschickt, die Sie Lily geschenkt haben, weil daran wahrscheinlich noch DNA Ihres Mannes war. Außerdem haben wir die alten zahnärztlichen Unterlagen Ihres Mannes ausfindig gemacht. Ich habe jede Beziehung genutzt, die ich hatte.«

Cory nimmt den Brief. »Jonathan war mit anderen Soldaten entlang des Rheins stationiert, verteilt auf eine Reihe von Schützengräben, um die Deutschen im Auge zu behalten, die sich am anderen Ufer befanden. Jonathan war nicht weit vom Ufer entfernt allein in einem Schützenloch. Er hatte nur einen Helm und ein leichtes Maschinengewehr. Mitten in der Nacht überquerte der Feind den Fluss. Es gab Gewehrfeuer, und als Jonathans Einheit ihn erreichte, war er fort. Nur sein Helm mit einem Loch darin war zurückgeblieben.«

Iris legt eine zitternde Hand auf ihr Herz. Ich stehe auf, trete hinter sie und lege ihr die Hände auf die Schultern, während Cory fortfährt.

»Wie sich herausstellte, waren alle Soldaten angewiesen worden, die Abzeichen ihrer Einheit und jegliche Identifikationsmerkmale abzulegen, für den Fall, dass sie in Gefangenschaft gerieten. Das war es, was beim Versuch, ihn zu finden, so viele Probleme verursacht hat. Die Armee glaubte, sein Leichnam wäre in den Rhein geworfen worden, und dann wurden Sie über seinen Tod informiert. Man sagte Ihnen, dass man Ihnen Bescheid geben würde, falls sich neue Informationen ergeben.«

»Ich habe immer wieder geschrieben«, sagt Iris. »Bis ich nicht mehr konnte …« Ihre Stimme bricht.

»Die Deutschen haben Jonathan in einem anonymen Grab auf der anderen Seite des Rheins begraben. Jahre später fand ein Soldat des American Graves Registration Service tatsächlich das Grab und ließ ihn exhumieren, aber zu dem Zeitpunkt waren nur noch Reste seiner Kleidung vorhanden und keine Identifikationsmerkmale. Sein Leichnam wurde mit einer Nummer versehen und zusammen mit Tausenden anderen US-Soldaten auf dem Lorraine American Cemetary in Saint-Avold in Frankreich bestattet.«

Cory fährt fort: »Es stellte sich heraus, dass ein Freund von mir einen Historiker der Regierung kennt, der nun fürs Verteidigungsministerium arbeitet, und unsere Anrufe, Briefe und Hinweise veranlassten ihn, den Fall neu zu untersuchen. Er durchforstete eine Datenbank mit Orten, an denen unidentifizierte Gefallene des Zweiten Weltkriegs entdeckt worden waren, und glich sie mit einer Datenbank bekannter Orte ab, an denen GIs verschwunden waren. Dann musste er die Armee davon überzeugen, den Leichnam in Frankreich exhumieren zu lassen. Nach allem, was wir eingesandt und was er herausgefunden hat, ist es eindeutig, dass es Jonathan ist. Wir haben es gerade erst erfahren.«

Iris bleibt einen sehr langen Moment lang stumm.

»Bitte«, sagt Cory. »Seien Sie nicht böse.«

»Böse«, sagt Iris tränenüberströmt. »Ich fühle mich geehrt. Erschöpft. Erleichtert.« Sie verstummt. »Ich bin eine alte Frau. Das Einzige, was ich immer wollte, war, einen Abschluss zu finden. Endlich habe ich ihn.«

»Ich auch«, sagt Cory. »Das hier ist für Jonathan. Für all die Männer, die ihr Leben verloren haben und nicht zurückgekehrt sind. Für all die vergessenen Soldaten. Für jeden Mann und jede Frau, die ihr Leben für dieses Land geopfert haben.« Cory verstummt kurz. »Der Historiker sagte, dass aus dem Zweiten Weltkrieg immer noch über siebzigtausend Amerikaner vermisst werden. Wenn ich könnte, würde ich nicht ruhen, bis ich jeden einzelnen nach Hause geholt habe.« Cory sieht Iris an. »Ich bin als leere Hülle eines Mannes, Ehemannes und Vaters zurückgekehrt.« Er nimmt Iris' Hand. »Sie haben geholfen, mich wieder ins Leben zurückzuholen.«

»Sie haben dasselbe für mich getan«, erwidert Iris. »Was geschieht jetzt?«

»Ihr Mann kommt zu Ihnen nach Hause zurück«, antwortet Cory.

»Wann?«, fragt Iris.

Das Klingeln der Eieruhr in der Küche bricht die Spannung.

»Heute nicht«, sage ich, »aber bald. Wir haben einen Plan. Aber zuerst essen wir unser Weihnachtsdinner.«

Wir stehen auf und gehen in die Küche. Ich hole den Truthahn aus dem Ofen, zusammen mit den Beilagen, und wir tragen sie zum Esstisch. Als wir unsere Plätze einnehmen, stutzt Iris beim Herausziehen ihres Stuhls. Sie mustert den Tisch, und ich kann sehen, dass sie die Gedecke zählt.

»Fehlt noch jemand?«, fragt sie. »Kommt noch ein weiteres Paar? Hier sind sechs Gedecke, und wir sind nur zu viert.«

»Schauen Sie auf die Platzkärtchen«, sagt Lily. »Die hab ich gemacht.«

Iris betrachtet die zwei Gedecke neben ihr. »Oh!«, sagt sie, und in ihren Augen schimmern Tränen. »Jonathan! Mary!«

»Dieses Jahr sind alle an Weihnachten zu Hause«, sage ich.

»Darf ich das Tischgebet sprechen?«, fragt Iris.

»Natürlich«, antworte ich.

Wir nehmen uns an den Händen, und Iris beginnt zu beten. »Lieber Gott, danke, dass du mir meine Familie zurückgebracht hast.« Sie verstummt kurz. »Alt und neu. Und danke für dieses Weihnachtswunder. Danke, dass du eine alte Frau wieder hast ihren Glauben finden lassen.«

Als sie fertig ist, springt Lily von ihrem Stuhl auf.

»Wo willst du denn hin, junge Dame?«, fragt Cory.

Sie kommt mit dem Weihnachtskaktus zurück und stellt ihn mitten auf den Tisch, zwischen all das Essen.

Sie sieht zuerst Cory und dann Iris an. Schließlich richtet sie den Blick auf mich.

»Ihr seid alle aufgeblüht!« Sie zeigt auf den Kaktus. »Genau wie er!«

EPILOG

Der Victory-Garten

»Einen Garten zu pflanzen heißt:
an morgen zu glauben.«

AUDREY HEPBURN

Iris

AUGUST 2004

Ein mit einer Flagge drapierter Sarg wird aus dem Flugzeug getragen. Soldaten mit weißen Handschuhen bleiben vor mir stehen. Ein Offizier kommt nach vorne und salutiert. Ich beuge mich vor und küsse den Sarg.

»Willkommen daheim, Jonathan.«

Der Offizier salutiert Cory, und Abby und er legen die Arme um mich und führen mich zum Leichenwagen. Ich bleibe stehen. Lily hat Haltung angenommen und salutiert dem Sarg.

Die Geschichte von Jonathans Rückkehr hat eine Menge Medienaufmerksamkeit auf sich gezogen, und Reporter und Kamerateams halten mir ihre Mikrophone entgegen.

»Er ist endlich nach Hause gekommen«, sage ich. »Er ist wieder dort, wo er hingehört.«

Die kühle Luft des Leichenwagens beruhigt mich. Abby nimmt meine Hand; und ich lehne den Kopf an die Seitenscheibe.

Es ist ein herrlicher Augusttag, genau wie der Tag, an dem ich dich verloren habe, denke ich. *So schließt sich der Kreis.*

Am kleinen Friedhof von Grand Haven angekommen steige ich aus. Ein offenes Grab liegt unter einem Zelt, daneben frisch aufgehäufte Erde.

Auf dich wartet amerikanischer Boden, denke ich.

Ich trete zum Grab und nehme in der ersten Reihe Platz. Es

ist ein privater Gottesdienst, und nur wenige Menschen sind hier, einschließlich der Repräsentanten des Militärs.

Der Priester spricht von Jonathans Tapferkeit und seiner Rückkehr nach Hause.

Asche zu Asche und Staub zu Staub.

Als es vorüber ist, bitte ich um ein paar Augenblicke für mich allein. Alle gehen fort.

Jonathans Grab liegt neben dem von Mary. Meines wartet auf der anderen Seite meiner Tochter. Ich knie mich auf die warme Erde und betrachte meine Familie.

»Endlich«, flüstere ich, »nach sechzig Jahren sind wir wieder zusammen.«

Ich senke den Kopf und bete.

Warum habe ich so lange gelebt? Warum habe ich durchgehalten? Vielleicht war es hierfür, glaube ich nun. *Für diesen Moment des Abschlusses.* Ich hebe den Kopf und sehe hinüber zu Abby, Cory und Lily, die sich an den Händen halten und auf mich warten. *Vielleicht war es auch für sie. Für diesen Moment der Neuanfänge.*

Das Leben ist nur eine kurze Reise, voller Schrecken und Schönheit, die unsere Möglichkeiten und unsere Bestimmung zu oft unerfüllt lässt, oder uns auf eine Weise erblühen lässt, die wir uns nie hätten träumen lassen. Aber ich – wir alle – haben eigentlich nur eine einzige Bestimmung: diese Welt als einen besseren Ort für jene zu hinterlassen, die nach uns kommen.

Als ich Abby und Cory zunicke, gehen sie zum Leichenwagen und kommen mit zwei Töpfen mit Klatschmohn wieder.

»Danke«, sage ich. »Helft ihr mir?«

»Natürlich«, antwortet Abby.

Ich habe Klatschmohn gewählt, um Jonathans und Marys Gräber damit zu bepflanzen. Diese Blumen wuchsen auf den Gräbern gefallener Soldaten im Zweiten Weltkrieg und wurden zu einem der bekanntesten Symbole für das Gedenken an gefallene Soldaten.

Wir pflanzen die Mohnblumen vor Marys alten Grabstein und Jonathans neuen; ihr Rot leuchtet strahlend und lebendig an diesem Sommertag.

»Sie sind so schön«, sagt Abby.

»Und der hier auch«, fügt Cory hinzu. Er steht auf und geht zu dem Grabstein auf Jonathans Grab, auf den ich das Gedicht *Auf Flanderns Feldern* habe eingravieren lassen, das während des ersten Weltkriegs von dem kanadischen Mediziner und Offizier John McCrae geschrieben wurde.

»Darf ich es vorlesen?«, fragt Cory.

Ich nicke.

Auf Flanderns Feldern blüht der Mohn
Zwischen den Kreuzen, Reih um Reih,
Die unsere Stätt' markieren;
Und tapfer noch am Himmel hoch die Lerchen tirilieren,
Vernommen kaum durch der Kanonen Ton.

Wir sind die Toten. Noch nicht lang,
Da lebten wir, sahn Sonnenauf- und untergang,
Da liebten wir und warn geliebt, nun ruhn wir hier
Auf Flanderns Feldern.

Nimm auf nun unsern Händel mit dem Feind:
Mit schwachen Händen werfen wir die Fackel zu;
sie hoch zu halten, sei sie dein.
So du die Treu uns brichst, finden wir keine Ruh,
Und blühet auch der Mohn
Auf Flanderns Feldern.

Und zum ersten Mal heute weine ich.

»Das sind keine traurigen Tränen«, sage ich zu Cory und Abby, »sondern Tränen der Erleichterung.« Ich wische mir die

Augen. »Ich danke euch beiden. Es geht mir gut. Ich brauche nur einen Moment für mich allein.«

Sie nehmen Lily an der Hand und gehen zum Wagen.

Ich stehe auf und gebe Marys Grabstein einen Kuss, dann gehe ich zu Jonathans Grabstein.

»Ich bin so müde, so müde, mein Liebster«, flüstere ich. »Aber meine Zeit ist noch nicht gekommen, Schatz. Noch nicht. Ich muss noch ein paar Frühlinge und Sommer in meinem Garten verbringen. Alles vorbereiten, damit ich bei dir und Mary sein kann. Hört sich das gut an?«

Die Mohnblumen schwanken zustimmend.

Bevor ich gehe, hole ich noch zwei pfirsichfarbene Jonathan-Rosen aus meiner Handtasche und lege eine auf jedes Grab.

Als ich zu Hause ankomme, scharen sich Menschen um meinen Vorgarten. Sie klatschen und rufen: »Iris! Wir lieben dich!«, als ich aus dem Wagen steige.

Es gibt keinen Zaun mehr, mein Vorgarten ist von Flaggen gesäumt, und Luftballons wippen auf meiner Veranda. Drinnen ist mein Esstisch mit Aufläufen und Kuchen übersät.

»Das ist so überwältigend«, sage ich. Meine Stimme ist rau, mein Körper müde.

»Dann lass uns ein wenig spazieren gehen«, schlägt Abby vor. »Um den Kopf freizubekommen.«

»Wohin?«, frage ich. »Überall sind Leute.«

»Schleichen wir uns hinten raus«, sagt Abby. »Gehen wir zu dem kleinen Fleckchen Land, das du liebst. Dort ist es immer ruhig, nicht?«

»Ich zieh mich nur rasch um«, erwidere ich.

»Nein, du siehst reizend aus für einen Spaziergang«, meint Abby.

»Dann wenigstens Tennisschuhe«, wende ich ein. »Mir tun allmählich die Füße weh.«

»Okay«, sagt sie.

Wir schleichen uns hinten raus wie Einbrecher und dann am Hügel entlang, bis die Kiefern und das Dünengras uns verbergen. Als wir das Stück Land erreichen, stößt Abby das Tor für mich auf.

»Überraschung!«

Ich mache einen großen Schritt rückwärts, doch Abby und Cory fangen mich auf, halten mich, geben mir Kraft. An die hundert Leute drängen sich in dem, was einst mein geheimer Rückzugsort war.

»Was ist denn hier los?«, frage ich.

»Wir … die Gemeinde … alle … haben das hier möglich gemacht«, sagt Abby.

»Abby hat es möglich gemacht«, korrigiert Cory.

Abby sieht mich an. »Letztes Jahr um diese Zeit habe ich William Kelley auf dem Coast Guard Festival getroffen«, sagt sie. »Seine Arbeit, die Escanaba zu ehren, hat in mir etwas anklingen lassen.« Sie verstummt kurz. »Ich hatte das Gefühl, dass wir eine Gedenkstätte für Jonathan brauchen, für Cory … und für dich.«

»Für mich?«

»Damit wir nicht nur die Männer und Frauen, die in allen Kriegen ihr Leben geopfert haben – und es bis heute immer noch tun –, sondern auch die Bemühungen von Gemeinden wie Grand Haven nie vergessen. Du hast dabei mitgeholfen, hier einen Victory-Garten zu errichten. Deine Bemühungen haben mitgeholfen, deine Nachbarn zu ernähren.« Abby verstummt kurz. »Du warst eine der ersten Frauen in Michigan, die Botanikerin wurde. Deine Blumenkreuzungen sind ein lebendes Vermächtnis für unseren Staat und unsere Küste. Dein Garten ist ein lebendes Vermächtnis für deine Familie.« Abby deutet auf den Park. »Wir haben diesen Park zu einem Kriegsdenkmal, einem Gemeinschaftsgarten und einem Lehrgarten gemacht«, sagt sie. »Außerdem ist er ein Ort, an den die Leute kommen können, um sich einfach zwischen all den schönen Blumen zu entspannen.«

Abby nimmt meine Hand.

»Da habt ihr mich ja ganz schön reingelegt«, sage ich.

Das war das erste Jahr, in dem ich nicht hergekommen bin, um Marys Geburtstag zu feiern. Stattdessen hatte Abby vorgeschlagen, dass wir ihn irgendwo anders feiern, irgendwo draußen in der Öffentlichkeit, in meiner neuen Welt. Also gingen wir zum Pronto Pup, wir gingen am Strand spazieren, und Lily und Abby halfen mir, Marys besonderen Kuchen zu backen. Ausnahmsweise hatte ich meinen geheimen Rückzugsort vergessen, weil ich ausnahmsweise wieder in der Öffentlichkeit lebte.

Der Park ist völlig verwandelt.

»Ich habe den Lärm die Straße runter gehört, aber ich dachte, das wäre nur ein weiteres Haus, das dort gebaut wird«, sage ich. »Ihr habt mich wirklich drangekriegt.«

»Gut so!«, sagt Abby.

Der Zaun ist, wie ich endlich bemerke, neu und mit großen wetterfesten Schildern gesäumt, die die Geschichte des Parks erzählen, vom Baseballfeld bis zum Victory-Garten. Übergroße historische Schwarzweißfotos erwecken die Geschichte zum Leben.

»Ach du meine Güte!« Ich zeige auf die Bilder. »Wo habt ihr die denn gefunden?«

»In deinem Fotoalbum«, antwortet Abby. »Tut mir leid. Wir haben alle sozusagen als geheime Spionagetruppe gearbeitet, um das hier möglich zu machen.«

Ich gehe hinüber zu Fotos von Jonathan beim Baseballspielen. Auf einem fängt er einen Flugball, auf einem anderen ist er zusammen mit seinen Teamkollegen zu sehen, einfach nur eine Gruppe junger Männer an einem schönen Sommertag, das ganze Leben noch vor ihnen.

Ich berühre sein Gesicht, seine Wange, und eine Träne rinnt über meine.

Als ich mich umdrehe, begrüßt mich Shirley auf einem anderen Foto. Wir stehen nebeneinander auf unsere Gartenhacken gestützt. Shirley lacht, und ich habe eine Rose in meine Latzhose gesteckt. Hinter uns bearbeitet eine ganze Armee von Frauen die Erde.

»Du meine Güte!«, sage ich schließlich, als ich Mary bemerke, die im Hintergrund des Fotos spielt, einen Strauß Pusteblumen in der Hand.

DIE GESCHICHTE DES VICTORY-GARTENS
VON GRAND HAVEN IM ZWEITEN WELTKRIEG

Ein Schild, das die Victory-Gärten und ihre Bedeutung beschreibt, hängt neben historischen Plakaten, die Frauen und Gemeinden dazu auffordern, Victory-Gärten anzulegen: PFLANZ EINEN VICTORY-GARTEN!, TRITT DER FRAU-EN-LANDARMEE BEI!, GRABEN FÜR DEN SIEG!

Vor der Schilderwand wurde ein großer Streifen Erde als Gemüsegarten angelegt, in dem bereits Reihen von Gemüse wachsen: Tomaten, Karotten, Kopfsalat, Rote Bete, Erbsen, Mangold und Kohlrabi.

»Darf ich vorführen, wie man seine eigenen Tomaten anbaut?«, fragt mich eine Frau.

»Wir werden vom ersten Mai bis zum ersten Oktober Freiwillige hier haben«, erklärt Abby. »Sie werden nicht nur den Garten bewirtschaften, sondern Besuchern und Schulkindern auch etwas über Victory-Gärten und Gemüseanbau erzählen.«

Meine Knie fangen an zu zittern, aber Cory kommt wie aus dem Nichts, um den Arm um mich zu legen.

»Und hier drüben«, sagt er, »ist ein Denkmal zu Ehren deines Mannes.«

Vor mir steht ein lebensgroßes Foto von Jonathan in Uniform, das Foto aus meinem Album. Daneben ist ein Foto von uns beiden, als ich mit Mary schwanger war. Und daneben sind wir drei.

»Meine Familie«, flüstere ich.

»Wir fanden, dass es wichtig ist, junge Leute etwas über ihre eigenen Familien zu lehren, über ihre eigene Geschichte, über jene, deren Opfer mitgeholfen haben, sie zu den Menschen zu machen, die sie heute sind«, sagt Cory voller Emotionen in der Stimme. »Das heutige Amerika neigt dazu, eine kollektive Erinnerung von nur wenigen Minuten zu haben. Wir blicken ständig nach vorne. Aber wie können wir werden, wer wir sein sollen, wenn wir nicht wissen, wo wir herkommen? Ich möchte, dass die Menschen verstehen, welche Opfer vor ihnen erbracht wurden. Das dürfen und sollten wir nie vergessen.«

Eine Geschichte und Chronik der amerikanischen Kriegsbeteiligung nimmt ein ganzes Segment des Zauns ein, der früher, als Jonathan hier Baseball spielte, das Outfield markierte. Schilder geben an, wie viele Leben in jedem Krieg verloren wurden:

Zweiter Weltkrieg: Amerikanische Kriegstote
416 800
Zweiter Weltkrieg: Weltweite Opfer
Soldaten – 15 Millionen
Zivilisten – 45 Millionen

Ich unterdrücke die Tränen und streiche mit den Fingerspitzen über die Zahlen. *Jonathan war nur einer von so vielen, zu vielen. Aber würde ich jetzt hier stehen ohne sein Opfer, ohne das von all diesen Männern und Frauen?*

Cory nimmt meine Hand, während er mich zu einer weiteren Tafel führt. »Ich habe vor, als Freiwilliger hier mit Erwachsenen und Kindern über den Krieg zu sprechen, darüber, was er für Kosten verursacht und was es bedeutet, Kriegsdienst zu leisten.« Er dreht sich um und zeigt auf den übrigen Park, der aus wunderschönen Beeten in voller Blüte besteht. »Außerdem habe ich vor, hier zu gärtnern. Und ich hoffe, du hilfst dabei, wenn man bedenkt ...«

Er macht eine Geste, worauf eine Frau ein Tuch fortzieht, um eine große, schöne Messingtafel zu enthüllen.

MAYNARD MEMORIAL GARTEN

»Nein, nein, nein«, protestiere ich.

Die Leute brechen in Applaus aus, und alle fangen an, Fotos zu schießen.

Unter der Tafel steht ein Spruch:

> *»Ein Garten ist ein großartiger Lehrmeister.*
> *Er lehrt Geduld und Achtsamkeit;*
> *er lehrt Fleiß und Sparsamkeit;*
> *vor allem lehrt er völliges Vertrauen. «*
> GERTRUDE JEKYLL

»Wir hoffen, du wirst hier ebenfalls häufig hinkommen«, sagt Abby. »Die Welt braucht dich, Iris. Deine Gemeinschaft braucht dich.« Sie verstummt kurz. » *Wir* brauchen dich.«

»Ich weiß nicht, was ich sagen soll. Ich bin überwältigt.«

Abby nimmt meine Hand und führt mich zu der Tafel. Neben ihr ist ein Foto von mir in meinem Garten, von Blumen umgeben. Ich halte mir eine Pfingstrose unter die Nase, auf meinem Gesicht liegt ein leichtes Lächeln, purer Frieden, und die Sonne hüllt uns in goldenes Licht.

»Wer hat das gemacht?«, frage ich. »Und wann?«

»Ich«, antwortet Abby. »Letzten Sommer.«

402

Ein altes Foto von mir beim Kreuzen von Taglilien in meinem Gewächshaus – Strumpfhosen überall – hängt neben einem anderen Foto von mir an dem Tag, an dem ich mein eigenes Geschäft eröffnet hatte.

Mein Leben ist vor mir ausgebreitet, alles scheint so schnell vorbeigeflogen zu sein wie ein Blinzeln Gottes.

Jenseits dieser Fotos steht ein gewaltiger Garten in voller Blüte. In einer Ecke schwankt ein Schmetterlingsbeet im Wind, überall schwirren Bienen und Kolibris herum. Pfingstrosen, Stockmalven, Sonnenhut und Hortensien – alle mit hübschen Schildern gekennzeichnet – bilden ein farbenfrohes Randbeet entlang des Zauns. Unmittelbar daneben, wo Rosen, Iris und Taglilien blühen, befindet sich ein Schild mit der Aufschrift LEHRGARTEN.

Meine Kreuzungen – die Jonathan-Rose, meine Mary-Taglilien – begrüßen mich.

»Wie habt ihr …?«, fange ich an.

»Du hast uns gut unterrichtet«, antwortet Cory. »Wir hoffen, du kannst das Wissen, wie man diese Blumen kreuzt, an eine neue Generation von Gärtnern weitergeben. Sie die Freude und Schönheit des Gärtnerns lehren.«

»Während du die Geschichten deiner Familie mit ihnen teilst«, fügt Abby hinzu. »Auf diese Weise wird nichts von alledem hier je sterben.«

Leute eilen herbei und fangen an, mich um ein Foto zu bitten.

Während sie mich umarmen und beglückwünschen, sehe ich Lily im hinteren Teil des Gartens mit Freundinnen spielen. Sie rennt und lacht, juchzend vor purer Freude, wie es nur Kinder können.

Ich drehe mich wieder um und lächle für ein weiteres Foto, als ich plötzlich spüre, dass mich jemand am Ärmel zupft. Neben mir steht Lily, die Hand voller Pusteblumen.

Mein Herz fängt an zu rasen, und ich schließe die Augen. Ich kann spüren, dass Mary vor mir steht.

»Das ist nicht einfach nur Unkraut«, sage ich. »Löwenzahn ist eine mehrjährige Pflanze. Sie gehört zur selben Familie wie Gänseblümchen. Wenn Löwenzahnpflanzen reif sind, nennt man sie auch Pusteblumen.«

Lily brüllt wie ein Löwe. »Du weißt alles über Blumen«, sagt sie.

»Nicht alles«, erwidere ich und öffne die Augen. »Ich lerne jeden Tag etwas Neues in meinem Garten.«

»Nun, hast du gewusst, dass Löwenzahn magisch ist?«, fragt Lily.

»Wirklich?«

»Ja.« Sie hält eine Handvoll Pusteblumen hoch. »Du musst dir sehr sorgfältig eine aussuchen, die, von der du weißt, dass sie die meiste Magie hat.«

Ich nehme mir einen Augenblick Zeit, sehe alle Pusteblumen an und dann den ganzen Park – nehme alles in mich auf –, bevor ich eine aus ihrer Hand zupfe.

»Jetzt, wo du deine Pusteblume hast, musst du fest an einen Wunsch denken. Hast du einen?«

Mit großen Augen schaut sie zu mir hoch.

Es gab einmal eine Zeit, in der alle meine Wünsche gestorben sind. Und ich auch.

Was soll sich eine alte Frau überhaupt noch wünschen? Soll ich mir wünschen, dass sich die Geschichte nie mehr wiederholt? Leider weiß ich, dass das ein Wunsch ist, der nie wahr werden wird.

Wartend sieht Lily mich an.

Wie kann ich das alles einem kleinen Mädchen begreiflich machen, das so voller Licht und Leben ist?

Und dann kommt mir die Idee.

Ich nicke ihr zu. »Ich hab einen!«

»Super! Jetzt musst du einfach nur fest an deinen Wunsch

denken und tief Luft holen«, sagt Lily, »und dann machst du die Augen zu und pustest.«

Ich hole tief Luft, mache die Augen zu und puste.

»Okay«, sagt Lily mit steigender Stimme. »Mach sie wieder auf.«

Ich reiße die Augen auf, und die Luft ist erfüllt von weißen Schirmchen.

Lily nimmt meine Hand. »Schauen wir ihnen gemeinsam zu, bis dein Wunsch außer Sicht schwebt.«

Das Gemurmel der Menge wird leiser, und – eine Sekunde lang – gibt es nur mich und Lily, mich und Mary, die sich hier an diesem selben magischen Ort von vor sechzig Jahren an den Händen halten.

Vor einem ganzen Leben, denke ich. *Vor einem Augenblick.*

Vom See her weht ein Windstoß über den Zaun, und die Schirmchen fliegen hoch in die Luft. Lily kichert vor Freude.

»Wow«, sagt sie. »Dein Wunsch ist wirklich mächtig. Der muss wahr geworden sein.«

Das ist er, wird mir endlich bewusst. *Meine Wünsche – sie alle – sind endlich wahr geworden.*

»Was hast du dir denn gewünscht?«, fragt Lily.

Eine Million weißer, duftiger Pusteblumensamen schweben in der Luft, und der Wind trägt sie in den Himmel. Ich sehe Lily an.

»Hoffnung«, antworte ich. »Ich habe mir Hoffnung gewünscht.«

Danksagung

Turkey Run, das Cottage aus knorrigem Kiefernholz, in dem ich wohne, liegt versteckt in etwa drei Hektar Wald gleich außerhalb der Urlaubsorte Saugatuck und Douglas in Michigan, dem Schauplatz von *Ein Cottage für deinen Sommer,* und südlich von Grand Haven, wo die Handlung von *Im Garten deiner Sehnsucht* spielt. Da in Michigan der Winter die längste Jahreszeit ist und oft von November bis April dauert, sind die übrigen sechs Monate eine magische, verrückte Mischung aus Frühling, Sommer und Herbst, wobei alle drei Jahreszeiten oft an einem einzigen Tag vorkommen.

Am herrlichsten ist der Sommer. Turkey Run ist umgeben von atemberaubendem Zuckerahorn und schwankenden Kiefern, Wanderwege schlängeln sich durch die Wälder, die Blaubeeren warten darauf, gepflückt zu werden, und von meiner Fliegengitterveranda aus kann ich oft das Tosen der Brandung des nahe gelegenen Michigansees hören. Aber der schönste Teil von Turkey Run ist sein Garten. Die letzten zehn Jahre wurden damit verbracht, die vorhandenen Anbauflächen in einen umwerfenden Cottage-Garten zu verwandeln, in dem die meisten Pflanzen vorkommen, über die ich in diesem Roman schreibe. Davon wurden viele von meinen Großmüttern und meiner Mutter sowie von Familie und Freunden an mich weitergegeben. Fast an jedem schönen Tag verbringe ich Zeit in meinem Garten. Und jeden Tag genieße ich seine Fülle und Schönheit. Meine Lieben haben mich gelehrt, was es heißt, ein Gärtner zu sein. Ich habe gelernt, mich dem langsamen Lauf der Natur anzupassen, wenn ich nervös oder gestresst bin. Ich habe gelernt, wie man pflanzt, Unkraut jätet, mulcht, welke Blüten abzupft, gießt, düngt. Und das hat mich wieder zum Leben erweckt.

Ich verbringe unzählige Stunden an meinem Schreibtisch, aber er ist fast jeden Tag mit Blumen aus meinem Garten geschmückt. Und wenn ich hochblicke, wenn ich aus dem Fenster schaue, wenn ich eine Kaffeepause mache und mit den Hunden rausgehe, dann werde ich daran erinnert, wie gesegnet ich bin.

Meine Jahre werden von Terminen definiert: Manuskripte, Artikel, Korrekturen, Veranstaltungen. Meine Jahre werden auch von Blumen definiert – Osterglocken, Tulpen, Pfingstrosen, Rosen, Hortensien, Chrysanthemen und Dahlien –, und das erlaubt mir durchzuatmen, mich daran zu erinnern, eins mit der Jahreszeit zu sein, egal, wie viele Termine nach mir rufen. Von den spektakulären Sommern und herrlichen Herbsten Michigans bis zu den sonnendurchfluteten Wintern in Palm Springs spiegeln die Blumen und Pflanzen auf meinem Schreibtisch – seien es Krokusse oder Kakteen – mein Leben wider. Und dafür bin ich für immer dankbar.

Meine Grandma Shipman war eine großartige Gärtnerin. Sie hatte Reihen um Reihen von Pfingstrosen gepflanzt, riesige weiße Blüten, deren weiche Blütenblätter von Rosa durchzogen waren. Die Blüten waren so groß, dass sie zu schwer für ihre Stiele waren und sich auf den Boden fallen ließen wie ein alter Jagdhund. Und erst der Duft! »So riecht es im Himmel«, sagte sie immer zu mir. Meine Grandma Shipman hatte ihre Wäscheleine absichtlich über eine lange Reihe Pfingstrosen gespannt, damit ihre Bettwäsche, wenn sie sie draußen trocknete und dann das Bett damit bezog, einfach himmlisch duftete. Das ist einer der Gründe, warum Pfingstrosen meine Lieblingsblumen sind und bleiben. Und ich habe ihre Pfingstrosen immer noch in meinem Garten! Nachdem meine Großmutter krank wurde, nahm meine Mom Ableger ihrer Pfingstrosen. Danach nahm ich Ableger mit zu meinem ersten Haus in St. Louis, und von dort sind sie mit mir nach Michigan und Turkey Run gereist. Jetzt sprießen Pfingstrosen überall. Diese Erinnerungen sind der Grund, warum ich *Im Garten deiner Sehnsucht* geschrieben habe.

Ich beginne meine Romane stets *nicht* mit einem bestimmten Erbstück oder einer Figur im Kopf, sondern mit einer Frage. Bei diesem Roman war meine Frage: »Was bringt uns dazu, uns von der Welt zu isolieren? Und was gibt uns Hoffnung?«

Bei jedem Roman ist mein Ziel einfach: zu versuchen, den besten Roman zu schreiben, den ich kann. Eine einzigartige Geschichte zu schreiben, die uns alle verbindet. Autoren sitzen monate- und jahrelang allein in Bademänteln mit Kaffeeflecken an ihrem Schreibtisch. Wir können nur hoffen und beten, dass unser Werk bei den Lesern so tiefen Anklang findet, wie wir beabsichtigen. Die Reaktion meiner Leser auf meine Romane erfüllt mich mit Demut. Ich schreibe keine Bücher über Psychopathen, Killer oder Ehebrecher. Ich schreibe über schlimme Dinge, die allzu oft guten Menschen zustoßen, und wie wir unermüdlich weiter durchs Leben gehen, mit Hoffnung, Glauben, Liebe, Güte und miteinander. Ich glaube, dass gewöhnliche Leben außergewöhnlich sind und die Auswirkung unseres positiven Handelns unglaubliche Macht hat. Ich wäre nicht, wo ich heute bin, ohne die Liebe, Unterstützung und Opfer meiner älteren Familienmitglieder. Deshalb hoffe ich, meine Geschichten bringen Sie zum Nachdenken, um innezuhalten und sich an Ihre Familie, Ihre Geschichten, Ihre Erbstücke und Ihren Wert zu erinnern.

Jedes Buch, das ich schreibe, ist ein Segen, und seine Reise,

Vervollständigung und Entlassung in die Welt wäre nicht möglich ohne die folgenden Menschen:

Meiner Literaturagentin Wendy Sherman: Du warst vom ersten Tag an bei mir, von Wade zu Viola, von Memoiren zur Fiktion, vom Humor zur Schmerzlichkeit. Du warst Cheerleader und Stütze, Ratgeber und Kapitän, der mich immer in einen ruhigen, liebevollen Hafen gelotst hat, ganz egal, wie mächtig die kreativen oder beruflichen Stürme waren, die mich umgaben. Ich danke dir tausend Mal.

Susan Swinwood: Du und Graydon House seid nun mein Hafen, und ich könnte mich nicht geliebter und geschätzter fühlen. Du machst meine Arbeit besser und kämpfst für sie mit Worten und Taten. Ich bin vom Glück gesegnet.

An das Team von Graydon House, Lisa Wray, Pressefrau der Extraklasse; Pam Osti, Marketing-Guru; Gigi Lau, begnadete Cover-Künstlerin; sowie alle anderen bei HarperCollins, Harlequin und Graydon House: Ihr alle macht eure Arbeit spitzenmäßig und mit großem Talent und kleinem Ego. Wir sind ein tolles Team. Erneut: gesegnet.

An Amerikas Soldaten und Soldatinnen: Danke für eure Dienste und Opfer. Ich wollte einfach porträtieren, wie viel Anstrengungen, Mut, Ehre und Hoffnung in eurem Opfer stecken, und wie Amerika euch bei eurer Rückkehr unterstützt – und oftmals auch nicht. Ich wollte die Ehre und Schwierigkeiten aufzeigen, beim Militär zu sein. Außerdem wollte ich zeigen, wie euer Dienst sich auf eure Familien auswirkt. Ich habe Familienmitglieder und Freunde, die gedient haben, und mit ihnen über ihren Dienst und ihre Rückkehr gesprochen. Sie haben mich auf viele Informationsquellen hingewiesen (Militärische Beratungsdienste und Therapeuten, Medien wie *Psychology Today* und National Public Radio). Ich kann nur hoffen, dass ich auch nur einen kleinen Teil eurer Opfer und eurer Reise richtig dargestellt habe; ich weiß, dass ich nur an der Oberfläche kratze. Ihr seid unsere Helden, und wir können euch nie genug danken. Dies ist ein kleines Dankeschön von mir.

An Gary Edwards: Dieses Buch ist größtenteils auch ein Tribut an dich. Du *bist* Iris, die begnadete Gärtnerin, die alles wachsen lassen und wieder ins Leben zurückpäppeln kann.

An alle Gärtner überall auf der Welt: Dieses Buch ist für euch. Ihr versteht besser als die meisten die Anmut und Gaben dieser Welt. Für mich seid ihr die Autoren von Mutter Natur. Hört nie auf zu blühen!

An die großartigen Damen der Highland Park Association von Grand Haven, allen voran Laurie Kelley, Patty VanLopik und Brenda Johnson: Danke, dass ihr mich seit *Für immer in deinem Herzen* zu einem Teil eures Lebens gemacht habt! Ich weiß, nicht alle Details über Highland Park sind perfekt, darum schubst mich bei unserer nächsten Party nicht von der Terrasse, aber ich wusste einfach, dass ich euer schönes, historisches Setting in einem Roman verwenden musste. Ich hoffe, ihr könnt die Schönheit eurer Cottages, den ganz eigenen Charme von Highland Park und die lebenslangen Freundschaften, die ihr und eure Familien geschlossen habt – sowie eure Liebe für Grand Haven –, zwischen den Seiten hindurchschimmern sehen.

Außerdem möchte ich gern den Folgenden danken, deren Seiten und Informationen mir geholfen haben, diesen Roman zu gestalten:

Die Geschichte über Iris' Mann wurde inspiriert durch eine Geschichte einer Familie aus Missouri, die jahrzehntelang darum kämpfte, die sterblichen Überreste ihres Vaters und Großvaters zu finden und nach Hause zu holen, der im Zweiten Weltkrieg gekämpft hatte und dessen Leichnam als nicht zu bergen eingestuft worden war. Ihre Geschichte hat mich tief bewegt und letztlich zu Geschichten in der *St. Louis Post-Dispatch* und der *Washington Post* geführt. Ein Artikel in der Washington Post von Michael E. Ruane über den Soldaten im Zweiten Weltkrieg Jack Cummings, dessen sterbliche Überreste nach vierund-siebzig Jahren durch modernste Technologie identifiziert und nach Amerika und zu seiner Familie zurückgebracht wurden, hat kurz und bündig alles viel besser erfasst und dargestellt, als ich es mit meinen eigenen Notizen und Recherchen könnte. Danke, Mike, für deine starke Berichterstattung und Sprache. Deine unglaubliche Arbeit hat mir geholfen, einen wesent-lichen Teil dieses Romans zu vervollständigen.

Viele der Informationen bezüglich der Pflege und Zucht weitervererbter Blumensorten in diesem Roman stammen aus meinem eigenen Garten. Ich habe auch örtliche Gärtnereien und Experten konsultiert sowie Webseiten, die sich speziell auf jede der Blumenarten konzentrierten, über die ich in diesem Roman schreibe. Ich habe in zahlreichen Büchern re-cherchiert, die im Detail auf die Geschichte und Pflege alter Blumenarten sowie Michigans Blumen und Pflanzen eingehen. Ich habe versucht, alles richtig hinzubekommen. Ich weiß, dass eingefleischte Gärtner wahrscheinlich Fehler finden werden. Bitte glauben Sie mir, dass ich mein Möglichstes getan habe, um so genau zu sein, wie ich konnte. Außerdem bedenken Sie bitte, dass das hier Fiktion ist, und ich hoffe, Sie werden etwai-ge Fehler um der allgemeinen Wirkung der Geschichte willen fortwischen wie eine lästige Pferdebremse.

Zu guter Letzt, danke an meine Leser, die mich jeden Mor-gen buchstäblich an meinen Schreibtisch eilen lassen, voller Freude auf die Reise, die mich erwartet.

xoxo!

Viola

Viola Shipman
Für immer in deinem Herzen
Roman
Aus dem Amerikanischen von Anita Nirschl

Band 03354

Ein Sommer, der drei Wege zusammenführt
und alles verändert.

»Viola Shipman erzählt in dieser wundervollen
Drei-Generationen-Geschichte von Liebe, Verlust und
der besonderen Beziehung zwischen Mutter und Tochter.
Mit der richtigen Mischung aus Humor und Gefühl hat
sie einen unwiderstehlichen Roman geschrieben.«
Lori Nelson Spielman

»Ein außergewöhnlich feinfühlig und liebevoll
erzählter Wohlfühlroman.«
Freundin

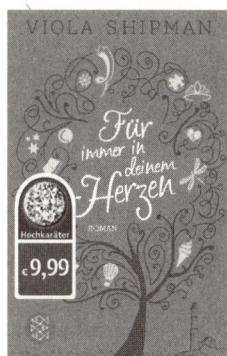

Das gesamte Programm gibt es unter
www.fischerverlage.de

Viola Shipman
So groß wie deine Träume
Roman

Als Kind bekam Mattie eine Truhe geschenkt, um darin zu sammeln, was sie als Erwachsene an ihre Familie erinnern würde: ihre geliebte Stoffpuppe, glitzernder Christbaumschmuck, eine Vase ihrer Mutter und vieles mehr. Jahrzehnte später: Mattie ist schwer erkrankt. Ihr Mann Don sorgt sich sehr um sie und stellt die junge Mutter Rose als Pflegerin ein. Deren Tochter Jeri entdeckt die Truhe mit den Familienerbstücken. Als Mattie anfängt, ihnen die Geschichten dazu zu erzählen, erkennt Rose, was sie tun kann, um Mattie und Don zu helfen.

Aus dem Amerikanischen
von Anita Nirschl
400 Seiten, broschiert

Weitere Informationen finden Sie auf
www.fischerverlage.de

AZ 596-29865/1

Viola Shipman
Weil es dir Glück bringt

Liebe ist, wenn es nach Kuchen duftet

Samantha hat die Nase voll von den Unverschämtheiten ihres Chefs in der schicken New Yorker Bäckerei. Sie wirft das
Nudelholz für immer hin und flüchtet auf die Obstplantage
ihrer Eltern in Michigan – sehr zum Bedauern des netten
Lieferanten Angelo Morelli. Zwischen Küche und Hofladen,
zwischen dem Einkochen von Kirschmarmelade und dem
Verkaufen von Apfeltaschen entdeckt sie die mehlbestäub-
ten, tintenfleckigen Geheimrezepte der Familie wieder. Findet sich in dem alten Rezeptkästchen auch eine Zutatenliste
für ihre eigene Zukunft?

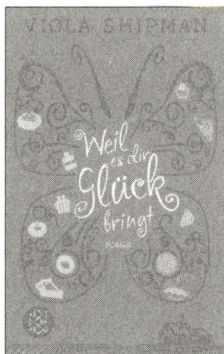

Aus dem Amerikanischen
von Anita Nirschl
448 Seiten, broschiert

Weitere Informationen finden Sie auf
www.fischerverlage.de

AZ 596-70154/1

Viola Shipman
Ein Cottage für deinen Sommer
Roman

Wo das Herz zu Hause ist

Adie Lou zieht von Chicago in einen Ferienort am Michigansee. Nach ihrer Scheidung plant sie den Start in ein neues Leben. Sie möchte das alte Sommerhaus ihrer Familie in ein stylisches Inn verwandeln, den perfekten Ort für gestresste Großstädter. Aber sie muss ihr Herzensprojekt gegen Widerstände verteidigen. Wird sie es schaffen? Wer wird ihr zur Seite stehen?
Ein wunderbar herzerwärmender Roman über einen neuen Anfang, zweite Chancen und den Mut, den es braucht, sich selbst neu zu erfinden.

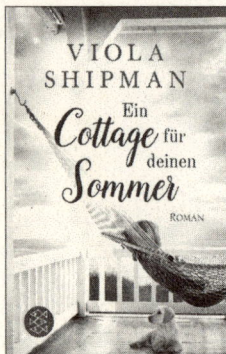

Aus dem Amerikanischen
von Anita Nirschl
464 Seiten, broschiert

Weitere Informationen finden Sie auf
www.fischerverlage.de

AZ 596-70450/1